传播大视野丛书

CONG WENXUE DAO CHUBAN

从文学到出版
——基于文化与商业的双重视角

秦艳华 路英勇 / 著

中国传媒大学出版社
·北京·

图书在版编目(CIP)数据

从文学到出版——基于文化与商业的双重视角/秦艳华，路英勇著．——北京：中国传媒大学出版社，2016.8

ISBN 978-7-5657-1787-1

Ⅰ.①从… Ⅱ.①秦… ②路… Ⅲ.①新文学（五四）—文学研究—文集 ②出版业—中国—现代—文集 Ⅳ.① I206.6 ② G239.296

中国版本图书馆 CIP 数据核字（2016）第 199420 号

从文学到出版
——基于文化与商业的双重视角

作　　者	秦艳华　路英勇
责任编辑	黄松毅
装帧设计	卡古鸟
责任印制	曹　辉

出版发行	中国传媒大学出版社
社　　址	北京市朝阳区定福庄东街1号　邮编：100024
电　　话	86—10—65450528　65450532　传真：65779405
网　　址	http://www.cucp.com.cn
经　　销	全国新华书店
印　　刷	北京玺诚印务有限公司
开　　本	710mm×1000mm　1/16
印　　张	18.5
版　　次	2016年8月第1版　2016年8月第1次印刷
书　　号	ISBN 978-7-5657-1787-1/I·1787　定　价　65.00元

版权所有　　翻印必究　　印装错误　　负责调换

CONTENTS 目录　　从　文　学　到　出　版

五四新文学出版的文化品格 \ 002

新文学出版在"五四"语境中的嬗变 \ 012

《新青年》是如何掀起文学革命风暴的 \ 020

泰东图书局如何成为创造社的"摇篮" \ 029

20 世纪 30 年代新文学出版的阶段性特征 \ 033

20 世纪 30 年代新文学传播的大众化趋向 \ 043

20 世纪 30 年代新文学出版"二重逻辑"的历史考察 \ 052

20 世纪 30 年代新文学图书出版的复苏 \ 061

周作人文艺思想"转向"与文学出版 \ 069

雇佣关系下《现代》杂志品格的生成 \ 076

"理想出版"的困境 \ 086

文化生活出版社的"理想出版" \ 092

巴金文学编辑角色的自我认定 \ 099

文学出版·舞台演出·评论译介：《雷雨》之经典化 \ 106

赵家璧的"选择"意识与《中国新文学大系》\ 111

"选学"的眼光 \ 121

"影视同期书"出版热的文化反思 \ 125

CONTENTS 目录　从　文　学　到　出　版

下编

建设出版强国战略思考三题 \ 134

选题策划要坚持正确的出版方向 \ 139

出版资源整合的风险及制胜之道 \ 143

出版资源重组应处理好几个关系 \ 150

基于品牌战略的出版经营机制创新 \ 156

全球发展趋势与我国出版"走出去"战略思维创新 \ 164

畅销书为什么不赚钱 \ 172

园主・花园・花匠 \ 179

文化经营：期刊经营的最高境界 \ 184

数字时代"泛偶像化"出版现象的反思 \ 190

数字时代出版流程管理创新的思考 \ 198

出版产业媒介融合发展之我见 \ 204

关于媒体融合发展的几个关键问题 \ 212

手机媒介重构传播生态 \ 218

日本出版业步入"出版过剩时代" \ 225

日本编辑的职业特征 \ 232

国际化进程中的日本出版业 \ 239

附录：《尘世奇谈》出版始末 \ 243

后记 \ 289

上编

五四新文学出版的文化品格

五四时期，新文学出版在"文学革命"的倡导下，以其理念的转变，在新文化建设中构成了一道亮丽的文化景观，它直接促成了新文学的生成壮大。对此，引起我们注意的主要不在于登场的出版社之众，而在于其以先锋者的姿态开拓新的出版领域，使新文学有了正当的传播路径，进而成为中国文学的主流。受新文化运动熏染的五四出版业，以新文学的参与者、创建者的姿态在文学出版领域显示了独特功能，真正体现了出版参与文化启蒙以实现理想追求的文化品格。

一

"文学革命"是五四新文化运动的先声，其目的是要借助批判旧文学来抨击旧思想、旧道德，并以此引发整个文化领域的大革命，所以五四先驱者对当时以黑幕、艳情、武侠、侦探、宫闱为基本题材的黑幕派、鸳鸯蝴蝶派小说大加挞伐。他们认为，要实现"文学革命"的目的，就必须用新文学占领出版阵地。"文学革命"破除旧文学、建设新文学的倡导在文学出版界产生了巨大反响，伴随着"文学革命"的深入和新文化运动的发展，取决于出版商不同的价值观，有的呈现积极主动的参与精神，有的则迫于外在压力，基于内源性自觉而在一种落伍的焦虑中迎受和跟从，但不管属于哪种情况，五四时期的文学出版都无一例外地受到了五四新文化运动的影响。"文学革命"要求文学在政治功利与艺术审美之间追求统一，这当然会得到具有同样价值观的某些出版商的情感认同，他们为五四作家的文化创造提供道义上的支持，有效地利用自己拥有的资源与五四作家一道建立起一种可以体现自身政治观念和文化理想的言说方式。

新文化运动兴起之初，亚东图书馆就在新文学出版领域大显身手。思想文化领域的变革如火如荼地展开，汪孟邹固有的新文化人通过出版参与社会变革的意识便急剧膨胀起来，最为显著的表现就是义无反顾地将亚东图书馆的出版理想和存在价值置于与新文化运动先驱人物全面而深入的合作上。对新文化先驱和新的时代风潮的情感认同和以救世自救为基本出发点的责任感，促使亚东图书馆紧紧抓住了"五四"这个难得的出版机遇，团结了陈独秀、胡适等一大批具有共同的理想旨趣的作家朋友。据汪孟邹回忆："有些稿子，都是由朋友介绍来的，可以说有如下几系：一、章士钊的。二、陈独秀的。接近的有高语罕（笔名有张其柯、程始仁、戈昔扬、玉灵皋）、蒋光赤（笔名有光慈、陈情）、李季（笔名有魏兰女士）、钱杏村（笔名有戴叔清、寒星）、郑超鳞（笔名有林超真、绮纹、林伊文。他在别家出书，有的叫做唐虞世，有的叫做唐盛）、彭述之（笔名欧伯）、小濮（笔名西流）、王凡西（笔名有张家驹、李书勋、郭和、许庸、凤冈）、洪灵菲（笔名林曼青）。三、胡适的。接近的有陆志韦、朱自清、陶孟和、孟寿春、刘半农、钱玄同、赵诚之、张慰慈、刘文典、李秉之、吴虞、陆侃如、俞平伯、康白情、徐志摩、孙楷第、顾颉刚。四、陶行知的。接近的有邢舜田、一叶、西桥工学团、戴自俺、程万孚、胡立民。五、宗白华的。接近的有田汉、郭沫若。六、丰子恺的。七、章铁民、汪静之、鲁雁、刘大杰的。"[①] 仅从这份名单，就可看出当时的亚东图书馆具有何等的亲和力和吸引力。这决不单纯是为了商业性目的，它所反映的是一个出版家的文化境界，最起码的一点是，出版者能够认定这些作家的文化创造是正确的，而且有将他们的文化创造以决绝的姿态传播光大的实际行为，这从亚东图书馆出版《胡适文存》《陈独秀文存》《尝试集》《三叶集》等书籍的过程中就可以看得出来。不管新文化人物的文化创造遭受什么样的压力，也不管这些社会压力是来自政治、文化方面的，还是来自商业方面的，亚东图书馆都是他们坚强的后盾，也就是说，在某种意义上亚东图书馆可以不计任何后果支持作家，支持新文化。这种同志般的形交神契，所表现的不仅是同乡、好友的情感交融，而且充满着新的思想文化建设的主体参与意识，甚至是一种果敢的英雄气概。

　　在五四新文学出版方面，商务印书馆无疑是扛鼎之重镇。商务元老大多是清末维新运动以来传播西学的进步人士，新文化运动兴起，他们坚守着与新文化人精神相通的知识分子所固有的价值立场，采取撤换杂志主编、改组编译所、扶持学术团体和学术刊物等一系列措施，对商务印书馆进行了全方位的改革。文学刊物《小说月报》焕然一新，《文学研究会丛书》等一大批新文学书籍陆续出版，商务印书馆一跃成为新文学出版的中坚力量。《小说月报》创刊于

---

① 汪原放：《亚东图书馆简史》，《出版史料》1988年3、4期。

1910年7月，本是鸳鸯蝴蝶派刊物，沈雁冰接任主编后，即着手进行全面革新，并与文学研究会建立了密切联系。他在《改革宣言》中提出"旧有门类，略有改变"，新的《小说月报》以新文学和外国文学为中心内容。《文学研究会丛书》的编辑宗旨是"一方面是想打破这种对于文学的谬误与轻视的因袭的见解；一方面想介绍世界的文学，创造中国的新文学，以谋我们与人们全体的最高精神与情绪的交流"。①这就规定了这套丛书包括两个方面的内容：一是收录会员们创作的各种文学作品，包括文学知识的著作；二是收录世界文学的翻译作品。庞大的出版规模，使《文学研究会丛书》成为当之无愧的大型文学丛书，不仅在五四时期独一无二，而且在整个现代文化史上也举足轻重。

泰东图书局是五四时期新文学出版的又一重镇。泰东图书局创办于1914年，"护国运动"以后，泰东图书局由股东之一的赵南公主持。赵南公为了书局的经济利益，曾向时尚出版靠拢，但是时代思潮的变迁带来了社会阅读需求的变化，他于是决定放弃原有的出版理念，另行规划新的经营路线，立志"重建理想的新泰东"。②他让创造社成员郭沫若执掌泰东的编审大权。郭沫若在一个半月里为泰东图书局编辑了三部书稿：一是编定诗集《女神》；二是改译《茵梦湖》；三是标点《西厢记》。这三部书的出版，引起了读者极大兴趣，特别是列为《创造社丛书》第一种的《女神》的畅销和引发的巨大社会反响，为泰东图书局闯开了一条新路。赵南公果断决策，让郭沫若继续编辑《创造社丛书》，另出季刊一种，名《创造》，专刊创造社成员文章。《创造社丛书》《创造》季刊、《创造周报》令创造社声名鹊起。"泰东，是创造社的摇篮。——可以这样说。泰东，在初期的新文化运动中间，它是有过相当的劳绩的。"③张静庐后来说的这一段话，自诩却公允地评价了泰东图书局在新文学出版方面的成就，以及在现代出版史和现代文学史上的地位。

二

众所周知，新诗是五四文学革命的一个重要组成部分，它的出现及其试验

---

① 《文学研究会丛书缘起》，《东方杂志》第18卷第11号，1921年6月10日。
② 张静庐：《在出版界二十年》，上海书店1984年影印版，第92页。
③ 张静庐：《在出版界二十年》，上海书店1984年影印版，第100页。

成功，为中国新文化运动的胜利写下了决定性的一笔。当时，新文化运动先驱提倡白话文，主张用白话作诗，在新诗理论和新诗创作实践两个方面进行了艰苦的探索，付出了巨大努力。当白话新诗以崭新的姿态出现之时，旧文学的卫道者们视若洪水猛兽，极力反对，而新诗实践者则坚持将这种体现了彻底的批判和怀疑精神的文学变革发扬光大。白话新诗作为五四文学革命的"急先锋"，《新青年》首先为它提供了发表园地，又在理论上给予倡导和支持，积极鼓励这种艺术创造，进而"养成"一批新诗创作的骨干力量。白话新诗经历了由"发表"到"成书"的过程。"发表"体现的是个人或团体文学探索的努力，这些具有先锋性倾向的实验性作品的发布所表达的正是新文学出版"起点"的意义；而"成书"则与出版商的文化追求联系在一起，也是新文学的"先锋性"消减以后的"合法性"确立以及适应社会需求的表现。新诗集的出版首先是为了新文化建设的需要，出版社出版新诗集更多地带有支持新文化的自觉性意识。如果说《新青年》对于新诗的贡献是"发表"的意义的话，那么亚东图书馆就是在"成书"上传达了自己的文化意识。亚东图书馆从1920年到1924年，短短几年间共出版新诗集10部，其中包括了被称为中国文学史上第一部个人新诗集的《尝试集》，成为当时出版界的一道奇丽、璀璨的景观。这种出版行为在现代出版史上也无可争辩地成为一种文化现象。亚东图书馆释放出如此巨大的出版能量，确实体现了一种文化选择的执著，显示了新文学出版拓荒者的果敢气度。在新诗发生期的传播中，亚东图书馆所扮演的角色无疑是前卫的、大气度的。

"五四"新文学发轫于新文化运动中的综合性杂志《新青年》《新潮》等，1921年以后，新文学运动有了进一步发展，新文学社团如雨后春笋，新文学社团杂志成为"五四"新文学传播的主要媒介。1921年1月，文学研究会在北京成立，沈雁冰接编商务印书馆的《小说月报》作为文学研究会的代用机关刊物，文学研究会还陆续编辑了《文学旬刊》《诗》月刊等。文学研究会成立后不久，1921年7月，在日本留学的郭沫若、郁达夫、成仿吾、张资平等组成了创造社，先后创办了《创造》季刊、《创造周报》《创造日》《洪水》等杂志。此后几年，更多的新文学社团和新文学刊物在全国各地纷纷涌现。五四新文学社团杂志大多带有"同人"性质，每一种杂志都集合了一批同道，他们既做编辑又是作者，办刊宗旨与其创作思想相互交织、融合，不可分离。如果从出版的角度审视五四新文学的繁荣景象和发展格局，就会发现，其实是杂志制造了新文坛上的喧哗，主角是一批编辑，杂志成为他们集合同道协同作战的主战场。作家队伍的分化与组合在很大程度上取决于他们对于杂志编辑的理念和风格号召力的屈从。《小说月报》和《创造》季刊作为最重要的两个新文学社团杂志，在这一意义上更具代表性，主编的编辑意识不仅规定了"五四"时期文学理论的建构框架和范式，而且操纵着"五四"新文学的发展进程和新文坛格局，尤其引人注目。

我们还要重点谈论一下"五四"新文学丛书。"五四"时期，正处于新文学的发生期，许多新文学作家的处女作、成名作，许多新文学的奠基性作品和丰碑式的巨著，都是在丛书中产生的。然而，长期以来，"五四"新文学研究过多地注意了作家及其所属流派间的历史发掘、相互间的论争以及文学形式和美学观念层面的分析，而且往往以其文学理论的阐发和作品的审美研究作为文学史叙述的文本形态，而在某种程度上忽略了新文学丛书出版的文化意义和文学史价值。"五四"时期，新文学丛书的出版无疑是新文坛上一个重要的文化现象。这绝非一个单纯的载体问题，它不仅代表了新文学探索和建设的合法化公开，并被提升为某种整体性方向，而且表明"五四"新文学获得了文学运行机制的"现代性"驱动，反过来给予新文学以更大的创新动力。从这个意义上说，"五四"新文学丛书的出版显然昭示着书业实现其信念和目标的文化抱负，因此尽管"五四"新文学丛书的出现也受到一般商业逻辑的左右，但新文学基本的社会基础却促成了出版业中对新文化持有认同情感的人士的观念转变，文化理想的实现欲求远远超越了商业利益带来的诱惑。既然出版业从新文学丛书的出版中能够使一种特殊的"自主性"得以表达，自身的文化形象也得到提升，那么出版业与新文学之间就形成了一种良性的互动关系。这种互动关系不单纯是各取所需，更深层的意义在于，各出版机构对新文学推动的方式是不尽相同的，根本的表现就是由此导致新文学内部的分化，或者反过来说五四新文学格局的形成在很大程度上取决于新文学丛书的出版归属。如此说来，五四新文学丛书的产生，就不仅仅是一种单纯的出版经营行为，透过这种出版现象，还能看清五四新文学发生体系的形成过程和基本框架，以及在这一体系中活动的诸角色的文化追求和历史贡献。

《文学研究会丛书》由商务印书馆出版。如果说《小说月报》更多地注重了理论建设，并期望指导创作风气的话，那么《文学研究会丛书》的出版，则以真正的创作和翻译成果予以实证的支撑。《文学研究会丛书缘起》所确定的丛书编辑宗旨,"一方面是想打破这种对于文学的谬误与轻视的因袭的见解;一方面想介绍世界的文学,创造中国的新文学",①说的就是这个意思。《文学研究会丛书》中收录了大量的外国文学翻译作品,主要是外国写实主义文学。在选定翻译书目和翻译中,郑振铎、耿济之等是活跃分子,沈雁冰出力最多。译介外国作品的最早受益者自然是译介者本人,沈雁冰后来成为现实主义大家,便是借鉴他者的很好的例证。文学研究会诸成员,高举文艺"为人生"的旗帜,创作了大批"问题小说",形成并捍卫了新文学"为人生"艺术流派的经典范式。通过《文学研究会丛书》的出版,一批艺术倾向相近的作家聚集到一起,丛书在一定程度上为文学研究会对文学功能的理解作了注脚,是自身文学审美观念的实践成就的展示。

泰东图书局出版的《创造社丛书》与商务印书馆《文学研究会丛书》显示了两种文学观念的对立,丛书第一种《女神》完美地诠释了五四精神,《沉沦》富有忧郁感伤的情调,表现出强烈的主观性和抒情性。《女神》和《沉沦》呈现出一种共通的特色,即"青春的狂热",这正是构成创造社"流派"特征的集体意识的重要因素。《创造社丛书》在中国现代文学史上横空出世,打破了新文学固有的格局,不仅以"为艺术"的追求,而且以青春叛逆的性格在当时文坛上亮出浪漫主义的旗帜,开一代文风,直接规定和影响了中国现代浪漫主义文学的发展,使"新文学史上因此而不得不划一时代"。②

《新潮》杂志的创办在新文学运动中有着深远的影响,而新潮社《文艺丛书》的出版对新文学的发展同样具有重要意义。如果说在编辑宗旨上,《创造社丛书》与《文学研究会丛书》有着鲜明对峙的话,那么新潮社《文艺丛书》显然不是单一地立足于"为人生"或"为艺术"的派别立场,它所呈现出的对上述两种文学观念的包容姿态,并且向着新的艺术空间开掘,呈现文学的多元化的努力,使其具有了特殊的价值。《文艺丛书》严格说来是鲁迅和周作人两人合编的,但这种合作却不是基于共同的编辑思想,丛书的编辑只是他们传达各自文学观念的一种手段。作为一套丛书,它在客观上体现了不同文学观念的交汇和融合,显示出一种开放的、包容的气度,这对于此前文学研究会和创造社所进行的对立来说,无疑是一种纠偏。不能说《文艺丛书》就是新文学的方向,

---

① 《东方杂志》第18卷第11号,1921年6月10日。
② 《创造》季刊第1卷第4期,1923年2月1日。

但它所彰显出的新文学的张力,表明文学永远不可能成为一个自足性的"发生空间"。文学重在新的艺术创造,封闭、独立和自足无论如何也不利于文学的发展。从这个意义上说,《文艺丛书》中的《呐喊》之于现实主义流派,《竹林的故事》之于乡土文学流派,《微雨》和《食客与凶年》之于现代主义流派,对于推动新文学的发展来说,其功能和价值的体现较之于《文学研究会丛书》或《创造社丛书》显然更具文学史意义。

三

我们不对"五四"新文学的自我想象和形象塑造进行过多分析,而是重点对"五四"新文学出版者的个体行为及其社会效果作出评价,目的是为了通过当时那些进步的知识分子在出版领域里的所作所为,来探求"五四"新文学出版所特有的文化品格。"五四"新文学出版极力维护着新文学的尊严,高扬着自身的社会价值和文化追求,其启蒙主义的理想与"五四"新文化的精神内涵呈现出高度的同一性。对两者同一性的观照,使我们对"五四"新文学出版所蕴涵的文化品格有了更深入、更全面的认识。

义无反顾地肩负起新文化建设的历史使命是"五四"新文学出版最重要的文化品格。"文学革命"承接晚清文学革命的现代性追求,而彻底宣告了中国文学现代性的确立。"由来新文明之诞生,必有新文艺为之先声,……而后当时有众之沉梦,赖以惊破。"李大钊在《晨钟报》创刊号上著文认为文学是思想文化、伦理道德的重要载体,要革新旧文化,就必须革新旧文学。陈独秀也说:"要拥护那德先生,便不得不反对礼教,礼法,贞节,旧伦理,旧政治。要拥护那赛先生,便不得不反对旧艺术,旧宗教。要拥护德先生,又要拥护赛先生,便不得不反对国粹和旧文学。"[①]"文学革命"的目的就是要借助批判旧文学来抨击旧思想、旧道德。"五四"新文化运动之所以迅速席卷全国,与"文学革命"的倡导以及新文学出版的积极推动密切相关。《新青年》《新潮》使"文学革命"终成波澜壮阔之势,并培育和积聚一支文学新军;此后,纯粹的新文学载体、有志于出版新文学书籍的出版社不断涌现,促成新文学有了正当的传播路径,在与新文学发展的良性互动中完成了自身文化品格的培育。这当中,亚

[①] 陈独秀:《本志罪案之答辩书》,《新青年》第6卷第1号,1919年1月。

东图书馆之于白话新诗，商务印书馆之于文学研究会，泰东图书局之于创造社，中国新文学新诗运动的旗帜、"为人生"的现实主义旗帜、"为艺术"的浪漫主义旗帜都是插在了出版社的台基上……受新文化运动熏染的新出版业，不但尽快调整了文学出版的思想和理念，而且使文学出版显示出"阵地"意识的传播功能，为新文化建设作出了积极贡献。

传达时代先声也是五四新文学出版重要的文化品格。《新青年》《新潮》等在理论倡导之外组织的创作实践，不论白话新诗、现代小说，还是现代散文、现代戏剧，无不以其先锋精神达成了文学现代性的特殊内涵，从而宣告了中国文学"现代性"的确立。单就新诗而言，20世纪初以胡适为领军人物的一批新诗探索者以其富有生气的变革意识，在新诗创作方面显示出果敢的勇气和创造的精神，昭示出对于新文学生成的不可或缺的积极意义。在出版领域，亚东图书馆将新诗集作为出版主题，在新文学的诞生期有这样的热情和胆识，充分表现了出版者支持新文化建设的自觉精神和前卫意识。胡适的新诗并无多少诗意的表达，他自己也说："很像一个缠过脚后来放大了的妇人回头看他一年一年的放脚鞋样，虽然一年放大一年，年年的鞋样上总还带着缠脚时代的血腥气。"①汪孟邹大概也知道，在当时"新体诗招人反对最力"，②但亚东图书馆还是于1920年3月出版了胡适的《尝试集》，使之成为中国文学史上第一部个人新诗集。之后又接连出版了康白情的《草儿》、俞平伯的《冬夜》、汪静之的《蕙的风》、北社编的《新诗年选（1919年）》、陆志韦的《渡河》、宗白华的《流云》、俞平伯的《西还》《胡思永的遗诗》、朱自清的《踪迹》等。五四时期较为重要的新诗集大都是由亚东图书馆出版，这种出版行为不仅显示出在文学出版领域大胆开拓新路的果敢精神，而且使新文学探索者的文化创造得以确立"合法性"。这种先锋性的出版行为所表达的正是五四新文化运动的精神品格。

敏于新变的革新精神同样是五四新文学出版重要的文化品格。在五四新文学出版领域，商务印书馆无疑是扛鼎之重镇，但是这一责任承担和社会效应是经过了艰难的角色转换而得来的。商务印书馆经过十几年的发展，已成为具有雄厚实力的大型出版机构，但对新文化运动的兴起却似乎无动于衷，因而遭到新文化阵营的尖锐批评。如果说当时的亚东图书馆、泰东图书局等新书局紧

---

① 胡适：《尝试集》"四版自序"，亚东图书馆1922年10月第4版。
② 俞平伯给《新青年》编者的信，《新青年》第6卷第3号，1920年3月。

跟新文化的浪潮，把出版现代的、先锋的出版物当作一种特殊的自主品格表达的话，那么早就完成了资本积累，经济实力相对雄厚的商务印书馆确实没有理由轻易为某种潮流所动。但是，张元济、高梦旦等毕竟坚守着与新文化人精神相通的价值立场，当外部批判猛烈袭来的时候，其固有的文化理想很容易就能迅速转移为对时代潮流的热情追逐。张元济为自己在不知不觉中落后于时代而惊醒。1919年1月6日，他致函高梦旦：" 《教育杂志》须改良，募外稿，从速行。"5月24日，又与高梦旦、陶惺存商定："请惺翁接管《东方杂志》，一面登征文。"1920年11月下旬，再与高梦旦商定："拟请沈雁冰主编并改组《小说月报》。"①这一连串的决定表明，张元济、高梦旦等确实感受到了时势的逼迫，并立即行动起来，采取撤换杂志主编、改组编译所、扶持学术团体和学术刊物等一系列措施，对商务印书馆进行全方位的改革。这个当时中国最大的出版机构终于在外力的冲击下转型，实现了自身经营理念的一次新跨越，并迅速成为新文学出版的重镇。

与新文化先驱和新文学团体达成统一阵线，合作共赢，也是五四新文学出版的文化品格。文化上的认同感使出版者能够借助已经具备了现代出版特质的文学出版体制给予五四作家以大力支持。商务印书馆的张元济、亚东图书馆的汪孟邹、泰东图书局的赵南公等，这是一批接受了现代新思想的知识分子出版家，他们本来就与新文化人有着天然的文化上的亲缘关系，所以跟上时代文化潮流对于他们来说显然没有什么思想上的阻力。在新文学出版领域有所建树的出版社，几乎无一例外地选择了与新文化先驱、新文学团体进行合作。亚东图书馆在"五四"潮来的时候以先觉者的姿态，紧紧抓住文化变革为出版业带来的机遇，与新文化先驱人物陈独秀、胡适等结为同盟，在出版理念、选题设计等诸多方面充分利用自身的资源优势，出版了以新诗集为代表的一大批新文学作品，在当时的出版界打出一片新天地。泰东图书局借助创造社完成了"理想的新泰东"的"重建"，而商务印书馆则与文学研究会建立了密切关系，实现了经营理念的转型。这种形式的合作从新文学团体一方来说，是欲使自己能够利用现成的出版阵地而获得文学的话语权，而从出版社一方来说，则是适应新文化运动对出版业的要求而尝试崭新出版领域的果敢勇气的表现，同时也是呼应新文化运动的一种姿态，是具有先进性、创造性和革命性的文化追求的自我形

①《张元济日记》，商务印书馆1981年版，第359页。

象自塑和社会价值呈现。

　　促成打破文坛"垄断",促进新文学多元发展,也不能不说是五四新文学出版的文化品格。商务印书馆和文学研究会相互借力,一个新文学流派——文学研究会占据了新文坛上的中心位置,它承担起"谋文学工作的发达与巩固"①的使命而领袖文坛,当时"几乎每个喜爱文艺的青年,都莫不将《小说月报》人手一册。此外,由文学研究会主编的'文学丛刊'也风行一时,所以从'五四运动'(民国八年)算到民国十一年止,我们如果要追溯中国的新文艺发展史,则这三四年之间,我们都可以名之为'文学研究会时代'"。②但是文学研究会掌控文坛领导权,沈雁冰等所搭建的庞大的、包罗万象的文学理论框架,面向文坛时的指导性语气,却引起了一群文学青年的反感,于是"异军突起"的创造社便向文学研究会的地位发起了挑战。《创造》季刊就是为了打破文艺偶像"垄断"而创办,目的就是要创造艺术的独立,团结天下无名作者,"造成中国未来之国民文学"。③郭沫若编辑《创造社丛书》,也显然有着要以此打破以文学研究会和商务印书馆为中心的新文学出版格局的深层用意,显示了一种在《文学研究会丛书》之外别立一家的"争夺"姿态。创造社刊物风格的犀利、《创造社丛书》的"争夺"姿态与泰东的不加干涉大有关系,可以毫不夸张地说,创造社的"异军突起",除了自身因素以外,还有泰东的"助力"。

　　责任感、先锋性、革新精神、合作精神、竞争意识等共同铸成了五四新文学出版的文化品格,但这远远不是五四新文学出版文化品格的全部,这里只是略举大端,仅此就足以表明五四新文学出版是一个多么崇高的文化存在。五四新文学出版培育了中国新文学的生成与壮大,参与了新文化建设的宏大工程,与伟大的时代精神息息相通,成为现代文学出版精神动力的源头,有着不可取代的历史地位。今天,当我们在光怪陆离的文学出版观念中艰难寻求宏门正学的时候,应当对五四新文学出版的文化品格表示敬意,应当让其在当今的文学出版中发扬光大,这是一种历史责任。

(原载《文艺争鸣》2008年第11期)

---

① 《小说月报宣言》,《小说月报》第12卷第1期,1921年1月10日。
② 陈翔鹤:《郁达夫回忆琐记》,《文艺春秋》副刊第1卷第1期,1947年1月。
③ 《纯文学季刊〈创造〉出版预告》,《时事新报》1921年9月29日。

新文学出版在"五四"语境中的嬗变

"五四"新文学出版，呈现着明显的阶段性特征。它从一开始便被赋予了先进性、创造性和革命性，这是新文化运动对出版业的一种要求，是一种文化性追求的判定尺度，更是出版界呼应新文化运动的一种姿态。新文学成为文学出版的主流，与文学革命的深入有关，更与新文学创作的繁盛分不开。但从另一个角度来说，它的繁荣是在"五四"特定的历史语境中生成的，"五四"新文学的出版者首先是新文化运动的接受者，不管是主动的还是被动的，是一时的还是长久的，他们的所作所为实际上是在借助出版这种有效的言说方式来宣传个人或集团的政治追求和文化追求，同时，在文化形象的自塑中体现了文化商人的价值。"五四"时期的新文学出版不仅为我们研究现代文学现象提供了一个新的角度，更重要的还在于它特有的文化品格对中国现代文学发展的贡献。

一、《新青年》《新潮》时期

"五四"新文化运动的先驱者高举民主与科学两面大旗，猛烈地抨击旧思想、旧道德，大力介绍自由平等学说、个性解放思想、社会进化论等各种西方思潮，上演了一场由中国传统文化的危机所引发的大规模的思想启蒙和文化革新运动。现代出版业站在商业立场上支持新文化运动，尝试新的出版领域，间接催生了"五四"新文学。众所周知，"五四"新文学的诞生与1915年陈独秀创办的《青年杂志》有着直接的关系。这本标志着"五四"新文化运动兴起的刊物，完全是在出版业的支持下创办的。1915年，在政治上屡遭失败的陈独秀认识到文化启蒙的重要性，但苦于没有传播启蒙思想的阵地，于是他利用与亚东图书馆的关系，与总经理汪孟邹商量"想出一本杂志，说只要十年、八年的工夫，一定会发生很大的影响"。他让汪孟邹"认真想法"。但"当时亚东图书馆生意不好，又正在印行《甲寅》杂志，经济上甚为棘手"，"实在没有力量做，后来才介绍他与群益书社陈子沛、子寿兄弟。他们竟同意接受，议定每月的编辑费和稿费二百元，月出一本，就是《新青年》"①。如果没有亚东图书馆的介绍，没有群益书社的同意接受，就不会有《新青年》的创办，或者说至少不会这样顺利。汪孟邹的合伙人汪原放在后来回忆说："如果介绍到群益，又不同意接受，那么，仲翁想出的'只要十年、八年的功夫，一定会发生很大的影响'的一个杂志，就决不能在'民国四年（1915年）九月十五日'问世了。"《新青年》起初每期只印一千本，但群益书社坚持下来了，"愈出愈好，销路也大了，最多一个月可以印一万五六千本了"②。

《新青年》诞生在中国外患丛生、内乱频仍、社会黑暗、时局险恶的时代。时值以孙中山为首的中国资产阶级革命派对中国社会的改造活动陷入了步履维艰的境地。以陈独秀为代表的中国知识分子在对辛亥革命失败的反思中，重新选择了解决中国问题的突破口，那就是以新文化的传播来实现革新政治的目的。而所谓"新文化"思想便是以道德和文学上的革命为主题。

1919年初，北京大学的一批进步文学青年创办了《新潮》杂志。《新潮》的创办和出版，起初由北京大学出版部支持，一切都很顺利。但后来因为事务繁忙，便想找一家出版社代为经理。陈独秀、胡适写信给亚东图书馆商议此事，亚东图书馆"就一口应下来，毫不推辞地担当起来了"③。

《新潮》无论在风格上还是在功效上都和早期的《新青年》形成了一种独特的先行后续的关系。相对于《新青年》而言，《新潮》的文学性要显著一些。当时北京大学"新潮社"的成员中有相当一部分后来成为中国文学界的栋梁，比如傅斯年、罗家伦、周作人等人成为文学革命中期的重要人物。《新潮》对文学革命的贡献最重要的就在于文学理论上的探索。周作人不仅对新文学运动的内容与形式之间的辩证关系提出了重要见解，而且积极倡导"人的文学"及"平民文学"。在先驱者的推动之下，《新潮》上出现了汪敬熙、杨振声、叶绍钧等一些新的小说作者。新小说自1918年开始登上文坛，在几年中，就能取得鲁迅称之为"上海的小说家（指旧派小说家——引者）梦里也没有想到过"的成绩④，这正显示了新文学的巨大生命力。《新潮》上新诗的作者有康白情和俞平伯等，他们的诗写景细致，设色清丽，较多地显示了白话诗活泼清新的长处。

---

① 汪原放：《回忆亚东图书馆》，学林出版社1983年版，第32页。
② 汪原放：《回忆亚东图书馆》，学林出版社1983年版，第32页。
③ 汪原放：《回忆亚东图书馆》，学林出版社1983年版，第44页。
④ 《对于〈新潮〉一部分的意见》，《新潮》1919年5月1日，第1卷第5期。

严格说来,群益书社、亚东图书馆支持《新青年》的创办、接受《新潮》的印行,并不是在直接进行新文学出版的实践。且不说《新青年》《新潮》压根就不是纯文学刊物,单就出版社接受它们的动机而言,从经营的角度讲,就不是赔本买卖。群益书社出版、印行《新青年》,预先议定只支付每期编辑费二百元,不长时间,《新青年》就发行一万多册。至于《新潮》交予亚东图书馆经理,据亚东图书馆的汪原放回忆说:"我们经理发行《新潮》,是从重排重印它的第一卷第一至五册(订正三版)开始的。《新潮》第一卷是1919年1月至5月出的,初版早已卖完了,再版出来,不到半月,也卖完了,而各界要求的信,还是来个不了。这时候,北京大学出版部正要出《新潮》的第二卷,再要重印第一卷,实在忙不过来,只有把三版委托我们代办了。"[①]《新潮》的社会需求量很大,可见亚东图书馆承印《新潮》,是一件毫无经济风险的事情。

文学革命初期,新文学刚刚萌生,而且它是借助于综合性文化杂志崭露头角的。出版商印行《新青年》《新潮》的初衷,应该说是在自身利益不被损害的前提下支持新文化。如果说出版业催生了新文学,实在不能说是有意为之,但它的意义却非同小可。

首先,20世纪初出版业对新文化运动的支持对于催生"五四"新文学是至关重要的,尽管它与新文学的直接对话还有不小的距离。就参与新文化运动而言,足见参与者的胆识。仅凭这一点,就昭示了出版业与新文学的结盟是历史的必然,或者至少说明新文学已经有了得以传播的媒介。其次,就出版的规律而言,首要的是积聚一支文学新军,而后才会出现新文学出版的繁盛。"新青年"、"新潮"群体都是文化社团,但它们却燃起了新文学的星星之火。社团是"五四"新文学分子的主要组织形式,而出版业与新文学社团的互动正是"五四"新文学出版显著的特征。

二、《尝试集》《三叶集》时期

对新文化杂志的认同、择取,如上所论,是文化追求与商业追求二重意识共同作用的结果。这二重意识的一个基本诉求是:新文化杂志的创办、出版,既有助于显示对新文化运动的热情,又能保证商业经营上的稳定状态。所以,

---

[①] 汪原放:《回忆亚东图书馆》,学林出版社1983年版,第44页。

在《新青年》《新潮》的出版印行过程中，出版商反复言说的一个重要内容，是出版印行新文化杂志是在帮"忙"，尽管自己的事务已经很"忙"。

然而，《新青年》《新潮》时期的新出版业却十分看重商业利益，对新文化的支持主要以情感上的认同来表述自己。主观上自我张扬的空间狭窄，以致个人间的友情成为取舍出版资源的直接的也是决定性的因素。

"情感认同"在《新青年》转向，《新潮》主要编辑人去国以后的新文学出版领域出现了两种有趣的现象：一是果敢地推出新文学书籍；二是对文学青年创办新文学刊物的热情不屑一顾。

胡适《尝试集》的出版，不应仅仅看作是一部书的问世，甚至也不能仅仅看作是出版业对新文学书籍的第一次直接运作，这一事件的意义不可忽视。它是在出版商与新文化先驱"情感认同"的话语中被表述出来的一种出版文化现象。胡适，安徽绩溪人，与《尝试集》的出版者亚东图书馆的经理汪孟邹有同乡之谊。胡适早年在上海读书时就结识了汪孟邹。出国留学后，他与汪常有书信往来，接受汪的约稿，为亚东图书馆在美国代售《甲寅》杂志。在《尝试集》出版以前，胡适的译作《短篇小说》就已由亚东图书馆出版。亚东图书馆与胡适的这次合作，为结胎时期的新文学运动树立了第一座丰碑，也是胡适早期诗歌理论的创作实践。《尝试集》出版后，立刻引起了强烈的社会反响，据胡怀琛《〈尝试集〉的批评与讨论》统计，仅从1920年4月起到1921年1月止，对其展开通信讨论的"共有十多个人，个人的文章发表在三四种日报和杂志上，转载在五六种日报和杂志上"。《三叶集》是宗白华、田寿昌、郭沫若三人的通信集，1920年5月由亚东图书馆出版，被称为中国新文学最早的散文集，也是中国出版史上继《尝试集》之后的第二部新文学书籍。这部书的出版也是出于宗白华与亚东图书馆不寻常的关系。宗白华，安徽安庆人，也是亚东图书馆老板的同乡。他早年曾任《少年中国》月刊编辑，这本杂志从第5期起由亚东图书馆发行，而来亚东图书馆接洽出版事宜的就是宗白华。汪原放在《回忆亚东图书馆》中说："由于接洽《少年中国》的事，我与宗白华先生渐渐地很熟了。"1919年夏，宗白华应上海《时事新报》的邀请，编辑文学副刊《学灯》，当时汪原放正在学习文学翻译，他将转译的一篇托尔斯泰的《只有上帝知道》的译文请宗白华修改，宗白华在《学灯》予以刊载，足见两人关系的非同一般。当宗白华将《三叶集》交到亚东图书馆的时候，怎么能不被接受呢？

如果认为有了《尝试集》《三叶集》的出版，就断定出版业已将新文学作为重要出版资源而进行全面开发和建设，却也不符合事实。《尝试集》和《三叶集》是中国出版史上最早的两部新文学书籍。任何事物的第一次尝试，都必然带有冒险性。出版商敢于以拓荒者的精神，开风气之先，但也决不会不考虑商业上的利益。亚东图书馆出版这两部作品，有没有借助"名人效应"的意图呢？不可否认，《尝试集》《三叶集》出版的成功具有多方面的因素，胡适的身份和号召力所起的作用应该是至关重要的，宗白华、郭沫若、田寿昌在当时也是小有名气。但是，"名人"的书并不一定都能带来经济收益，人们大概不会忘记周氏兄弟《域外小说集》的遭遇。那么，亚东图书馆的这次出版行为，其最初的动因主要的还是"情感认同"在起作用。要不是这样，包括亚东图书馆在内的出版机构就不会对郭沫若等人创办新文学杂志的热望置之不理——尽管郭沫若是《三叶集》的作者之一，商务印书馆就不会断然拒绝文学研究会出版杂志的要求，"五四"作家也就不会对出版商的唯利是图大加挞伐。

1918年8月，时在日本留学的郭沫若与张资平在箱崎海边有一次谈话，郭沫若讲出了自己的一个想法："我们找几个人来出一种纯粹的文学杂志，采取同人杂志的形式，专门收集文学上的作品。"这一想法后来得到了同在日本留学的郁达夫、成仿吾的赞同，他们委托田寿昌在国内找出版社合作。直到1921年，郭沫若才知道，田寿昌曾托在中华书局当编辑的朋友左舜生帮忙。左舜生告诉郭沫若："我也奔走了几家。中华书局不肯印，亚东也不肯印；大约商务也怕是不肯印的。"①

文学研究会在筹备成立之时，曾向商务印书馆提出办一个刊物的想法，但商务印书馆经理张元济"只答应可以把《小说月报》改组，而没有允担任文学杂志的出版"。文学研究会的发起者郑振铎等人起先态度非常明确："我们自然不能赞成。"商务印书馆却没有给予通融的机会，郑振铎等也就只好妥协："至于《小说月报》，则以个人名义，答应为他们任撰著之事，并以他为文学杂志的代用者，暂时不再出版文学杂志。"②

这两件事都发生在《尝试集》《三叶集》出版之时。亚东图书馆、中华书局、商务印书馆，从实力上讲，代表了当时中国出版业的主体。它们为什么拒

---

① 郭沫若：《创造十年·学生时代》，人民文学出版社1979年版，第92页。
② 《文学研究会会务报告（第一次）》，《小说月报》1921年2月10日，第12卷第2号。

绝新文学杂志的出版呢？说到底还是把商业效益看得太重了。如果说《尝试集》《三叶集》的出版带有"情感认同"的因素的话，那么当出版商面对其他人的时候，"情感认同"就不复存在，剩下的就只有赤裸裸的商业性追求了。从出版的角度来看，这种现象是不难理解的。出版社需要跟上时代潮流，需要"趋新"，但为了生存和发展，不能不考虑商业效益。

由于商业性追求的支配作用，出版业在某种程度上忽视了新文学的存在，阻碍了新文学的发展，于是"五四"文化界出现了一种对新文学出版命运的焦虑与反思，这种焦虑与反思通过分析和讨论出版物的状况而展开。1919年4月，罗家伦在《新潮》杂志上发表《今日中国之杂志界》，猛烈批评了杂志出版的弊端，对于商务印书馆的《小说月报》也痛加贬斥，指责它内容低级庸俗，违背了时代和读者要求。1920年1月，郑振铎在《新社会》上发表《1919年的中国出版界》一文，指出："还有一件事很奇怪，就是黑幕一类的书，仍旧十分的发达。"他迫切希望出版界"能够去了投机牟利的心理，做真正的新文化运动"。

这种焦虑与反思，不能看作是一种个别现象，而应视为"五四"新文化人的共识。"五四"新文学出版，在《新青年》《新潮》时期是通过出版印行文化综合性杂志进行的，到这一时期，纯粹的新文学杂志未曾出现，新文学书籍的出版虽然热闹但尚难形成气候，新文学作品的发表大多转移到了报纸副刊上。这一时期，既是一种过渡，也像是在等待。

三、新文学社团出版时期

新文化话语在焦虑、反思中得以表达、张扬，而这种张扬必然导致文学出版理念的相应调整。

其实，文学出版理念的调整早已在悄悄进行。商务印书馆在机构改组中，将一直由"鸳鸯蝴蝶派"把持的文学期刊《小说月报》列入其中。1919年11月，《小说月报》主编王莼农决定从1920年起，用三分之一的篇幅提倡新文学，拟名为"小说新潮"栏，请沈雁冰主持该栏实际编务，拥有十年历史的旧文学顽固堡垒《小说月报》终于被打开了一个缺口。到了1920年的第10号，《小说月报》取消了新旧小说栏目之并置，"一律采用'小说新潮'栏之最新译著小说，以应文学之潮流，谋说部之改进"①。1920年底，王莼农辞职，沈雁冰接任主编。从1921年第12卷第1号起，《小说月报》全面革新。革新后的《小说月报》成为文学研究会的代用机关刊物。应该说，从这时开始，新文学出版才真正走入正轨。几乎与此同时，泰东图书局的赵南公"意识到泰东的出版方向不能不跟着时代的潮流前进"，1921年2月，"拟扩大泰东的编辑部，由李凤亭任法学部主编，请李石岑任哲学部主编，并由李凤亭推荐成仿吾任文学部主编"②。当时具有较大影响的出版机构，几乎都加入到新文学的出版行列中来，文学出版的格局为之一变，新文学出版在与旧文学出版的较量中逐渐占据上风，新文学出版成为文学出版的主流。

  在此，不能忽视以报纸副刊为主的大众传播媒介的作用。由于报纸副刊上大量新文学作品的发表，迅速影响和吸引了社会上大批有志文学青年。"五四"后期，文学革命的中心任务已经由对旧体系的摧毁转变为新体系的创建，而已转型的《新青年》已经无法完成这一历史使命，因此在个性主义和平民主义文学思潮的影响下，自1921年起，成立文学社团和创办文学刊物蔚然成风。正像茅盾后来所说的："这几年的杂乱而且也好像有点浪费的团体活动和小型刊物的出版，就好比是尼罗河的大泛滥，跟着来的是大群的有希望的青年作家，他们在狂猛的文学大活动的洪水中已经练得一副好身手，他们的出现使新文学史上的第一个'十年'的后半期顿然有声有色！"③据统计，从1921年到1923年全国出现的大小新文学社团40个，出版文学刊物52种；截止到1925年，新文学社团和刊物各不下百余，其中文学研究会和创造社是两个成立最早、规模最大的新文学社团。当时这两个社团聚集了一大批才华横溢的文学青年，比如文学研究会的叶绍钧、王统照、庐隐、许地山，创造社的郭沫若、成仿吾、郁达夫等。以文学研究会为代表的现实主义流派和以创造社为主的浪漫主义流派并行，使中国文学呈现出异彩纷呈的局面。这两个文学社团最主要的活动就是依托商务印书馆、泰东图书局等创办了大批文学类杂志，编辑出版了影响深远的新文学丛书，比较著名的有文学研究会的《小说月报》、《文学研究会丛书》，以及创造社的《创造》季刊、《创造周报》、《创造社丛书》等。

---

① 《本社启事》，《小说月报》1920年10月25日，第11卷第10号。
② 沈松泉：《泰东图书局经理赵南公》，《出版史料》1989年第2期。
③ 《中国新文学大系·小说一集导言》（影印本），上海文艺出版社2003年版，第8页。

这一时期，新文学出版才真正体现了它的现代传播意义。它所面对的是一个具有崭新文学意义的作家群体。"'群体'就是一个包括所有年龄的作家集团。这个集团在某些事件中'采取共同的立场'，占领着整个文学舞台，有意无意地在一段时期内压制新生力量的成长。"① "五四"作家群体在这时好像突然间崛起、壮大了，一下子冒出了各种各样的"主义"、"流派"，文学出版终于有了丰厚的作者资源。作为文学产品生产过程中间环节的出版商，此时也密切关注着读者阅读趣味的变化。如果说在此前新文学还只是局限在一个由精英人物组成的、内部以封闭的形式存在的群体中的话，那么现在经过新文化话语的不懈冲击，大批文学青年成为了新文学的接受者和知音。他们的阐释性和理性的评判，与新文学创作两相呼应，从接受方面促进了新文学生产的规模化和大众化。

一面是众多富有创作激情和活力的新文学作家，一面是大批愿意接受、欣赏新文学的读者大众，出版与新文学的关系便在符合各自利益需求的默契中形成了一种"互动"效应。泰东图书局与创造社的关系很具代表性。如果没有泰东图书局，就没有创造社的巨大影响；反之，如果没有创造社成员的努力，泰东图书局也就不会成为新文学出版的劲旅。泰东图书局一边顺遂了郭沫若等人创办杂志、成立社团的心愿，一边又靠他们的劳作和影响赚钱。商务印书馆与文学研究会的关系又何尝不是如此？"互动"关系在"五四"新文学创作和出版中得到全面体现。完全可以说，这一时期的新文学出版在构建新的、与中国文学发展相适应的现代传播体系方面所起的作用是不可估量的。

（原载《文艺研究》2004年第1期）

---

① 〔法〕罗贝尔·埃斯卡皮著，于沛选编：《文学社会学》，浙江人民出版社1987年版，第23页。

《新青年》是如何掀起文学革命风暴的

在我国现代出版史上，陈独秀主编的《新青年》值得大书特书。作为一种综合性的思想文化杂志，当时国人关注的新知识、新问题，都成为杂志探讨的热门话题，诸如孔子评议、欧战风云、女子贞操、罗素哲学、国语进化、科学方法、偶像破坏、新诗技巧等等，甚至开设"专号"，如"易卜生专号"、"人口问题专号"、"马克思主义研究专号"……对思想流派和重大社会问题进行集中讨论，引发了强烈的社会反响。尤其是由这一杂志倡导的"文学革命"，开启了中国新文学的历程，具有划时代的历史意义。从编辑学角度看，《新青年》讨论的这些问题，都是经过精心策划的重大选题。选题策划与社会效果之间的内在联系，取决于策划者强烈的社会责任感和洞悉社会问题动向、本质的敏锐性；取决于对实施策划所表现出的坚定的信念和高超的运作艺术。本文就以《新青年》杂志如何掀起"文学革命"风暴为例，通过一个完整的编辑策划过程，来看一看20世纪初的杂志编辑具有怎样的个性风采和编辑艺术。

选题的酝酿——"要拥护德先生，又要拥护赛先生，便不得不反对国粹和旧文学。"

辛亥革命失败后的几年间，文学领域同当时整个文化思想领域一样，充满了萎靡、没落景象。旧的文学改良运动已经偃旗息鼓，形形色色的封建文学依然充斥文学领域，僵死的文言文依然是文人学者顶礼膜拜的偶像。抨击时政、揭露现实的文学作品不复多见，而以黑幕、艳情、武侠、侦探、宫闱为基本题材的黑幕派、鸳鸯蝴蝶派的小说，庸俗低级趣味的"文明戏"，反而风行一时。桐城派主张"文以载道"，文选派宣扬"代圣贤立言"，江西派诗词刻意模仿，文学远远地脱离了社会生活，只成为少数文人消遣、营利以至相互标榜或相互诋毁的工具。封建军阀及其御用文人不仅大肆鼓吹"尊孔读经"，而且利用文学散播封建思想毒素，攻击革命派人物。清末报刊上一度出现的将文言加以改良而成的"新文体",也在封建文人的排斥下逐渐消失。旧文学的陈词滥调和八股流毒,继续影响着许多人。文学上的这股逆流,是当时封建势力更为猖獗的政治气候在文学领域内的反映。它不但背离了中国古典文学和近代文学的进步传统,阻塞了中国文学前进发展的道路,而且是思想启蒙运动的严重障碍,有助于反动统治者的愚民政策,而不利于人民的觉醒。

这种情况自然要遭到先进知识分子的反对。《新青年》创刊后不久,主编陈独秀即针对国内文坛状况发表《现代欧洲文艺史谭》等文,介绍西方近代文艺思潮从古典主义、理想主义(浪漫主义)到写实主义(现实主义)、自然主义的变迁过程。陈独秀并在通讯中明确表示了文学改革的愿望:"吾国文艺,犹在古典主义、理想主义时代,今后当趋向写实主义。文章以纪事为重,绘画以写生为重,庶足挽今日浮华颓败之恶风。"① 这是陈独秀适应当时思想革命的要求,适应中国文学前进发展的要求,而酝酿的一种文艺进化论,实际上他是主张以写实主义文学扫荡当时中国文艺界的拟古主义、形式主义和反现实主义的腐败恶风。

陈独秀创办《新青年》,宣称"批评时政非其旨也"②,而是在思想文化领域进行斗争。在创刊号上,他疾呼"民主"与"科学",高扬这两面大旗,向封建专制和封建迷信、愚昧思想奋力讨伐。"要拥护德先生,又要拥护赛先生,便不得不反对国粹和旧文学。"③ 这说明陈独秀在杂志创办之初就在思考文学的变革问题,虽然没有形成明确的文学革命的思路,却充分强调了对于欧洲文艺学习和借鉴的重要性,初步意识到文学革命势在必行。

1916年10月,胡适从美国寄信给陈独秀,说:"今日偶然翻阅旧寄之贵报,重读足下所论文学变迁之说,颇有鄙见,欲就大雅质正之。足下之言曰:'吾国文艺犹在古典主义、理想主义时代,今后当趋向写实主义。'此言是也。"在信中,他针对"今日文学之腐败极矣"的现状,提出今日欲言文学革命,须从"八事"入手:一曰不用典;二曰不用陈套语;三曰不讲对仗;四曰不避俗字俗语;五曰须讲求文法之结构;六曰不作无病之呻吟;七曰不摹仿古人,语语须有个我在;八曰须言之有物。胡适提出的"八事",虽然既注意到文学"精神上

---

① 陈独秀:《答张永言信》,《青年杂志》第1卷第4号。
② 陈独秀:《敬告青年》,《青年杂志》第1卷第1号。
③ 陈独秀:《本志罪案之答辩书》,《新青年》第6卷第1号。

之革命"，又顾及到"形式上之革命"，但比较笼统，仅仅是略举要领而已；他希望"洞晓世界文学之趋势，又有文学改革之宏愿"的陈独秀，能够将这"八事"揭载于《新青年》，供世人展开直言不讳的讨论。陈独秀接胡适信后，马上给胡适回信，并把两信同时刊发在最近一期——第二卷第二期的《新青年》上。陈独秀在回信中高度评价了胡适的"八事"，除五、八两项略有疑义，"其余六事，仆无不合十赞叹，以为今日中国之雷音"。"倘能详其理由，指陈得失，衍为一文，以告当世，其业尤盛"。他还在信中进一步阐述敦请理由："文学革命，为吾国目前切要之事。此非戏言，更非空言，如何如何？《青年》文艺栏意在改革文艺，而实无办法。吾国无写实文艺以为模范，译西文又未能直接唤起国人写实主义之观念，此事务求足下赐以所作写实文字，切实作一改良文学论文，寄登《青年》，均至所盼。"中国"无写实文艺以为模范"，他主张以写实主义文学扫荡当时中国文艺界的拟古主义、形式主义和反现实主义的腐败恶风的理想就不能实现；"译西文又未能直接唤起国人写实主义之观念"，他倡导对于欧洲文艺的学习于借鉴又没有实质性的效果，所以痛切感到前路渺渺，而"实无办法"。胡适的来信无疑让陈独秀顿觉眼前一亮，撕扯不开的黑幕竟被人撩起一角，透出的光深深慑住了他敏感的神经。作为杂志主编，作为立志文学变革的革新人物，陈独秀时刻警觉着，寻觅与己同道的新作者与任何可能的突破口——这既是思想境界，也是编辑压力。一旦遇到，便不会放弃。一则读者来信，蕴含了一种"新说"——文学革命当从"八事"入手，也就是首先进行文学形式的改革。陈独秀大彻大悟，要想将文学革命推到前台，必须以白话取代文言为基本话题，这是启动文学革命的导火索。而陈独秀的催稿，正是编辑家的敏感和革命家的气魄的具体体现。这次行动使文学革命从酝酿转入明确的号召，陈独秀终于通过这一千载难逢的机遇，提出了一个影响一代文学发展的重大选题——"文学革命"。

选题的提出——"今欲革新政治，势不得不革新盘踞于运用此政治者精神界之文学。"

胡适果然不负厚望，很快寄来调整充实后的《文学改良刍议》。陈独秀欣喜不已，立刻将这篇文章刊登在第二卷第五号《新青年》上，并附"识语"。"八事"为:"一曰,须言之有物。二曰,不摹仿古人。三曰,须讲求文法。四曰,不作无病之呻吟。五曰,务去烂调套语。六曰,不用典。七曰,不讲对仗。八曰,不避俗字俗语。"胡适《文学改良刍议》的发表,是"文学革命"的发难信号,将"文学革命"由酝酿阶段导入真正的倡导阶段。

胡适的"八事",显然是针对旧文学的形式主义和拟古主义毛病而发的。在文学远离生活、陈词滥调盛行的情况下,最初提出这些意见,自有其积极作用。他明确主张以白话文代替文言文,确实顺应了历史发展的要求,较之清末梁启超等所提倡的"改良文言"式的"新文体",毕竟前进了一大步。正如蔡元培所说:"民元前十年左右,白话文也颇流行……但那时候作白话文的缘故,是专为通俗易解,可以普及常识,并非取文言而代之。主张以白话代文言,而高揭文学革命的旗帜,这是从《新青年》时代开始的。"①这里也有胡适的一份功劳。但是,胡适的主张本身也有形式主义的倾向,多着眼于形式上的名副其实的点滴"改良",没有真正触及文学内容的革命,并未同旧文学鼓吹的"文以载道"划清界限。果真按照胡适的这种主张,则文学除了白话的形式以外,不会有根本性质的变革,彻底反帝反封建的新文学更不可能出现。鲁迅说得好:"单是文学革新是不够的,因为腐败思想,能用古文做,也能用白话做。"②但这种以倡导白话文学为突破口的文学变革,既是戊戌变法前后裘廷梁等资产阶级改良派倡"白话为维新之本"思想的延续,又比那时的思想要深刻得多。

胡适发出了"文学革命发难的信号",但他初涉文坛,又远在异邦,对这场斗争心中无数,态度并不坚决,一再宣称"绝不敢以吾辈所主张为必是,而不容他人匡正也"③。陈独秀明白,单靠胡适的一篇文章,无论如何也不能达到自己预定的效果和目标,又加上胡适的态度小心翼翼,更使陈独秀感到一种紧迫感和使命感。他一方面给胡适鼓舞士气,"改良中国文学,当以白话文为正宗之说,其是非甚明,必不容反对者有讨论之余地,必以吾辈所主张者为绝对之是,而不容他人之匡正也。"④一方面亲自撰写《文学革命论》,以与胡适的《文学改良刍议》相呼应。在《文学革命论》中,陈独秀一反胡适的温和,以其一贯决

---

① 蔡元培:《中国新文学大系·总序》,胡适:《中国新文学大系·建设理论集》,香港良友图书印刷公司1935年版,第10页。
② 鲁迅:《无声的中国》,《三闲集》,人民文学出版社1997年版,第7页。
③ 胡适:《通信》,《新青年》第3卷第3号。
④ 陈独秀:《致胡适之》,《新青年》第3卷第3号。

绝的口吻,将"文学革命"上升到你死我活的斗争层面,并把文学革命与伦理革命、政治改革联系起来。他说:"盘踞吾人精神界根深蒂固之伦理、道德、文学、艺术诸端,莫不黑幕层张,垢污深积";"今欲革新政治,势不得不革新盘踞于运用此政治者精神界之文学。"他高举"文学革命"大旗,明确提出"三大主义",作为反封建文学的响亮口号:"曰推倒雕琢的阿谀的贵族文学,建设平易的抒情的国民文学;曰推倒陈腐的铺张的古典文学,建设新鲜的立诚的写实文学;曰推倒迂晦的艰涩的山林文学,建设明了的通俗的社会文学。"陈独秀的矛头是对准封建主义的,他不仅反对旧文学上的"雕琢"等毛病,而且着重地反对了"黑幕层张、垢污深积"的封建思想内容。他把文学革命当做"开发文明"、改变"国民性"并借以"革新政治"的"利器"。陈独秀大胆指斥封建文人一向崇奉的"明之前后七子及八家文派之归、方、刘、姚"等为"十八妖魔",号召人们"不顾迂儒之毁誉"而与之宣战。他以欧洲19世纪资产阶级文学为楷模,要求新文学能"赤裸裸的抒情写世"。他以此广纳将士,并表示"愿拖四十二生的大炮,为之前驱"。这种态度比起胡适"不敢以吾辈所主张为必是"来,显然也要勇猛得多。可以说,陈独秀才是坚决地承接和发展了晚清资产阶级的文学改革运动,并把它推到了最高点。在国内马克思主义还没有得到传播的历史条件下,这些主张对于打击封建主义和封建文学,扩大文学领域内民主主义和现实主义思想的影响,都起了相当积极的作用。

"文学革命"在《新青年》爆发,是陈独秀一手策划的,他借助了胡适的文学形式的变革思路,以武断的态度对胡适的意见予以充分肯定,又适时发表自己的"三大主义"推波助澜。胡适最关心文学形式的革新,着眼于从学理上阐释其文学革命的主张;陈独秀首重内容改革,主要着意于从时势的需要发表其文学革命的观点。他们充当的是文学革命中相辅相成的两翼,一个着重从文学史的研究中揭示白话文替代文言文的必然性,一个侧重从时势的发展上揭示文学发展的必要性,前者以学者立言,后者以革命家立言,这就有了态度的平和与决绝的区别。正是"得着了这样一个坚强的革命家做宣传者,做推行者"[①],文学革命才得以迅速展开。

---

① 胡适:《逼上梁山》,胡适选编《中国新文学大系·建设理论集》,香港良友图书印刷公司1935年版,第27页。

选题运作的深入——上演"双簧戏"

"文学革命"的论题提出以后,陈独秀密切关注着社会上的反应,唯恐反对的声音太少了、反对的力度太小了。他利用通信、论文、读者论坛等形式,不断激发公众参与讨论的热情。随着钱玄同、刘半农、傅斯年等学者的加入,讨论日趋激烈。其时,封建国粹派由恐惧慌乱变为疯狂的咒骂和反对,以林纾为代表的"桐城派"和以刘师培为代表的"文选派"最为猖獗,但陈独秀还是感到社会反响没有达到预期的效果。于是《新青年》同人在陈独秀的导演下上演了一出具有深远影响而又略显滑稽的"双簧戏"。

所谓"双簧戏",是由钱玄同、刘半农两人合伙干的。先是由钱玄同化名王敬轩在《新青年》上发表一篇反对文学革命、为封建文学辩护的《给新青年编者的一封信》,集合众多反对言论,撰成一挑衅之文,再由刘半农以记者名义写了一篇《复王敬轩书》,逐一批驳。①

化名"王敬轩"的文章维护古文,故意漏洞百出,主要观点大概有以下几点:其一,说西洋各种学说,中国原来就有;其二,谓中国古文即文言文如何比白话好;其三,讲中国文学构造原理如何奥妙高深,非浅夫所能解。譬如"人"字左一撇清轻上扬以象天,天为男,为夫;右一捺重顿以象地,地为女,为妇,夫妇合体,人伦之始,这才是"人"字的意义;其四,他拥护林译小说,说林氏翻译某书,书名曰"香钩情眼"何等温柔香艳?倘采新青年直译主义,则必曰"革履情眼",那岂不大煞风景……全篇浓圈密点,满纸琳琅,好像说他自己这篇绝世奇文,是不可无一,不能有二;而且摆出了这种堂堂之阵、正正之旗,新青年这些毛头小伙子从此非挂起降幡不可了。

刘半农的那篇答复,开始用各种俏皮话把这个王敬轩先生挖苦了个不亦乐乎,最后才摆出正经脸孔,提出许多学术和文字学原理,把他重重教训了一顿。

王敬轩的信忽儒,忽道,忽阴阳五行,思想夹杂不清,极乌烟瘴气之致,且内容空洞,言之无物,正足以代表旧式读书人的思维;刘半农的答复,则条理明畅,笔锋犀利,且学养深厚,议论宏达,处处可以表现新时代学者逻辑的思致和科学的精神。

这两封双簧信发表后,在当时的思想界和文学界引起了巨大震动。新文化

---
① 王敬轩:《刘半农.文学革命之反响》,《新青年》第4卷第4号。

运动方面的战鼓擂得更紧了。但是这种做法却遭到质疑，有位署名"崇拜王敬轩先生者"的读者看到上述两篇文章以后，写信质问《新青年》："贵志记者对于王君的议论，肆口大骂，自由讨论学理，固应如是乎！"陈独秀回答说：对于妄人"闭眼胡说，则惟有痛骂之一法"。对于"毫无学理毫无常识之妄言"者，滥用讨论学理之神圣自由，"致是非不明，真理隐晦，是曰'学愿'；'学愿'者，真理之贼也"。①就是在革命文学阵营内部，也有不同意见，胡适便认为这样"有失士大夫身份"，这种"不登大雅之堂"的文章，不应该发表。胡适的看法也不是没有道理，反对腐朽的封建文学本是堂堂正正的正义之举，何必采用如此手法？但是，陈独秀"他们正办《新青年》，然而那时仿佛不特没有人来赞同，并且也还没有人来反对"。②杂志最怕办得寂寞，捧也好，骂也好，热闹起来才是杂志的活路，寂寞久了，没人赞同没人反对久了，就自行消亡了。王敬轩、刘半农两篇文章的发表，正是陈独秀的高明之举。鲁迅说这出"双簧戏"是一次了不起的大仗，并且评价刘半农说："但半农的活泼，有时颇近于草率，勇敢也有失之无谋的地方。但是，要商量袭击敌人的时候，他还是好伙伴，进行之际，心口并不相应，或者暗暗的给你一刀，他是决不会的。倘若失了算，那是因为没有算好的缘故。"③从这段话里，我们可以知道当时的这次战斗，是经过一起商量和研究的。鲁迅后来说："古之青年，心目中有了刘半农三个字，原因并不在他擅长音韵学，或是常做打油诗，是在他跳出鸳蝴派，骂倒王敬轩，为一个'文学革命'阵中的战斗者。"④可见，当时"双簧戏"的战斗，给鲁迅留下了多么深刻的印象。他甚至认为，刘半农的声名鹊起，是和他与王敬轩的战斗联系在一起的。

钱玄同、刘半农的这两篇游戏文章刺激了读者心理，实远胜于百十篇庄严的论文。昔人谓作文如用兵，有正有奇。正兵苦战疆场，一时未必取胜；奇兵自天而下，往往使敌人措手不及，而获全功。陈独秀及同人的"双簧戏"正有如此作用，固然近乎恶作剧，却是陈独秀高超主编艺术的体现，也是现代报刊史上精彩的一笔。

---

① 陈独秀：《通信》，《新青年》第3卷第2号。
② 鲁迅：《呐喊·自序》，《鲁迅小说集》，人民文学出版社1952年版，第8页。
③ 鲁迅：《忆刘半农君》，《且介亭杂文》，人民文学出版社1973年版，第54—55页。
④ 鲁迅：《趋时和复古》，《花边文学》，人民文学出版社1973年版，第96页。

启示和思考

由陈独秀酝酿、策划的以文学形式变革为切入口的文学革命终于如火如荼地展开，此后《新青年》《新潮》《每周评论》等报刊遥相呼应，反对旧文学、提倡新文学的文学革命运动引起了全社会的广泛关注，讨论的问题不断深入。周作人根据文学思想革命的需要提出"人的文学"的主张，使"文学革命"由形式的革命逐渐转入思想的革命，在胡适、陈独秀倡导的文学形式变革的基础上奠定了新文学的内容基础。之后，李大钊、鲁迅、沈雁冰等人加入到新文学运动的行列，有力地推动了新文学沿着正确的方向发展。

陈独秀等人借助《新青年》杂志阵地掀起一场文学革命，至少可以给我们如下启示：

一、办刊物要善于借势，要顺应时代潮流，反映时代精神。文学革命运动在不多几年的时间内，取得了多方面的巨大成就，这是它符合和适应时代历史要求的结果，其倡导之功不能不首推陈独秀。陈独秀正是顺应时代的要求，基于彻底批判和否定整个封建制度及其思想体系而思考文学变革问题的。同时，没有现代民主主义思想的觉醒，同样也不可能有反对旧文学、提倡新文学的果敢和决绝。

二、办刊物要善于发现有助于自己思考的话题，并能使之按照自己的思路形成理论主张，为我所用。文学革命所进行的反对文言、提倡白话的运动，带来了文学语言形式的大革新、大解放。中国广大劳动人民长期以来同书面文学隔绝，固然有社会政治方面的根本原因，但同难读难懂的文言文长期在文艺领域所占的正宗地位也是有关系的。陈独秀正是以胡适的文学形式变革的"八事"为突破口，旗帜鲜明地提出了文学革命的论题，表现了一位编辑家的敏锐眼光和责任意识。

三、要善于将学术观点大众化，普及化。最令人赞叹的就是钱玄同、刘半农"双簧戏"的上演。胡适的不满，是以学者的眼光看问题，但陈独秀的着眼点是要将学者的书斋著述转化为大众的公共话题，借以引起全社会的广泛关注，并进而推动讨论的深入发展。这是编辑家和学者的不同之处。

四、办刊物要有"咬定青山"、一干到底的精神。陈独秀这个人，只要是他认准了的大事，就执著不放，奋进搏击，从不瞻前顾后。对于陈独秀这种坚定不移的态度，胡适在五年以后回忆起文学革命发难时的情景时说，自己的历史癖太深，故不配做革命的事业。文学革命的进行，最重要的急先锋是他的朋友陈独秀。他检讨自己的态度太和平了，若照着他这个态度做去，文学革命至少还须经过十年的讨论与尝试。"但当日若没有陈独秀'必不容反对者有讨论之余地'的精神，文学革命的运动决不能引起那样大的注意"。[①]这个评论是非常公允的。

作为杂志主编，陈独秀的个性精神和编辑艺术给了我们很多的启示，但是，透过陈独秀来看《新青年》，我们则不得不思考更为深刻的问题。文学革命这样一个足以改变中国文学发展进程的大题目只有在《新青年》上才得以完成，这份杂志的意义也就可想而知了。《新青年》在1919年以前可以说是中国唯一倡言新文化的大型文化学术杂志，它把一大批出色的知识分子吸引到自己的周围，共同塑造了杂志的鲜明个性。它用思想文化作武器，唤醒一代青年人，推翻一切传统的东西，掀起了波澜壮阔的新文化运动，文学革命正是新文化运动的一个组成部分。所以，我们今天来谈论陈独秀文学革命的策划，就不仅仅是感佩他个人的编辑才能，还应该直面《新青年》的品格。《新青年》是编给青年们读的，它有明确的读者定位；《新青年》力倡科学与民主，它有鲜明的办刊宗旨。正因如此，它敢于猛烈抨击旧思想、旧道德，大力倡导自由平等学说、个性解放思想、社会进化论等等，昭示了新文化的方向。《新青年》所刊登的文字，所讨论的问题，当然也包括文学革命的策划，构成了自己独特的话语体系和精神品格，在相当一段时期里占据着中国思想文化界的中心位置，直到今天仍然对我们产生深刻的影响。这才是值得我们认真思考和研究的关键之所在，更是值得我们借鉴和学习的关键之所在。

（原载《编辑之友》2003年第4期）

[①] 胡适：《文学革命运动》，《胡适选集》，天津人民出版社1991年版，第162页。

泰东图书局如何成为创造社的"摇篮"

泰东图书局创办于1914年,由欧阳振声任总经理,谷钟秀任总编辑。它是一家股份制出版机构,股东大部分是政学系的一些人。当时的中国效法西方国家建立议会政治体系,于是就有一些热衷于政治的知识分子和旧官僚,在议会内和议会外纷纷成立各种团体,形成派系,希图在新成立的国民政府中谋取职位。政学系便是这些派系中较有影响的一个。政学系的人物知道要从事政治活动必须掌握一个出版机构,以便出版自己的著作,宣扬自己的政治主张。泰东图书局的创设,正是出于政学系的这个意图。所以,创立之初的泰东图书局出版的书籍大多是政治方面的。"护国运动"以后,股东们都到北京做官去了,泰东图书局转由股东之一的赵南公一人主持。赵南公沿袭了泰东早期的出版方针,继续出版具有进步社会思想和论述中国社会问题的书籍。值得注意的是,泰东图书局在当时出版这类书籍,在上海乃至全国也是不多见的,使它一下子就在新书业界赢得了良好声誉。这与泰东图书局创立时确立的出版理念有关,也与赵南公本人的政治倾向和出版个性分不开。

但是,在当时,这类书籍的社会需求量毕竟还太小,作为一个出版商,赵南公不能不顾及书局的经济利益。他于是开始调整出版思路,有意识地向时尚出版靠拢。那时,"礼拜六派"小说正风行一时,泰东也出了好几种"礼拜六派"的小说,如《芙蓉泪》等。1916年,他又推出了一部长篇小说《新华春梦记》,使泰东图书局"赚了一笔钱"。

对于一家出版社来说,单靠一种书的赢利是难以长久支撑经营的,更何况时代思潮的变迁带来了社会阅读需求的变化,这一切令赵南公焦虑重重。经过对社会形势和图书市场的分析,他决定放弃原有的出版领域,另行规划新的经营路线。因为他明白所谓"鸳鸯蝴蝶式"的小说已进入末途,即使偶有畅销,也是回光返照不再会走民国三、四年的红运了。于是,他就决定放弃过去的一切,"重建理想的新泰东"。

"重建理想的新泰东"当然是时势使然,但也与赵南公的政治倾向和性格个性有关。赵南公不仅是一个善于思考的人，而且还"热心于商人运动，敢于发言且富有组织能力"，他曾是上海福州路商界联合会的"主要倡导人"。先不用说"趋新"，只是"弃旧"，就需要果决的勇气。从经营的角度讲，在当时的发行体制下，泰东要"放弃过去的一切"，就意味着失掉自己原有的发行渠道和网点，甘愿承担"账底"的损失。

因为要"趋新"，所以才"弃旧"，他敢于迈出这一步，正是为了泰东的新生。这是赵南公对自己固有的经营理念的彻底否定，对旧的出版文化价值观念的扬弃，也是他"意识到泰东的出版方向不能不跟着时代潮流前进"而作出的一种决断。要跟上时代潮流前进，就要以新的经营思路顺应社会发展趋势和读者需求。很显然，新的经营思路最终还是要以出版物的形式体现出来。赵南公经过短期筹备，创办了两种新杂志——《新的小说》和《新人》。

《新的小说》创刊号出版于1920年3月5日。张静庐在《创刊话》中特别说明"为什么要在小说上面加'新的'两个字"，就是要以"'新的'文化来改造旧社会，'新的'思想来建设新道德"。这种办刊宗旨可以说确实具有与新文化先锋刊物一样的追求。但综观所发表的作品，大多思想性、艺术性都不高，销量一般在四五千册。《新的小说》已经不是"礼拜六派"一类的杂志了，创办者的初衷是想通过它担起新文学建设的重任，但是理想的效果并非只靠良好的愿望就能实现的，对此创办者有着清醒的认识，可贵的是他们并没有退缩。1921年出版的第1卷第4期上发表的《本志特别启事（一）》，表示了继续"趋新"的意向："吾国自受西洋文学的思潮震荡后，思想界已有'日新月异'的趋势，本志能力虽薄，也愿逐步改革，应世界文学潮流以新国人耳目，或者于新文艺前途能够尽些天职。拟自第2卷第1号起，内容从新更改……"不管改的程度如何，单是这种改革的精神就值得钦佩。《新的小说》的改革和探索显然是得到了泰东图书局经理赵南公强有力的支持，尽管这种支持不可能不隐含着经济利益方面的考虑，却正好使人不难体会赵南公义无反顾地"趋新"所透露出的迫切期待。《新人》月刊创刊于1920年4月，以"新人"社的名义出版。杂志曾经宣传"新村主义"，也曾发表过无政府主义的主张，出过"上海淫业问题号"、"文化运动批评号"、"泰戈尔号"等。《新人》杂志与《新的小说》一样，"新"是新了，但"新"得不伦不类，总叫人感到有些别扭。这种现象对于赵南公来说，可以认为是他的急功近利导致用人不当，但不能说这种"趋新"的文化选择有什么问题。如果不是这样，他就不会在不久以后动议撤换《新的小说》主编，甚至想以郭沫若等人编的《创造》杂志取而代之。

赵南公本来对《新的小说》和《新人》寄予厚望，但结果却不尽如人意，他不得不更深层次地思考泰东图书局未来的发展。此时，商务印书馆已经开始了内部的改组，中国出版界带有根本性的出版理念的调整时代悄悄来临。赵南公也跃跃欲试大干一番，他与李凤亭先生商量，拟扩大泰东的编辑部，由李凤亭任法学部主编，请李石岑先生任哲学部主编，并由李凤亭推荐成仿吾先生任文学部主编。

正是赵南公的这一动议拉开了泰东图书局与创造社合作的帷幕。

大约三年前，也就是1918年8月的一天，留学日本的郭沫若和张资平在日本福冈的博多湾海岸边邂逅，这成为了创造社成立的最初缘起。两位青年对国内的文化现状非常不满，甚至认为当时的中国没有一本可读的杂志。内心的冲动促使他们想以自己的努力去改变这种令人不满意的现状，想找几个人出一种纯粹的杂志，采取同人杂志的形式，专门收集文学上的作品。不用文言，用白话。他们先物色人选，约定以郭沫若"为中心"，待学校开课以后，征求成仿吾和郁达夫的意见，再策进行。

但是，事情的进展并不顺利。同人们虽然已经"集合"起来，开过几次会，然而要实现出版杂志这个目标，对于那些贫穷的青年学生来说，无疑是相当困难的。谁能支持他们呢？同人们推派田寿昌回国找出版社，田汉曾托在中华书局任编辑的左舜生帮忙，左舜生跑了几家出版社，然而都不肯接受。

机会终于还是来了。这个机会就是赵南公改组泰东图书局的动议。1921年3月，成仿吾接到李凤亭的来信，毅然决定放弃即将完成的学业回上海任职。他又通知郭沫若。两人约定同船回国。但是，他们到了上海以后，看到的现实却完全是另外一回事。"泰东编辑部的扩充计划，早已成为泡影"，因为这个泰东编辑部的扩充计划，原只是赵南公与李凤亭商量时的一种设想，要付诸实施，尚有许多问题必须先行解决。例如编辑部要有一所较大的房屋，以容纳各部编辑人员办公；必须有相当的资金以支付编辑人员的薪金；为实现出版计划需要落实经费等等。赵南公心有余而力不足……泰东老板虽然留下了他们，却没有给他们聘书，更没有提起薪水的事。成仿吾在上海待了两个星期后，看到书局没有容纳下他们两人的位置，就决心回长沙的一个兵工厂，把上海的事留给郭沫若。对于这次不愉快的最初接触，泰东说是"误会"，而成仿吾则认为是一场"骗局"。尽管如此，此时的泰东图书局在创造社同人眼中已不仅仅是单纯的出版机构，它使这群无奈的失望者看到了希望的曙光。

郭沫若没有离去，是因为赵南公的执意挽留。赵南公深知，要"重建理想的新泰东"，就必须得到新文化精英的鼎力相助。他把这位在新文坛上崭露头角的诗人当成了书局救星，决定由郭沫若执掌泰东的编审大权。他在7月28日的日记中写道："即沫若暂返福冈，一切审定权仍归彼，月薪照旧，此间一人不留，否则宁同归于尽。"[①]赵南公对郭沫若的倚重可见一斑。

郭沫若在一个半月里为泰东图书局编辑了三部书稿：一是编定诗集《女神》；二是改译《茵梦湖》；三是标点《西厢记》。这三部书的出版，引起了读者极大兴趣，特别是列为《创造社丛书》第一种的《女神》的畅销和引发的巨大社会反响，为泰东图书局闯出了一条新路。赵南公果断决策，让郭沫若继续编辑《创造社丛书》；另出一种季刊，名《创造》，专门刊登郭沫若等人的文字。可以这样说，如果没有泰东图书局的支持，就不会有创造社杂志的出版。郭沫若后来在《学生时代》一书中回忆起这件事，仍充满感激地说："像那时还未成形的创造社，要想出杂志，在上海滩上是不可能的。在不可能之中有泰东来承印，这当然是可以感谢的事。"《创造》季刊于1922年5月1日正式出版。一年后，泰东又出版了《创造周报》。《创造社丛书》的出版一直在进行。

"泰东，是创造社的摇篮。——可以这样说。泰东，在初期的新文化运动中间，它是有过相当的劳绩的。"张静庐在其《在出版界二十年》中说的这一段话，客观而又公允地评价了泰东图书局在现代出版史和现代文学史上的地位。

（原载《中华读书报》2004年2月25日）

[①]《创造社元老与泰东图书局—关于赵南公1921年日记的研究报告》，《中华文学史料》1991年第1辑。

20世纪30年代新文学出版的阶段性特征

中国新文学进入到20世纪30年代,也就是"第二个十年",新文学出版延续着五四新文学出版的启蒙性、革命性、工具性的价值呈现,同时努力超越个人或团体的独语状态及先锋品格,一步步走向社会化生产,其文化功能的张扬渐趋理性,而其商业性追求效应在新文学的意义生成中逐渐显著。梳理新文学出版在新文学"第二个十年"里的阶段性特征,可以发现新文学在这一时期经历了一个由传统的先锋性向大众化转化的过程。这个过程昭示出,新文学只有作为现代出版体制下文学生产的积极因素,从而为出版业带来一定物质动力的时候,五四以来的新文学才算真正取得了胜利和成功。

第一个阶段　左翼文学出版潮(1928-1932)

出版的本质属性是其传播功能,这一本质属性又决定了出版具有很强的工具性。在一定的条件下,信息知识的传播者、接受者都可以将出版作为手段实现自己的目的。大革命失败后,政治环境呈现复杂局面,一些政党、社团迎合读者,尤其是青年读者的阅读需求,也为了宣传自己的政治主张,纷纷参与到出版活动中来,共产党领导的左翼作家联盟更是以宣传革命文学为己任,利用文学出版张扬自己的政治理想。"在青年知识分子中间,大部分倾向马克思主义,国民党反动派办了许多宣传'三民主义'的书刊,却很少人予以理会,而只要带点'赤色'的书刊,却大受欢迎"[1]。正因如此,出版机构不管其自身政治立场如何,都或多或少地受到了这种社会阅读倾向的诱导,纷纷出版进步书刊,在20年代末30年代初,形成了左翼文学出版热潮。

办刊宗旨相同或相近的多份杂志,在相同的社会背景下,面向趣味相近的读者群,同时或先后创刊,组成一种自觉的杂志群团,为达到张扬某种思想、

---

[1]《徐懋庸回忆录》,人民文学出版社1982年出版,第64页。

倡导某种潮流、控制某种舆论的目的，形成统一的战阵，声势浩大，在读者中造成轰动效应，这种群团性和统一性是左翼文学杂志出版的最大特点。郑伯奇指出，1928年文坛有两个重要现象：一是"新刊物的簇生"；一是"关于革命文学的全文坛的论战"。他说："自从《新青年》提倡白话文学以来，中国的文坛恐怕还没有像这样紧张过，不管是艺术至上主义也好，人道主义也好，既成的作家也好，一齐都参加到'革命文学'的论战。"①大革命失败后，新的革命形势和激烈的阶级斗争对文学艺术提出了新的要求，新兴的无产阶级迫切要求建立自己的文艺阵地。1928年1月，由共产党员作家蒋光赤、钱杏邨等组成太阳社，创办了《太阳》月刊；同月，从日本回国不久的创造社新成员李初梨、冯乃超、彭康等创办了《文化批判》；后期创造社的《创造》月刊也于第1卷第8号起"突变"。这些杂志共同倡导"革命文学"，正式拉开了无产阶级革命文学运动的序幕。论战中，大批杂志应运而生，据统计，1928年文化类杂志创刊达40余种。在这些杂志中，《太阳》《文化批判》《流沙》《战线》《我们》《戈壁》《畸形》《思想》《时代文艺》等形成了强大的"文化批判"的战阵，《语丝》《北新》《小说月报》《奔流》《大众文艺》《现代文化》《长夜》《狮吼》《文化战线》以及《新月》等杂志也卷入了论战，正是杂志的活跃和对峙构成了1928年的文坛。这场有关"革命文学"的论战应该说就是一场杂志之战，一场话语权争夺之战。

"革命文学"的论争促成了中国左翼作家联盟的成立。随之，潘公展、朱应鹏、黄震遐等国民党上海市党部、社会局、警备司令部的这些政客、军官、特务、御用文人组织成立了"六一社"，鼓吹所谓"民族主义文艺运动"，在《宣言》里提出要铲除"多型的文艺意识"，而统一于"民族主义"的"中心"意识，先后在上海及南京发行了《前锋周报》《前锋月刊》《现代文学评论》等十多种杂志。国共两党在舆论传播领域展开了争夺战，但是"民族主义文艺"的命运却并不佳，仅产生出诸如黄震遐的诗剧《黄人之血》、小说《国门之路》一类的政治宣传品，艺术上乘的佳作则无。仅一年多的时间，"民族主义文艺"的各种杂志便纷纷停刊了。究其原因，正如鲁迅所说，就是这些文学杂志"盖官样文章，究不能令人自动购读也"②。"民族主义文艺"脱离读者，结果只能遭到读者的唾弃，而更重要的原因还是左翼作家借助庞大的杂志组合力量对其进行

---

① 何大白（郑伯奇）：《文坛的五月》，《创造月刊》第2卷第1期，1928年6月。
② 鲁迅：《致李小峰》，《鲁迅书信集》上卷，人民文学出版社1976年版，第267页。

了猛烈攻击。另外，左翼同"新月派"、"自由人"、"第三种人"等的论争，也显示了左翼文学杂志出版的活力，其鲜明的战斗性表露无遗。

这一时期的图书出版，形成了"革命加恋爱"流行风。1928年至1930年"普罗文学"运动高涨，"革命加恋爱"小说风靡一时，成为新文学出版的一大盛景。1928年大革命失败后，蒋光赤改名为蒋光慈，同年10月出版了中篇小说《野祭》，小说通过对陈季侠、章淑君、郑玉弦三个青年不同的恋爱观、人生观的刻画，巧妙地将革命与恋爱织结在一起，开创了"革命加恋爱"的模式。之后，各出版社纷纷出版其作品：上海现代书局1928年4月出版了《菊芬》，6月出版了《最后的微笑》，1929年8月出版了《丽莎的哀怨》；北新书局1930年1月出版了《冲出云围的月亮》，当年多次再版。"蒋光慈继《少年飘泊者》以后的《鸭绿江上》《短裤党》和《冲出云围的月亮》，在青年学生中简直风靡一时"①。

蒋光慈"革命加恋爱"模式的流行，有社会和时代的原因，也有作家自身思想矛盾等方面的原因，但同时还有当时普遍的读者阅读取向的影响。这之前，蒋光赤出版《新梦》和《少年飘泊者》时，革命文学还没有那样流行，"因而光赤的作风，大为一般人所不满。他出了那两册书之后，文坛上竟一点儿影响也没有"，但"革命军到上海之后，国共分家，思想起了热烈的冲突，从实际革命工作里被放逐出来的一班'左倾'青年，都转向文化运动的一方面来了；在1928、1929以后，普罗文学就执了中国文坛的牛耳，光赤的读者崇拜者，也在这两年里突然增加了起来"，"同时他的那部《冲出云围的月亮》，在出版的当年，就重版到了6次"②。当年的一位读者回忆说："说实话，对那些革命文学所宣传的所谓无产阶级的革命，我并不懂。但是又朦朦胧胧似乎懂得了四个字，那就是'革命'和'爱情'。'革命'是打着悲惨的烙印已将消逝的，又重新被召唤回来的热情的字眼，显得更加神秘和崇敬"；"'爱情'这两个字也很神秘，它是在感到寂寞的心底悄悄生长出来的一棵嫩芽"；"这种革命加爱情的作品也就恰好一箭双雕，正中下怀"③。

蒋光慈作品的畅销，竟引发了盗印潮、仿作潮。爱丽书店将亚东图书馆

---

① 王西彦：《船儿摇出大江》，《新文学史料》1984年第2期。
② 郁达夫：《光慈的晚年》，《现代》第3卷第1期，1933年5月。
③ 荒煤：《伟大的历程和片断的回忆》，《人民文学》1980年第3期。

出版的蒋光慈《鸭绿江上》改名为《碎了的心与爱》多次再版；新文艺书局将《冲出云围的月亮》改名为《一个浪漫的女性》出版，在《蒋光慈小说全集》第一、二集中，将《鸭绿江上》改名为《李孟汉与云姑》，《寻爱》改名为《求偶》，《逃兵》改名为《归家》，《少年飘泊者》改名为《长信一封》，《丽莎的哀怨》改名为《别了，一切都永别了》，《野祭》改名为《哭淑君》；上海沪滨图书馆也出版了假冒的《蒋光慈全集》；美丽书店把蒋光慈与宋若瑜的通信集《纪念碑》改名为《最后的血泪及其他》……由于蒋光慈的名字有巨大的号召力，一些书店还把其他人的作品换上蒋光慈的名字出版，明月书店把联合书店出版的邹枋的短篇小说集《一对爱人儿》署名蒋光慈作品出版，就连茅盾的短篇集《野蔷薇》里的作品，也被爱丽书店包装成蒋光慈的《一个女性》出版。① 正是由于蒋光慈作品中的"革命加恋爱"的内容符合当时青年读者普遍的阅读心理，所以受到广泛关注。"某一类书籍如在读者中间获得成功，就会有人不知疲倦地一再炮制这类作品"。② 这一时期，左翼文学的商业价值实际上也已凸显出来。

第二个阶段　新文学多元发展与"杂志年"（1933-1934）

1933年至1934年间，出版界出现了一个特有现象——"杂志年"，上海由此被称做"杂志的麦加"。1933年，上海共出版各类期刊215种；而1934年，仅"文艺定期刊几乎平均每月有两种新的出世"③，"有人估计，目前全中国约有各种性质的定期刊三百余种，其中倒有百分之八十出版在上海"④。1934年5月上海还出现了全国首家专营杂志的书店——上海杂志公司，每月"近千种的杂志，每天平均有二三十种出版"，"各种杂志，陈列在一起，等于一个'杂志市场'了"⑤。

"杂志年"特有现象的产生，原因是多方面的。从经济方面看，受世界经济危机的影响，中国的经济更加贫弱，读者的购买力极低，图书市场行情低迷。

---

① 参见旷新年：《1928：革命文学》，山东教育出版社1998年版，第95-96页。
② 〔法〕罗贝尔·埃斯卡皮：《文学社会学》，于沛选编，于沛等译，浙江人民出版社1987年版，第65页。
③ 丙（茅盾）：《一年的回顾》，《文学》第3卷第6号，1934年12月1日。
④ 兰（茅盾）：《所谓"杂志年"》，《文学》第3卷第2号，1934年8月1日。
⑤ 张静庐：《在出版界二十年》，上海书店1984年版，第184、165页。

阿英在《杂志年》一文中说:"单行本的市面,却跌落得很厉害。在往年,寒暑假期间,是书店的'清淡月',而现在呢,除掉杂志而外,是每个月都成为清淡的了。许多书店,停止了单行本的印行,即使要出,也是以既成的大作家的作品为限。"[1]相对于图书,杂志价格低廉,内容丰富、新颖,深得读者青睐。这种现状,当时的出版界也意识到,如张静庐也说:"农村的破产,都市的凋敝,读者的购买力薄弱得很,化买一本新书的钱,可以换到许多本自己所喜欢的杂志。"[2]为了摆脱困境,出版业不约而同地把出版方向瞄向了杂志。此外,还有深刻的政治原因。国民党为稳固政权,在文化方面实行严格管制,30年代初的文坛一度呈现"创作不振"的局面。1932年1月,《北斗》杂志开展了"创作不振之原因及其出路"的讨论和征文活动。寒生认为:"中国的新兴文艺运动刚刚才在1930年的上半年得着较大的开展,紧跟着在下半年就遭受了严重打击,书店被封,杂志被禁,作家被捕,创作集被扣,在公开活动上,这一运动便被政治上的压迫力打到地下去了,进步的创作的发展,在这种情势之下,当然受了一个很大障碍。"[3]

在国民党的"文化围剿"下,创作不振,作品匮乏,于是造成出版经营上的窘境,文艺书单行本的出版几乎绝迹,出版商"营业上无路可走,好销的书不好出,好出的书不好销,于是只剩下'杂志'一条路还可捞几个现钱"[4]。据《申报月刊》的调查,1934年4月份出版的各种文艺新书仅13种,而相比之下,当年出版的各种类型的杂志却多达300多种。的确,与书籍相比,杂志对付国民党的查禁要相对灵活一些。图书一旦遭禁,出版社或书店往往血本无归,而杂志则可以用临时撤换一些文章篇目的办法,得以继续出版。在这样的出版环境中,出版商自然更热衷于杂志的经营。

杂志作为公众传播媒介对于各文学派别推行自己的文学主张具有重要作用,所以当时"想办杂志的人多"[5]。例如左翼文艺界承续着1928年以来的革命性,迫切需要通过杂志来使自己的政治意识形态得以最大程度的社会化,因而在自

---

[1] 阿英:《杂志年》,《夜航集》,中国文联出版公司1993年版,第63页。
[2] 张静庐:《在出版界二十年》,上海书店1984年版,第157页。
[3] 寒生:《新进作家把创作反帝国主义文艺的任务负担起来!》,《北斗》第2卷第1期,1932年1月20日。
[4] 兰(茅盾):《所谓"杂志年"》,《文学》第3卷第2号,1934年8月1日。
[5] 丙(茅盾):《一年的回顾》,《文学》第3卷第6号,1934年12月1日。

办杂志上倾注了巨大热情,虽然杂志不断遭到国民党当局查禁,但换个刊名、换个出版社名继续出版,可谓百折不挠。都市文化的环境,通俗文学的盛行,卖文为生的创作经历,培植了海派文人的商业意识。海派作家最能理解文学的商业性功能,他们创办杂志,也以市场为导向,千方百计迎合读者的阅读需求。自鸳鸯蝴蝶派起,海派文人就与传播媒介有着天然的联系,他们有的是报刊编辑、记者出身,如包笑天为《时报》记者、周瘦鹃为《礼拜六》杂志编辑;有的自办杂志推介自己的作品,如曾今可创办《新时代》,邵洵美、章克标创办《金屋》,张资平创办《乐群》等。30年代海派杂志的发展,第一阶段为新旧过渡期,代表性杂志有《真美善》(1927-1931)、《金屋月刊》(1929-1930)、《新时代》(1931-1934,1937)、《文艺茶话》(1932-1934),这些杂志的特色是介绍西洋文学不遗余力,刊登的作品以"都市男女"及人性描写为主题;第二阶段为新形态时期,代表性杂志有施蛰存主编的《现代》(1932-1935),叶灵凤、穆时英主编的《文艺画报》(1934-1935),梁得所等主编的《良友》画报,这些杂志的特色是刊登海派新作,造就现代派[①]。京派承续《语丝》传统,以周作人为核心的留京文人创办《骆驼草》杂志,保留和弘扬了自由主义文学观。到1933年沈从文执掌《大公报》"文艺"副刊,同年发生"京、海派"论争,左翼、海派、京派,文坛上的三种势力均利用文学杂志进行着各自的文学活动。1934年,文坛上各种派别的学说达到高潮,除了延续发端于1933的"京、海派"之争,"'小品文论战','大众语论战','伟大作品产生问题的讨论',乃至'文学遗产问题','翻译讨论'也都是这一年的事。'文坛'在那里动,那里斗";"可以从它的在动,在斗,而断定了它那旺盛的生命力在求发展"[②]。杂志为文坛的活跃提供了充分展示的空间,同时也促进了自身的发展。

但是,所谓"杂志年",并非真正的杂志繁盛。正如茅盾所说:"杂志的'发展'恐怕将要一年胜似一年。不过有一点也可预言:即此所谓'发展'决不是读者人数的增加,而是杂志种数的增加。"[③]陈望道也说:"'杂志年'之所以造成,无论由出版家方面看,或者由读者方面看,都可说是一种畸形的发展;而这中间的原因现在可得而说的,就是'不景气',这是出版界——或者'杂志

[①] 参见吴福辉:《作为文学(商品)生产的海派期刊》,《中国现代文学研究丛刊》1994年第1期。
[②] 丙(茅盾):《一年的回顾》,《文学》第3卷第6号,1934年12月1日。
[③] 兰(茅盾):《所谓"杂志年"》,《文学》第3卷第2号,1934年8月1日。

年'的一个矛盾。因有这矛盾，也许'杂志年'终于只能成为'一年的热度'了。但看最近新出版的努力想以'低级趣味'吸收一些读者，我们不妨说'杂志年'已到了'强弩之末'，大有撕破了'发扬文化'那冠冕堂皇的招牌的神气了。"①但无论如何，1933至1934年"杂志年"期间，各种派别、各种形式的文学杂志为众多作家提供了充分的舆论空间，及时地把作家们的思想观点、理论学说、文学创作、翻译作品等汇总起来，分门别类地呈送到读者大众面前，而读者大众可以从繁复纷纭的文学杂志中各取所需。杂志出版与作家创作互相推动，接连不断地制造出文学思潮、文学论战、文学运动以及时代精神，极大地活跃了"第二个十年"中期的文坛。

第三个阶段　新文学图书出版的复苏（1934—1937）

新文学图书的出版，在五四高潮时期曾经一度兴盛，许多新文学作家的处女作、成名作，许多新文学的奠基性作品和丰碑式的巨著在短时间内接连出版，甚至出现了如《文学研究会丛书》《创造社丛书》《文艺丛书》等新文学丛书。五四新文学运动以来，新文学出版虽然一直在继续着，但是新文学图书出版在新文学发展的"第二个十年"的上半期却遭到冷落，正如鲁迅所说"出版界的现状，期刊多而专书少"②，直到"第二个十年"的中后期，新文学图书出版才又迎来了新的辉煌。这一时期仅长篇小说图书就有近百部，新文学丛书大量出现，如开明书店的《开明文学新刊》，生活书店的《创作文库》，文化生活出版社的《文学丛刊》《现代长篇小说丛书》，良友图书印刷公司的《良友文学丛书》《中国新文学大系》，中华书局的《现代文学丛刊》，商务印书馆的《文学研究会创作丛书》，北新书局的《创作新刊》，万象书屋的《现代创作文库》以及新钟书局的《新钟创作丛刊》等等。30年代新文学图书出版的复苏是客观存在的一个事实，它说明，一定的社会生产关系的变动带来的文化的相应演变，影响了文学主张的变化，文学出版也不能脱离当时的社会文化环境，政治意识形态、市场、读者在很大程度上成为文学出版内在运行机制的制约因素。

中国新文学进入到"第二个十年"，新文学的意义和文化内涵愈益丰富，文

---

① 陈望道《明年又是什么年呢？》，《太白》第1卷第7期，1934年12月20日。
② 鲁迅：《零食》，《鲁迅全集》第5卷，人民文学出版社1973年版，第553页。

学格局向多元化发展,这一时期的新文学出版已经不同于五四高潮时期新文学出版对五四新文学品格的"情感认同",而演化为由先锋走向常态的文学主流的大众化出版。如果说以汪孟邹、张元济、赵南公、郭沫若、鲁迅等为代表的五四新文学图书出版的文化品格,由于坚定地履行着文化启蒙的使命与责任,高扬自身的现代性人文价值,与五四新文学的内涵呈现着高度同一性的话,那么30年代的新文学图书出版则更多地建构起文学的生产体制,引导和规约着新文学超越了个人或团体的独语状态及先锋品格而走向社会化生产。30年代新文学图书出版的复苏,从某种意义上说就是出版者不懈追求新文学出版的文化性和商业性统一的结果。

1929年前后,左翼团体从社会革命的需要出发,把文艺受众定为革命性最强的无产阶级工农大众,瞿秋白在30年代初的关于文艺大众化问题的讨论中,明确提出普罗大众文艺为了"由无产阶级反对资产阶级而执行资产阶级民权革命的任务,为着社会主义而斗争",应当"在思想上意识上情绪上一般化问题上,去武装无产阶级和劳动民众:手工工人,城市贫民和农民群众"。①郭沫若也强调"大众文艺!你要认清楚你的大众是无产大众,是全中国的工农大众,是全世界的工农大众"②。如果说左翼文艺的大众化是追求一种政治宣传和文学的艺术性之间的平衡的话,那么海派的大众化则是寻求一种娱乐性与文学的艺术性之间的契合。海派的产生与所处的都市文化环境密切相关,又与通俗文学离得最近,所以特别重视受众的地位。《现代》在创办之初就自觉地拒绝成为读者的"师傅",以"伴侣"的姿态与读者交流,有的海派杂志甚至直接命名为《良友》《大众》。在新文学追求大众化时,京派作家们表现得最为冷静。京派作家追求文学的独立与自由,维护文学的纯正与尊严,反对"名士才情"和"商业竞卖"相结合的海派文学,也反对文学依附于任何政党和派别,但京派《文学杂志》在创办之初就超越狭窄的同人性,以其巨大的包容姿态将不同流派的作家团结在一起,并通过书评、广告宣传等形式让他们的作品在读者中经受检验。由于不断创新的艺术追求暗合了受众群体的阅读趣味,引起了一定的社会影响,京派也就不自觉地步入了大众化行列。可以说,无论是左翼文学,还是京、海派文学,不管其文学主张是否高扬"大众化"的旗帜,也不管其"大众化"的主

---

① 史铁儿:《普罗大众文艺的现实问题》,《文学》第1卷第1期,1932年4月25日。
② 郭沫若:《新兴大众文艺的认识》,《大众文艺》第2卷第3期,1930年3月1日。

张和实践出于何种目的,都无一例外地与都市大众阅读群体发生了较五四时期更为密切的接触和联系,这正是新文学图书出版再次繁盛的一个重要的文学现实背景。

30年代新文学图书出版的复苏还得益于出版社的经营策略和编辑主体意识的张扬。1927年国民党在南京建立政权之后,就制订了《著作权法》《出版法》等法律,还有各种文件和训令,并成立了专司图书审查的机构。《出版法》规定,涉及"党义"的图书须交"中宣部"审查,实际上,文艺、哲学以及社会科学方面的图书也同样要送审,否则便予以查禁,并严厉处罚甚至拘捕出版者。"文学场和权力场和社会场的同源性规则,大部分文学策略是由多种条件决定的,很多'选择'都是双重行为,既是美学的又是政治的,既是内部的又是外部的。"①"选择"的"双重行为"使得文学出版对于规约产生了一种"自觉意识",促使它努力在文学体制下争取最大的自由空间。面对政治和文化的高压,出版商们不仅联合请愿,迫使当局放宽了对图书的审查标准,而且开动商人经商的精明大脑,与国民党当局的查禁律令巧作周旋,这成为30年代新文学图书出版的一种经营策略。另外,以巴金、赵家璧等为代表的一大批新文学编辑也以自身的责任感和使命感,使新文学出版体现出现代出版的基本规律,他们努力寻求新文学出版的商业性和文化性二重逻辑间的平衡,策划、出版了一大批新文学图书,成就了新文学图书出版的复苏局面。在巴金主持下,文化生活出版社出版了《文学丛刊》《译文丛刊》《现代长篇小说丛书》。如《文学丛刊》,这套书自1935年11月开始出版,历时14年,共出版10集160册,是文化生活出版社出版的最重要的、最具代表性的文学丛书,也是中国现代文学史上规模最大的一套文学丛书。丛刊作家阵容强大,许多作品多次再版,《雷雨》1936年1月初版,至1943年6月已再版19次;《故事新编》1936年1月初版,到1947年5月已再版15次;《秋花》《江上》《画梦录》《鹰之歌》等都是出版一个月后即再版。《文学丛刊》内容丰富、销量巨大、影响深广,既是中国新文学发展的一个缩影,又是现代文学史上的一座里程碑,堪称"现代文学史上与出版史上的一件大事,影响极其深远"②。赵家璧在良友图书印刷公司策划、出版了以《良友

---

① 〔法〕皮埃尔·布迪厄著:《艺术的法则——文学场的生成和结构》,刘晖译,中央编译出版社2001年版,第248页。
② 钱谷融:《〈世纪的回响〉丛书序》,珠海出版社1997年版。

文学丛书》《中国新文学大系》为代表的一大批新文学图书，使良友图书印刷公司成为新文学出版的一大重镇。1934年赵家璧提出编辑出版一套《中国新文学大系》的设想，这一选题顺应了时代的要求，契合了五四新文化人的"历史意识"，因而得到了广大读者的普遍认同，尚未出齐，预约定数即已超过初版数，之后精装本和普及本又多次再版。《中国新文学大系》的成功，不仅在于它展示了现代出版业对现代文学体制的深刻介入，描绘了一幅影响至今的"现代中国文学"发生的历史图景，还在于它以其自身所具有的市场品质赢得了读者的肯定，使新文学出版的商业性和文化性实现了高度统一。

（原载《山东师范大学学报》2007年第5期）

20世纪30年代新文学传播的大众化趋向

20世纪30年代是我国新文学生产的繁盛期。据统计，这一时期仅长篇小说就有上百部，中国新文学史上最具影响的文学巨著几乎都产生于这一时期，如茅盾的《子夜》、巴金的《家》、老舍的《骆驼祥子》等；此外，开明书店的《开明文学新刊》、生活书店的《创作文库》、文化生活出版社的《文学丛刊》及良友图书印刷公司的《良友文学丛书》《中国新文学大系》等，集纳了大量新文学优秀作品，对现代文学的发展产生了至关重要的影响。新文学期刊更是如雨后春笋，《萌芽》《北斗》《新月》《骆驼草》《现代》《文学季刊》《论语》《人间世》《宇宙风》《文饭小品》《太白》等的出现，与新文学图书互为映衬，演为中国现代文学史上一个宏阔的文化景观。

中国新文学的发展与现代出版紧密相连。现代出版体制下所形成的文化追求与商业追求二重意识的结合，造就了蔚为壮观的新文学生产图景。如果说五四新文学出版的出现与兴盛主要是基于新图书业对五四新文化运动的"情感认同"的话，那么在现代出版体制不断成熟和完善的20世纪30年代，随着新文学不断反思如何秉承"五四"的传统和精神，新文学传播呈现出大众化趋向，并由此成为凝成新文学"第二个十年"的壮阔景象的基本手段。

文学生产受制于社会需求。文学一旦被组织到现代社会的产业化生产中变成商品，就不得不遵循市场的经济规律，而大众的存在，大众的阅读需求、欣赏趣味就成为文学生产诸环节的一个互动认知的显性要素。综观20世纪30年代的新文学传播，向现代出版体制下的大众出版靠拢并获得物质动力，从而确立其"思想"与"价值"的发展方向，重新生成自己存在的意义，显然是历史的必然选择。对于新文学"第二个十年"文学价值的基本评价，可以认定为，尽管未能消解文学所承担的历史、社会以及某些特殊的责任，却也在一定程度上向着文学自身回归。这与现代出版体制的发展有关，也与新文学不同派别的表达方式有关，因而在新文学大众化的趋向中呈现出复杂性。

一、20世纪30年代新文学传播的大众化生成

1. 政治话语权利的争夺使新文学传播由五四时期的启蒙化、精英化向大众化嬗变

媒介在"公共领域"中是一个较为自由、活跃的平台,也是一个舆论载体,它可以通过自身优势对舆论起着散播和监督作用,增进公众的介入和信任;同时也会受到当权者、政府的限制,因为媒介"能强化多元论社会所信奉的各种准则和价值观"①,因此,为实现自己的话语权利,各党派都非常重视媒介的舆论传播功能。

1927年第一次国内革命战争失败,国民党在南京建立了政权,为了维护和巩固其统治,在政治文化领域实施专制,一方面实行"党化教育",控制宣传媒体,扶持官方文艺团体和推行官方文艺政策,一方面大肆逮捕和杀害革命作家、出版者,查封进步出版机构,限制和禁止进步出版物。

国民党的文化控制和文艺政策可以说是其"权力主体"强权在传播领域推行政治文化的一个手段,而中国共产党在国共政治斗争趋于激烈的白色恐怖环境下,与国民党展开了对传播媒介的争夺,由此形成文化上"围剿"与反"围剿"的局面。为了更广泛地争取受众群体,左翼文艺运动和民族主义文艺运动虽然思想意识形态尖锐对立,却同时对文学提出了走向民间、走向大众的倡导。这种倡导形成一种合力,推动了新文学出版进一步向民间和大众倾斜。

1928年创造社和太阳社发起革命文学运动,其中最主要的一个方面就是否定五四,放弃启蒙,走向民间,走向工农大众。左翼成立后,"文学的大众化"是其建设无产阶级革命文学的首要任务,为此还专门设立了文艺大众化研究会。在这次文艺大众化运动中,瞿秋白写了《普洛大众文艺的现实问题》《大众文艺的问题》,鲁迅写了《文艺的大众化》《门外文谈》,茅盾写了《问题中的大众文艺》《连环图画小说》等,提倡运用"旧形式"和"大众语",将革命延伸到群众。"启蒙向救亡倾斜,必然意味着代表进步的资产阶级和小资产阶级启蒙要求的文学向代表工农大众革命要求的文学移位,五四文学革命由革命文学所代替正是势所必然"②。"大众化"的提出和讨论,是"五四"精英文学向大众文学

---

① [英]尼克·史蒂文森:《认识媒介文化》,商务印书馆2003年版,第62页。
② 孔范今主编:《二十世纪中国文学史》,山东文艺出版社1997年版,第467页。

的一次自觉转变，作家们不再居高临下，不再以启蒙导师自居，而是放弃启蒙主义立场，开始站在大众立场上体验和表现大众的生活，并在创作上进行实践。左翼小说风靡一时，从而形成一股革命浪漫蒂克风潮。

尽管国民党是执政党，拥有行政大权，在思想文化领域却缺少影响力和号召力。共产党领导的左翼文学运动和民主主义、自由主义作家的文学运动赢得了文学话语权，占领了主要的大众传播阵地。

2. 经济快速发展使新文学传播的大众化成为可能

20世纪30年代，"随着上海城市近代化的拓展，由租界肇始的这套近代化城市模式的影响不断地延伸"[①]。上海的商业化、工业化、现代化不仅处于全国领先地位，甚至可与发达国家的大城市相媲美，成为世界闻名的繁华都市。

经济的发展，促成了文化中心的转移，上海成为新文学出版的重要场所。印刷技术不断更新，产业工人数量扩大，以及便利的交通条件，推动了民族出版业的发展兴盛。上海印刷企业有100多家，占全国的80%，其中商务印书馆、中华书局、世界书局等大型印刷企业设备先进，技术力量雄厚。上海图书、报刊出版分别占全国的90%和80%，当之无愧地成为全国印刷出版的中心。1932年"一·二八"事变中，商务印书馆受到日军飞机轰炸，东方图书馆、总厂馆100余亩地上的房屋建筑、机器设备和产品原料均被炸毁，全部损失达1630万元以上。国难中，商务印书馆同仇敌忾，迅速复兴，不到一年就重新崛起，实现"日出新书一种"，创造了世界出版史的奇迹。

出版业的扩大，加剧了商业竞争。文学传播更具包容性，出版社与作家之间的选择更加灵活宽泛。五四时期，社团、流派与出版社关系单一而固定，如文学研究会之于商务印书馆，创造社之于泰东图书局，鲁迅、周作人之于北新书局等。至20世纪30年代，出版机构加大了与作家的交流互动，一本杂志、一套丛书中各流派、团体作家兼收并蓄，文学新锐与名家融合。经营者为了追逐更大利润，要求各种不同风格、流派的文学作品经过大量复制后，广泛销售而获得经济效益。商品化和市场机制奠定了新文学出版的两个基本取向：商业化利益驱动和大众化阅读导向。

[①] 唐振常：《近代上海探索录》，上海书店出版社1994年版，第138页。

3. 受众阶层的变化催生了新文学传播大众化的转向

现代出版的大众化，要求文本生产必须面向市场。文学的受众成分因着社会的发展变化而复杂多样。从社会受众看，由都市滋生并成长起来的市民阶层，成为培育出版业发展的土壤。"据各种记载综合来看，19世纪上海社会的消费主体是买办商人、本地的地产出售人、携资来沪的寓公、纨绔子弟、妓女。到20世纪30年代后，中小商人和一般市民阶层壮大，构成城市大众群体，商场游乐场、戏院影院乃至各类艺术形式都为之一变"①。20世纪30年代，中小商人和市民阶层成长起来，他们和工人阶级、资产阶级小知识分子一起构成城市大众群体。在这个群体中，有一定阅读能力和经济能力的新兴市民人数众多，是强大的阅读消费阶层。通俗文学读物的广泛流行与五四启蒙文学的影响，培养了都市市民的阅读趣味和习惯，夯实了大众出版之基。他们在消费时，不是被动的接受者，而是有着不同的阅读动机，拥有多种选择的自主权，其主体地位日益显露。随着消费群体对文学的辐射影响，刺激了不同层次、不同形式的出版物的流通，活跃了新文学出版市场，许多新文学作品便是在这种文化需求多样化氛围中得到了推动。

"读者群的扩大，指的是学生之外加上了青年和中年的公务人员和商人。这些人在小学或中学时代的读物里接触了现代中国文学，所以会有这种爱好。读者群的扩大不免暂时降低文学的标准"②，但从另一方面来说，正是品位不一的大众消费需求，才造就了20世纪30年代新文学市场的扩大。

4. 创作主体的扩大为新文学传播的大众化提供了丰富文本

五四时期，新文学出版更多地带有同人性质，文学创作主体是社会文化精英。20世纪20年代中后期，一方面由于北洋军阀的专制统治，奉系入关更使北京陷入恐怖时代，文化单位薪俸积欠经年，促使大批教授和文人纷纷南下上海；另一方面，1927年大革命失败后，一批原来投身于实际政治斗争的文化人也陆续来到上海，再加上大批留学日本、欧美归国的文化人士，以及上海本地培养的都市文人、来自其他地方的文学爱好者，构成一支庞大的文学生产群体。

---

① 张仲礼主编：《近代上海城市研究》，上海人民出版社1990年版，第1152页。
② 朱自清：《朱自清全集》（3），江苏教育出版社1988年版，第50页。

上海政治上相对宽松的租界环境,增进了创作的多样化,层出不穷的传播媒介及中小型出版社对文学作品的大量需求,降低了文学的准入门槛,稿酬制度的日益完善刺激了"文学工场"的文本生产,不少人以此为职业,如鲁迅到上海后成了职业作家,经济上过着优裕的生活。有的青年人为了实现自己的文学梦,租居上海"亭子间",靠卖文为生。职业作家的增多为文学作品适应这种商业化运作的生产速度和生产方式向大众化发展创造了条件。

二、左翼、京派、海派文学大众化传播的不同趋向

1. 政治时尚与左翼文学的大众化传播

社会政局的动荡,社会现实的不理想,激发了人们对政治性文学读物的兴趣。"语言、声音、文字,在它们作为一般抽象物的时候,并无政治文化意义,但当他们与某种特定的政治心理联系在一起的时候,就会成为政治文化的外延",人们"以内心评判、内心体验等隐含形态存在的政治情感内涵","操作着不同的语言、声音、文字","迫使它们沿着特定的'思维峡谷'行走,以致形成特定的思维外在表现形式"[①]。左翼的进步文学作品与政治紧密结合,以其内含的政治情感,在很大程度上成了与某种政治心理联系在一起的表意文字符号,赢得了30年代初期公共领域中大众群体的共鸣。

第一次国内革命战争推动了作家的革命化。大革命失败后,剧烈的阶级斗争和新的革命形势使不少人对国家和个人的命运前途产生困惑,中国革命本身也迫切需要理论指导。1929年前后出现了翻译和出版社会科学理论书籍的热潮,马克思主义的许多重要经典著作都有了中文译本。左翼从社会革命的需要出发,把受众定为革命性最强大的无产阶级工农大众。瞿秋白在30年代关于文艺大众化问题的讨论中,曾明确提出普罗大众文艺为了"由无产阶级反对资产阶级而执行资产阶级民权革命的任务,为着社会主义而斗争",应当"在思想上意识上情绪上一般化问题上,去武装无产阶级和劳动民众:手工工人,城市贫民和农民群众"[②]。郭沫若也强调"大众文艺!你要认清楚你的大众是无产大众,是全中国的工农大众,

---

① 孙正甲:《政治文化》,北方文艺出版社1992年版,第84-85页。
② 史铁儿(瞿秋白):《普罗大众文艺的现实问题》,《文学》第1卷第1期,1932年4月25日。

是全世界的工农大众!"①

蒋光慈、胡也频、洪灵菲的"革命+恋爱"小说掀起社会上一股"革命浪漫谛克风"。据统计,蒋光慈的《少年飘泊者》印行6版,甚至在30年代初出现了专门盗印蒋光慈作品的书店;洪灵菲的小说当时虽经政府查禁,但都非常畅销,如《转变》卖到7版,《流亡》6版,《归家》3版,《前线》再版。由于这种倾向的作品真实地反映了大革命失败后知识青年中普遍存在的那种愤激、盲目而又向往革命的时代情绪,使处于苦闷彷徨中的这一群体产生共鸣,引起强烈反响,从而波及大众群体,成为当时的畅销书。

2. 都市时尚与海派文学的大众化传播

如果说左翼的大众化是追求一种政治宣传和文学的艺术性之间的平衡的话,那么海派的大众化则是寻求一种娱乐性与文学的艺术性之间的契合。海派从产生那一天起,便与所处的都市文化环境密切相关,又与通俗文学离得最近。为了商业趋利和迎合市民,海派把文学分为高雅文学和娱乐性文学。追求高雅,就是不断地制造新奇、刺激,不断地发展自己的先锋性;追逐娱乐,就要从俗,从众,推崇趣味,在"食色"上下功夫。海派的雅俗,是针对都市不同层次的受众群体而言。为了拥有更多的受众群体,海派翻新出奇,不惜借助文学的通俗性带动高雅作品的发行,如叶灵凤主编《幻洲》,在一本杂志里分《象牙之塔》和《十字街头》上、下两部,让高雅和通俗互动以促进销售。

海派文学传播的大众化有一个渐进的过程。初期的海派杂志作者面比较窄,所办杂志好像家庭私人作坊。如《真美善》,每期刊登的大都是曾家父子的文章;曾今可的《新时代》更是如此,在1932年第2卷第2、3期合刊中,曾今可就发表长篇小说连载1篇,散文随笔3篇,词6首,新诗2首,有关他的评论2篇,行踪报道1篇。随着介入市场的日渐深入,海派不断调适自己,到了《现代》,这种风气发生了根本变化。

《现代》以其广泛性、包容性曾在20世纪30年代期刊市场独领风骚。现代书局的老板缘于商业目的,要办一个文艺刊物,定期出版,以带动其他出版物的销售。他们聘请施蛰存任主编,这也就注定了《现代》不可能办成一个同人杂志。施蛰存在《创刊宣言》中强调了这一点。他广邀各派名家撰写文章。《现

---

① 郭沫若:《新兴大众文艺的认识》,《大众文艺》第2卷第3期,1930年3月1日。

代》参与了多次文学论争,但在参与论争时始终保持中立。如《现代》第1卷第3期发表了苏汶的《关于〈文新〉与胡秋原的文艺论辩》,在文艺界引起了一场大争论,达一年之久。读者看热闹,以为双方打得不可开交,其实参加这场论辩的几位主要人物都是彼此了解的,许多重要文章,都是先经对方看过,然后再在杂志上发表。这种争论既活跃了文坛,又促进了杂志销售。

海派非常重视受众的地位,《现代》在创办之初就自觉地拒绝成为读者的"师傅",以"伴侣"的姿态与读者交流。有的海派杂志甚至直接取名为《良友》《大众》。《良友》以其引导都市时尚,紧跟时代潮流,成为读者真正的"良友",月销量达三四万份,在当时激起了一阵办画报狂潮。《文华》《时代》《中华》《大众》等数十种画报相继涌现,成为当时都市生活的热点。叶灵凤与穆时英合编的《文艺画报》直言"不够教育大众,也不敢指导(或者该说麻醉)青年",只想提供一些"并不怎样沉重的文字和图画"以醒读者之目或让他们破颜一笑。在创刊号上,叶灵凤自嘲说:"文艺而称为画报,或许有人见了要叹气,觉得未免太'海派'了……也许有时要登几张女明星的照片,不过遇到了明覆宋椠的孤本,或是什么石洞里的唐人写经之类,我们也许会'附庸风雅'的来复印几张的。"[1]

3. 趣味时尚与京派文学的大众化传播

新文学传播追求大众化时,京派作家们表现得最为冷静。京派作为一个文学流派,其成员的群体意识并不强,他们没有统一的、明确的文学口号,也没有有意识结社成派,有的只是校园或学院文化中较为普遍的学术交流和文化沙龙聚会。京派是五四启蒙传统的承续者和超越者,从质疑"五四"的彻底"反传统"起步,又以理性主义的文化实践对民族文化精神予以重造,以其现代知识分子的文化立场主张文学应自由发展,不能成为政治的宣传工具,也不能被社会的商业化所利用。1930年《骆驼草》的创刊体现了京派远离政治、远离商业化、追求自由的宗旨,为此也遭到左翼的激烈批评。京派作家俞平伯反驳说:"在诸君心里,或许以为作品的价值都靠在读者的分量和他们的评判上。这果然然,也不尽然。作家喜被人赞,没有例外,可是若把创作的重心完全放在读者身上,而把刹那间自己的实感丢开,这很不妥。……创作欲是自足的,无求于

---

[1]《文艺画报》创刊号"编者随笔",1934年10月10日。

外,虽然愈扩大则愈有趣。"①

然而京派以个人为本位的"趣味"主义文学追求,并没能脱离社会独立发展。随着1932年《论语》在上海创刊,以及《人间世》《宇宙风》等的相继问世,形成"小品年"。"轰的一声,天下无不幽默和小品"②。京派的"趣味"无可避免地被文学市场纳入了大众化轨道。1934年春,当《人间世》创刊号刊登周作人的巨幅画像及"五秩自寿诗"时,鲁迅讥讽为"京海杂烩"③。周作人的"趣味"与海派林语堂的"性灵"南北结合,遥相呼应,造就了一场"以自我为中心,以闲适为格调"小品文运动,并成为一种风尚。"历史地看,小品文运动是中国现代自由主义文学运动的第一次高潮。然而,小品文在一派'幽默'、'闲适'、'趣味'的招摇下成为时尚,正是初期京派文学误入歧途,京、海派文学在同一的消极化文学旨趣下渐趋合流的表现"④。由于京派的艺术追求和不断创新暗合了市场受众群体的消费口味,出版经营者趁势进行广泛复制传播,京派也就不自觉地步入了大众化。

京派作家们追求文学的独立与自由,维护文学的纯正与尊严,反对"名士才情"和"商业竞卖"相结合的海派文学,也反对文学依附于任何政党和派别,但是从"小品年"和京海之争来看,其本身就是现代新文学传播市场的产物。

京派文学传播的大众化还体现在他们有意识地为引起受众广泛关注而采取的手段。京派《文学季刊》是北平唯一的大型文学期刊,在创办之初就超越狭窄的同人性,以其巨大包容性罗列了108名不同流派但有市场号召力的作家学者作为撰稿人和编委。《文学季刊》把大批优秀的纯文学创作送上了文化市场,通过书评、广告宣传等形式让他们在读者中经受检验。林徽因的短篇小说《九十九度中》最初发表在《学文》创刊号上,由于杂志发行量较小,鲜为外界所知,李健吾便在《大公报》"文艺"副刊"书评"专栏里特意发表专评,极力称赞,谓这是一篇"最富有现代性"的作品,"没有组织,却有组织;没有条理,却有条理;没有故事,却有故事,而且那样多的故事;没有技巧,却处处透露匠心","达到一个甚高的造诣"⑤,目的是引起读者的关注。1936年6月,曹禺的

---

① 俞平伯:《又是没落》,《骆驼草》第7期,1930年6月23日。
② 鲁迅:《一思而行》,《鲁迅全集》第5卷,人民文学出版社1981年版,第473页。
③ 鲁迅:《"京派"和"海派"》,《鲁迅全集》第6卷,人民文学出版社1981年版,第302页。
④ 周仁政:《京派文学与现代文化》,湖南师范大学出版社2002年版,第153页。
⑤ 刘西渭(李健吾):《咀华集》,花城出版社1984年版,第66—67页。

《日出》在《文季月刊》发表，萧乾在其主持的天津《大公报》"文艺"副刊上，分两期刊发了15篇评论文章，①作者中有京派作家，也有茅盾、巴金、荒煤等左翼作家。对文坛新人的一部新作，能够及时地展开如此大规模的"集体批评"，在中国现代文学史上可谓空前之举。这次集体性的大规模的评论活动，扩大了《日出》的社会影响。

（原载《文艺研究》2005年第12期）

---

① 《大公报》"文艺"副刊，1936年12月27日和1937年1月1日。

20世纪30年代新文学出版"二重逻辑"的历史考察

20世纪30年代是中国现代出版史上的黄金时期,新文学出版也得到了长足发展。新文学由"第一个十年"进入到"第二个十年",新文学的意义和文化内涵愈益丰富,文学格局向多元化发展,作家创作与读者接受、文学流派和文学思潮都有着文学出版的参与和支撑。如果说五四新文学出版在很大程度上取决于出版者对五四新文化运动的"情感认同"的话,那么30年代的新文学出版则更多地建构起文学的生产方式和体制,引导和规约着新文学超越了个人和团体的独语状态而走向社会化生产。现代出版有两个基本逻辑:一个是商业的逻辑,一个是文化的逻辑。这两个逻辑的存在是恒定的,也是动态的。所谓恒定的,是基于出版的文化产业的特点,它不仅要创造文化价值,还要创造商业价值;所谓动态的,是指出版主体对两个逻辑的理性意识孰消孰长的倾向程度。30年代的新文学出版体现着现代出版的基本规律,同样遵从商业性和文化性的二重逻辑,并且适应特定的社会环境不断进行着自我调适,努力寻求二重逻辑间的平衡,使新文学呈现出复杂性、多样性和丰富性。

一

20年代末至30年代初,中国的青年知识分子对进步的政治学说情有独钟,受到这种阅读趣味的驱动,出版机构不管其自身政治立场如何,都竞相出版进步书刊。读者政治心理的普遍阅读期待和阅读需求,使30年代初左翼革命文学成为文坛主潮。郑伯奇指出,1928年文坛有两个重要现象:一是"新刊物的簇生",一是"关于革命文学的全文坛的论战"。他说:"自从《新青年》提倡白话文学以来,中国的文坛恐怕还没有像这样紧张过,不管是艺术至上主义也好,人道主义也好，既成的作家也好，一齐都参加到'革命文学'的论战。"①1928年的革命文学论战实际上是一场"杂志之战"。论战中，一批杂志应运而生，据统计，1928年文化类杂志创刊达40多种。《文化批判》《太阳月刊》《流沙》《畸形》《时代文艺》等形成了强大的"文化批判"的战阵，《语丝》《北新》《小说月报》《奔流》《大众文艺》以及《新月》《现代文化》《长夜》《狮吼》等杂志也卷入了论战。随着1930年3月中国左翼作家联盟的成立和左翼革命文学杂志的兴盛，国民党的一些政客、军官、特务、御用文人等组织成立了"六一社"，鼓吹所谓"民族主义文艺运动"，在《宣言》里提出要铲除"多型的文艺意识"，而统一于"民族主义"的"中心"意识，先后在上海及南京发行了《前锋周报》《前锋月刊》《现代文学评论》《文艺月刊》《开展月刊》《流露月刊》等十多种杂志。但是"民族主义文艺"的命运却并不佳，仅一年多的时间，这些杂志便纷纷停刊了。究其原因，正如鲁迅所说，这些杂志"盖官样文章，究不能令人自动购读也"。②"民族主义文艺"脱离读者，结果只能遭到读者的唾弃，而更重要的原因还是左翼作家借助庞大的杂志组合力量对其进行了猛烈攻击。另外，左翼同"新月派"、"自由人"、"第三种人"等的论争，也显示了左翼文学杂志出版的活力。

　　这一时期，左翼文学图书也大受欢迎，因而颇为出版商所青睐。当时"革命加恋爱"小说风靡一时，成为新文学出版的一大盛景。左翼作家蒋光赤是"革命加恋爱"小说这一内容模式的创始者，他的作品被一些青年学生奉为人生经典，许多人就是因为读了他的作品而走上革命道路。大革命失败后，在白色恐怖中，蒋光赤以"蒋光慈"的名字出版了中篇小说《野祭》。《野祭》通过对陈季侠、章淑君、郑玉弦三个青年不同的恋爱观、人生观的刻画，巧妙地将革命与恋爱织结在一起，开创了"革命加恋爱"的模式。钱杏邨评价说："现在，大家都要写革命与恋爱的小说了，但是在《野祭》之前似乎还没有。"③之后，各出版社纷纷出版蒋光慈的作品，"蒋光慈继《少年漂泊者》以后的《鸭绿江上》《短裤党》和《冲出云围的月亮》，在青年学生中简直风靡一时"。④

　　蒋光慈"革命加恋爱"模式的流行，与当时普遍的阅读取向有关。这之前，

---

① 何大白（郑伯奇）：《文坛的五月》，《创造月刊》第2卷第1期，1928年6月。
② 鲁迅：《致李小峰》，《鲁迅书信集》上卷，人民文学出版社1976年版，第267页。
③ 钱杏邨：《野祭》，《太阳月刊》2月号，1928年2月。
④ 王西彦：《船儿摇出大江》，《新文学史料》1984年第2期。

蒋光赤曾于1925年出版过一册诗集《新梦》，1926年出版过一部中篇小说《少年飘泊者》。其遭遇，正如郁达夫1933年所分析的："在1927年的前后，革命文学，普罗文学，还没有现在那么的流行，因而光赤的作风，大为一般人所不满。他出了那两册书之后，文坛上竟一点儿影响也没有"；"革命军到上海之后，国共分家，思想起了热烈的冲突，从实际革命工作里被放逐出来的一班左倾青年，都转向文化运动的一方面来了；在1928、1929以后，普罗文学就执了中国文坛的牛耳，光赤的读者崇拜者，也在这两年里突然增加了起来"，"同时他的那部《冲出云围的月亮》，在出版的当年，就重版到了6次"，"蒋光慈的小说，接连又出了五六种之多，销路的迅速，依旧和1929年末期一样"。①当年一位蒋光慈的崇拜者也说："说实话，对那些革命文学所宣传的所谓无产阶级的革命，我并不懂。但是又朦朦胧胧似乎懂得了四个字，那就是'革命'和'爱情'。'革命'是打着悲惨的烙印已将消逝的，又重新被召唤回来的热情的字眼，显得更加神秘和崇敬"；"'爱情'这两个字也很神秘，它是在感到寂寞的心底悄悄生长出来的一棵嫩芽"；"这种革命加爱情的作品也就恰好一箭双雕，正中下怀"。②正是由于蒋光慈作品中的"革命加恋爱"符合当时青年普遍的阅读心理需求，所以畅销市场。

但20年代末30年代初的出版市场是充满风险的，会受到来自租界和国民党等的多重干扰。张静庐曾说："在公共租界里干着文化事业，随时有触犯'奴隶法律'的可能。久了，'吃官司'变成书店经理们的家常便饭了。"③1927年国民党在南京建立政权之后，就制订了《著作权法》《新闻法》《出版法》等系列法律，还有各种文件和训令，并成立了专司书刊审查的机构。左翼革命文学遭到了国民党当局的严厉查禁，"但一大部分革命的青年，却无论如何，仍在非常热烈地要求，拥护，发展左翼文艺"。④国民党这种文化恐怖，不仅没有削弱左翼文艺，反而促进了此类文学图书的销售。从读者需要来说，一方面渴求了解当时社会局势、政治走向，另一方面越是禁止的越有阅读的好奇，这对于有正义感的出版社有冒政治风险的价值，它们纷纷出版进步图书，在表明文化意识进步的同时，也获取了可观的出版利润。诚如茅盾所说："国民党反动派对左翼文艺

---

① 郁达夫：《光慈的晚年》，《现代》第3卷第1期，1933年5月。
② 荒煤：《伟大的历程和片断的回忆》，《人民文学》1980年第3期。
③ 张静庐：《在出版界二十年》，上海书店1984年版，第118页。
④ 鲁迅：《黑暗中国的文艺界的现状》，《鲁迅全集》第4卷，人民文学出版社1981年版，第288页。

的大举'围剿',其结果与他们的愿望正相反,革命文艺更加深入人心了!"①

二

1933年至1934年间,一方是北平的沈从文,一方是上海的杜衡,文坛上出现了京派与海派的论争。文学的商业化会不会导致作家职业道德的缺失,这是京、海派论争的一个焦点问题。沈从文批评海派作家浮夸孟浪,正是因为追求"商业竞卖"和将文学作为谋生与扬名的手段所致。他指责海派文人忽视了把文学当作一种与民族、人生改造,与民族文化发展有密切关系的严肃伟大的工作和事业。海派文人对此有自己的认识,他们大都申明和坚持自己以文谋生、以作家为职业的合理性和合法性,认为文学作品最终要进入市场,否则就难以达到其社会效果。正是在这一论争中,京派和海派坚守着各自的文学立场,在文学生产的"二重逻辑"的冲突中艰难跋涉。

京派是指以北平为中心的一批北方学者型文人的集合。他们在当时的北平、天津等地进行文学活动,其艺术风格在本质上较为一致。京派既是一种文学派别,又是一种文化性的存在。京派文学崇尚审美主义的自由化文学理念和实践,在文化意识上承续五四启蒙传统,同时又有超越。京派及其价值体系,最为鲜明地表达了现代知识分子的文化立场:文学不再成为政治的附庸,也有意识地不为现代化社会的商业利益所左右。京派的形成和发展演变与其文学出版活动相关联,以1933年《大公报》文艺副刊发端的京、海派论争为界限,京派可以明显地分为前后两个时期:前期京派是以《骆驼草》杂志的编创者周作人、废名等为中心所形成的早期集结,后期京派则是以沈从文、朱光潜等为核心,以《文学杂志》为主要阵地的坚持自由、独立、纯正的审美主义文学品格的作家群体。

《骆驼草》的创刊和办刊宗旨的确立显然是受到了多种因素的共同作用:如果没有北平沙漠般安静的氛围为留守京城的文人们提供相对宽松的环境,以及大学教授优厚的生活待遇,他们就没有能力创办一种同人性质的文学刊物;如果没有周作人的威望和文学趣味的号召,留守京城的一批文人就不会凝聚为一个文学群体;如果《骆驼草》的同人们没有受到《语丝》文学理念的熏染,《骆

---

① 茅盾:《我走过的道路》(中),人民文学出版社1984年版,第26、235页。

驼草》就不可能以一种近乎偏执的保守态度，在革命文学、右翼文学的夹缝中执著地张扬对于真正意义上的文学的坚守与追求。周作人及其弟子依靠《骆驼草》在北平的文化危机时刻维护了纯文学的高雅品格，坚持了自由知识分子的精神操守，为北平文化的再度复兴和京派的迅速发展开辟了道路。30年代中期以后，随着北平政治环境的改善，曾经去京南下的一些自由知识分子又回到北平，再加上一批留学欧美的学者也在这时陆续到来，使北平的文化氛围渐趋浓厚起来。《文学杂志》的创办，使京派迎来了自己的辉煌期。它完成了京派各方力量的大集合，全面贯彻了京派的文学观。《文学杂志》作为京派作家自己的文艺园地，它的个性闪耀着独特的风采。《文学杂志》从筹办之始就已经规定了它的性质——京派同人杂志。在第一次编委会上，大家"都认为应该把杂志办成一个同人杂志，保持杂志的独立性"。① 朱光潜在创刊词《我对本刊的希望》里，明确宣称要把《文学杂志》办成"一种宽大自由而严肃的文艺刊物"。他赋予《文学杂志》以独特的使命：它应该尽一部分纠正和向导的义务；它应该集合全国作家做分途探险的工作，使人人在自由发展个性之中，仍意识到彼此都望着开发新文艺一个共同目标；它应该时常回顾到已占有的领域，给以冷静严正的估价，看成功何在，失败何在，作前进努力的借鉴；同时，它应该是新风气的传播者，在读者群众中养成爱好纯正文艺的趣味与热诚；应该在陈腐枯燥的经院习气与油滑肤浅的新闻习气之中，辟一清新而严肃的境界。——其实这是一种新的文学风气的张扬，也就是京派文学观的基本立场。

  与京派杂志的同人性质和学院性质不同，海派杂志则倾向于商业运作。最有代表性的海派杂志《现代》就是应现代书局老板洪雪帆、张静庐"发展书局营业"的需要，聘请施蛰存创办的。施蛰存说："我和现代书局的关系，是佣雇关系。他们要办一个文艺刊物，动机完全是起于商业观点。"② 施蛰存以其海纳百川、开放求新的编辑方针最大限度地团结了当时文坛的进步力量，不仅给知识分子带来人格独立和尊重艺术使命的信仰，还使文学风格、流派多元化共存，形成轰动一时的"综合性的、百家争鸣的万华镜"式的境界。作为集结诸多现代作家的大本营，施蛰存还养成了自己日臻成熟的现代意识，培养了中国第一个较为成熟的现代主义文学流派，为现代主义的诗歌、小说和文学理论提供了

---

① 常风：《回忆朱光潜先生》，《逝水集》，辽宁教育出版社1995年版，第76页。
② 施蛰存：《〈现代〉杂忆》，《沙上的脚迹》，辽宁教育出版社1995年版，第28页。

一个大众传播"园地",为文学读者提供了知识和价值的全新体验。此外,《现代》杂志鲜明的商业性创办目的,与其文学的"现代性追求"相契合,典型代表了海派文学的价值观,它不仅充实和扩展了多元并举的海派文学,而且在文学出版的商业性体认和实践方面为文学的发展提供了动力。张静庐后来在回忆中写道:"《现代》——纯文艺月刊出版后,销数竟达一万四五千份,现代书局的声誉也连带提高了。……第一年的营业总额从六万五千元到十三万元。这是同人们对于这初步计划的努力的收获;也是我个人尝试的成功。"①

三

30年代新文学丛书的出版无疑是新文坛上一个重要的文化现象。这绝非一个单纯的载体问题,它不仅代表了新文学探索和建设的合法化公开,并被提升为某种整体性方向,而且表明新文学获得了文学运行机制的"现代性"驱动,反过来给予新文学以更大的创新动力。既然出版业从新文学丛书的运作中不仅使一种特殊的"自主性"得以表达,积累了"象征的资本",自身的文化形象得到提升,而且获得了经济上的利益,那么出版业与新文学之间就形成了一种良性的互动关系。

文化生活出版社与巴金联手出版了《文化生活丛刊》《文学丛刊》《译文丛书》等大型文学丛书,对新文学的发展起到了至关重要的作用。文化生活出版社"理想出版"的定位和巴金文学编辑角色的自我认定共同塑造了文化生活出版社的整体文化追求。从这个意义上说,文化生活出版社新文学丛书的出版显然昭示着实现其信念和目标的文化抱负。文化生活出版社"完全不同于一般书商经营。既非官办,又不是个人独资创立,也不是几位老板有意文化,投资合股经营,更非规章齐全的有限公司组织,仅是当时三个从事文化工作的青年,既不为名更不是图利,全凭忧国忧民之思以满腔之热忱,要在乱世中为祖国文化积累做点贡献。虽是'经商'却视之为实现自己的理想事业,锲而不舍地埋头实干下去"。②文化生活出版社的创办者们是把出版当成一种"实现自己的理想"的"共同的事业"来"培育",来"扶持"的,而且抱定了"锲而不舍"的

---

① 张静庐:《在出版界二十年》,上海书店1984年版,第150页。
② 李济生编著:《巴金与文化生活出版社》,上海文艺出版社2003年版,第39页。

精神，从一开始就下定决心要干出一番事业来。这从现代出版的"二重逻辑"来衡量，毫无疑问，文化生活出版社显然更倾向于出版的文化性。

文化生活出版社的创办者们所奉持的"理想"，其实就是安那其主义，正如巴金所说"我们工作，只是为了替我们国家、我们民族作一点文化积累的事情"。①为了国家和民族的利益，在书籍出版领域倾注心力，那就必然舍弃以追求利润、产品的价值补偿和增值为目标的纯商业出版理念，也就使文化生活出版社高扬起文化建设的旗帜，成为一个文化的而非商业的出版"乌托邦"。首先，文化生活出版社把出版活动当成"把理想变成现实"的一条途径。巴金说："我们谈理想，是要努力把理想变成现实；我们要为理想脚踏实地地做些事情。"②其次，文化生活出版社努力使自身成为新文学图景的"重构者"。30年代，新文学文坛上流派纷呈，社团众多，阵营分明。作家卞之琳在《星水微茫忆〈水星〉》一文中概述30年代文坛派系鼎立的状况时说："当时北平与上海、学院与文坛，两者之间，有一道无形的鸿沟……地域的交通，仅仅是表面的，却也说明了内在或潜在的趋向。"③文化生活出版社在《文化生活丛刊》《文学丛刊》中大量收入了京派作家的作品，使得京派作家在上海有了立足之地，京沪两地的文学青年一起亮相，形成了更具活力的全新的文学图景。《译文丛书》所收既有一些弱小国家和民族的进步文学，也有俄苏、英、法、德、美等国家的优秀文学作品，不同类型、不同国家的译品在一套丛书中问世，就其内容、影响和意义而言，《译文丛书》实可与《文学丛刊》相媲美。

良友图书印刷公司出版了以《良友文学丛书》《中国新文学大系》为代表的一大批新文学作品，成为30年代新文学出版的一大重镇。应该说，这些新文学丛书的出版是在良友图书印刷公司出版理念以及文化意识造就的内部经营的生态情境中，由赵家璧实施具体的编辑手段而完成的。赵家璧是我国著名的编辑家，由他策划的新文学图书是现代出版史上的范例。良友图书印刷公司有意识地把编辑推上出版舞台，发挥编辑自身的作用，依靠编辑贯彻出版社的经营路线，遵循文学出版规律，使出版商业性和文化性实现了高度的统一。以《中国新文学大系》为例：赵家璧提出编辑出版一套《中国新文学大系》的设想始于

---

① 巴金：《上海文艺出版社三十年》，《随想录》，生活·读书·新知三联书店1987年版，第489页。
② 田一文：《我忆巴金》，四川文艺出版社1989年版，第5页。
③ 卞之琳：《星水微茫忆〈水星〉》，《读书》1983年第10期。

1934年，此时距五四新文学运动不过十几年，但由于国民党政治上的法西斯统治和文化上的"围剿"，上海进步出版业遭到前所未有的压迫和限制，轰轰烈烈的新文学出版陷于沉寂，最让人忧虑的是，五四以来文献的流失使新文学的精神和成果更处于岌岌可危的境地。时代迫切需要一部富于开创性、历史性、权威性、方向性的大部头丛书来系统地保存前人的文学成就，并使新文学在实践中发挥应有的作用。赵家璧策划《中国新文学大系》这一选题顺应了时代的要求，也契合了五四新文化人的"历史意识"，因而得到了他们的认同和支持。鲁迅、周作人、郁达夫、阿英、郑伯奇、郑振铎等人，接受赵家璧的邀请，担任了分册主编。《中国新文学大系》的成功，不仅在于它展示了现代出版业对现代文学体制的深刻介入，描绘了一幅影响至今的"现代中国文学"发生的图景，为"第一个十年"的新文学留下了弥足珍贵的文献资料及作为"过来人"的先驱者所带有的自我审视特点的评论，还在于以其自身所具有的品质赢得了读者的肯定和认同。检视它的成功，在其能够赢得社会读者的肯定和认同方面，或者说在选择和实施导引读者的营销谋略方面，赵家璧的精心策划是卓有成效的。现代出版体制下，对读者的导引实际上就是一种市场营销行为。在《中国新文学大系》的宣传中，赵家璧选择了最有效的营销手段：一是编辑《大系样本》，免费向目标读者群发放。《大系样本》共40余页，书的开篇是赵家璧撰写的《编辑中国新文学大系缘起》，介绍丛书的编选经过、目的和意义；又用两个版面影印了蔡元培的《总序节要》手迹；其后，10位编选者的《编选感想》各占一页，用手迹制版，上印近影一幅，下加该集内容简介。另外还有文艺界知名人士冰心、叶圣陶、林语堂等人为"大系"所写的评语，亦以手迹制版。书中还印有书影、预约办法说明和印好的预约单等。这种简要、形象的介绍既让读者对"大系"全貌有较为完整的了解，又促进了订阅销售。二是印制精美的宣传单，广为散发。赵家璧将《大系样本》内容缩印成单张，夹在畅销杂志中，随杂志进入读者手中。三是摘录书评，大造舆论。"大系"再版，赵家璧又编印了《大系三版本样本》，重点编加《舆论界之好评摘录》，把当时《申报》《大公报》等全国各地7种大报的评语，摘编了4页。这些独特的营销手段很见成效，"大系"尚未出齐，预约定数即已超过初版数，之后精装本和普及本又再版、三版。《中国新文学大系》的成功无疑是现代出版"二重逻辑"的高度平衡与统一。

总之，30年代新文学出版的商业性和文化性的矛盾与统一，促成了它的社会身份和自身价值的自我判定，在改变和完善自己的同时，也将自身孕育成为一种可以介入文学本体塑造、影响作者创作与读者接受、文学思潮和流派形成以及论争等的话语势力，在无形中控制着文学的发展。30年代新文学出版一直在商业性与文化性的冲突中进行，但也努力在两者的冲突中不断追求平衡。绝对的冲突和相对的平衡不仅最大程度地保证30年代文学意义的存在和加强，而且作为文学发展的动力使30年代新文学呈现出灿烂的景象。

（原载《山东社会科学》2007年第4期）

20世纪30年代新文学图书出版的复苏

在我国现代出版史上，新文学图书出版在五四高潮时期曾经一度兴盛，许多新文学作家的处女作、成名作，许多新文学的奠基性作品和丰碑式的巨著在短时间内接连出版，甚至出现了如《文学研究会丛书》《创造社丛书》《文艺丛书》等新文学丛书。这一重要的出版文化现象，不仅代表了新文学探索和建设的合法化公开，而且表明五四新文学获得了文学运行机制的"现代性"驱动，反过来给予新文学以更大的创新动力。五四新文学图书出版的繁盛与新文学"起点"的意义紧密相连，并为新文学的发展昭示出整体性方向，使新文学的"第一个十年"成为"现代中国文学"生成和壮大的第一个辉煌时期。如果把五四新文学运动理解为一场带有先锋意识的文学运动，那么五四高潮时期的新文学图书出版就可以被看作是一种相对忽视出版的商业性的激进的文化性功能表达。新文学图书出版的第一次繁盛，源于出版主体对五四新文化运动的"情感认同"，出版者首先是从新文学的先锋精神中获得新文化建设的原动力的。

"情感认同"是一种独特而又微妙的出版意识，它往往受出版者的文化追求、思想境界、学识水平等的支配，又常常取决于出版者的生活经历、趣味爱好、品格习性等。任何一位出版者，在其文化心理结构中，都有着不同于他人的情感指向。出版者或者对某些作者抱有认同的心态，或者与某种社会文化现象达成共鸣，表现在对出版资源的选择上，就有了一种倾向性。五四新文学是五四新文学运动的产物，而五四新文学运动又是五四新文化运动最重要的组成部分，那么从发生学的角度看，把五四新文化运动看作五四新文学生成的直接推动者，当是毫无疑问的。随着五四新文化运动的兴起和发展，五四新文学图书出版的繁盛在很大程度上取决于出版者对五四新文化运动的"情感认同"。从出版者的文化追求及其社会效果来看，可以深刻感知当时的一些进步的知识分子是如何激进而艰难地实践着自己的文化理想。从新文学发生的历史图景中看待他们的意义，就会发现在五四新文学发展的进程中是有某种先锋精神贯穿其间的。汪孟邹的亚东图书馆新诗集出版在新文学运动中以首创者的姿态在文学出版领域里显示了开拓新路的精神，这种出版行为表现了一种自觉的敏于新变的文化追求，同时也确立了一个颠覆传统的正统新诗坛。赵南公的泰东图书局出版了《创造社丛书》，引起强烈社会反响，"一时如狂飙突起，颇为南北文人所推重，新文学史上因此而不得不划一时代"。①如果说亚东图书馆、泰东图书局等新书局紧跟新文化的浪潮，把出版某种现代的、先锋的出版物当作一种特殊的自主品格的表达的话，而商务印书馆由于受张元济、高梦旦等新文化人所固有的价值观念的导引，也迅速转移为对时代文化先锋潮流的热情追逐，出版《文学研究会丛书》应该看作是一种极端化的文化性张扬，是超越了商业逻辑的指向性转换。新潮社出版的《文艺丛书》没有单一地立足于"为人生的艺术"或"为艺术的艺术"的派别立场，当然也不企图消解这两种文学观念的对立，丛书呈现出对上述两种文学观念的包容姿态，并且向着新的艺术空间开掘，因而同样具有特殊的先锋性意义。

中国新文学进入到"第二个十年"，新文学的意义和文化内涵愈益丰富，文学格局向多元化发展，新文学图书出版在一个阶段的沉寂后呈现出的新的繁盛，已经具有不同于五四高潮时期新文学图书出版的"情感认同"，而演化为由先锋走向常态的文学主流的大众化出版。如果说以汪孟邹、张元济、赵南公、郭沫若、鲁迅等为代表的五四新文学图书出版的文化品格，由于坚定地履行着文化启蒙的使命与责任，高扬自身的现代性人文价值，与五四新文学的内涵呈现着高度同一性的话，那么30年代的新文学图书出版则更多地建构起文学的生产体制，引导和规约着新文学超越了个人和团体的独语状态和先锋品格而走向社会化生产，文学出版的文化功能张扬渐趋理性，而其商业性追求效应在文学生产的意义生成中更加显著。30年代新文学图书出版的复苏从某种程度上说就是在文学生产体制下对出版的文化性和商业性统一的不懈追求的结果。

仅举两个例子加以说明：众所周知，文化生活出版社是30年代新文学出版的一大重镇，成立之初就出版了《文化生活丛刊》，之后在巴金的主持下又出版了《文学丛刊》和《译文丛刊》。《文学丛刊》自1935年11月开始出版，历

---

① 参见《创造》季刊第1卷第4期，1923年2月1日。

时14年，共出版10集160册，是文化生活出版社出版的最重要的、最具代表性的文学丛书，也是中国现代文学史上规模最大的一套文学丛书。丛刊作家阵容强大，许多作品多次重版，《雷雨》1936年1月初版，至1943年6月已再版19次；《故事新编》1936年1月初版，到1947年5月已再版15次；《秋花》《江上》《画梦录》《鹰之歌》等都是出版一个月后即再版。丛刊以其内容之丰、销量之大、影响之广，堪称文学丛书出版的历史创举。《文学丛刊》既是中国新文学发展中的一个缩影，又是现代文学史上的一座里程碑，被誉为"现代文学史上与出版史上的一件大事，影响极其深远"。①《文学丛刊》的出版宗旨可从巴金为《文学丛刊》撰写的、附于每册书后的言简意赅的广告中窥见一斑："我们编辑这一部《文学丛刊》，并没有什么大的野心，我们既不敢扛起第一流作家的招牌欺骗读者，也没有胆量出一套国语文范本贻误青年，我们这部小小的丛书虽然也包括文学的各部门，但是作者既非金字招牌的名家，编者也不是文坛上的闻人。不过我们可以给读者担保的，就是这丛刊里面没有一本使读者读了一遍就不再读的书。而在定价方面，我们也力求低廉，使贫寒的读者都可以购买。我们不谈文化，我们也不想赚钱。然而，我们的'文学丛刊'却也有四大特色：编选谨严，内容充实，印刷精良，定价低廉。"面向青年，面向大众，在追求出版的文化性的同时获取了丰厚的商业回报，客观上使中国现代新文学的发展归入到大众化路向，从而为新文学构建出新的文化环境。

30年代新文学图书出版的另一大重镇良友图书印刷公司出版了以《良友文学丛书》《中国新文学大系》为代表的一大批新文学图书。这些新文学图书的出版是在良友图书印刷公司出版理念以及文化意识造就的内部经营的生态情境中，由赵家璧实施具体的编辑手段而完成的。赵家璧是我国著名的文学编辑家，由他策划的新文学图书是现代出版史上的范例。良友图书印刷公司有意识地把编辑推上出版舞台，发挥编辑自身的作用，依靠编辑贯彻出版社的经营路线，遵循文学出版规律，使出版的商业性和文化性实现了高度的统一。1934年赵家璧提出编辑出版一套《中国新文学大系》的设想，这一选题顺应了时代的要求，也契合了五四新文化人的"历史意识"，因而得到了普遍认可。《中国新文学大系》的成功，不仅在于它展示了现代出版业对现代文学体制的深刻介入，描绘

---

① 钱谷融：《〈世纪的回响〉丛书序》，珠海出版社1997年版。

了一幅影响至今的"现代中国文学"发生的图景,为"第一个十年"的新文学留下了弥足珍贵的文献资料及作为"过来人"的先驱者所带有的自我审视特点的评论,还在于以其自身所具有的品质赢得了读者的肯定。在《中国新文学大系》的宣传中,赵家璧选择了最有效营销手段:一是编辑《大系样本》,免费向目标读者群发放;二是印制精美的宣传单,广为散发;三是摘录书评,大造舆论。这些独特的营销手段卓有成效,"大系"尚未出齐,预约定数即已超过初版数,之后精装本和普及本又连续再版。《中国新文学大系》所具有的特殊的出版意义,表明在现代出版体制下,编辑按照某种标准选择作者,依靠作者形成精神产品进行大众传播,因为暗合受众的潜在需求,所以引发了阅读的兴趣和风尚,从而形成社会文化热潮,出版者也就获取了文化的和商业的双重效益。《中国新文学大系》不仅在当时影响巨大,而且后来的一些重要的现当代文学总集,也都从《中国新文学大系》的编选经验中获得了借鉴,展现了经久不衰的魅力与价值。

30年代新文学图书出版的复苏是一个客观事实。在这里我们要说的是,新文学图书出版和新文学出版不是一个概念。五四新文学运动以来,新文学出版一直在继续着,但是新文学图书出版在新文学发展的"第二个十年"的上半期却遭到冷落,一方面文学杂志大盛,一方面文艺书的单行本却少到几乎看不见,正如鲁迅所说"出版界的现状,期刊多而专书少"[①],直到"第二个十年"的下半期,新文学图书出版才又迎来了新的辉煌。这一时期仅长篇小说图书就有上百部,中国新文学史上最具影响的文学巨著大多产生于这一时期,如茅盾的《子夜》、巴金的《家》、老舍的《骆驼祥子》等,新文学丛书也大量出现,除上面提到的文化生活出版社和良友图书印刷公司的新文学丛书外,还有开明书店的《开明文学新刊》、中华书局的《新文艺丛书》、现代书局的《现代创作丛刊》、湖风出版社的《文艺创作丛书》、大东书局的《新文学丛刊》、生活书店的《创作文库》等等。30年代新文学图书出版的复苏经历了一个过程,在这个过程中,一定的社会生产关系的变动带来的文化的相应演变,影响了文学主张的变化,文学出版也不能脱离当时的社会文化环境,政治意识形态、市场、读者在很大程度上成为文学出版内在运行机制的制约因素。30年代新文学图书出版的复苏至少在两个层面上体现出它的意义:其一,新文学对自身先锋精神的反思要求

---

① 鲁迅:《零食》,《鲁迅全集》第5卷,人民文学出版社1973年版,第553页。

新文学向着文学的大众化转化；其二，新文学对真正意义上的现代出版的文化性与商业性统一的追求具有显而易见的实践价值。

解释30年代新文学图书出版的复苏不能忽视一个重要因素，那就是新文学阵营关于"大众化"的讨论和实践。新文学发展到20年代末进入了一个低潮期，新文学发源地北京在《语丝》南迁以后归于沉寂，而现代出版业高度发达的上海则由传统的文学势力霸占着媒体和市场。在这样的文化背景下，茅盾和"革命文学"倡导者发生了关于读者对象的争论；1929年前后，左翼团体从社会革命的需要出发，把文艺受众定为革命性最强大的无产阶级工农大众，瞿秋白在30年代初的关于文艺大众化问题的讨论中，明确提出普罗大众文艺为了"由无产阶级反对资产阶级而执行资产阶级民权革命的任务，为着社会主义而斗争"，应当"在思想上意识上情绪上一般化问题上，去武装无产阶级和劳动民众：手工工人，城市贫民和农民群众"。[①]郭沫若也强调"大众文艺！你要认清楚你的大众是无产大众，是全中国的工农大众，是全世界的工农大众"[②]。如果说左翼文艺的大众化是追求一种政治宣传和文学的艺术性之间的平衡的话，那么海派的大众化则是寻求一种娱乐性与文学的艺术性之间的契合。海派的产生与所处的都市文化环境密切相关，又与通俗文学离得最近，所以特别重视受众的地位。《现代》在创办之初就自觉地拒绝成为读者的"师傅"，以"伴侣"的姿态与读者交流，有的海派杂志甚至直接命名为《良友》《大众》。在新文学追求大众化时，京派作家们表现得最为冷静。京派作家追求文学的独立与自由，维护文学的纯正与尊严，反对"名士才情"和"商业竞卖"相结合的海派文学，也反对文学依附于任何政党和派别，但京派《文学杂志》在创办之初就超越狭窄的同人性，以其巨大包容姿态将不同流派的作家团结在一起，并通过书评、广告宣传等形式让他们在读者中经受检验。由于不断创新的艺术追求暗合了受众群体的阅读趣味，引起了一定的社会影响，京派也就不自觉地步入了大众化行列。无论是左翼文学，还是京、海派文学，不管其文学主张是否高扬"大众化"的旗帜，也不管其"大众化"的主张和实践出于何种目的，他们都无一例外地与都市大众阅读群体发生了较五四时期更为亲密的接触和联系，这正是新文学图书出版再次繁盛的一个重要的文学现实背景。

[①] 史铁儿（瞿秋白）：《普罗大众文艺的现实问题》，《文学》第1卷第1期，1932年4月25日。
[②] 郭沫若：《新兴大众文艺的认识》，《大众文艺》第2卷第3期，1930年3月1日。

30年代新文学图书出版的复苏还得益于现代出版体制造就的文学市场的渐趋成熟和不断扩大。五四新文化运动以来，现代出版为新文学培养了广大的创作队伍和阅读消费群体。这种由出版机构、书店、读者和文学市场构成的现代性文化体制，使大批文人转变为职业作家成为可能，并且他们能够依据出版业和社团等制度方式取得合法社会地位，能够依靠文学创作和文学论争扩大自身的影响，并保持自由思想和独立人格。新文学不但要求生成具有现代文学品格的创作主体，而且还要有能够接受和欣赏新文学的接受主体。五四作家的新的美学趣味培育了新文学的接受者，一些新文学作品倡导现代文学思潮，传达进步文艺观念，极大地影响了读者的审美意识以及他们的情感世界和人生追求。在这一基础之上，到新文学的"第二个十年"的上半期，新文学杂志的繁盛从客观上又强化了新文学的社会影响和自身生命力的张扬。从传播学的角度看，杂志作为一种传播媒介，它浅显易懂，时效性强，富有连续性，而且内容丰富，承担着为社会生产和传播信息的社会公器的角色。杂志以一种通俗的形态接近读者大众，有强大的社会影响力，为大众制造了快捷的文化接触的机会，同时也培育了人们对现代文化的自我认同。"第二个十年"的上半期，后期创造社、太阳社等社团围绕"革命文学"的论争组成了杂志战阵；"左联"成立后，诸多左翼进步杂志在国民党掌握统治权的文化"围剿"中，彼此呼应，宣传革命思想，揭露、批判反动统治和形形色色的资产阶级文艺思想理论，同"民族主义文学"展开斗争，同"新月派"、"自由人"、"第三种人"、"论语派"、"京派"等展开论争。这些杂志使左翼团体的意识形态在当时的高压政治下得以最大程度的社会化。其后不久，1933年前后的"京、海之争"以及"小品文论战"、"大众语论战"、"伟大作品产生问题的讨论"、"文学遗产问题"、"翻译讨论"等等，"可以从它的在动，在斗，而断定了它那旺盛的生命力在求发展"。[1]与社会、政治、文化环境相适应，出于对社会思潮、文学流派等的整合与衍化的互动，"第二个十年"上半期新文学杂志出版的繁盛为新文学图书出版的复苏奠定了更为坚实、更为广泛的大众基础。

　　同时，我们还不能忽略现代出版的经营策略对30年代新文学图书出版复苏的作用。张静庐曾说："在公共租界里干着文化事业，随时有触犯'奴隶法律'

---

[1] 丙（茅盾）：《一年的回顾》，《文学》第3卷第6号，1934年12月1日。

的可能。久了,'吃官司'变成书店经理们的家常便饭了。"①1927年国民党在南京建立政权之后,就制订了《著作权法》《出版法》等法律,还有各种文件和训令,并成立了专司图书审查的机构。《出版法》规定,涉及"党义"的图书须交"中宣部"审查,实际上,文艺、哲学以及社会科学方面的图书也同样要送审,否则便予以查禁,并严厉处罚甚至拘捕出版者。布迪厄指出:"文学场和权力场和社会场的同源性规则,大部分文学策略是由多种条件决定的,很多'选择'都是双重行为,既是美学的又是政治的,既是内部的又是外部的。"②"选择"的"双重行为"使得文学出版对于规约产生了一种"自觉意识",促使它努力在文学体制下争取最大的自由空间。面对政治和文化的高压,出版商们不仅联合请愿,迫使当局放宽了对图书的查禁标准,而且开动商人经商的精明大脑,与国民党当局的查禁令巧作周旋,这成了30年代新文学图书出版复苏的策略构成。出版商们发明了一系列对付国民党查禁书刊的办法,诸如"改头换面"(即当一种书刊被查禁后,改换书名和作者名继续出版)、"化整为零"(即送审时分期分批,作品隐含的政治倾向不易被发现)、"偷梁换柱"(即送审时将作品中有碍处先行删去,审查后出版时再加上去)、"阳奉阴违"(即书籍被当局要求删改,出版时在前言或后记中佯称已作删改,实际一字未动)、"少印多版"(即对一些进步书籍每版只印少量,销完再版,即使其中某版遭禁损失也不大)、"翻版、偷印"(即书刊被查禁后,以原版再暗中翻印、偷印,从地下渠道发行)、"烧香"、"贿赂"(即利用国民党官员的腐败,找熟人说情,出钱贿赂书籍检查官,以使一些进步书稿得以审查通过)、"反作广告"(即故意暴露书籍被查禁的"身份",以作广告招徕读者)等等。③这些办法,虽然主要是出版商出于商业利益的考虑不得已而采取的策略,但它在客观上为新文学图书的大量出版有效地突破了政治、文化的钳制。

当新文学真正成为现代出版体制下文学生产的积极因素,从而获得大量读者,也为出版业带来物质动力的时候,作为中国现代文学基本构成的五四新文学才能够说是取得了真正的胜利和成功。从这个意义上说,30年代新文学图书出版的复苏是新文学由先锋向大众转化的重要标志,也是出版者由追求出版的

---

① 张静庐:《在出版界二十年》,上海书店1984年版,第118页。
② 〔法〕皮埃尔·布迪厄著:《艺术的法则——文学场的生成和结构》,刘晖译,中央编译出版社2001年版,第248页。
③ 参见朱晓进:《政治文化心理与三十年代文学》,《文学评论》2000年第1期。

文化性向注重出版的文化性与商业性统一转化的重要标志,这种转化使新文学终于在中国普通读者中产生了真正影响,也使得新文学传统得以广泛传播和被普遍接受,而30年代新文学图书出版的复苏在中国现代文学史上的意义也就不言而喻了。

(原载《学术界》2007年2期)

周作人文艺思想"转向"与文学出版

对周作人文艺思想"转向"发生时间的确认,一般溯自20世纪20年代初他创作《自己的园地》时。周作人作为新文学运动的主将,对文学的认识倾向于人生的和社会的价值,无论是"人的文学"还是"平民文学",都有着强烈的人文关怀和社会功利追求。但到了20年代初,一度支撑他精神大厦的"流氓鬼"信念随"五四"退潮而摇摇欲坠,他逐渐流入颓唐,失去了时代先驱者的"热和力"。他的文艺思想由矛盾、混乱走向转变,明确放弃"为人生",转而提倡"浑然的人生的艺术"、"平民的贵族化"、"自我表现"的文学主张,最终成为自由主义文学的代表。对周作人文艺思想"转向"的研究,还多偏向于理论和创作方面,即通过对周作人文学主张和文学作品的分析,发现其在20年代社会、文化转型时期的意义。但是周作人的"转向"客观上却超越了个人性和内在性,逐渐形成一种社会化文学思潮,影响并凝聚了一批具有相同文学志趣的人共同追求文学的真正价值和意义。在这一过程中,周作人的文学出版活动无疑成为其自我价值重构的实践载体,也显示出现代文学史上自由主义文学流脉形成的基本轨迹。

在周作人"为人生"的文学观开始发生变化的时候,他正着手主编新潮社《文艺丛书》。《新潮》杂志停刊后,为了不使新潮社的活动停止下来,于是社员们便决定编一套文艺丛书。据新潮社社员、后来的北新书局的创办人李小峰回忆,出版这样一套丛书最早是鲁迅的主意。他说:"早在1922年,我在北京大学就读时,鲁迅先生提议出版一套文艺性质的丛书,兼收创作和翻译,这就是后来刊印的新潮社《文艺丛书》。"[1]至于署"周作人编",周作人在《关于鲁迅》一文中说:"后来《阿Q正传》与《狂人日记》等一并编成一册,即是《呐喊》,出在北大新潮社丛书里,其时傅孟真、罗志希诸人均已出国留学去了,《新潮》交给我编辑,这丛书的编辑也就用了我的名义。"[2]事实上,周

---

[1] 李小峰:《鲁迅先生和北新书局》,《出版史料》,1987年第2期。
[2] 周作人:《关于鲁迅》,《鲁迅的青年时代》,河北教育出版社2002年版,第114页。

作人主编《文艺丛书》绝不止仅仅是"名义"上的事情,他之所以这样说,大概是不想把丛书的策划之功归为己有,至于编辑理念和编选书目,则基本上由他确定。丛书中有冰心的诗集《春水》、鲁迅的短篇小说集《呐喊》、冯文炳的短篇小说集《竹林的故事》等,这些著作,或代表了文学的创新成就,或成为新文学的奠基之作,或形成了新的艺术流派,在新文学发展中的作用不容低估。

如果说在编辑宗旨上,此前的《创造社丛书》与《文学研究会丛书》有着鲜明对峙的话,那么新潮社《文艺丛书》显然不是单一地立足于"为人生的艺术"或"为艺术的艺术"的派别立场,当然也看不出企图消解这两种文学观念对立格局的用意,丛书呈现出对上述两种文学观念的包容姿态,并且向着新的艺术空间开掘,显示文学的多元化,因而具有特殊的价值。这套丛书的面貌与周作人当时的文学思想正相契合。在《自己的园地》中,周作人超离了当时新文坛上"为人生"、"为艺术"两派的论争而提出自己对文学的独立见解,既不赞同纯艺术派将文学当成脱离社会的象牙塔里的营生,又反对极端人生派把文学作为一种说教的工具,而强调作者须以人生为基础自由地表达情思,同时又不失艺术上的美。《文艺丛书》作为事实上与鲁迅合编的一套丛书,在客观上体现了不同文学观念的交汇和融合。《文艺丛书》所体现出的对于具有独立艺术美的作品的肯定,对于"为人生"的文学的包容,正是周作人这一时期的文学思想在文学出版活动中的体现。

这种现象同样也由《语丝》体现出来。《语丝》杂志1924年11月17日创刊于北京,语丝社主办。鲁迅给以大力支持。开始时由孙伏园主编,一个月后即由周作人主编,《发刊辞》也是由他撰写。周作人的文学思想直接影响了前期《语丝》的编辑宗旨。周作人在《发刊辞》中指出:"我们个人的思想尽自不同,但对于一切专断与卑劣之反抗则没有差异。我们这个周刊的主张是提倡自由思想,独立判断,和美的生活。"对于《语丝》的编辑宗旨,鲁迅后来也说:《语丝》"在不意中显了一种特色,是:任意而谈,无所顾忌,要催促新的产生,对于有害于新的旧物,则竭力加以排击。"[①]综观前期《语丝》,它一方面基于对自由主义文学立场的坚守,追求现代纯文学轻松化写作,一方面也仍然保留着文学的"反抗"精神。与周作人这一时期的文学思想的变化相对应,他

---

① 鲁迅:《我和〈语丝〉的始终》,《鲁迅全集》第4卷,人民文学出版社1981年版,第167页。

在倡导和实践轻松化写作的同时，立足于国民性剖析与改造的作品也不在少数，而且他在《语丝》上发表了评论当时一些政治事件的文章，其立场和态度甚至比鲁迅还要激烈。《语丝》也确实在当时表现了较强的战斗性，在"五卅运动"、"三一八"惨案前后的思想战线上产生过很大的影响。正如有的研究者指出的那样："周作人等讲求生活艺术化，追求文学轻松化与继续《新青年》的工作，毫不留情地对国民劣根性加以批判，重建民族的先进文学品格，反抗专制与强权，坚守现代知识者对世事人生的评价视角，反抗外侮，呼吁民族自信心等尽管矛盾也是有机统一的，忽视其中一方面都不能全面中肯地评价此一阶段这批作家的创作追求：谨严而又轻松，游戏不乏正统，隐逸包裹积极，消沉隐藏肯定。"①

但这种"谨严而又轻松，游戏不乏正统，隐逸包裹积极，消沉隐藏肯定"的文学态度到《骆驼草》时代发生了变化。《骆驼草》创刊于1930年的北平。《骆驼草》的创刊，标志着一个以周作人为核心的政治倾向温和保守、文学趣味高雅脱俗的文学集体的公开亮相。20世纪20年代中期以后的中国，无论政治还是文化都进入了一个特殊的历史时期。1925年"五卅运动"使中国革命迎来新的高潮，不久，随着国民革命运动的深入开展，中国又进入了大革命时期。在社会和政治风云际会的形势下，几百年来一直是中国政治、文化中心的北京，其社会环境发生了巨变。1926年7月，广州的国民革命军誓师北伐，同年春占据东北四省的奉系入关南下，在这"北伐"、"南下"的影响下，北京的政治中心地位丧失，大批知识精英出走，此时的北平被抛向了政治、文化的边缘，呈现出一片"废都"景象，进入了历史上最为灰暗的时期。就在这样的环境下，由废名、冯至编辑，周作人发起创办了《骆驼草》杂志。这是一份名副其实的同人刊物。这些同人包括周作人、废名、冯至、梁遇春、朱自清等，他们或在北大任教，或毕业于北大而在北平的高校任教，都是清一色的学院中人。他们被称之为前期"京派"。这些人在当时的北平、天津等地进行文学活动，其艺术风格在本质上较为一致。他们的集合既是一种文学派别，又是一种文化性的存在。他们崇尚审美主义的"自由化"文学理念和实践，在文化意识上承续"五四"启蒙传统，同时又有超越，其价值体系，最为鲜明地表达了现代知识分

---

① 赵海彦：《〈语丝〉、〈骆驼草〉、〈论语〉：现代纯文学轻松化写作观念之流变》，《文学评论》2005年第6期。

子的文化立场：文学不再成为政治的附庸，也有意识地不为现代化社会的商业利益所左右。

《骆驼草》的创刊和办刊宗旨的确立显然是受到了多种因素的共同作用：如果没有北平沙漠般安静的氛围为留守京城的文人们提供相对宽松的环境，以及大学教授优厚的生活待遇，周作人等就没有能力创办一种同人性质的文学刊物；如果没有周作人的威望和文学趣味的号召，留守京城的一批文人就不可能凝聚为一个文学群体；如果《骆驼草》的同人们没有受到《语丝》文学理念的熏染，《骆驼草》就不可能以一种近乎偏执的保守态度，在革命文学、右翼文学的夹缝中执著地张扬对于真正意义上的文学的坚守与追求。

《骆驼草》以追求纯正自由的文学为旨趣。京派文人不像左翼作家那样热情地关切政治，把刊物作为宣传政治的工具，也不像海派作家那样诞生于市场，受商业气息的浸染，把办刊当作谋生、赢利的手段。也正是在这种文学的商品化和政治化愈演愈烈的情况下，以周作人为首的一批文人为追求文学的"纯艺术"才迫切需要建立一个自己的言说平台。《发刊词》表现了一种强烈的自由主义的独立倾向，周作人指出："我们开张这个刊物，倒也没有什么新的旗鼓可以整得起来，反正一晌都是有闲之暇，多少做点事儿"；接着又宣言"不谈国事"，"不为无益之事"，"文艺方面，思想方面，或而至于讲闲话，玩骨董，都是料不到的，笑骂由你笑骂，好文章我自为之，不好亦知其丑，如斯而已，如斯而已"。这也是这一时期周作人的思想。周作人曾在一篇文章里谈到，"现在的趋势似乎是不归墨（Mussolini），则归列（Lenin），无论谁是革命谁是不革命，总之是正宗与专制姘合的办法，与神圣裁判官一鼻孔出气，但是这总是与文明相远"。①《骆驼草》要在"革命"与"不革命"的二元对立之外寻找一种新的"自由"与"独立"。

应该说，30年代之前，新文学是以同人杂志为中心的。关于《骆驼草》的出版，冯至回忆说："刊物的经费是几个朋友拼凑的，我们用费不多，因为在那上边发表文章，一概不付稿酬，惟一的开销就是每期的印刷费。"②《周作人年谱》中也有这样的记载：1930年7月5日"杨晦、冯文炳、徐祖正、冯至、陈翔鹤来访，共商维持《骆驼草》周刊事，议定每人每月出资5元。作为《骆驼草》出版

---

① 周作人：《关于妖术》，《永日集》，河北教育出版社2002年版，第111—112页。
② 冯至：《〈骆驼草〉影印本序》，上海书店1985年版。

的基金。"① 杂志的定价也相对低廉,"本市铜板十枚,外埠连邮费三分"。② 发行数量不详,但可以肯定不会有多少赢利,因为从办刊的初衷来讲,就不是以赢利为目的,它走的是精英化、小众化的路线。无论是改造出版社原有的商业性杂志还是依托出版社的力量办刊,或多或少地要受制于人,因而必然要影响并规约杂志的定位和编辑方针,而如《骆驼草》作者、编者、出版者、发行者身份的基本合一,则赋予了办刊者更大的自由和发挥的空间,可以把自己的文艺主张直接以作品的形式灌注到刊物中去,还可以通过对刊物传播效应的直接把握进一步强化办刊的宗旨。

《骆驼草》的这一特征,主要是周作人设计的。周作人不仅是《骆驼草》的策划者,1930年间他的主要文学活动也是围绕着《骆驼草》而展开。26期《骆驼草》上,共有周作人作品21篇,几乎每期都能见到他的文章。在这份刊物上倾注这么大的心力,不能不使人联想到周作人是"别有用心"。这"别有用心"在很大程度上来自于他对文学出版活动意义的深刻体认。主编新潮社《文艺丛书》和《语丝》杂志,使他发现并团结了如废名、俞平伯等一批具有自由主义倾向的作家,他的独特文艺思想也得到了表现,并受到志同道合者的认同,他明显地认识到文学出版活动的功用。但是,不可否认的是,他的强烈的独立的自由主义文学思想并没有完全得到阐发,仍然受到一些制约和限制,表现在《文艺丛书》和《语丝》的编辑上,就是不得不对"为人生"的文学或"血和泪的文学"予以包容。如何使自己固有的人生态度和审美理想发扬光大,从而有效培植自由主义的文学力量,尽量延缓甚至终止任何导致文艺统一的进程,这种使命感便成为周作人再度从事文学出版活动的主要精神动力。他抓住了一个机遇,企图统一文坛的左右两方在遥远的上海激战,北平的留守文人大多属于自己的力量,而且也不用再对"为人生"和"为艺术"费思量了,尽可以无所顾忌阐述和张扬自己的文学观。

从主编新潮社《文艺丛书》和《语丝》杂志,到创办《骆驼草》,周作人在20年代的文学出版活动至少呈现以下两个方面的意义:首先,周作人的文学出版活动培植了趣味化、轻松化写作力量,并以此消解了正统文学的严肃性和训导性。鲁迅最先提出出版新潮社《文艺丛书》的设想,丛书中收录鲁迅著译

---

① 张菊香、张铁荣:《周作人年谱(1885-1967)》,天津人民出版社2000年版,第400页。
② 冯至:《〈骆驼草〉影印本序》,上海书店1985年版。

两种，一是翻译作品《桃色的云》，一是短篇小说集《呐喊》。从这两种书来看，鲁迅规划中的《文艺丛书》未必不是另外一套《文学研究会丛书》。但是，《文艺丛书》还收有冰心的诗集《春水》、冯文炳的短篇小说集《竹林的故事》、李金发的诗集《微雨》和《食客与凶年》。这些作品所显现的独特的文学表达方式，与"为人生"的宏大叙事方式形成鲜明对比，周作人将它们收入《文艺丛书》，其用意自然是显而易见的。《语丝》的命名很随意，也基本上没有固定的栏目，作者的文章风格不一，但大多如周作人所说是"为严正的滑稽"，这相对于《新青年》《努力周报》《创造》等由刊名到内容显现出的严肃的训导姿态判然有别。从渊源上讲，《骆驼草》承继了《语丝》的传统，但与《语丝》相比，《骆驼草》的创刊号却表现出全新的面目。鲁迅读了这期创刊号后说："以全体而论，也没有《语丝》开始时候那么活泼。"① 鲁迅认为"没有《语丝》开始时候那么活泼"的原因，正在于《骆驼草》不再有"对于一切专断与卑劣"的"反抗"精神了。其实，这正是周作人所刻意回避的，所谓"不谈国事"，"不为无益之事"即是指此而言。如果说《语丝》对现实政治事件的批判还保有知识分子对社会责任的自觉承当的话，那么《骆驼草》则刻意逃避现实，企图完全出于文学的要求与海派文学和左翼文学分庭抗礼，尽管杂志是短命的，但《骆驼草》同人以新的正统文学主流自居的精神明显地拒斥了现实政治和商业化对文学的干预，从而丰富了现代文学的内涵。

其次，周作人的文学出版活动使自由主义文学在中国广泛传播成为现实，为中国现代文学开辟出新的道路。主编新潮社《文艺丛书》和《语丝》杂志期间，他虽然执着地张扬自己的自由主义文学观，但毕竟不能冲破文坛上严肃文学强势力量的压迫，不是妥协的问题，是势不得已。因为以周作人为代表的自由主义文学在左右两派文学家看来，不能不说是一股异己力量，因而自身的发展受到了限制。同样，海派文学的庸俗和革命文学的粗鄙也使得自由主义文学家普遍感到反感，《骆驼草》正是肩负着为新文学寻求新的出路的使命而诞生的。创办《骆驼草》以后，周作人才获得了彻底表现自我的机会，在真正意义上实现了同人的自我认同和文学观的一体化。《骆驼草》不仅成为了京派的滥觞，影响所及，群起响应，随着1932年《论语》在上海的创刊，《人间世》《宇宙风》《文饭小品》等的纷纷涌现，周作人被奉为南北文坛的领袖。于是乎"轰的一

---

① 鲁迅：《致章廷谦》，《鲁迅书信集》上册，人民文学出版社1976年版，第255页。

声,天下无不幽默和小品"。①尽管鲁迅的话中不无讥讽的意味,但自由主义文学在当时确实壮大了实力。其后,随着南下文人的回归,京派群体迅速扩大,自由主义文学派别成为了文坛"正统"的新的竞争力量。

  以周作人的文学出版活动作为视角来看其文艺思想的"转向"对现代文学的影响,可以发现这种影响是随着他在文学出版活动中话语权的不断扩大而扩大的。一种文学主张成为具有重大社会影响的文学现象或者文学流派,必然是某种力量成为绝对强势的权力以后才能出现的文学景象。周作人作为杂志主编并完全获得强势权力的支配权以后,其自由主义的文学观即必然摆脱个人性而形成社会化力量。周作人文艺思想的"转向"与他的文学出版活动,在某种程度上说,是构成中国现代文学中趣味化、轻松化写作力量和自由主义文学流派生成的两个直接的动因,它们共同促成了现代文学多元格局的呈现,从而进一步彰显了文学出版在文学发展中的重要作用。

(原载《重庆师范大学学报》2006年第6期,中国人民大学书报资料中心《复印报刊资料·中国现代、当代文学研究》2007年第3期全文转载)

---

① 鲁迅:《一思而行》,《鲁迅全集》第5卷,人民文学出版社1981年版,第473页。

雇佣关系下《现代》杂志品格的生成

雇佣关系是指雇主与雇员约定在一定期限内，由雇员向雇主提供特定的劳务，并由雇主给付雇员报酬所形成的权利义务关系。上世纪上半叶，我国的许多出版企业大都采用雇佣的方式延揽编辑人才。一般说来，雇佣关系中的出版社和编辑，双方的主体地位是平等的，并不存在严格意义上的管理与被管理的隶属关系，编辑的劳动具有相对的独立性；但在雇佣关系成立后，双方却建立起一种指挥与服从的关系。雇佣关系的这种特征，突出表现为出版社和编辑双向选择的流动性。作为出版社一方，利用雇佣关系的这一特征，形成出版社用人的基本原则，即合用则留，不合用则辞；而作为雇员的编辑人员，除非决意另谋高就，否则，决不能违背出版社既定的出版宗旨和出版思路，而且还要千方百计在自己具体的编辑实践中体现出版社的个性化风格。

现代书局与《现代》杂志主编施蛰存的关系就是一种典型的雇佣关系。施蛰存说："我和现代书局的关系，是佣雇关系。他们要办一个文艺刊物，动机完全是起于商业观点。但望有一个能持久的刊物，每月出版，使门市维持热闹，连带地可以多销些其他出版物。我主编的《现代》，如果不能满足他们的愿望，他们可以把我辞退，另外请人主编。"[①] 他还说："现代书局要筹刊一个供给大多数文学嗜好的朋友阅读的杂志，遂把编辑的责任委托给我。我因为试想实现我个人的理想，于是毅然负起这个《现代》主编者的重荷来了。"[②] 与现代书局雇佣关系的确立，必然使施蛰存清醒地认识到，主编《现代》杂志必须要迎合现代书局的商业动机，杂志的品格生成应满足现代书局的"愿望"，当然，也可以期望借此实现自己"个人的理想"。但是很显然，这种雇佣关系一经成立，重要的并不仅仅在于主编的"个人的理想"的实现，还要使杂志的品格能与现代书局的创办动机——"商业观点"相契合。现代书局与施蛰存之间建立起的这种雇佣关系，为我们重新阐释和深入研究《现代》杂志品格的生成提供了一个很好的

---

① 施蛰存：《〈现代〉杂忆》，《沙上的脚迹》，辽宁教育出版社1995年版，第28页。
② 《现代》创刊号《编辑座谈》，1932年5月。

视角。

一

影响杂志品格生成的因素是多样的，如社会状况、文化风尚、读者的审美需求、创办者的文化修养和精神气质，以及杂志文本的主题、题材、体裁和语言等。然而，所有以上影响杂志品格生成的因素，无不是在杂志创办动机的规定下起作用。一种杂志的创办，必然基于一定的社会文化语境，还要适应精神文化产品商业消费的特殊规律，在文化与商业的契合点上拓展生存与发展的空间。

雇佣关系下的《现代》杂志，其编辑宗旨必然服从于现代书局创办这一杂志的商业动机。但是需要特别指出的是，现代书局的商业动机是基于书局营业的考虑，对杂志所要阐释的思想主题和艺术追求不一定有严格的制约和限定，正如张静庐在谈到杂志发行时所说："'怎样可以使杂志的销路广大起来？'……归根结底只有一句话——'内容充实！'讲到内容充实，或怎样使它充实起来，这是编辑先生的事，发行人是在船里着力，无济于事。"[①]现代书局基于商业目的的创办动机与主编施蛰存实现个人理想的抱负在《现代》杂志品格的生成中，其实并没有形成价值追求上的错位，也就是说，现代书局并不是要让《现代》杂志成为纯粹庸俗化的、浅表化的利润工具，而施蛰存对于文学的商业性价值也有观念上的认同，二者在商业规则的制约下达成了一种对话和交流的默契。这种默契所体现出的相同的价值趋向，共同规定着《现代》杂志品格的生成。

张静庐虽然不是现代书局和施蛰存之间雇佣关系的直接缔结者，但是创办《现代》杂志的设想、雇请施蛰存担任主编的动议却是由他首先提出的，并且在施蛰存主编杂志的筹划和实践过程中，给予了积极的指导和支持。张静庐再次进入现代书局时期，正是淞沪战争爆发之时，他亲眼目睹了战争之后出版业的萧条。他在回忆当时的情景时说："我们回到上海，已经是淞沪战争后十余天。所有商店都关着门……"[②]多年的出版经验和一贯的自我期许，告诉他此时正是一个可以令自己大展身手的好时机，他想为战争恐惧中的民众提供一个精

---

① 张静庐：《在出版界二十年》，江苏教育出版社2005年版，第139页。
② 同上，第100页。

神寄托的所在，也为现代书局寻得一个良好的商机，于是即刻决定创办一种能替代因战争而停刊的《小说月报》的文学杂志。现代书局此前曾创办《拓荒者》《前锋月刊》等文学杂志，但因与政治靠得太近，使现代书局在名誉上和经济上都受到损害，所以张静庐"急于要办一个文艺刊物，借以复兴书局的地位和营业"①。他经过认真考虑，决定雇请施蛰存来做主编。

施蛰存所走的路与当时的海派文人基本上是一样的。1926年在震旦大学法文特别班读书期间，与同学戴望舒、杜衡自费创办了《璎珞》旬刊，稿件主要是他们三人自己的著译。不久，戴望舒的好友刘呐鸥也加入了他们的行列。在这仅仅出了四期的小刊物上，施蛰存发表了《上元灯》(原名《春灯》)及《周夫人》两个短篇小说。1927年4月，蒋介石大肆捕杀共产党人和革命群众，当时同为共青团员的施蛰存和戴望舒、杜衡，在白色恐怖之下，撤离震旦大学，隐避在松江施蛰存的家中暂住，开始了他们的"文学工场"生涯。施蛰存回忆说："我们闭门不出，甚至很少下楼，每天除了读书闲谈之外，大部分时间用于翻译外国文学。"②"这期间，雪峰和望舒经常到上海去，大约每二星期，总有一个人去上海，一般都是当天来回。去上海的目的任务是买书或'销货'"；"所谓'销货'，就是把著译稿带到上海去找出版家。最初和我们有关系的是光华书局，其次是开明书店，它们都为我们印出了一些书。"③文学创作被称之为"工场"制作，将作品交出版社被称之为"销货"，明显地体现着商业社会以及都市文化消费的印痕。其间，光华书局同意给他们出版一个小型同人刊物《文学工场》，施蛰存、戴望舒、杜衡、冯雪峰等人很快就将创刊号编定，两星期排出清样，老板沈松泉觉得内容过于偏激，左翼色彩太浓，取消了合作计划。"文学工场"结束后，他们又创办了《无轨列车》，开设了"第一线书店"，后改名"水沫书店"，出版了施蛰存的小说集《上元灯》、望舒的诗集《我的记忆》、蓬子的诗集《银铃》、胡也频的《往何处去》，还有雪峰介绍来的柔石的《三姊妹》等。为了书店广告宣传的需要，又创办了《新文艺》月刊。如果说在此之前，施蛰存参与编辑的刊物是同人刊物，是为了建造自己发表文章的园地的话，那么随着出版活动的深入，他对出版的商业性认识也有了更进一步的加强。他在解释

---

① 施蛰存：《我和现代书局》，《沙上的脚迹》，辽宁教育出版社1995年版，第61页。
② 施蛰存：《最后一个老朋友——冯雪峰》，《沙上的脚迹》，辽宁教育出版社1995年版，第122页。
③ 同上，第126页。

创办《新文艺》的缘由时说:"一个定期出版的文艺刊物,对编者来说,是为了自己及朋友们发表文章的方便。对出版家来说,是为其他出版物做广告。"①创办《新文艺》不仅仅是方便文章的发表,更重要的还有商业方面的考虑,所以编辑方针的确立就要面对市场,杂志内容的选择就要尽量迎合读者的阅读趣味。

　　雇佣关系下《现代》杂志品格的培育,张静庐与施蛰存是直接的参与主体。张静庐作为《现代》杂志的创办者实在是幸运的,不仅时代给了他机遇,而且聘请到的主编也是不二人选。海派文人的经历,锻炼了施蛰存对文学商业化的体认。他作为作者、译者、编者所进行的出版活动,不仅为他积聚了广大的作者资源,还为他积累了丰富的办刊经验。当成为雇佣关系下《现代》杂志的主编时,他能很自然地调整自身角色,清醒地认识到办刊不仅仅是个人理想的寄托,还是一种谋生手段,更是在为书局老板创造一个商业利润的来源。张静庐和施蛰存虽然因为人生经历、文化品格和文学素养的不同,不可能在文化心理结构上达成全面的对接,但对杂志商业性特征的体认却有相同的倾向性,形成了基本的共识。张静庐作为杂志的创办主体是想通过文学杂志的市场力量来达成自己的商业利益诉求,而施蛰存作为杂志的编辑主体则通过具体的编辑实践,对创办主体的商业利益诉求作出了积极的回应。

二

　　上世纪30年代初,左翼文艺和"民族主义文艺"先后出现,并形成左右对峙的局面,在文学发展方向上起着决定性作用。现代书局紧随潮流,先是创办了几种左翼杂志,遭到国民党当局查封;后又屈膝于政治势力,出版了国民党的御用杂志,受到进步作家的唾骂。或左或右的出版行为均遭失败,给了现代书局以深刻的教训。张静庐"为了复兴书局的地位和营业",决定创办一种新的杂志,"他理想中有三个原则:(一)不再出左翼刊物,(二)不再出国民党御用刊物,(三)争取时间,在上海一切文艺刊物都因战事而停刊的真空期间,出版第一个刊物"②。张静庐提出了"不出什么",施蛰存就在具体的编辑实践中予以贯彻。雇佣关系的构成,使现代书局的原则性要求与主编的智慧和才情在前者

---

① 施蛰存:《我们经营过三个书店》,《沙上的脚迹》,辽宁教育出版社1995年版,第21页。
② 施蛰存:《我和现代书局》,《沙上的脚迹》,辽宁教育出版社1995年版,第61页。

的导控下达成了良性互动。

施蛰存首先考虑的是编辑方向。他回忆说:"我开始筹编《现代》,首先考虑编辑方向。鉴于以往文艺刊物出版情况,既不敢左,亦不甘右,又不欲取舍于左右,故采取中间路线,尽量避免政治干预。"①《现代》既然要"采取中间路线",就不能办成"同人杂志"。五四以来,新文化阵营中的文学杂志大都是"同人杂志"。这种同人杂志,一方面体现出自己流派的风格,成为联合"同志者"的主要阵地;另一方面又排斥不同的思想观点,在一定程度上与文学多样性追求相悖。《现代》自创办之初就试图纠正这种倾向。施蛰存在《现代》创刊号发表了一个《创刊宣言》:"本杂志是普通的文学杂志,由上海现代书局请人负责编辑,故不是狭义的同人杂志。因为不是同人杂志,故本志并不预备造成任何一种文学上的思潮,主义,或党派。因为不是同人杂志,故本志希望能得到中国全体作家的协助,给全体的文学嗜好者一个适合的贡献。因为不是同人杂志,故本志所刊载的文章,只依照着编者个人的主观为标准。至于这个标准,当然是属于文学作品的本身价值方面的……"在这里,施蛰存对"不是同人杂志"的强调,正如李欧梵所分析的,"是为了要把他的编辑方针和流行的编辑法区别开来:当时几乎所有的文学期刊的实际操纵者都是小'党派'——在一个文学社团里的几个志同道合的朋友,持他们自己所提倡的文学和意识形态立场"②。《现代》的立场,是要让杂志成为一个多向度对话的场所,让来自各个阵营的作家有一个展示自我的公共平台,使杂志呈现多种文学流派、文学样式共生的局面。从创刊号到第6卷第1期,《现代》共发表了茅盾、张天翼等20余位"左联"作家的创作,也发表了创造社元老郭沫若、郁达夫等人的作品,还发表了张资平、叶灵凤等海派文人以及穆时英、施蛰存、刘呐鸥等新感觉派作家的创作,发表了周作人、沈从文、废名等京派作家的作品及老舍、巴金等民主作家的作品;在文艺理论方面,既有鲁迅、瞿秋白、周扬、冯雪峰等人的多篇文章,又有林希隽的《杂文和杂文家》等与鲁迅对立的文章,还有"第三种人"苏汶、"自由人"胡秋原、反动文人杨邨人以及"中间派"韩侍桁等的文章。尤其是在当年最为激烈的关于"第三种人"的论争中,《现代》杂志发表论争文章,却并不作是非判断。施蛰存说:"当年这些论辩文章,都经过我的手,由我逐篇

---

① 施蛰存:《浮生杂咏》,《沙上的脚迹》,辽宁教育出版社1995年版,第213页。
② [美]李欧梵:《上海摩登》,毛尖译,北京大学出版社2001年版,第151页。

三校付印。我在校样的时候，就发觉有此现象，但我决不介入这场论辩，故始终缄默无言"；"对于'第三种人'问题的论辩，我一开头就决心不介入。一则是由于我不懂文艺理论，从来没写理论文章。二则是由于我如果一介入，《现代》就成为'第三种人'的同人杂志。在整个论辩过程中，我始终保持编者的立场，并不自己认为也属于'第三种人'——作家之群。"①把《现代》与当时其他的文学杂志相比较，不难发现，在这里几乎看不到鲜明的派别意识、阶级意识，只有不同风格、不同流派的作品纷呈异彩。

施蛰存对依附政治的功利化诱惑保持了高度的警惕。1933年5月14日丁玲被捕后，上海的各大报刊对此保持沉默，《现代》第3卷第2期却将此事公开，在《现代》第3卷第3期，施蛰存又编印了一页图版，题为《话题中之丁玲女士》，并附有一段图版说明："女作家丁玲于五月十四日忽然失踪，或谓系政治性的被绑，疑幻疑真，存亡未卜……"接着，施蛰存收到各地读者的许多来信，有些信要求介绍丁玲的生平及作品；有些信以为丁玲被枪决，要求《现代》出追悼丁玲的专号或特辑。有人还就此希望《现代》能指示一个目标，领导一般青年向前进。施蛰存回复道："至于要《现代》提示一个领导青年的目标，我们觉得很惭愧，我们提示不出来。因为一个文艺杂志的目标，在目下的中国，是无论怎样装得前进，总还是不够领导青年的。对于真正从事于革命行动的青年，我们不敢居于领导的地位，因为事实上他们做的工作已经比我们有效果得多了。……我们愿意尽了一个文艺杂志所能做的革命工作，但我们不肯虚张声势，把整个革命工作放在文艺杂志的目标上以欺骗读者，而结果是既没有革命，也并不成为文艺。"②

李欧梵指出："尽管施蛰存在'创刊宣言'里声称他并不预备'造成任何一种文学上的思潮、主义'，但杂志上刊登的外国文学的作品清楚地映照出了他本人对欧洲现代主义的文学偏好。"③在第1卷第1期《编辑座谈》中，施蛰存就开宗明义地说："这个月刊既然名为《现代》，则在外国文学之介绍这一方面，我想也努力使它名副其实。我希望每一期的本志能给读者介绍一些外国现代作家的作品。"事实上，他也正是这么做的，每期杂志都刊登相当数量的外国文学

---

① 施蛰存：《〈现代〉杂忆》，《沙上的脚迹》，辽宁教育出版社1995年版，第32、33页。
② 同上，第44—45页。
③ [美]李欧梵：《上海摩登》，毛尖译，北京大学出版社2001年版，第152页。

作品。到第5卷第6期,施蛰存组织30多位翻译人员苦心经营了三个多月,编成《现代美国文学专号》,专号内容涉及美国现代文学的小说、戏剧、诗歌、文艺批评、作家介绍及文坛动态许多领域,被称为中国现代期刊史上最大的外国文学专号。同时,《现代》杂志尤其关注活跃于当时文坛上的先锋作家,展现了一个都市前沿文学的"现代派"文学世界。杂志刊载了许多在艺术上有创新意义的作品,如穆木天的象征主义诗歌,"诗怪"李金发的诗作,穆时英的新感觉派小说,戴望舒的现代派诗歌,施蛰存的意象抒情诗,张天翼的讽刺幽默小说,郁达夫的自叙传小说,老舍的寓言体小说,叶灵凤的浪漫小说,金克木的意象哲理诗,徐訏的唯美小说,茅盾的社会剖析小说等等。由于施蛰存的审美偏爱和积极引导,现代派作品在《现代》上得到了一个集中展现的机会,因而极大地丰富了中国现代文学的历史图景。《现代》作为现代派文学的"大本营",以其文学生产的特有方式参与并支撑了中国现代派文学的美学创造,厥功甚伟。

一份杂志在多样化的环境中生存,就要通过明确的定位来选择自己的方向和取舍的依据,就要表明立场,表明主张,走自己的路,有所为有所不为,以自己独立的姿态展现存在价值,完成历史的选择。施蛰存服从现代书局的商业目的,遵照张静庐办刊的原则性要求,从编辑方向的把握入手,采取中间立场,疏离文学的政治功利化,把《现代》办成了"中国现代作家的大集合",并培育壮大了中国现代派文学,在刚刚经过战争,又备受政权压制,文化阵营内部斗争复杂的大环境里,营造这样一个宽松自由、弘扬现代文化、活跃文学生机的空间,充分体现了编者独到的理性魅力和实践才能。

三

出版系统以市场化的方式运营,出版物作为一种选择化、功能化、价值化的文化产品,体现着编辑主体的意向,但也在一定程度上受制于经营主体的商业运作逻辑。张静庐对杂志营销驾轻就熟,有自己的一套成熟而有效的经验,在雇佣关系制约下,施蛰存作为现代书局商业化立场的具体体现者,在杂志的市场化运作上,针对当时的市场特点和读者心理,推出了一系列引人注目的措施,使得《现代》杂志从一开始就受到了读者和市场的认可。

张静庐认为,办杂志"最重要的是不使读者过于失望。为了这,所以未出版之前千万不要自己过于夸耀，或者不必要的写上一大批特约撰述的名单。在预告时候，读者因为过于夸耀幻成一种理想的读物，以为一定是百分之百的配他脾胃的，待到读完之后，觉得距离他的理想很远很远，于是起了反应感觉失望……这是顶可怕，也是办杂志的朋友和出版社应该避免的地方……"①《现代》杂志创刊之时采取的就是低调操作的方式，事先并没有过分张扬，创刊号上的《创刊宣言》告知读者刊物的性质和编辑方针，写得简短、质朴，编辑人也只署施蛰存一人的名字，这与有些杂志如《创造》季刊、《文学》杂志等罗列诸多名家以造声势、先声夺人的办刊方法截然不同。《现代》稳扎稳打，一期比一期精彩，真正成为"作家的大集合"是到了第2卷第1期的"创作增大号"才体现出来。第2卷第1期中增加了小说、诗歌的分量，叶圣陶的《秋》放在首篇，之后是茅盾的《春蚕》、郁达夫的《东梓关》、鲁彦的《胖子》、巴金的《电椅》、张天翼的《仇恨》、穆时英的《上海的狐步舞》、杜衡的《重来》、刘呐鸥的《赤道下》、叶灵凤的《紫丁香》和老舍的《猫城记》，诗有郭沫若的《夜半》和《牧歌》、李金发的《夜雨孤坐听乐外二章》、戴望舒的《乐园鸟及其他》和施蛰存的《九月诗抄》，剧本有欧阳予倩的一幕剧《同住的三家人》、白薇的《敌同志》，论文有鲁迅的《论"第三种人"》、苏汶的《论文学上的干涉主义》，以及戴望舒著名的《望舒诗论》。同时"现代文艺画报"栏还刊登了郁达夫与妻子的合影、郁达夫自写的联语，俞平伯、冰心、沈从文、郭沫若、茅盾等的手稿墨迹，叶圣陶治的印，李金发和任廷芳的合影，叶灵凤、穆时英、老舍等的近照，以及苦雨斋中的周作人、格洛赛画的巴金、达特安邮船上的戴望舒等作家信息。一期刊物中有如此众多的各流派名家云集，有如此众多的在现代文学史上享有盛誉的名篇亮相，确属罕见。就是这样一期在当时难得一见的容量大、质量高的杂志，完全值得大肆宣扬、炒作，然而，施蛰存在前一期即第1卷第6期的《编辑座谈》中对读者预告依然不事张扬："下一卷的《现代》，在形式上和内容上都有些改革。但此刻却尚不能具体的给读者一个预告。因为当这一期本刊出版时，我还在幕后布置第二卷的场面，戏招子贴不出来，我想也是好事，因为事先夸张了，将来与实际不符，反而得罪了读者。但我可以在这里预告一下，第二卷第一期的《现代》将是一个使读者不会失望的创作特大号。"这种编辑手法，正如张静庐所说："主办杂志的只要抱定宗旨，坚定信念，埋头实干于自己

---

① 张静庐：《在出版界二十年》，江苏教育出版社2005年版，第142页。

理想杂志的创造,脚踏实地,一步一步地渐进,不夸大,不作过分的宣传,则读者方面对这本杂志决不会发生反感。"①

"创刊号"怎么办,也是大有讲究的。张静庐认为:"创刊号杂志的销数,一定会比平时的或是后二三期的为多。所以第一期杂志编得比较精彩或发行得普遍,与未来的销数有极大的关系。"②施蛰存3月中旬受任《现代》主编,现代书局希望5月1日出版创刊号,时间甚为仓促。因为创刊号成功与否,直接关系到以后各期杂志的销路,所以施蛰存不敢有丝毫怠慢。他写信邀请在杭州的好友戴望舒、杜衡一起来上海,参加刊物的设计和筹备工作,冯雪峰也提供帮助,张天翼、魏金枝、巴金、瞿秋白的稿子都先后寄到。经过紧张努力,创刊号如期出版,内设"小说"、"诗"、"文"、"杂碎"、"艺文情报"、"编辑座谈"等栏。首篇是施蛰存极力推介并培养的作者穆时英的《公墓》,另有施蛰存、戴望舒、杜衡三人自己的作品,还有张天翼、魏金枝、巴金、楼适夷等人的佳作。创刊号是一期"特大号",共198页,内容丰富,质量上乘,定价却只有3角。初版印刷3000册,5天卖完,又再版2000册。

一般月刊,都是以一年12期为1卷。为扩大销路,施蛰存把《现代》改作以半年6期为1卷,目的是增加"特大号"。对出版商而言,出版"特大号",成本并没有多大的提高,但销数激增,利润也就加大了,这就是"特大号"的魅力。对于每卷首期出版"特大号",张静庐认为"第一期能够出一种专号或特辑当然好些,然而这专号特辑是要有内容的,并不光是篇幅的加厚"③。如第2卷第1期"创作增大号",共218页,比创刊号还多20页,零售每本5角,预定户依然享受原价。因为是以内容取胜,出版后,颇得读者好评。添印2版,共销售了1万册。

除了"特大号"之外,施蛰存还推出了"增大号"、"狂大号"、"专号"等,花样不断翻新,而在内容的设计上、栏目编排上,施蛰存也别出心裁,通过征文、论争、开放读者园地、架构沟通桥梁等手法提高《现代》的市场竞争力。仅举一例加以说明:《现代》第1卷第3期发表了苏汶的《关于"文新"与胡秋原的文艺论辩》,在文艺界引起了一场关于"第三种人"的大论争,延续了一年之久。表面上看,这些文章篇篇剑拔弩张,互相攻讦,其实许多重要篇章事先

---

①② 张静庐:《在出版界二十年》,南京,江苏教育出版社2005年版,第142页。
③ 同上,第141页。

都经对方看过,然后才送给施蛰存。鲁迅最初没有公开发表意见,但他认真关注了每一篇文章,最后他写成带有总结性的《论"第三种人"》,先交给苏汶,再由苏汶交给施蛰存发表。《现代》还参与了30年代另一个重要论争,即"京、海派"论争。鲁迅、曹聚仁等都参与其中。双方唇枪舌剑,看似阵营分明,然而事实上施蛰存、杜衡与沈从文却是好朋友,经常相互约稿。《现代》杂志上的这两次文艺论争,只是观点的论争,并没有使论争双方彼此之间产生友情上的隔阂,然而却大大刺激了读者的阅读兴趣,利用这种形式的"论争"来吸引读者的注意,实为杂志主编采取的一种十分高明的商业运作逻辑下的编辑策略。

《现代》杂志给现代书局创造了巨大的商业效益,现代书局的声誉和营业状况日渐好转,通过《现代》推销、宣传现代书局出版物的目的也达到了,张静庐对此十分满意。他在后来的回忆中写道:"《现代》——纯文艺月刊出版后,销数竟达一万四五千份,现代书局的声誉也连带提高了。……第一年度的营业总额从六万五千元到十三万元。这是同人们对于这初步计划努力的收获,也是我个人尝试的成功。"[①]确实如此,《现代》杂志的成功,张静庐发挥了不可替代的重要作用。只有当我们认识到在既成的雇佣关系下,张静庐在文化虚空中抢得先机以获取商业利益的出版思维对主编施蛰存的编辑实践产生了决定性影响的时候,才能对《现代》杂志品格的生成做出全新的、富有说服力的解释。

(原载《清华大学学报》2008年第1期,中国人民大学书报资料中心《复印报刊资料·中国现代、当代文学研究》2008年第4期全文转载)

[①] 张静庐:《在出版界二十年》,江苏教育出版社2005年版,第102页。

"理想出版"的困境
——以未名社为例

未名社成立于1925年8月，是"五四"时期重要的文学社团之一，也是北京新文学出版的重要机构。由鲁迅发起，主要成员有鲁迅、韦素园、韦丛芜、李霁野、台静农、曹靖华等6人。1931年5月停止活动。在6年多的时间里，未名社出版有《莽原》半月刊24期、《未名》半月刊24期、《未名丛刊》《未名新集》两套丛书，以及不列入丛书的鲁迅的《坟》，台静农编著的《关于鲁迅及其著作》等，为中国新文学的发展起了积极的推动作用。

未名社在中国现代出版史上占有一席之地，当然是因为它出版了大量新文学创作和翻译作品；因为有鲁迅参与其间，使得未名社甫一成立就颇为引人注目。但它的存续时间毕竟过于短暂，在对其出版成就表示赞叹的同时，它昙花一现的原因到底是什么，也自然引起人们的思考。对这一问题有一个认识，或许对我们当前的出版经营有所借鉴。

一、同人结社性质的出版组织形式，容易导致合则成，分则败

未名社的出版经费是集资性质。开办之初，鲁迅出资200元，其他5位青年各出资50元，后鲁迅陆续出资共计466元。他们集作者、译者、编者于一身，从写稿、编辑、校对、印刷到发行，事无巨细，全靠自己。鲁迅是未名社的发起人，也是领导者。为了支持未名社的发展，帮助未名社摆脱经济困境，鲁迅在未名社出版6种书，从未提取稿费。

关于未名社的创办情况，曹靖华曾说"未名社开始有六位成员。所谓成员者，是指当时除鲁迅先生出二百余元外，其余每人各出五十元，作为'公积金'；并'立志不作资本家牛马'，用自己的钱，印自己的书。有钱就印，无钱搁起，书的内容形式，都认真负责，丝毫不苟。从写文章到跑印刷厂，事无巨

细，亲自动手。这是未名社当年的大致情况。"①

同人们共同的思想观点、审美趣味及文学爱好和理想追求，使未名社成员聚在了一起。在对待文学出版上，他们有共同的爱好；在年龄结构上，除鲁迅外，其他5人都是20出头的年轻人。在地域上，除鲁迅、李霁野外，韦素园、韦丛芜、台静农、曹靖华4人不仅是同乡，而且还是小学同班同学。在行动上，他们都是扎扎实实认真做事的人。鲁迅说："未名社的同人，实在并没有什么雄心和大志，但是，愿意切切实实的，点点滴滴的做下去的意志，却是大家一致的。"②由于鲁迅的威望和文学趣味的影响，未名社渐渐引起了读者的关注，从"未名"走向了"有名"。

然而，单靠共同兴趣爱好、文学追求和文化理想维系的同人结社性质的出版组织，一旦同人的思想产生分歧，就容易产生内讧；同人的排外性，缺少新鲜血液输入，故的离去，新的不来，就会造成人员短缺。如，1926年8月鲁迅离京后，对未名社投入心血最多的韦素园自1926年就因肺病渐渐淡出；曹靖华1927年到1933年秋一直在苏俄任教。台静农在未名社只是参与创作，不过问社务。李霁野一人主持日常事务，后又和韦丛芜产生矛盾。李霁野在《别具风格的未名社售书处》回忆道："其实，韦丛芜和我们在思想上已经发生严重分歧。他的生活方式为我们所不满，他的经济上的需要，未名社无力充分满足，因此常常发生一些不愉快的事。"③内部的不团结，人员的缺少，严重制约了未名社的发展，也是导致未名社最终停业的重要原因。

二、出版选题的小众化，在一定程度上能够实现既有的出版理想，却无法摆脱经营困境

未名社同人为推动自身文化理想的实现，可谓兢兢业业。未名社出版外国文学作品以苏、俄居多，兼及北欧、英国文学。从图书出版的文化意义上看，他们的选择无疑有助于中国新文学的发展，有一段时期在经济上也有一定的实绩。鲁迅曾经说过："未名社现在是几乎消灭了，那存在期，也并不长久。然而

---

① 曹靖华：《哀目寒》，《人民日报》，1980年10月20日。
② 鲁迅：《忆韦素园君》，《且介亭杂文》，《鲁迅全集》第6卷，人民文学出版社2005年版，第66页。
③ 李霁野：《别具风格的未名社售书处》，《李霁野文集》第2卷，百花洲文艺出版社2004年版，第89页。

自素园经营以来，介绍了果戈理（N.Gogol），陀思妥也夫斯基（E.Dostoevsky），安特列夫（L.Andreev），介绍了望·蔼覃（F.Van Eeden），介绍了爱伦堡（I.Ehrenburg）的《烟袋》和拉夫列涅夫（B.Lavrenev）的《第四十一》。还印行了《未名新集》，其中有丛芜的《君山》，静农的《地之子》和《建塔者》，我的《朝花夕拾》，在那时候，也都还算是相当可看的作品。事实不为轻薄阴险小儿留情，曾几何年，他们就都已烟消火灭，然而未名社的译作，在文苑里却至今没有枯死的"。①

但是，同人出版，出自己想出的书，不为政治利益、商业利益所左右，看似自由、惬意，但在当时也充满了风险。如1928年4月7日未名社因印发俄国托洛茨基的文艺论著《革命与文学》被北洋军阀查封，李霁野、台静农、韦丛芜被捕。除了要承担政治风险以外，在经营上，由于缺乏现代出版的理念，缺少包容的胸襟，不能容纳各种观点、思想，致使未名社的大门始终不能向一般作者敞开，出版的书完全是自己内部成员的翻译和创作，除了鲁迅，其他成员都没有什么名气，在市场上没有号召力，难以满足大众阅读的多元化需求。从这个角度讲，未名社的发展落后于同时代上海的一些民营出版机构，也就不足为怪了。

《莽原》半月刊情形也是一样。未名社主张办《莽原》是有深意的，正如鲁迅所说："我早就很希望中国的青年站出来，对于中国的社会，文明，都毫无忌惮地加以批评，因此曾编印《莽原周刊》，作为发言之地，可惜来说话的竟很少。在别的刊物上，倒大抵是对于反抗者的打击，这实在是使我怕敢想下去的。"②在给许广平的信中，鲁迅也非常明确地指出办《莽原》的目的："中国现今文坛（？）的状况，实在不佳，但究竟做诗及小说者尚有人。最缺少的是'文明批评'和'社会批评'，我之以《莽原》起哄，大半也就为了想由此引些新的这一种批评者来，虽在割去敝舌之后，也还有人说话，继续撕去旧社会的假面。可惜所收的至今为止的稿子，也还是小说多。"③因此，《莽原》创刊宣言就直称："想什么就说什么，能做什么就做什么。"作者主力军是未名社成员及名不见经传的青年作者，其作品也多是翻译之作。由于作者面过于狭窄，产生

---

① 鲁迅：《忆韦素园君》，《且介亭杂文》，《鲁迅全集》第6卷，人民文学出版社2005年版，第70页。
② 鲁迅：《华盖集·题记》，《鲁迅全集》第3卷，人民文学出版社2005年版，第4页。
③ 鲁迅：《两地书》，人民文学出版社1973年版，第54-55页。

稿荒，刊物难以为继。鲁迅在1926年10月29《致李霁野》书信中，谈及《莽原》时说："稿子既然这样少，长虹又在捣乱（见上海出版的《狂飙》），我想：不如至廿四期止，就停刊，未名社就专印书籍。"①分析《莽原》不能长久存在下去的根本原因，正如沈从文所说："在先前，办杂志的事原本近于一种'文学票友'的彩排，用私人财力经营，所收入纵某一时除贴补外还略有剩余，也说不上赚钱。迨到把它一放在商业立场上，和上海新书业竞争后，办杂志就必然赔本。……因此在这个大城里虽冒险的陆续有人，结果一例异途同归——完全在商业上失败，同归于尽而已。"②之后，与《莽原》编辑宗旨一脉相承的《未名》半月刊也于1930年4月30日出至第2卷第9至第12期合刊号后停刊。

三、过分讲究装帧艺术，图书制作成本大幅提高，导致入不敷出

未名社特别注重图书装帧设计的别出心裁，对封面、纸张的要求都非常高，多用重磅道林纸，毛边精装。未名社的图书装帧设计，从一定意义上来说，很好地体现了鲁迅对图书装帧艺术的追求。鲁迅的装帧设计思想受日本及欧美的影响较大。如欧美的一些书前后都有空白页，且每页的天头、地脚留得很宽，相较于当时国内出版的图书，使人读起来赏心悦目，但无形中也增加了制作成本。鲁迅还主张请名家设计封面。他十分欣赏陶元庆的绘画艺术，认为陶元庆是"以新的形，尤其是新的色来写出他自己的世界，而其中仍有中国向来的魂灵——要字面免得流于玄虚，则就是：民族性"③。未名社出版的书，有很多是陶元庆设计的，如鲁迅的著译《出了象牙之塔》《坟》《朝花夕拾》，李霁野的译著《往星中》，韦丛芜的著作《冰块》等。名家设计自然费用较高，而封面印刷精益求精，更是不计成本。李霁野在《忆鲁迅先生》中说："书面的装潢，也是鲁迅先生首先注意到的。对于书店的随意污损画家的原稿，或印刷时改变了颜色，他都很为愤慨。在一封寄给我的信中，先生有几句话这样说：'《坟》的封面画，自己想不出，今天写信托陶元庆君去了。……近来我对于他有些难于开口，因

---

① 鲁迅：《致李霁野》，《鲁迅书信集》上卷，人民文学出版社1976年版，第101页。
② 沈从文：《对于这新刊诞生的颂辞》，《青年作家》创刊号，1936年12月1日。
③ 鲁迅：《当陶元庆君的绘画展览时》，《而已集》，《鲁迅全集》第3卷，人民文学出版社2005年版，第573页。

为他所作的画,有时竟印得不成样子,这回《彷徨》在上海再版,颜色都不对了,这在他看来,就如别人将我们的文章改得不通一样.'(1925年11月8日)一次为遗漏了做书面人的名字,先生特为写信到未名社嘱咐另印一页,加装进去。"①

鲁迅为了给《朝花夕拾》配恰当的插图,便到处搜集素材,搜集不到就亲笔绘了"活无常"的插图。再如,《坟》封面是陶元庆所作,但作者名、书名、年月日期是他自己设计的,后感到意犹未尽,他又在扉页上亲自作画。《朝花夕拾》后记中有《曹娥》一图,鲁迅认为描得不好,特地要求如原底子尚在,就将这一图改用铜版。

鲁迅喜欢毛边,自称"毛边党"。所谓毛边书就是不经裁剪的书。毛边书始于欧洲,盛行后,传入日本。在日本时,鲁迅、周作人就喜爱毛边书,他们共同翻译的《域外小说集》在日本东京印行时,就制作成毛边书,这也是我国现代文学史上的第一本毛边书。后由于他们的积极实践,毛边书由日本传入中国,并在20世纪二三十年代在中国流行起来。周氏兄弟被誉为中国"毛边党"的鼻祖。毛边书朴素自然,有一种参差的美,错综的美。阅读时边裁边看,别具一种文人的雅趣。受鲁迅的影响,未名社出的书大都是毛边书。过分追求毛边,可以满足文人的雅趣,但从普通读者的角度讲,却是影响阅读的。未名社不仅出的书大都是毛边书,甚至连杂志《莽原》都采用毛边的装订形式。毛边书阅读不便,未名社当时也已感到。所以"出版部有三间房屋做售书处,为给读者阅读方便,售书处放置了桌椅;那时候有些书是不切边的,阅读很不方便,售书处把书页一一裁开"②,这样既费时又费力不说,经营成本自然也增大了。

另外,还需要指出的是,未名社成员平时没有工资,收入全靠自己出书的版税支撑,这就导致了书如卖不好,或书店欠款,他们的生活就会面临困境。为了生存,他们就向社里借钱,或外出兼职。当时未名社的书、刊委托各地书店代销,能收回来的书款越来越少。个人借款过多,大量透支社里的款项,自然影响正常经营。后期的未名社基本上一直处于人手短缺、经营亏损的状态,长此以往,未名社也只好关门大吉了。

---

① 李霁野:《忆鲁迅先生》,《李霁野文集》第1卷,百花洲文艺出版社2004年版,第57页。
② 李霁野:《别具风格的未名社售书处》,《李霁野文集》第2卷,百花洲文艺出版社2004年版,第83页。

1931年春,未名社因经济困难和思想分歧,有结束之议,鲁迅遂声明退出。1933年春,该社在京、沪报纸刊登启事宣布"将未名社及未名社出版部名义取消"。至此,未名社结束了它的出版使命。未名社虽然已经解散,但它在新文学出版领域的贡献有目共睹,对中国新文学发展的推动功不可没。鲁迅曾高度评价未名社:"看现在文艺方面用力的,仍只有创造,未名,沉钟三社,别的没有,这三社若沉默,中国全国真成了沙漠了。"① 未名社存在的几年中,翻译出版了一大批外国名著,如俄国陀思妥耶夫斯基的《穷人》《罪与罚》,果戈理的《外套》,契诃夫的《蠢货》等。对外国文学理论的翻译介绍也不遗余力,如出版了鲁迅翻译的日本文学评论家厨川白村的著作《苦闷的象征》《出了象牙之塔》等。在创作出版方面,出版了韦丛芜的《君山》、鲁迅的《朝花夕拾》、台静农的短篇小说集《地之子》、李霁野的短篇小说集《影》等。我们在为未名社昙花一现感到惋惜的时候,因为它为我们留下了许多称得上名著名译的好作品,所以还是值得我们尊敬的。

(原载《新文学史料》2011年第3期)

---

① 鲁迅:《致李霁野》,《鲁迅书信集》上卷,人民文学出版社1976年版,第164页。

文化生活出版社的"理想出版"

"理想出版"体现了文化生活出版社的整体文化追求和文化抱负,使自身特殊的"自主性"得以表达,积累了"象征的资本",出版社的文化形象和品格得到不断提升,从而最大程度地获取到经济上的利益。

一

文化生活出版社"始建时纯系'朋友试办',类似同人组织"[①]。创办人之一吴朗西曾说:"把这个书店作为共同的事业,培育它,扶持它,切切实实,认认真真地干罢。"[②]对文化生活出版社颇有研究的李济生说:"它完全不同于一般书商经营。既非官办,又不是个人独资创立,也不是几位老板有意文化,投资合股经营,更非规章齐全的有限公司组织,仅是当时三个从事文化工作的青年,既不为名更不是图利,全凭忧国忧民之思以满腔之热忱,要在乱世中为祖国文化积累做点贡献。虽是'经商'却视之为实现自己的理想事业,锲而不舍地埋头实干下去。"[③]看来,文化生活出版社的创办者们是把出版当成一种"实现自己的理想"的"共同的事业"来"培育",来"扶持"的,而且抱定了"锲而不舍"的精神,从一开始就下定决心要干出一番事业来。

文化生活出版社的创办者们所奉持的"理想",其实就是安那其主义。安那其主义(Anarchism)通用的名词是"无政府主义"。无政府主义,作为国际社会主义思潮的一种派别,于20世纪初开始传入中国。其反对任何形式的强权和强调绝对的个性自由的两大思想核心具有正反两方面的意义:反面的是社会没有了政府,成了无法无天的恐怖世界;正面的是社会没有了政府,人人享有绝对的自由,达到太平康乐的乌托邦(Utopia)世界。在当时,这两大思想核心

---

① 纪申:《记巴金及其他——感想·印象·回忆》,宁夏人民出版社1994年版,第128页。
② 吴朗西:《文化生活出版社的创建》,《新文学史料》1982年第3期。
③ 李济生编著:《巴金与文化生活出版社》,上海文艺出版社2003年版,第39页。

与中国反帝反封建的主流文化相一致，无政府主义思潮吸引了一批向往革命的青年人，尤其是知识分子，他们在广州、上海、漳州等地出版期刊、丛书、小册子，对安那其主义进行广泛传播，主要内容为：蒲鲁东的社会革命论及私产制度论，克鲁泡特金的共产主义、人生哲学及补充达尔文进化论的互助论；反对种族主义、国家主义和军备黩武；反对剥蚀人权的买卖婚姻而主张自由恋爱；强调个人自由、大众平等、社会有组织但没有阶级；反对帝国主义、国界壁垒，促进世界大同；反对麻醉性的宗教，集中人类智慧，充实物理世界等。吴朗西、巴金等的出版实践正是安那其主义只讲付出、不求回报的奉献精神的体现，也是正义、互助、自我牺牲三大信条超越政治范畴回归民间文化领域的道德境界的升华。文化生活出版社在为第一套丛书《文化生活丛刊》所作的广告中指出："在闹着知识荒的中国社会里，我们现在来刊行这一部《文化生活丛刊》，这工作并不是没有意义的。'没有书读'、'买不起书'……这样的呼声我们随处可以听到。……我们刊行这部丛刊，是想以长期的努力，建立一个规模宏大的民众的文库。把学问从特权阶级那里拿过来送到万人的面前，使每个人只出最低廉的代价，便可以享受到它的利益。至于以我们的薄弱的能力能否完成这一个宏大的志愿，那就完全靠着读者大众的支持了。"[①]文化生活出版社并没有成立宣言，而作为出版社第一个出版行为的"广告"完全可以看作是它的创办宗旨的告白，于此便不难窥见出版者如何规约自我的文化逻辑和商业逻辑。很明显，他们是把文化的逻辑作为终极目标，看轻商业的逻辑，只求民众"享受"知识的"利益"，不求任何的物质回报。事实上，吴朗西、巴金、朱之先、伍禅、丽尼、柳静等人在出版社完全是"义务劳动"，都不领报酬。

　　吴朗西、巴金等信仰安那其主义，从事安那其运动，自然是为了改造社会、改造政治。安那其主义在中国的失败，使他们陷入迷茫和困惑。如果以出版活动视为理想的回归的话，那么文化生活出版社正是他们实现理想的最好舞台。然而，回归安那其主义，并不是要放弃理性和排斥理性，而是要以新的感觉状态来纠正以往脱离现实的情感波澜所造成的人格失衡。对于文化生活出版社的总编辑巴金来说，他是从作家进入编辑行列的，他的角色转换，使他超越了一己的创作，而进入到文学生产的组织活动中来，在这种民间岗位上他就必然会用一种新的标准来衡量文学，来对待文学过程中的要素。也就是说，只有这样，

[①]《刊行〈文化生活丛刊〉的缘起》，《申报》1935年9月20日。

他才能遵从文学生产的规律，进入到一个新的个体自由的状态，体验欢愉和充实，从而弥合所谓人生理想不能实现等的种种焦虑和不安。一般来说，文学编辑的价值是由思想和审美意识共同决定的，作为一个安那其主义的信仰者，巴金文学编辑角色的自我认定在很大程度上影响并规定了文化生活出版社的整体文化追求，或者说文化生活出版社的出版文化品格主要是靠巴金的编辑实践铸成的。

二

巴金说："我们谈理想，是要努力把理想变成现实；我们要为理想脚踏实地地做些事情。"① "脚踏实地"地做好出版工作，首先就要处理好出版者与读者、与作者的关系。巴金在自己的出版活动中始终把自己定位为读者和作者的"朋友"，他说："我过去搞出版工作，编丛书，就依靠两种人：作者和读者。得罪了作家我拿不到稿子；读者不买我编的书，我就无法编下去……搞好和作家和读者的关系也就是我的奋斗项目之一，因此我常常开玩笑说：'作家和读者都是我的衣食父母。'我口里这么说，心里也这么想，工作的时候我一直记住这两种人。"② 把读者当"朋友"，就是一切为读者着想，不仅使自己编辑的图书有益于读者，还要尽量让读者买得起。他编辑《文化生活丛刊》，所贯穿的主导意识就是"满足读者求知的欲望"，"使每个人只出最低廉的代价，便可以享受到它的利益"。而策划编辑《文学丛刊》，更是预先确定出编选的四大特色，即"编选谨严，内容充实，印刷精良，定价低廉"。这"四大特色"无一不是把读者的利益放在首位。

把作者当"朋友"，就是"编者和作者站在平等的地位；编辑同作家应当成为密切合作的朋友"。③ 巴金尊重作者，与作者坦诚相见，作者的来信、来稿，他都亲自复信，对稿件提出修改意见或说明未刊用的原因。巴金还认为："编辑的成绩不在于发表名人的作品，而在于发现新的作家，推荐新的创作。"④ 以曹禺为例：1935年巴金在《文学丛刊》第1集中出版了《雷雨》单行本，接着又在第

---
① 田一文：《我忆巴金》，四川文艺出版社1989年版，第5页。
② 巴金：《上海文艺出版社三十年》，《随想录》，生活·读书·新知三联书店1987年版，第488页。
③ 同上，第489页。
④ 巴金：《致〈十月〉》，香港《大公报》1981年8月8~9日。

3集中出版了《日出》单行本，在第5集中出了《原野》单行本。正是曹禺《雷雨》、《日出》等的问世，才真正奠定了中国现代话剧的坚实基础，可以毫不夸张地说，是巴金"发现"了曹禺，是巴金促成了中国现代话剧的实质性发展。巴金的这种做法，对当时的文化界而言，无疑有着前瞻性、开拓性和导向性的意义。再如何其芳，巴金和何其芳初次见面时，何其芳还是一位在校的大学生。巴金在《文学丛刊》第1集中出版了他的处女作《画梦录》，后来又为他出版了散文集《刻意集》和《还乡杂记》。陈光英（荒煤）是一位失学失业的青年，他的第一篇小说《灾难中的人群》被巴金采用，刊登在《文学季刊》上，后来巴金又把他的第一本书《忧郁的歌》收入《文学丛刊》第2集，极大地鼓舞了这位20来岁的青年，使其从此走上文学道路。萧乾也是巴金积极扶持的一位文学青年。他曾说："尽管我最初的三本书（包括《篱下集》）是商务印书馆出的，在文艺上，我自认是文化生活出版社拉扯起来的。在我刚刚迈步学走的时候，它对我不仅是一个出版社，而是个精神上的'家'，是创作道路上的引路人"。①萧乾在《忧郁者的自白》一文中写道，他应该称巴金作"师傅"，巴金是他"推心置腹的知音"，"没有人能公平地衡量这个师傅所给我的影响"。其他如胡风、萧军、沙汀、张天翼、靳以、李广田、师陀、荒煤、方敬、穆旦、林蒲、李白凤等这些30年代的文坛新秀，也是巴金和文化生活出版社为他们的发展提供了舞台，成就了他们的文学生命。如果没有巴金，很难说中国现代文坛能出现这么一大批优秀作家。陈荒煤曾对巴金作过高度评价，说他"一直是热衷于发现、培养、扶植青年作家的编辑和出版工作者，培育了一代又一代新人，对中国革命文学事业作出了不可磨灭的贡献"。②

三

吴朗西、巴金等秉持安那其主义的"理想"，并在具体的出版实践中努力把"理想变为现实"，从而使文化生活出版社具有了"理想出版"的特征。

文化生活出版社"理想出版"的根本要义就是要"为了我们国家、我们民

---

① 萧乾：《挚友、益友和畏友巴金》，《文汇月刊》1982年第1期。
② 荒煤：《"心灵中仍然燃烧着希望之火"》，《人民日报》1982年6月16日。

族作一点文化积累的事情"。①20世纪30年代中期,资本主义世界的经济危机已经殃及半封建半殖民地的旧中国,上海工商业界面临连年萧条、经济不断衰退的局面,现代出版业在蓬勃发展的同时,也受到巨大冲击。1934年7月施蛰存在给戴望舒的信中曾感慨:"现在一切的书局都不收单行本,连预支百元的创作集也没有出路,这是如何不景气的一个出版界啊!"②鲁迅对当时的出版状况也十分不满:"现在的一切书店,比以前更不如,他们除想立刻发财外,什么也不想,即使订了合同,也可以翻脸不算的。"③鲁迅的境遇尚且如此,至于名不见经传的青年文学爱好者所面临的出版困境就更是可想而知了。吴朗西说:"当时不景气的风已经吹到上海工商界身上来了。书店出版社争出销数比较大、资金周转比较快的刊物杂志,至于单行本,一般连创作的小说都不愿意出,更不用说翻译小说了";"当时书店都不大愿意出单行本,我们就来填补这个空白。"④在当时,多数出版社放弃单行本的出版,很明显是出于经济利益方面的考虑,无非是书籍出版资金投入大,周转慢,而且所获利润少,文化生活出版社在成立之初就确立了"单行本"的出版思路,舍弃单纯以追求利润为目标的纯商业出版理念,说到底就是"为了我们国家、我们民族作一点文化积累的事情"。

有计划地出版大型丛书,更是基于这样的考虑。从1935年5月开始至1937年抗战爆发,短短两年时间里,文化生活出版社就推出了9套丛书,即《文化生活丛刊》《文学丛刊》《译文丛书》《新时代小说丛刊》《现代日本文学丛刊》《新艺术丛刊》《少年读物丛书》《战时经济丛书》《综合史地丛书》等。出版社一成立,吴朗西就策划了《文化生活丛刊》这一选题,选题思路来源于日本的《岩波文库》,他说:"我们出一套像《岩波文库》那样综合性的丛书,有文学,有社会科学,有自然科学,有翻译的,也有创作的。"⑤不难发现,吴朗西的这一策划是在借鉴一种成功的范例,但更主要的还是为了最大程度地满足不同层次、不同领域的读者大众的文化需求。但是当我们设身处地地感受文化生活出版社当时的境况——初创,缺少资金、人员等——的时候,就不能不为这一宏大的出版计划感到惊叹,而且这套丛书实际上成了当时新文学最大的展示平台。"丛刊"陆续出版49种,除《第二次世界大战》《俄国社会运动史话》《新宇宙观》

---

① 巴金:《上海文艺出版社三十年》,《随想录》,生活·读书·新知三联书店1987年版,第489页。
②《施蛰存致望舒函》,孔另境编《现代作家书简》,花城出版社1982年版,第84页。
③ 鲁迅:《致孟十还》,《鲁迅全集》第12卷,人民文学出版社1981年版,第582页。
④⑤ 吴朗西:《文化生活出版社的创建》,《新文学史料》1982年第3期。

《俄国虚无主义运动史话》等少数属于社会科学方面的书籍之外，绝大多数是译介的俄、法、英等国作家的文学作品。需要特别说明的是《文学丛刊》和《译文丛刊》两套丛书。陈荒煤曾高度评价《文学丛刊》："从30年代到40年代由巴金主编的'文学丛刊'大约出了百部各种文体作品……团结作家的面很广，也有不少共产党员和左翼作家的作品。这套'丛刊'实际展示30年代开始了一个创作繁荣的新时代，这是现代文学史异常光辉的一页，是任何人也无法抹杀的。"① 而《译文丛刊》前后共出版63种，有选择、有重点地介绍了以俄罗斯文学为代表的世界文学经典，其价值和影响均可与《文学丛刊》相媲美。这些丛书的出版，使文化生活出版社呈现出文化建设的盛大气度，在中国现代出版史上占有重要地位。

30年代，新文学文坛上流派纷呈，社团众多，阵营分明。巴金不画地为牢，以海纳百川的包容性，使文化生活出版社的文学出版形成多样化融合的态势，最大程度地展示了不同流派与风格的作家作品的风貌，成为新文学图景的"重构者"。以《文学丛刊》为例："丛刊"作者阵容庞大，涵盖面广，极具包容性，吸纳了当时聚集于京沪两地的文学主力军，既有左翼作家，也有巴金在北京办《文学季刊》《水星》杂志时结识的京派作家，还有在上海团结的一些作家朋友如丽尼、朱洗、吴朗西、陆蠡等。《文学丛刊》为这些不同流派、不同创作风格的作家提供了宝贵的发表作品的园地，不仅使"丛刊"更加丰富多彩，而且为当时的文学创作营造出一个活跃、宽松的空间，客观上促进了30年代文学的发展。"丛刊"自1935年11月至1949年6月，历时14年，共出版10集160册，是文化生活出版社出版的最重要的、最具代表性的一种文学丛书，也是中国现代文学史上规模最大的一套文学丛书。"丛刊"包括三四十年代86位作家创作的小说、诗歌、散文、戏剧、杂文、书信以及电影（文学脚本）等。"丛刊"中的许多作品多次重版：《雷雨》1936年1月初版，至1943年6月已再版19次；《故事新编》1936年1月初版，到1947年5月已再版15次；《秋花》《江上》《画梦录》《鹰之歌》等都是出版一月后即再版。《文学丛刊》以其内容之丰、销量之大、影响之广，堪称中国现代出版史上文化性与商业性结合得最好的出版工程之一。

"理想出版"体现了文化生活出版社的整体文化追求和文化抱负，使自身

---

① 陈荒煤：《我所认识的巴金老人》，《冬去春来》，江苏文艺出版社1994年版，第147页。

特殊的"自主性"得以表达，积累了"象征的资本"，出版社的文化形象和品格得到不断提升，反过来又最大程度地获取到经济上的利益。文化生活出版社的"理想出版"启示我们：出版社只有首先坚持崇高的"理想"，立志为国家、民族的文化建设和文化积累做出贡献，才能赢得读者和市场，从而最终实现社会效益和经济效益的统一。

（原载《出版广角》2007年12期）

巴金文学编辑角色的自我认定

巴金在晚年写的回忆性文章中曾特别指出："我一直被认为是作家，但我也搞过较长时期的编辑工作。"①与巴金相知甚深的作家萧乾也回忆说："谈巴金而不谈他惨淡经营的文学出版事业，那是极不完整的。如果编巴金的'言行录'，那十四卷以及他以后写的作品，是他的'言'，他主持的文学出版工作则是他主要的'行'。因为巴金是这样一位作家：他不仅自己写、自己译，也要促使别人写和译，而且为了给旁人创造写、译的机会和便利，他可以少写，甚至不写。"②至于说到巴金在新文学出版方面的贡献，香港文学史家司马长风评价道："巴金以文名太高，掩盖了他在出版事业方面的贡献，其实后者对新文学的贡献远比前者重大。"③

在步入文坛之前，巴金便开始了编辑活动。五四时期他接触到一些宣传新思想的刊物，如《新青年》《新潮》《每周评论》《少年中国》……20年代初期，巴金开始参与编辑工作。他先后参加编辑的期刊有《半月》《警群》《平民之声》《民众》等。1928年12月，巴金到自由书店兼任编辑。1929年1月，他以马拉为笔名主编《自由月刊》，前后共出版了5期。后又与好友一起主编过《时代前》。这些编辑活动"替他后来编辑刊物，办出版社积累下有用的经验，更会是促使他干这项工作的思想源泉"。④1934年巴金参与郑振铎、靳以主编的《文学季刊》，正式开始了他的文学编辑工作。但巴金编辑出版事业的真正开端，还是1935年文化生活出版社的成立。

巴金是带着著名作家的头衔进入文化生活出版社的。在此之前，他就创作了其主要代表作长篇小说"激流三部曲"中的《家》，以及《灭亡》、"爱情三部曲"（《雾》《雨》《电》）等中长篇小说，出版了《复仇集》《光明集》等短篇小说集，以其独特的风格令人瞩目，被鲁迅称为"一个有热情的有进步

---

① 巴金：《致〈十月〉》，香港《大公报》1981年8月8~9日。
② 萧乾：《挚友、益友和畏友巴金》，《文汇月刊》1982年1期。
③ 司马长风：《中国新文学史》（中卷），（台湾）昭明出版社1980年版，第12页。
④ 纪申：《记巴金及其他——感想·印象·回忆》，宁夏人民出版社1994年版，第4页。

思想的作家，在屈指可数的好作家之列的作家"。①巴金说："上海的朋友创办了文化生活出版社，要我回去担任这个出版社的编辑工作。我编了几种丛书，连续二十年中间我分出一部分时间和精力，花在文学书籍的编辑和翻译方面。"②看来，巴金从事编辑工作，他自己认为不过是其文学创作之外的另一项工作而已，也就是说，来到文化生活出版社的巴金并没有放弃自己的创作。事实上也确实如此。但是，没有完成从作家到编辑的身份的彻底转换，并不意味不能赋予编辑工作以独特的认知，进而在这一领域创造不凡的成绩。甚至可以这样认为，正是由于此前的作家身份和继续创作的实践，才造就了巴金这样的文学编辑巨匠，也才使得中国现代新文学的发展具有了历史的可能性。

巴金首先是一位作家，其次才是一位编辑家。不仅如此，巴金对安那其主义的信仰也使得他对编辑工作充满独特的体验。"1935年文化生活出版社的成立，从根本上改变了巴金的生活状态和心理状态。他出任总编辑后，对政治的热情完全转换成一种新的实践兴趣。如果说，写作仅仅是他政治社会理想不自觉的宣泄，被他视为社会政治活动的延续，那么，这时的编辑出版工作却成了他完成知识分子自我转型的新岗位。这取决于文化生活出版社的性质。文化生活出版社不同于一般商业性质的出版机构，也不是某种政治团体的出版机构，它是一个安那其主义社会理想的实验机构。出版社的主要成员都不曾将它视为盈利途径和宣传途径，而是以义务工作的方式来体现安那其主义的互助和奉献精神。在这里，政治激情转换为伦理激情，传统的庙堂政治价值转换为民间的文化工作价值取向。"③巴金信仰安那其主义，从事安那其运动，自然是为了改造社会、改造政治。安那其主义在中国的失败，使其陷入迷茫和困惑，而希冀用文学发泄痛苦，反而陷于新的痛苦。如果说成为文化生活出版社的编辑是其安那其主义理想的回归的话，那么这不啻为巴金愿意从事一种真正的理想实践的内在动机。然而，回归安那其主义，并不是要放弃理性和排斥理性，而是要以新的感觉状态来纠正以往脱离现实的情感波澜所造成的人格失衡。那么，他就必然用一种新的标准来衡量文学，来对待文学过程中的要素。也就是说，他的

---

① 鲁迅：《答徐懋庸并关于抗日统一战线问题》，《鲁迅全集》第6卷，人民文学出版社1981年版，第536页。
② 巴金：《文学生活五十年》，《巴金写作生涯》，百花文艺出版社1984年版，第351页。
③ 孙晶：《文化生活出版社与现代文学》，广西教育出版社1999年版，第23页。

角色转换，使他应该超越一己的文学活动，而进入到文学生产的社会化过程中。只有这样，他才能遵从文学生产的规律，进入个体自由的状态，体验某种欢愉和充实，从而弥合了所谓人生理想不能实现等传达出的种种焦虑和不安。

从一般意义上讲，文学编辑的价值是由思想和审美意识共同实现的。巴金作为一位信仰安那其主义的作家，进入到文学编辑的行列，其思想和审美意识则不能不影响到他的编辑意识的确立。而成为一个什么样的编辑，即所谓的编辑的角色意识，则成为他所有编辑活动所秉持的思维基础和价值尺度。巴金的编辑角色意识的认定，既取决于他的作家身份、他的政治信仰，更取决于30年代新文学的价值构成和发展态势。这才是认识巴金文学编辑活动的真正基础。

首先，巴金把他的文学编辑活动当成"把理想变成现实"的一条途径，把自己定位为"理想事业的实践者"。正像他自己所说的："我们谈理想，是要努力把理想变成现实；我们要为理想脚踏实地地做些事情。"[1]巴金晚年曾对自己在文化生活出版社工作有过回顾："我在文化生活出版社工作了十四年，写稿、看稿、编辑、校对，甚至补书，不是为了报酬，是因为人活着需要多做工作，需要发散、消耗自己的精力。我一生始终保持着这样一个信念：生命的意义在于付出、在于给与，而不是在于接受，也不是在于争取。所以做补书的工作我也感到乐趣，能够拿几本新出的书送给朋友，献给读者，我以为是莫大的快乐。""我们工作，只是为了替我们国家、我们民族作一点文化积累的事情。这不是自我吹嘘，十几年中间经过我的手送到印刷局去的几百种书稿中，至少有一部分真实地反映了当时我国人民的生活。它们作为一个时代的记录，作为一个民族发展文化、追求理想的奋斗的文献，是要存在下去的，是谁也抹煞不了的。这说明即使像我这样不够格的编辑，只要去掉私心，也可以做出好事。那么即使终生默默无闻，坚守着编辑的岗位认真地工作，有一天也会看到个人生命的开花结果。"[2]从巴金的回忆中，很容易使人感受到他对于编辑事业的热爱，以及从中所感受到的快乐与充实。他的无私奉献来自于实现"理想"的追求，他是把编辑职业视之为"替我们国家、我们民族""做好事"的机遇，因而这是一般的编辑所难以达到的境界，由此也可以体现出巴金作为文学编辑所具有的

---

[1] 田一文：《我忆巴金》，四川文艺出版社1989年版，第5页。
[2] 巴金：《上海文艺出版社三十年》，《巴金全集》第16卷，人民文学出版社1991年版，第412—415页。

力量和意义。

其次，巴金把自己定位为读者和作者的"朋友"。巴金曾在一篇文章中说："我过去搞出版工作，编丛书，就依靠两种人：作者和读者。得罪了作家我拿不到稿子；读者不买我编的书，我就无法编下去……搞好和作家和读者的关系也就是我的奋斗项目之一，因此我常常开玩笑说：'作家和读者都是我的衣食父母。'我口里这么说，心里也这么想，工作的时候我一直记住这两种人。"①把读者当"朋友"，就是一切为读者着想，不仅使自己编辑的图书有益于读者，还要尽量让读者买得起。他编辑《文化生活丛刊》，所贯穿的主导意识就是"满足读者求知的欲望"，"使每个人只出最低廉的代价，便可以享受到它的利益"。而策划编辑《文学丛刊》，更是预先确定出编选的"四大特色"，即"编选谨严，内容充实，印刷精良，定价低廉"。这"四大特色"无一不是把读者的利益放在首位。把作者当"朋友"，巴金认为就是"编者和作者站在平等的地位；编辑同作家应当成为密切合作的朋友。"②他尊重作者，对作者坦诚相见，取得作者信任。对于作者的来信、来稿，都是亲自复信，对稿件提出修改意见或说明未刊用的原因。即使在他为文化生活出版社编辑了几套丛书后，读者来信增多，他也几乎是每一封信都作答复。

巴金认为："编辑的成绩不在于发表名人的作品，而在于发现新的作家，推荐新的创作。"③以曹禺为例：1935年巴金在《文学丛刊》第1集中出版了《雷雨》单行本，接着又在第3集中出版了《日出》单行本，在第5集中出了《原野》单行本。正是曹禺《雷雨》《日出》等的问世，才真正奠定了中国现代话剧的坚实基础。在某种意义上可以毫不夸张地说，是巴金"发现"了曹禺，甚至可以说是巴金促成了中国现代话剧的实质性进展。巴金的这种做法，对当时的文化界而言，无疑有着前瞻性、开拓性和导向性的意义。再如何其芳，巴金和他初次见面时，何其芳还是一个斯斯文文的喜欢写诗的在校大学生。巴金在《文学丛刊》第1集中出了他的第一本作品集《画梦录》，这是诗与散文合编的仅有几万字的薄薄的小册子。后来巴金又为他出版了散文《刻意集》和《还乡杂记》。陈光英（荒煤）是一位失学失业的青年，他的第一篇小说《灾难中的人群》被巴

①② 巴金：《上海文艺出版社三十年》，《巴金全集》第16卷，人民文学出版社1991年版，第412-415页。
② 巴金：《致〈十月〉》，香港《大公报》1981年8月8~9日。

金采用,刊登在《文学季刊》上,后来巴金又把陈荒煤的第一本书《忧郁的歌》收入《文学丛刊》第2集,极大地鼓舞了这位20来岁的青年,使其从此走上文学道路。萧乾也是巴金积极扶持的一位文学青年。他曾说:"尽管我最初的三本书(包括《篱下集》)是商务印书馆出的,在文艺上,我自认是文化生活出版社拉扯起来的。在我刚刚迈步学走的时候,它对我不仅是一个出版社,而是个精神上的'家',是创作道路上的引路人。……'商务'同我的关系,仅仅是商务而已。书稿和酬金(我生平第一次拿那么多钱!)都是郑振铎经手的。我不认识'商务'一个人,它也丝毫不管我正在写什么,应写什么,以及我该朝着什么方向发展。对我来说,它只是个大店铺而已,公平交易,童叟无欺。我卖稿,它买稿。一手交货,一手交钱。"[①]1936年5月30日,萧乾在上海写了《忧郁者的自白》一文。文中写道,他应该称巴金作"师傅"。巴金是"推心置腹的知音",他得感激他。"没有人能公平地衡量这个师傅所给我的影响。有人说我文章像他,如果这曾经是事实,我便正在纠正这个事实。许多人很成功地模仿着他的风格,我却愿意走我自己的路。而且,若仅是一个文章的私塾弟子,我是不甘心称他作'师傅'的。"萧乾还说:《文学丛刊》"以新人为主,以老带新。每一集都是把鲁迅、茅盾诸前辈同像我那样刚刚学步的青年的作品编在一起。不少人的处女作都是在这套丛刊里问世的。我自己就曾经手转给过巴金几种。"[②]其他如胡风、萧军、沙汀、张天翼、靳以、李广田、师陀、荒煤、方敬、穆旦、林蒲、李白凤等,这些30年代的文坛新秀,也是巴金和文化生活出版社为他们的发展提供了宝贵空间,成就了他们的文学生命。如果没有巴金,很难说中国现代文坛能否出现这么一大批优秀作家。巴金和作家的关系,丽尼看得比较清楚。他在《致李济生信》中谈到:"第一,真好的译稿必须老巴才可以拉来,老巴自己译些尤为要紧,有真正好的译稿,不十分好的也带着好了,'文生'的译稿并不本本都理想,但因好的较多,所以给读者的印象不同。……'文生'如果当初也是随便拉译稿,决无今日的地位。第二,除了老巴,谁能随便改动别人的稿子?谁敢?即使译错了也不敢随便改动的,译者首先就不伏(服)。而译稿即属名家所译,也难保绝无缺点,要改动,必须是老巴,或用老巴的名义,

---

[①][②] 萧乾:《挚友、益友和畏友巴金》,《文汇月刊》1982年1期。

用另外的人的名义是不行的。"① 只有与作者的相互信任，巴金才可能获得这样的编辑表现。巴金自己也曾说："尽管我所服务的那个出版社并不能提供优厚的条件，可是我仍然得到各方面的支持，不少有成就的作家送来他们的手稿，新出现的青年作家也让我编选他们的作品。我从未感到缺稿的恐慌。"② 陈荒煤曾对巴金作过高度的评价，说他"一直是热衷于发现、培养、扶植青年作家的编辑和出版工作者，培育了一代又一代新人，对中国革命文学事业作出了不可磨灭的贡献"③。

再次，巴金努力使自己成为新文学图景的"重构者"。30年代，新文学文坛上流派纷呈，社团众多，阵营分明。作家卞之琳在《星水微茫忆〈水星〉》一文中概述30年代文坛派系鼎立的状况时说："当时北平与上海、学院与文坛，两者之间，有一道无形的鸿沟……地域的交通，仅仅是表面的，却也说明了内在或潜在的趋向。"④ 文化生活出版社在《文化生活丛刊》《文学丛刊》中大量收入了京派作家的作品，使得京派作家在上海有了立足之地，京沪两地的文学青年一起亮相，形成了更具活力的全新的文学图景。巴金将编辑出版理念贯彻在对文学派系的整合之中，不画地为牢，唯以重组新文学大阵营为旨归。这种兼收并蓄的开放意识，使文化生活出版社的文学出版形成多样化融会的态势，这不能不说是巴金有意识的倡导所致。

五四文化先驱译介外国优秀文学作品，对中国新文学的兴起及发展做出了重大贡献。30年代前期，对于外国文学作品的译介，仍然更多地专注于对普罗文学的介绍，巴金主编《译文丛书》，选择的范围显然大有拓展。其中所收既有一些弱小国家和民族的进步文学，也有俄苏、英、法、德、美等国家的优秀文学作品。不同类型、不同国家的译品在一套丛书中问世，可见巴金编辑出版外国文学作品的编辑策略。就其规模、内容、影响和意义而言，《译文丛书》实可与《文学丛刊》相媲美。巴金在编辑活动中，既继承着五四新文化精神，又对此前的文学翻译和出版中的某些偏激倾向进行了纠正，从整个世界的文化宝库中选择具有价值的文化成果，在更加宏阔的视阈中组织和发展社会文化。应该

---

① 《郭安仁（丽尼）谈"文生社"（摘录）》，李济生编著《巴金与文化生活出版社》，上海文艺出版社2003年版，第7-9页。
② 巴金：《上海文艺出版社三十年》，《巴金全集》第16卷，人民文学出版社1991年版，第412-415页。
③ 荒煤：《心灵中仍然燃烧着希望之火》，《人民日报》1982年6月16日。
④ 卞之琳：《星水微茫忆〈水星〉》，《读书》1983年第10期。

说，这种思路才是真正地弘扬了五四新文化的思想精髓。

在文化生活出版社，巴金主编了《文化生活丛刊》《文学丛刊》《译文丛书》等大型文学丛书，几乎独立支撑了30年代中期新文学创作和翻译作品的出版。从某种意义上来说，巴金文学编辑角色的自我认定不仅直接关系到他的编辑实践，而且还影响并代表了文化生活出版社的整体文化追求，使其成为当时新文学出版的一个重镇，对新文学的发展起到了至关重要的推动作用。

（原载《编辑之友》2006年第2期）

文学出版·舞台演出·评论译介：
《雷雨》之经典化

曹禺的《雷雨》在中国现代文学史尤其是现代戏剧史上是一部无可争议的经典之作。经典的生成需要作品本身具有丰富的经典性元素或不断阐释的可能性，《雷雨》凝聚着曹禺对人生的沉思，文本容量的广大性和意蕴的多义性为人们提供了将其经典化的基本条件，可以说《雷雨》的经典化，首先是其文本自身的艺术价值和文学意义使然，但同时，文学出版对于经典的文本价值认知，戏剧演出对于经典的实践性阐释，评论译介对于经典地位的确立等，也在其中发挥着极其重要的作用。这些相互穿插、相互影响的多种传播机制的协力推动，共同完成了《雷雨》的经典化过程。

从发表到成书

《雷雨》写成于1933年，当时曹禺是清华大学西洋文学系的学生，这部剧作是在他清华大学图书馆的杂志阅览室里完稿的。《雷雨》完成后，曹禺就把稿子交给了童年的朋友靳以。那时，靳以正在编辑一个文学刊物——《文学季刊》，刊物的主编是郑振铎和靳以。郑振铎是个大忙人，只是挂个名儿，实际负责的是靳以。靳以碍于他与曹禺的特殊关系，不便对《雷雨》的刊发提出意见，就请巴金来看这个剧本。巴金先提出刊发意见，大家一致通过后，发表于1934年7月出版的第3期《文学季刊》上。

关于《雷雨》的发表过程，曹禺在《简谈〈雷雨〉》一文说："靳以也许觉得我和他太接近了，为了避嫌，把我的这个剧本暂时放在抽屉里。过了一段时间，他偶尔对巴金谈起，巴金从抽屉中翻出这个剧本，看完之后，主张马上发表，靳以当然欣然同意。"[①] 巴金也在为曹禺《蜕变》（1940年）所写的后记中

---

① 曹禺：《简谈〈雷雨〉》，《收获》1979年第2期。

说:"我想起了六年前在北平三座门大街十四号南屋中那间用蓝纸糊壁的阴暗小屋里,翻读《雷雨》原稿的情形。我感动地一口气读完它,而且为它掉了泪。不错,我落了泪,但是流泪以后,我却感到一阵舒畅,同时我还感到一种渴望,一种力量在我身内产生了。我想做一件事情,一件帮助人的事情,我想找个机会不自私地献出我的微少的精力。"

《雷雨》的发表得益于巴金的大力举荐,他的这种做法与其一贯主张的"编辑的成绩不在于发表名人的作品,而在于发现新的作家,推荐新的创作"[①]的编辑思想是相统一的。从某种意义上说,是巴金"发现"了曹禺,使中国现代文学史上从此升起一株茁壮的新苗,甚至还可以说由于巴金的这一举荐,无形中促成了中国现代话剧的实质性进展,这对当时的文学界、文化界而言,无疑有着前瞻性、开拓性和导向性的意义。

《雷雨》在1936年1月又出版了单行本,是由巴金主持的文化生活出版社出版的。曹禺在《序》中表达了自己的感激之情:"不过这个本头已和原来的不同,许多小地方都有些改动,这些地方我应该感谢颖如,和我的友人巴金(谢谢他的友情,他在病中还替我细心校对和改正),孝曾,靳以,他们督催着我,鼓励着我,使《雷雨》才有现在的模样。"此前,《雷雨》已被搬上舞台,应该指出,此单行本不仅集合了一些作家和编辑的智慧,还是一个经过了舞台实践之后的文本。

《雷雨》是现代文学史上的一座丰碑,编辑的慧眼识珠功不可没。作为曹禺处女作的《雷雨》,它的问世虽颇费周折,但从传播学意义上来看,它所经历的由"发表"到"成书"的过程,实际上也是一个逐步"经典化"的过程。因为"发表"所体现的是文学探索的先锋性努力,而"成书"则是这种先锋性业已消减,而其文学的社会意义得以"合法性"确立的表现,其实这也就是《雷雨》"经典化"的表现形式之一。

搬上舞台

一部作品的发表自然使作者感到愉悦,但剧本不同于小说、诗歌,如果不能化为舞台艺术,即使被大众广泛阅读,也难免令人有些悲哀和寂寞。作为戏

[①] 巴金:《致〈十月〉》,《巴金全集》第16卷,人民文学出版社1991年版,第332页。

剧，文本阅读使戏剧意义得以生成与广泛传播，而演出实践则能够满足大众阅读之后的审美期待和体验，两者的相互影响和促进，是戏剧作品"经典化"的必由之路。

有人认为，最先把《雷雨》搬上舞台的是浙江省上虞县春晖中学，时间是1934年12月2日。①但春晖中学的演出并没有使《雷雨》造成广泛社会影响，所以一般认为，中国留日学生1935年4月27—29日在东京举行的公演，才是真正意义上的首演。当时，在日本有两位关注中国文坛的青年学者武田泰淳和竹内好。他们看过《雷雨》后，深深为之感动，于是带上刊有《雷雨》的《文学季刊》一起去茅崎海滨，找正在那里度假的中国留学生杜宣。杜宣请了吴天、刘汝醴来一起担任导演。1935年4月27日、28日、29日，《雷雨》以中华话剧同好会的名义，在东京神田一桥讲堂举行了首次公演，导演为吴天、刘汝醴、杜宣，演员有贾秉文（饰周朴园）、陈倩君（饰蘩漪）、邢振铎（饰周萍）、邢振乾（饰周冲）、王威治（饰鲁贵）、乔俊英（饰鲁侍萍）、吴玉良（饰鲁大海）、龙瑞茜（饰四凤）等。

而在国内，1935年8月17日、18日，孤松剧团在天津师范学院礼堂正式公演了《雷雨》，这是国内第一次有影响的《雷雨》公演。此后，中国旅行剧团也排演了《雷雨》，先在北平演出，后又到天津演出，受到观众的广泛好评。不久，上海复旦剧社在上海演出了《雷雨》，欧阳予倩任导演，凤子、李丽莲、吴铁翼等主演。演出在宁波同乡会进行。1936年，"中旅"到上海演出《雷雨》，地点在卡尔登大戏院，此次演出轰动了上海。曹聚仁认为《雷雨》的演出，使它和"各阶层的小市民发生关联，从老妪到少女，都在替这群不幸的孩子们流泪。而且，每一种戏曲，无论申曲、越剧或文明戏，都有了他们所扮演的《雷雨》"。他还说，1935年"从戏剧史上看，应该说是进入《雷雨》的时代"。②

评论与译介

伴随着《雷雨》发表、出版、演出，在不同历史语境下，人们以不同的

---

① 刘克蔚：《〈雷雨〉国内首演钩沉》，中国艺术研究院话剧研究所、南京大学戏剧影视研究所合编《中国话剧研究》第7期，文化艺术出版社1993年版，第120页。
② 曹聚仁：《戏剧的新阶段》，《文坛五十年续编》，香港新文化出版社1976年版，第288页。

阐释标准对它进行了各种各样的解读，在读者、批评家的阅读、观看与批评所形成的多维力量的相互作用下，它的文学史意义不断增强，经典地位逐渐得以确立。

《雷雨》在《文学季刊》发表以后，长时间没有受到大众媒介和评论人士的关注，直到1935年4月《雷雨》在东京公演，曹禺与东京方面通信，《杂文》月刊1935年第2号上发表了这篇题为《〈雷雨〉的写作》的信，编者在文章后面附了一个按语，另外刊登了吴天的《〈雷雨〉的演出》和罗亭的《〈雷雨〉的批评》，这才让人们见到了形诸文字的有关《雷雨》的评介文章。曹禺在《〈雷雨〉的写作》中主要是针对《雷雨》在东京的公演中被删去原剧的"序幕"和"尾声"来表达自己的意见；而吴天是这次东京公演的导演之一，他在《〈雷雨〉的演出》中重点谈的也是删去原剧的"序幕"和"尾声"一事；罗亭的《〈雷雨〉的批评》一文，则针对舆论对于《雷雨》的"赞美"，指出"赞美是一种鼓励，攻击则促其斗争"，于是附录了一封"某一位热心戏剧的同胞"致《雷雨》剧团的"'严正'的'批评'"信，对《雷雨》及其在东京的公演予以全面否定。对于《雷雨》正反两方面的评论，以及在日本的连续演出，使这部剧的声名陡然而起，无论在中国还是在日本都引发了巨大反响。

"中旅"在天津的演出一炮打响，就在这一期间，李健吾写了一篇文章，刊登在1935年8月24日的《大公报》上，应该说这是一篇在《雷雨》的经典化过程中具有深远意义的、有分量的一篇评论文章。他说："《雷雨》是一个内行人的制作，虽说是处女作，勿怪立即抓住一般人的注意。《雷雨》现在可以说做甚嚣尘上。"他称誉它是"一出动人的戏，一部具有伟大性质的长剧"。他认为《雷雨》里"最有力量的一个隐而不见的力量，却是处处令我们感到的一个命运观念"。他说这命运就"藏在人物错综的社会关系和人物错综的心理作用里"。他指出在《雷雨》里"最成功的性格，最深刻而完整的心理分析不属于男子，而属于女性"，他认为蘩漪是一个"被牺牲者"、"反叛者"，富于"内在的生命"。他还指出《雷雨》受了希腊悲剧作家欧里庇得斯的《希波里托斯》和法国作家拉辛的《费德尔》的影响，但也中肯地批评《雷雨》在情节上"过了分"，"作者如若借重一点经济律，把无用的枝叶加以删削，多集中力量在主干发展，用人物来支配情节，则我们怕会更感到《雷雨》的伟大"。他赞扬"作者卖了很大的气力,这种肯卖气力的精神,值得我们推崇,这里所卖的气力也值得我们敬重"。郭沫若也写了文章,他的文章对于《雷雨》经典地位的确立也起到了重要作用。他说:"《雷雨》的确是一篇难得的优秀的力作。作者于全剧的构造、剧情的进行、宾白的运用、电影手法之向舞台艺术的输入,的确是费了莫大的苦心,而都很自然紧凑,没有现出十分苦心的痕迹。作者于精神病理学、精神分析术等,似乎也有相当的造诣。以我们学过医学的人看来,就使用心地要去吹毛求疵,也找不出什么破绽。在这些地方,作者在中国作家中应该是杰出的一个。他的这篇作品相当地受到同时人的欢迎,是可以令人首肯的。"[①]

伴随着大众媒介和戏剧评论给予《雷雨》的经典地位的逐步确立,《雷雨》的译介传播也开始了。1936年2月,《雷雨》日译本由日本汽笛社出版。日译本有曹禺写的序,还收有秋田雨雀、郭沫若的文章。继日译本《雷雨》问世,英译本《雷雨》也由姚莘农(姚克)翻译出来,刊登在1936年10月出版的《天下》(英文)月刊上。姚莘农在英译本序言中,称赞曹禺是中国剧坛上升起的一颗新星。1937年初,美国著名戏剧家、耶鲁大学教授亚历山大·迪安来华考察中国戏剧,他来南京访问田汉、曹禺,曹禺把英译本《雷雨》赠给迪安教授,受到迪安的热情赞许。

综上所述,《雷雨》的出现及其经典化是多重话语参与以及多种传播机制共同作用的结果。它在中国文学史和戏剧史上的经典性地位的确立,实质上是接受者对其文本价值和舞台效果所传导的文化信息的历史整合,也是对其社会影响的支配性效能的认可。这种由文学出版、舞台演出、评论译介等不同传播途径合力构成的互动关系,使《雷雨》拥有了一定的文化支配权力,并获得经典地位。《雷雨》的经典化表明,一部能够超越前人的、具有深刻文化内涵和美学意蕴的优秀作品,如能在一定的文化场中依靠多种传播手段形成普遍性的定义经典的符号意义,那么历史就会将它册封为经典。

(原载《名作欣赏·文学鉴赏》2009年第11期)

[①] 郭沫若:《关于曹禺的〈雷雨〉》,《沫若文集》第11卷,人民文学出版社1959年版,第113页。

赵家璧的"选择"意识与《中国新文学大系》

选择,被认为是编辑的主要本质特征。编辑做的就是选择工作。选择属于人的主体活动,必然会有或现或隐、或这样或那样的标准的,亦即具有倾向性。如果个人的选择符合客观世界的发展规律而又是别出心裁、独具特色的,那么必然是一种新的发现或新的创造。清代沈雄在《古今词话·词品下卷·选词》中转述《梅墩词话》语曰:"文人选词,与诗人选词,总难言当行者。文人选词,为文人之词。诗人选词,为诗人之词。等而下之,莽卤者胜,更恐失村夫子面目也。"[①]这里说的就是选者的倾向性。既有倾向性,其选择标准也就寓于其中。在中国古代,最著名的当是以"事出于沈思,义归乎翰藻"为标准进行文章选择的《文选》。《文选》是最早以"选"命名的至今完好地保存下来的文章总集。萧统对于七八百年积累下来的作者作品,特别注意文学与非文学的界线,他排斥了经、子、史等非文学作品,不选它们入《文选》,但认为史书中之赞论"综缉辞采"、序述"错比文华",可以选入。萧统虽然受到刘勰、钟嵘等的文学观的影响,其主张与刘、钟有许多共同之处,但在文学的范畴与作用方面却有独到的见解,这就是"事出于沈思,义归乎翰藻"的文学界定。《文选》借古人的文章表现了萧统的文学主张,这的确是了不起的通过选择所进行的文学创造。《文选》所收录的130位作家,他们有的可能对文学就没有什么意识,也有的对文学的主张与萧统的不一致甚至相反;至于入选的作品是否应该入选,应该入选的是否被排斥、被遗漏,历代学者众说纷纭,是见仁见智的事情,但总的来说,由于萧统运用选择所进行的独特的文学再创造,《文选》的优点十分突出,连杜甫都要求他的儿子"熟精文选理",后人研治《文选》成为专门的一种学问——"文选学",在以诗赋取士的唐代与宋代,甚至流行着"《文选》烂,秀才半"的谚语。萧统这位古代杰出的编辑对已有作品

---

① 唐圭璋编:《词话丛编》第1册,中华书局1986年版,第881页。

进行了文学再创造，形成了影响深远的"文选"流派，有力推动了中国文学的发展。

但是，古代编辑毕竟不是现代出版体制下的专业编辑，他们不像现代编辑那样处在特定的拥有现代化技术的媒介机构中，所以，他们的选择可以坚持自己的标准，坚持特定的倾向性，却不可能也无需使自己的选择在确立一种自我意识强烈的文学导向的同时，去实现现代出版所要求的商业目的。这应该是古代编辑和现代编辑的最大不同。

在现代出版体制下，编辑既要导引受众，又要导引作者，以自身的选择行为，影响社会文化流向，并获取商业利益。自有大众传播媒介以来，任何具有固定的物质形式并采用印刷或电子技术进行生产繁衍的精神产品，如要合法并最大效果地进行传播，并为大众所接受的话，就必须通过编辑的选择和加工。编辑这个中介与选择的作用非常重要。编辑按照某种标准选择出某种信息聚集物进行大众传播，又采取连续密集的宣传、评介等办法，如果暗合某类受众的潜求，那么就能导引接受者的兴趣、爱好、风尚、习惯及追求目标，形成种种社会文化热潮。

编辑通过某种标准的选择也导引作者的创作。编辑是以受众需求的名义进行选择的。不同层次的受众实际上是不同情趣、观点及风格的策源地。不同受众层、受众群其明显的需求差异，再加上不同编辑群体的个性差异，形成了不同编辑的风格。以某种标准进行选择，会对作家产生导向作用，甚至能养成一批具有新的创作方向和习惯的作家。就作家而言，这种被导引可能是自愿的，因为他本人不是生活在真空中，他也受社会的影响，也有内在的某种倾向；同时他经过审度，认为编辑的某种选择标准的确是符合受众的需要和社会的要求，因而心甘情愿认同编辑的选择。另一方面，由这种选择而造成的导向，毫无疑问也带有一定的强制性。因为编辑的选择决定了作品能否进行大众传播的命运。作家如果想使自己的作品能在大众传播渠道上自始至终流动，则必须向编辑的选择标准靠拢。有些作家必须强制性地调整甚至改变自己的创作方向。

《中国新文学大系（1917—1927）》的策划与编辑、出版，无疑是在编辑的"选择行为"下，既企图向社会受众提供一种文学范本，以展示五四新文学实绩，又面对着30年代初革命文学兴起后，已经明显分化的新文学阵线，重新拢聚各方力量参与新文学建设的成果。这里，编辑的选择自然是第一位的，其选择的出发点不但是为了导引社会读者的阅读需求，而且要求编选者理解并尊重编辑的选择，《中国新文学大系》编辑行为很好地契合了大众传播的基本规律。

既然认为《中国新文学大系》是一项编辑"选择行为"支配下历史性的出版大工程，那么在选题的策划和确立、编选者的选择、导引读者的谋略等方面，就具有了一套符合现代出版体制的运作模式，而其主编赵家璧在其中起了关键性和决定性的作用。可以说，没有编辑赵家璧的"选择"，就没有不朽的《中国新文学大系》。

一、选题的策划和确立

赵家璧曾说，《中国新文学大系》这套书选题的确定以及最初的编辑思路的形成，从阿英编选的《中国新文学运动史资料》中受到过启发[①]。阿英在他编选的《中国新文学运动史资料》序里，提出了抢救、整理、出版五四新文学文献资料的问题。其实，这是许多五四"过来人"和学者的共识。1933年刘半农编辑《初期白话诗稿》，收集白话诗运动发难期间李大钊、沈尹默、沈兼士、周作人、胡适、陈衡哲、陈独秀、鲁迅8家26首白话诗手迹原稿影印成册，"用以纪念白话诗十五周年"，一时引起文学界的注意。刘半农在此书序言谈到曾将这部诗稿送给陈衡哲看，"向她谈起要印这一部诗稿时，她说：那已是三代以上的事，我们都是三代以上的人了"[②]。蔚然一时的五四新文学运动那么快就成为遥远的历史，陈衡哲的感慨无疑表达了一种强烈的历史意识，那就是五四新文学的精神和传统不能丢失，五四新文学的文献必须要得到及时的抢救和整理。

赵家璧提出编辑出版一套《中国新文学大系》的设想始于1934年，距五四新文学运动不过十几年，但由于国民党政治上的法西斯统治和文化上的"围剿"，上海进步出版业遭到前所未有的压迫和限制，一时间出版界复古思潮泛滥，轰轰烈烈的新文学出版陷于沉默，最让人忧虑的是，五四以来文献的大量流失使新文学的精神和成果更处于岌岌可危的境地。时代迫切需要一部富于开

---

① 参见赵家璧：《话说〈中国新文学大系〉》，《新文学史料》1984年第1期。
② 刘半农：《初期白话诗稿序目》，《半农杂文二集》，良友图书印刷公司1935年版，第353页。

创性、历史性、权威性、方向性的大部头丛书来系统地保存前人的文学成就，并使新文学在实践中发挥应有的作用。可以说，赵家璧策划《中国新文学大系》这一选题顺应了这一要求，也契合了五四新文化人的"历史意识"，因而必然会得到他们的认同和支持。赵家璧为此找过阿英、施蛰存、茅盾等共同商议，还多次寻求鲁迅的帮助，选题设想在一批文坛大将的共同酝酿下逐渐完善起来，形成了一个为各方都能接受的框架和准则。这主要包含在两个方面：

一是选稿的起讫年限，划定为"民六至民十六的第一个十年间"。据赵家璧回忆，当时对于选稿的起讫年限是有不同意见的。阿英主张从五四到五卅，他自己编的《中国新文学运动史资料》就是如此分期。阿英认为：从"五四"到"五卅"，在时间上，大约是六年的光景，这一个时期，可说是文学革命期[1]。但郑振铎对此有不同意见。一时相持不下，赵家璧只好写信请教茅盾。茅盾在给赵家璧的回信中明确表示："'五四'是一九一九年，'五卅'是一九二五年，前后六年，这六年虽然在新文学史上好象热闹得很，其实作品并不多。弟以为不如定自'五四'到'北伐'，即一九一九年——一九二七年，如此则把现代中国文学分为两个时期，即'五四'到'北伐'，'北伐'到现在。……本来'五四'到'五卅'不过表示了'里程碑'，事实上，第一本的'建设的文学理论'，就有许多重要文章是发表在'五四'以前。从1917到1927，十年断代是并没有毛病。"[2]赵家璧最终采用了茅盾的意见。二是选收的作品范围，是对于有关"文学革命"的资料的全面整理收录。赵家璧说："从民六（一九一七）的发难到民十六（一九二七）的北伐，……新文学，贯穿着'文学革命'的精神，……把民六至民十六的第一个十年间，关于新文学理论的发生、宣传、争执，以及小说、散文、诗、戏剧诸方面所尝试得来的成绩，替他整理，保存，评价。"[3]这两个编选原则，恰好满足了新文学先驱者们将自身在新文学开创期的经历和业绩进行"历史化处理"的欲望，因而得到他们的普遍认同，并积极参与到这项伟大工程的建设中来。

---

[1] 张若英（阿英）:《中国新文学运动史资料·序记》，《中国新文学运动史资料》，光明书局1934年版，第1页。
[2] 赵家璧:《话说〈中国新文学大系〉》，《新文学史料》1984年第1期。
[3] 《中国新文学大系·建设理论集·前言》，《中国新文学大系》（影印本），上海文艺出版社2003年版，第1页。

二、对编选者的选择

　　选择编选者的环节,是关系到《中国新文学大系》选题策划成败的关键。早在选题策划之初,赵家璧就把选题和组稿密切联系起来,决定起用权威性的专家、名家来组织权威性的文稿,"一定要物色每一方面的权威人士来担任"①,以他们的才学和威望不但能保证"大系"的编辑质量,还可最大限度地满足读者的阅读期待。编选者不仅是合适的、权威的,而且是"唯一的"。为了达到这一目的,赵家璧采取了多种方式选择编选者。像对好友阿英、郑伯奇、郑振铎、茅盾等人,在向他们征寻、讨教对该选题的意见和建议时,就直接邀约他们参加编选工作;对熟知的郁达夫等人则通过信函请教、邀约;对不熟悉的,如胡适、朱自清、周作人等,则委托中间人郑振铎代为约请;而对打过交道,又过往不是很密切的鲁迅,则谨慎从事。"大系"的编选者要组成一个强大的阵营就缺不了鲁迅,而让鲁迅编选文学研究会、创造社以外作家即"杂牌军"的小说集,他是否会同意呢?赵家璧心中有所不安,于是拉上鲁迅信任的郑伯奇同去。他把编辑计划详细告诉了鲁迅。出乎意料的是,鲁迅略略表示谦让后当场就答应了。1934年12月25日,鲁迅还就此事给赵家璧写了一封信,信中说:"《新文学大系》的条件,大体并无异议,惟久病新愈,医生禁止劳作,开年忽然连日看起作品来,能否持久也很难定;又序文能否做至二万字,也难预知,因为我不会做长文章,意思完了而将文字拉长,更是无聊之至。所以倘使交稿期在不得已时,可以延长,而序文不限字数,可以照字计算稿费,那么,我是可以接受的。"②有鲁迅的加盟,赵家璧对编纂此书充满了信心。好事总是一波三折,随即,当天赵家璧又接到鲁迅写来的表示退出的信。信中说:"早上寄奉一函,想已达览。我曾为《文学》明年第一号作随笔一篇,约六千字,所讲是明末故事,引些古书,其中感慨之词,自不能免。今晚才知道被检查官删去四分之三,只存开首一千余字。由此看来,我即使讲盘古开天辟地的神话,也必不能满他们之意,而我也确不能作使他们满意的文章。我因此想到《中国新文学大系》。当送检所选小说时,因为不知何人所选,大约是决无问题的,但在送序论去时,便可发生问题。五四时代比明末近,我又不能做四平八稳,'今天天气,哈哈哈'

---

① 赵家璧:《话说〈中国新文学大系〉》,《新文学史料》1984年第1期。
② 鲁迅:《鲁迅书信集》下卷,人民文学出版社1976年版,第702页。

到一万多字的文章,而且真也和群官的意见不能相同,那时想来就必要发生纠葛。我是不善于照他们的意见,改正文章,或另作一篇的,这时如另请他人,则小说系我所选,别人的意见,决不相同,一定要弄得无可措手。非书店白折费用,即我白费工夫,两者之中,必伤其一。所以我决计不干这事了,索性开初就由一个不被他们所憎恶者出手,实在稳妥得多。检查官们虽宣言不论作者,只看内容,但这种心口如一的君子,恐不常有,即有,亦必不在检查官之中,他们要开一点玩笑是极容易的,我不想来中他们的诡计,我仍然要用硬功对付他们。这并非我三翻四覆,看实情实在也并不是杞忧,这是要请你谅察的。我还想,还有几个编辑者,恐怕那序文的通过也在考虑之列。"①

鲁迅这封信的起因是由于准备发表在《文学》4卷2期的《病后杂谈》,被检察官大肆删改。其时,鲁迅的文章受到国民党图书杂志审查委员会的大肆查禁和删改,是常有的。鲁迅从"大系"前途出发,担心自己所编选的能够代表这十年实力的篇目及写作的序文未必都能通过,倘若选定的篇目被横加删除,将来署上编选人的名字岂不违心?即使不是整篇删除,删除某些句子段落,也让人不舒服。在退出的同时,也给赵家璧提了醒。鲁迅的信给踌躇满志的赵家璧一大打击。如果鲁迅不参加编选,势必影响其他几位编选者,这样已快完成的组稿计划就会功亏一篑。赵家璧是有韧性的,挫折面前决不轻言放弃。他再次拉上郑伯奇拜见鲁迅,坦率地向他讲述了"大系"的编选进程,恳切要求他体谅编辑出版者的苦衷,顾全大局,收回成命,并保证送审时,将尽一切力量争取做到保持原作的本来面目。鲁迅思索了很久,最后终于答应了。其后赵家璧又将原定的甲、乙、丙三集小说集改为一集、二集、三集,且把鲁迅编的集子提前。另外,赵家璧撇开阵营与门户偏见,注重各种权威人士的相互搭配。"大系"的编选者,以左翼进步作家为主,同时也不排斥其他派别人士。如《建设理论集》的编选者胡适,时任北京大学校长,是文化界炙手可热的权威人士,政治上逐渐右倾,左翼作家对他意见很大,但由于他对五四新文学的贡献,由他参与编选也是最合适的。最初有关创造社部分的《小说三集》的候选人有郭沫若、郁达夫、郑伯奇三人,经过酝酿,确定为郑伯奇。因为郁达夫已经被列为散文集的编选者。郭沫若是创造社的主要代表人物,编选阵营中不能没有他。他又是五四时代第一个最有贡献的诗人,所以担任诗集编选最合适。于是请郑

---

① 鲁迅:《鲁迅书信集》下卷,人民文学出版社1976年版,第703—704页。

伯奇去信日本，很快得到了郭沫若同意的答复。但由于郭沫若已被国民党图书审查委员会明文封杀，诗集的编选者不得不另请他人，改换成朱自清。中途这一换人，恰好成就了《诗集》编选的严谨和公允。散文集的编选分两卷，郁达夫是其中之一，另一人决定起用周作人，当时有人持不同意见。赵家璧去信郑振铎征求意见，得到郑振铎同意后，由郑振铎代为邀约。散文的分工比较难，初期有以团队、时期或南北地区划分等几种意见。之后，茅盾建议由两位编选者自己商定。郁达夫、周作人二人反复函商的选材问题，最后决定以作家定界限，这也确实是较好的办法。

下面不妨罗列全书的编选者阵容，从中不难看出赵家璧选择的"意义"和"价值"。

全书总序：由蔡元培执笔；

《建设理论集》，由胡适编选并作导言，共收倡导新文学运动及探讨如何建设新文学的文论51篇；

《文学论争集》，由郑振铎编选并作导言，收各种文艺论争作品107篇；

《小说一集》，由茅盾编选并作导言，主要收文学研究会诸作家作品29家58篇；

《小说二集》，由鲁迅编选并作导言，主要收文学研究会和创造社以外的文学团体，包括《新青年》、新潮社、弥洒社、莽原社、狂飙社等诸作家作品33家62篇；

《小说三集》，由郑伯奇编选并作导言，主要收创造社诸作家的作品19家37篇；

《散文一集》，由周作人编选并作导言，编者称此集"不讲历史，不管主义党派，只主观偏见"而编，收有散文17家71篇；

《散文二集》，由郁达夫编选并作导言，编者也称此集编选不以派别，而"以人为标准"，以编者个人喜好为归旨，收16家148篇作品；

《诗集》，由朱自清编选并作导言，称"就所能见到的凭主观去取"，收59家390首诗作；

《戏剧集》，由洪深编选并作导言，收18家18部话剧作品；

《史料索引集》，由阿英编选并作导言，收第一个十年文学史的有关资料篇目及索引。

三、导引读者的谋略

《中国新文学大系》的出版是现代出版史上的一个成功范例。它的成功,不仅在于展示了现代出版业对现代文学体制的深刻介入,描绘了一幅影响至今的"现代中国文学"发生的图景,为"第一个十年"的新文学留下了弥足珍贵的文献资料及作为"过来人"的先驱者所带有的自我审视特点的评论,还在于以其自身所具有的品质赢得了社会读者的肯定和认同。检视它的成功,在其能够赢得社会读者的肯定和认同方面,或者说在对读者的导引方面,赵家璧为此所花费的精力和心血是巨大的,也是卓有成效的。

在现代出版体制下,对读者的导引,实际上就是一种市场营销行为。图书市场营销是指图书出版行业针对图书这一特定商品,以达成市场交换为目的而进行的一系列经营运作的商务活动过程。这一过程是一个伴随图书由选题、编辑、出版、发行、销售的全过程系统工程。《中国新文学大系》的营销就是一个很好的例证。

首先,"大系"的策划就是适应社会需求的一种编辑意识的体现。1935年5月4日沈从文在《介绍〈中国新文学大系〉》中说:"从民国六年的文学革命起始,中国有了个新文学运动,这运动因民八的'五四运动',而增加了它的意义和价值。到现在,算算时间,已有了十八年!十八年来这个新文学运动,经过了多少变迁,有了些什么成绩,它的得失何在,皆很值得国人留心。我们很希望有人肯费些精力来用一种公正谨严态度编辑一部现代中国文学发展史,给这个新文学运动结一次账。"①社会需求就是选题策划的基础,赵家璧敏锐地抓住了这个市场契机,积极筹划,多方计议,直至形成成熟的方案。可以说,从选题的确立开始,赵家璧就对"大系"的成功有了信心。

在编辑过程中,赵家璧也时刻做着营销的工作,无论是与编选者的交往(比如选择编选者、催要稿件、要求撰写《编选感想》等),还是与图书审查机构的周旋,都在一定程度上提高了"大系"的知名度。而在印刷、出版过程中,赵家璧更是费尽心机。在装帧设计、出版周期预定方面,赵家璧就不止一次地强调,在把稿子变成书本时,一定要有新意。"大系"多达10卷本,内容厚重凝练,编排谨严,眉目疏朗,形式统一,工作量可谓浩大,而一年零五个月的

---

① 沈从文:《介绍〈中国新文学大系〉》,天津《大公报》"文艺"副刊第150期,1935年5月5日。

高效出版周期,在当时的出版条件下更是令人赞叹。

在图书从策划、编辑、出版到销售到读者手中这一过程中,销售是实现利润的重要环节,而要实现利润的最大化,宣传是一个重要手段。宣传推广在某种程度上引导着读者的阅读、欣赏效果,所以图书的宣传对出版社来说十分重要。任何图书都有其目标市场,都有其特定的读者群,这是市场细分的结果。在"大系"的宣传中,如何有效地运用媒体,把有关的图书信息传达到最需要了解它的读者群中,以最经济的宣传方式达到最理想的效果,是赵家璧精心思考的重心。他利用多种媒体,如报纸、杂志等进行广泛而及时的常规宣传,还邀请社会名流撰写评论在各大媒体发表,更创造性地推出《大系样本》,免费向读者发放。《大系样本》共40余页,书的开篇是赵家璧撰写的《编辑〈中国新文学大系〉缘起》,介绍丛书的编选经过、目的和意义,最后谈了他的希望:"这次我们集合十多人的力量,费了一年余的时间,来实现这一个伟大的计划,希望能从这部"大系"的刊行里,使大家有机会去检查已往的成绩,再来开辟未来的天地";接着又用两个版面影印了蔡元培的《总序节要》手迹;其后,10位编选者的《编选感想》各占一页,用手迹制版,上印近影一幅,下加该集内容简介。《大系样本》还有文艺界知名人士冰心、叶圣陶、林语堂等人为"大系"所写的评语,亦以手迹制版,合编两页。其中,冰心评价说:"这是自有新文学以来最有系统、最巨大的整理工作。近代文学作品之生产,十年来不但如笋的生长,且如菌的生长,没有这种分部整理评述的工作,在青年读者是很迷茫紊乱的。"叶圣陶评价说:"良友邀约能手,给前期新文学结一回账,是很有意义的事。结算下来,无论有成绩,没成绩,对于今后的文学界总有用处。"林语堂评论说:"民国六年到十年在中国文学开了一个新纪元,其勇往直前的精神有足多者。在将来新文学史上,此期总算初放时期,整理起来,甚觉有趣。当时文学未成为政治之附庸,文学派别亦非政党之派别,此彼时与此时之差别,其是非待后人论之。"甘乃光评论说:"当翻印古书的风气正在复活,连明人小品也视同瑰宝拿出来翻印的今日,良友公司把当代新文学体系,整理出来,整个的献给读者,可算是一种繁重而切合时代需要的劳作。"另外《大系样本》中还印有书影、预约办法说明和印好的预约单等。这种简要、形象的介绍既让读者对"大系"全貌有较为完整的了解,又促进了订阅销售。在印制精美样本的同时,赵家璧还将其内容缩印成单张,夹在畅销杂志中,分赠给读者,扩大宣传面。

这些宣传很见成效，"大系"尚未出齐，预约定数即已超过初版数，之后精装本和普及本各再版二千册。为适用学生读者，白报纸纸面精装普及本的售价则减半为10元，预约仅7元，满足了贫寒学子的需求。这是赵家璧根据市场灵活细分读者群进行营销的策略运用。在再版加印的同时，赵家璧又编印了《大系三版本样本》，厚达60页，除分别介绍"大系"10集的内容外，又加了《舆论界之好评摘录》，把当时《申报》《大公报》等全国各地7种大报的评语，摘编了4页，还以25页的篇幅编列全部目录，以供预约者参考。这些独特的营销手段很见成效，《中国新文学大系》的最终成功在很大程度上得益于赵家璧出色的营销策略。

《中国新文学大系》是选题策划中编辑主体的"选择"意识适应文学发展规律和出版业内在逻辑，使出版物具有重大学科史价值和出版史价值的成功范例。它不仅是中国传统文学编辑和出版中"选学"观念的进一步升华，也引领了文学"选本"出版的价值取向，《中国新文学大系》后续几部无论是编辑体例还是编选原则，都直接承继了赵家璧的编辑思想；一些重要的现当代文学总集，也都从《中国新文学大系》的编选经验中获得了借鉴，而赵家璧的编辑主体的"选择"意识无疑是最具启迪意义的。

（原载《编辑学刊》2007年第1期）

"选学"的眼光
——《外国文学名家精选书系》出版随想

外国文学的翻译进行到一定阶段，对于外国文学名著，作为文化积累的方式不外乎两种：一种是作家全集的翻译出版，一种是作家精选集的编选出版。前者是对作家作品全景式的展现，其资料性价值自不待言，但人力、财力的制约也显而易见；后者是作家作品精华的集汇，它可窥一斑知全豹，又具经济简便的易操作性。相比较而言，无论是在满足阅读欣赏、文化教育以至学术研究等广泛的社会需要方面，还是在求得文化积累的有效方式方面，作家精选集的编辑出版不仅更能体现文本研究功力和价值评判意义，而且也是一种量力而行的积极责任意识的表现。正是基于这样的思考，山东文艺出版社组织出版了《外国文学名家精选书系》。

《外国文学名家精选书系》第1批10种书一出版，立即受到各方面的欢迎和好评。主编柳鸣九先生一见到样书，爱不释手，欣喜之情溢于言表。《契诃夫精选集》译者之一焦菊隐先生的女儿，前不久从美国回来参加香港回归庆典，看到样书，她对编辑、装帧、版式等都非常满意，说："国内出版物很少有这样认真负责的。"并来信购买其他9种。《法朗士精选集》译者之一胡小跃先生，夸赞这套书"装帧设计极有特色，选题也好"。在1997年中央党校全国图书订货会和1997年西安全国文艺集团图书订货会上，这套书两次共订出6000套，码洋近180万元。从目前市场销售情况来看，这套书成了不是畅销书的畅销书，同时理所当然地又是常销书。

这套书受到文学界和读者的好评，说明它的价值得到了社会的认可。它选题层次高，编选者有水平，出版者是从抓历史性文化工程的高度来运作，各方面力量的综合造就了一个新的出版景观。

起初，设计这一选题，是立足于建立出版社"选本特色"的思考，因此开宗明义就确立了"名家、名著、名译、名编选"的原则，这就要求主编和每卷编选者都应该是国内一流的外国文学研究者和翻译家。在确定主编人选方面首先想到了柳鸣九先生。柳先生是全国法国文学研究会会长，我国著名理论批评家、翻译家，在我国文学界，尤其是外国文学界德高望重，是最为合适的主编人选。但是，一个地方文艺出版社，要搞这么大的一个文化建设工程，能否取得柳先生的信任？对此，编辑曾犹豫过，但并未失去信心。1995年隆冬，文学编辑室的4位编辑，踏着厚厚的积雪，在事先未打任何招呼的情况下，冒昧登门，拜访柳先生。编辑们道明来意，然后向柳先生表示：一、我们虽是地方出版社，但决心"抓精品、创名牌、出特色、树形象"，这套书将是我们下一步工作的重中之重。如果由柳先生担任主编，将是我们的荣幸，更是这套书的荣幸。二、我们会保证高质量、高水平、高效率地组织编辑，在装帧、印制方面也要创新，力争一流产品。编辑们的诚意打动了柳先生，他原则上同意担任主编。几日后，社领导又前去拜访了柳先生，在组织编选、出书规模、出版周期等方面达成共识。1996年初，这套书的出版合同签订，组编工作正式启动。

这套书的入选作家均为外国古典文学名家，总计30位，每人1卷；每卷编选者都是当今国内坚守学术研究和文学翻译阵地、卓有建树和影响的外国文学研究家和翻译家。对于出版者来说，编辑出版这样一套"书系"，实在是无比欣喜的事。

现在回忆，对这套《外国文学名家精选书系》，不管是主编、编选者，还是编辑，各方面都是以极高的工作热情、审慎的工作态度，再加上自己的知识积累、评判力和想象力来参与。尽管由于工作性质的不同，介入的角度和程度各不相同，但都能坚持"名家、名著、名译、名编选"的原则，尤其注重体现"名编选"，这就是"选学"的眼光。

"选学"的眼光，首先是面对世界文学的一种文化选择。外国文学名家群星璀璨，外国文学名著浩如烟海，如何在有限的框架之内集中而客观地体现"名家"、"名著"的风采，的确需要一种文化选择的穿透力。这套书系的使命，既是一种历史的筛选，更是为了营建一个跨向未来的可靠而坚实的基准点。在外国文学翻译与研究达到一定高度的今天我们要关心的是：我们应该对世界文学作怎样的文化选择？哪些世界文学巨匠和文学巨著将永久性地进入我国的精神宝库？毫无疑问，歌德、托尔斯泰、巴尔扎克、普希金等早已与全人类的精神文明融为一体，他们的文学成就成了各民族公共的财产，尽管各国的社会历史条件各有不同。但也有这样的情况，我们原来过于偏重的外国作家，现在看来其作品已失去了艺术生命力,而有些反映社会、人生深刻,艺术上又有突出成就的作家,如显克维奇、斯蒂文森,甚至包括惠特曼等,我们又重视不够,这就要求历史性眼光的审视。这一眼光尽管不是完美的,但至少代表了我国现阶段所能达到的文学观察和评判的最高水平。出版者的责任是建立一个适合我国国情的世界文学版本形象,并以历史性的选择,以创造性的基础劳动给未来的文化建设以新的基点。

"选学"的眼光,也是对"拿来"的一种历史思考。早在上世纪末之前,我国译介"西学"的工作即已开始,但那时所译之书主要集中在兵学、技术及政事几方面,极少有文学作品的译介。直到1899年林纾译《巴黎茶花女遗事》出版,才引发了文学翻译的第一个热潮。回眸20世纪,五四新文化运动前后、新民主主义革命时期、建国后"十七年"间、"文革"以后,翻译文学的热潮一个接着一个。这些翻译文学作品在与我国传统文化的交流、碰撞的过程中,充实和丰富了我国的文化建设,创作与译作的并存并生状态,成为我国新文化发展的一个重要表征,它开辟了中国文学向世界化发展的道路,其意义不可低估。但也不可否认,因为政治的需要、改造国民性的需要以至文化派别建立的需要等,在某一时期,对外国文学的译介也出现过饥不择食的无序状态。鲁迅先生曾经说过:"总之,我们要拿来。我们要或使用,或存放,或毁灭。"《外国文学名家精选书系》应该说对"拿来"的外国文学遗产进行了历史性的评判与选择,其主导思想是,把是否具备世界文学意识,作为衡量是否真正意义上的外国文学名家的标志;把是否代表人类文化品格,作为衡量是否真正意义上的外国文学名著的标志。总之,它客观地反映了文学历史的实际,显示出面对外国文学的一种文化选择的历史思考。

翻译是一种语言向另一种语言的转换,翻译外国文学作品需要很高的外语和中文造诣,还要求有很高的文学素养,而且在外国文学研究方面也要有一定的功力,这样,译出的文学作品才能准确地传达原作的神韵。《外国文学名家精选书系》的名卷编选者对于同一作品的不同的中文译本,通过比较以定取舍。我们感到庆幸的是,傅雷之于巴尔扎克、朱生豪之于莎士比亚、冯至之于歌德、郝运之于莫泊桑、顾蕴璞之于普希金、王了一之于左拉等等,构成了这套书系一道"名家"、"名译"珠联璧合的景观。文学翻译界往往有这样的情况:翻译家并不懂原著原文,而是从其他语种转换为中文;早先的译本,现在看来已有诸多不尽如人意之处等等，这就需要重译。还有这样的情况：国内的出版社已拥有翻译家所译作品的专有出版权，对此，能获取版权转让者，尽量争取，否则便重译。《外国文学名家精选书系》中有近一半的重译作品。因在版本的选择、译者的选择方面，都经过认真的考虑，这些重译作品与原有译作相比，大多都能更胜一筹。这又是这套书系的一道景观。

"选学"的眼光，还是一种发展壮大中国文化的厚重的历史责任感。诚然，外国文学是一种外来文化，但随着各民族文化交流的不断发展和深入，一个民族的文化接受其他民族文化的熏染势所必然，也大有益处。反观20世纪初以来，翻译文学对中国文学的影响，不论是在文学观念的更新、新的文学形式的引进方面，还是在创作手法的嬗变方面，都产生过积极的影响。中国20世纪文学史上占有重要地位的文学大师，以鲁迅为代表，没有哪一个不是牢牢立足于博大深长的传统文化根基上，又具有全方位的开放意识，他们从不讳言自己受过其他国家、其他民族文学家的影响。《外国文学名家精选书系》的编选者都充分注意到了外国文学与中国文学的内在联系，他们在篇幅有限的"编选者序"中，或梳理中国文学某些思潮、某些流派的来龙去脉，或探究我国某些作家、作品艺术表现手法的渊源，均站在新世纪世界文学交流的高度，带着促进中国文学发展壮大的历史责任感审视外国作家作品，选章定篇正是在这一思想指导下进行的。这是进行历史性文化工程建设所不可或缺的学术品格。

对于一个出版社，"选学"的眼光也是至关重要的。早在组织《外国文学名家精选书系》之前，山东文艺出版社就已出版过《二十世纪中国著名作家文库》、《中外文学传世之作》等大型选集丛书。随着《外国文学名家精选书系》的陆续出版，出版社的"选集特色"渐趋形成。山东文艺出版社目标是，经过几年不懈的努力，基本出齐古今中外文学大师的选集。"选学"的眼光，促使编辑从根本上立足于人类文化的建设来自觉坚持出版方向，这样就不会随波逐流，就不会无原则地去抓平庸选题。可以预料，像《外国文学名家精选书系》这样的历史性文化工程，随着它的文化价值的不断深入人心，将会成为出版社恒久的财富。

（原载《新闻出版导刊》1997年第5期）

"影视同期书"出版热的文化反思

当前我国影视行业已经进入产业化大发展的新时代,文学和影视的交融与互渗也从来没有像现在这样密切、深入。文学图书与影视互动,文字媒介和视听媒介相互补充,其直接效果是,在电视剧和电影所造成的广泛社会影响的带动之下,"影视同期书"极大地改变了文学图书市场的格局,一举成为文学出版的热点和出版社新的经济增长点。

一

20世纪90年代以来,"影视同期书"几乎成了从中央到地方各社科、文艺类出版社争相涉足的出版领域,现在很难找到哪家文艺出版社没有出版过一部"影视同期书"。文学出版界的"龙头老大"人民文学出版社的"影视同期书"做得很有声势。1999年王海鸰的长篇小说《牵手》创作完成,以此改编的电视连续剧将在中央一套黄金时间播出,人民文学出版社周密计划,5天之内出书,以前所未有的低折扣发货,3天之内全国大城市同时到书,媒体的宣传战同期打响。5月1日上午,王海鸰在劳动人民文化宫书市上签名售书。人文社为《牵手》出版上下动员,高速运转。这一切让作者大为感慨:"这不是人文社的风格。"[①]《牵手》的成功使人文社迅速占据了"影视同期书"的出版高地,之后《大宅门》《橘子红了》等相继推出,都取得了不凡的业绩。现代出版社的"影视同期书"以"梦剧场"系列为标志,这个系列包括"电影小说"《刮痧》《大腕》《绝对情感》,"电视小说"《贻笑大方》《背叛》《就那么回事》等,已经出版了近百部图书,他们的目标是将"影视同期书"品牌化、规模化。群众出版社"影视同期书"的重点在公安题材,《黑洞》《黑冰》《清官于成龙》《重案六组》等都是该社出版的广为人知的作品。作家出版社出版的周梅森的《绝对权

---

① 参见尚晓岚:《跟着市场走 牵住读者手》,《北京青年报》1999年5月8日。

力》，在不到两个月时间已经销售13万册，而且一举登上文学图书排行榜榜首，还有《中国制造》《至高利益》等，靠着作品本身的实力和可读性，更靠着影视的拉动，成为轰动一时的畅销书。

  地方文艺出版社也不放过"影视同期书"的利益诱惑，如上海文艺出版社出版了《红色康乃馨》，浙江文艺出版社出版了《天下粮仓》的文学剧本，这些书都在当时造成了重要影响，而成就较大者当属山东文艺出版社。1994年，山东文艺出版社就出版了张宏森的《车间主任》，成为当时颇具影响的"影视同期书"，当年销量达到15万册。1999年又出版了《大法官》，同样引起市场轰动。2000年出版《誓言无声》，2002年出版《大染坊》，这几部书都被评为"全国优秀畅销书"。在"影视同期书"操作方面，山东文艺出版社已经有了较为成功的经验，以《大染坊》为例：该社从小说"在商言商"的特点出发，对读者对象的确定，同类图书的市场状况调查，图书的装帧、定价、宣传方式及如何与电视剧配合等，都进行了认真策划。先在媒体进行了一轮宣传，在电视剧播出的前几天，让图书迅速占领市场，并借助媒体，以"经商要读《大染坊》"、"经商必须讲诚信"为切入点，展开新一轮更加猛烈的宣传，使本书迅速得到目标读者群即商界人士的认可，并由此带动了在其他各类读者群中的销售。同时，该书作者为山东人，小说中的人物多以山东的历史人物为原型，故事也主要发生在山东，据此重点做好山东省的宣传营销工作。该书出版后半年销量就达12万册。①

  借助影视传媒强大的社会影响力和越来越高的人口覆盖率，更是为了获得巨大的经济报偿和提高自己的社会声誉，出版社越来越主动地寻找相关资源出版"影视同期书"。相较于整个文学出版而言，"影视同期书"因为有了影视的带动，频频在低迷、灰暗的图书市场上闪现亮光。也许正因如此，"影视同期书"这个文学出版的"宠儿"，才受到普遍关注。

二

  但目前的情况是，"影视同期书"出版热正在受到越来越多的非议。有人认为，"影视同期书"现象，实质上是一种借助影视与图书的互动，更多渲染出版

---

① 参见黄文：《找准定位　突出原创　关注前沿》，《中华读书报》2006年3月22日。

的商业性一面的出版行为，因而在无形中会消解出版的文化性。作为文学出版的文化性阐释，是以这种出版行为是否对文学性构成损害来给出判断的。一般来说，影视可以安排外部符号让人们看，或者让人们听到对话，以引导人们去领会思想。它可以显示角色在思想，在感觉，在说话，却不能让人们看到他们的思想和感情。如果影视化叙事在小说里成为压倒性、主导性的表现方式，小说的文学性、思想性就会被直接的视觉感知所驱逐，影视对小说的影响可能会成为：小说不再是小说，而是冒称小说的影视剧本。强势的商业话语通过影视艺术表现形式的渗透，不断促动着传统小说文体的变异和小说功能的退化。正是在这种意义上，当前的理论界、批评界对于"影视同期书"的创作与出版流露出一些担忧。

  首先是不满于"影视同期书"对思想表现的漠视。他们认为：影视注重娱乐，文学注重思想，缺少了思想的文学不能叫做文学。最好的文学大都不能被影视成功改编，这就意味着文学要是一味地趋同于影视，那么文学那种通过调动读者的想象和感悟来唤起共鸣的思想，就被代之以直观的表情和动作表现出来。许多的"影视同期书"在表现人物的内心情感时往往使用"微笑""大哭"、"愤怒地吼叫"等干巴语词，缺少大段的语言描写，使语言的审美功能尽失，剥夺了读者想象的权利，不能感受到思想在诗意的描述中带给人的心灵震撼。

  其次是不满于"影视同期书"文本叙事的类型化。他们认为：影视的市场实践证明，只有满足数量最大的一类观众群的需求，才能获得最大的收视率和经济效益，因而影视的类型化便成为规避商业风险的有效手段。为影视度身定制的小说，以剧本化的艺术形式迎合影视趣味，会形成一种时髦的"影视八股"。比如海岩，他的小说被称为"电视小说"，几乎每一部作品都被拍成了电视剧。他的写作基本上是"命题式"的，如造成很大影响的《玉观音》，"一个西部开放的大背景，再加点爱情戏"，"西部+情感+缉毒"，鲜明的影视类型化无非是为了迎合受众的欣赏趣味。再如90年代后期以陆天明、周梅森的创作为代表的风行一时的反腐小说，作品的结构带有明显的分镜头痕迹，故事情节也大同小异：腐败分子多是居于高位的实权人物，又与黑恶势力纠结在一起，反腐败英雄则往往历经磨难，甚至遭到生命威胁，最后将腐败分子绳之以法……这些小说很适合影视的要求，但缺少了艺术个性，大众化趣味淹没了独特的个性化追求，显出枯燥乏味的单调和浅俗。

再次是担忧"影视同期书"出版热会导致文学出版走向迷途。出版对影视削弱小说文体的文学性推波助澜,导致了人们对文学出版的文化意义的质疑。他们认为:"影视同期书"不能称之为文学,而出版社却争相出版,是片面追求经济效益的表现。影视作为娱乐性的快餐文化,有其浮光掠影的一面,若出版一味跟从影视,难免会迷失方向。更有甚者把当前文学由于受到多元价值的冲击,意义和思想趋于贫弱化、平面化、低俗化,只重娱乐性,丧失批判性,归咎于市场经济下出版文化功能的衰退,而"影视同期书"出版热就是出版文化功能衰退的重要表现。

三

当前在我国,一个毋庸置疑的客观事实是,文学已经走向开放,呈现多元价值,文学商品化的一面已为人们所普遍认同。在这样的格局中,人们担心文学的商品化会导致文学意义的减弱也不是没有道理,而对"影视同期书"出版热现象颇多微词,其根源大概就在于此。但是针对上述不满和质疑,也有人不以为然,对"影视同期书"出版热表示了肯定的看法。他们认为,今天的文学处在了一个竞争的商业环境中,文学的商品化使文学成为商品。任何商品必然要进入市场,而且市场流通量越大,其意义的影响面就越大,所具有的社会价值也就随之扩大。文学也是一样。20世纪90年代以来,受到商业利益的诱导,文学市场上确实出现了一些粗制滥造的作品,艺术品位低下,产生了不良的社会影响,人们对于作家的创作动机、作品的社会效果从道德层面上提出质疑,当然是正确的,但是"影视同期书"显然不能与上述作品同日而语。从内容质量上来说,"影视同期书"的创作导向、思想价值是没有问题的,业已经过了一个特定的符合我国国情的意识形态的认定过程,也就是说已经先由影视制作部门审查通过,影视的制作和播出包含了对于满足和丰富人民群众文化娱乐和精神需求的期许,其中有些作品出版后也确实达到了预期的效果。像《中国制造》《大法官》等能够获得"国家图书奖""五个一工程奖",就足以说明它们能制造出图书市场热点,决不是片面迎合读者趣味所致,而是靠着直面时代现实,发掘社会和人生的意义,与读者形成审美上的共鸣,从而受到广泛而热情的关注。

有的论者还根据消费时代文学的娱乐特征,对"影视同期书"的时代价值给予了充分肯定。他们认为,在消费时代,人们在许多商品中选择特定的一种,对消费者来说,选择的是审美快感。作为商品的文学,作为面向市场的文学,只要能给人以快感和娱乐,就必然能够体现它应有的意义。一般地说,符合大众趣味的艺术作品,在其所属时代,登不上那一时代艺术的大雅之堂,不被那一时代的精英文化群体所接受,是一种普遍现象。大众趣味永远是时下的,因为它总是与现实生活密切相关。当前,现代高科技的发展为影视视觉文化的广泛传播提供了可能性,使影视文化日益成为审美文化的主流,从而促成了消费时代人们从理性愉悦到感性愉悦的转变。影视造就了人们的感性愉悦,它的功能就是把大众乐于谈论、乐于接受、乐于玩味的现实内容和过程展现出来,这当然不同于某些精英的雕琢形态。由影视带来的小说的通俗化,为文学的娱乐功能的充分发挥创造了条件。"影视同期书"作为一种新的小说类型,读者在阅读过程中享受到轻松的快感,文化历史感的深沉和凝重无法形成,这正好说明当今时代的人们没有耐心去等待、去思索,精神生活必须服务于一种短暂的快乐。消费时代的文学和文学的消费,从正反两个方面共同印证了文学的娱乐性意义。"影视同期书"借鉴甚至保留了影视的诸多艺术表达方式,促使文学进一步开掘语言表达的大众化追求。这种跨门类的艺术交融所形成的审美形态,无疑是适应大众化、娱乐化的要求而呈现出来的。

持上述观点的人认为,人们对于"影视同期书"出版热不应该有什么忧虑,不但不应该忧虑,还要大力提倡,只要受到市场认可,多出无妨,不仅能活跃文学出版和图书市场,而且能满足人民群众的多样化文化需求。

四

以上两种意见显然各有道理,谁也不能说服谁。任何事物都具有两面性,对"影视同期书"出版现象有不同的看法,应该说是很正常的。但是事情并没有这么简单,目前的状况是:一方面"影视同期书"的创作与出版因为带有浓厚的商业色彩,为文学领域的文化悲观论提供了攻击的目标;另一方面这类作品的创作者和出版者为获取利润的最大化,依然热衷于"影视同期书"出版热的培育,于是造成了文学界、出版界文化悲观论和文化乐观论的分立。"影视同期书"现象只不过是一个诱因而已。任何对文学的意义生成、对文学出版功能的价值体现负有责任的个人和团体,当面对"影视同期书"出版热可能会对文学创作和文学出版的发展路向带来影响的时候,都不能不表现出警觉,因而使我们不得不对"影视同期书"现象进行认真的反思。

与一般的文学图书相比,"影视同期书"是对那些与影视产生互动的文学图书的一种总称,但这种界定又有广义和狭义的区别。从广义上来说,它可以包括两种类型的图书:一种是由已出版的小说改编为影视,在影视播出的同时重新出版的小说图书;一种是与影视同时首次问世的小说图书。重新出版的被改编成影视的小说原著,它的固有的文本形态并未受到丝毫的改变,小说原著通过影视艺术的二次阐释,以视觉艺术的形象、直观,补充和扩展了由于素养、学识等原因可能造成的对语言艺术的判断和理解的不足,反过来会对原著有新的体认,这也就形成了出版的商业目的和读者阅读期待的两相契合。因为保持了固有的文本形态,文学原著的精神和它的艺术感染力不致流失,所以并没有人对被改编成影视的小说原著的再版行为有何微词,正好相反,两种不同形态的艺术之间的交相辉映和相得益彰恰恰为人们所乐见。

第二种类型的小说图书,即狭义上的"影视同期书",它可能有两种文本:一种是具有原创性的首次出版的小说文本,另一种则是影视文学的"脚本",或者是由"脚本"改编而成的"小说版"。毫无疑问的是,这两种文本的出版运作,最初都是基于明显的商业目的。一部文学作品完成以后,并不急于出版,而是首先改编成影视,出版者或作者的想法是,对影视的播出造成轰动效应的预期如能实现,则必然带动图书的畅销。当然还有这样的情况,作家从一开始就直接创作影视脚本,同样对影视的播出造成的轰动效应有良好预期,于是出版影视脚本,或者在影视脚本的基础上增加一些小说元素出版"同名小说",以期制造一部畅销图书。毫无疑问,对"影视同期书"的文学意义和出版价值形成对立的两种观点,其所指显然是这第二种类型的小说图书,也就是我们所说的狭义上的"影视同期书"。

既然如此,那么我们对"影视同期书"出版热的文化反思就有了一个基本的出发点。先从文学创作和评论的角度来说,一部看似轻描淡写的,没有经过深思熟虑的所谓的文学作品,只靠影视的带动,就在市场上动辄销售几万册,甚至几十万册,这无论如何也不能不使那些一直坚守真正的文学立场的文学家感到迷惑。诚然，今天的文学已经不可阻挡地进入到消费时代，但是，难道消费时代的文学就不再需要文学的意义了吗？其实，只要理性地、历史地看待商业文学的多样性，就会消除这种悲观的情绪。首先，历史的经验告诉我们，"伟大的文学常常在低质量的畅销书高居排行榜首时得到蓬勃发展。我们认为18世纪的英国小说就是亨利·菲尔丁、塞缪尔·理查森和劳伦斯·斯特恩的作品。然而，畅销书作家——爱德华·金伯、亨利·麦肯齐、理查德·谢里丹以及理查德·坎伯兰——的声誉那时至少不在他们之下"。[1]同时也不能忘记，"今天的商业性题材常常提供了明天的经典。塞缪尔·理查森的《帕美勒》和《克拉丽莎》是书信体言情作品，这种题材遭到了同时代人的嘲笑——亨利·菲尔丁的《夏美勒》就是一例"。[2]由此来看，由影视带来的小说的审美异化，不能不说它为文学的价值认定提供了新的历史形态。"影视同期书"使用了诸多影视的艺术表达方式，从现时来看，这种审美追求是与时代的真实相契合的，但是正如《帕美勒》和《克拉丽莎》一样，从某种意义上也和我国古代的宋词、元曲、明清小说一样，虽然它们在当时都是不登大雅之堂的文学样式，但当后来的人们要从此前的历史中寻觅经典的时候，像"影视同期书"这种跨小说和影视两大艺术门类所形成的崭新的审美形态——当然要排除那些确属粗制滥造的作品——也不是没有转化为经典的可能。固守自己对于文学意义的不懈追求，坚守自身精英文化立场，同时又对融合新质的艺术探索持有包容态度，不仅是商业文学多样性的要求，也是具有艺术品格的文学家应有的态度。

再从出版的角度来看，出版"影视同期书"其实和出版其他类型的图书一样，首要的就是要掌握好出版的商业性与文化性二重逻辑的平衡问题。"影视同期书"出版现象带有一定的普遍性，但并不是任何一部"影视同期书"都能由影视带动起来，获得良好的效益。"影视同期书"的畅销必须同时具备几个条件：影视剧的轰动效应、小说文本较高的整体质量、市场意识较强的出版运作，这些条件缺一不可。而满足这些条件，则必然需要出版社对于出版的文化性和商业性的平衡把握。不可否认，图书市场上有些"影视同期书"确实不能称之为文学作品，只要有了影视剧，就匆匆忙忙出书，且不管能不能畅销，认为反正比一般的文学作品好卖，这种出版意识显然忽视了出版的文化性张扬，因而

---

[1] [美]泰勒·考恩：《商业文化礼赞》，商务印书馆2005年版，第72—73页。
[2] 同上，第66页。

受到人们的诟病也就不足为奇了。

由"影视同期书"的出版还应说到文学出版的理想追求。文学出版的理想是，既要塑造和高扬文学精神，通过深邃哲理和思想的启迪，引导人们深入思考社会人生，为文学意义的丰富和文学本体的发展做出贡献，又要贴近实际，贴近群众，贴近生活，不论在内容上还是在形式上都为广大读者所喜闻乐见。把文学作为象牙塔里的营生，或者把文学单纯作为谋利的手段，都不是文学出版理想的实现形式。"影视同期书"出版热作为一种出版文化现象，它所呈现出的利与弊，以及由此引发的诸多思考，为市场经济条件下文学出版如何发展提供了一个典型的例子。文学与影视相互交融而又相互促进，已然成为当今时代文学生产和消费的一种客观事实和需要，而且"可以预见，影视与小说将在新世纪里经常'牵手'，共同创造新的出版奇迹"。[①]这种"出版奇迹"，说到底就是文学出版理想的真正实现，对"影视同期书"的出版来说是这样，对所有类型的文学出版来说也是这样。这种意义上的"出版奇迹"，应该是我们大家所共同期待的。

（原载《中国出版》2006年第12期，中国人民大学书报资料中心《复印报刊资料·出版工作》2007年第3期全文转载）

[①] 聂震宁：《我的出版思维》，河北教育出版社2004年版，第71页。

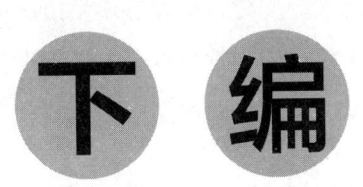

建设出版强国战略思考三题

文化自信是建设出版强国的精神动力

党的十七届六中全会提出了建设社会主义文化强国的战略目标，充分表明了我们党的高度的文化自信。这种文化自信，必将转化为全国上下推动文化大发展、大繁荣的精神动力。建设一个与我国经济地位相适应的出版强国，是文化强国建设中的题中应有之义。文化自信能够焕发出版创新的活力，能够鼓舞出版改革发展的勇气，对于建设中国特色社会主义先进文化，提升我国出版产业的整体实力和水平，增强中华文化的国际影响力和竞争力，无疑具有十分重要的意义。

中华文化源远流长、博大精深，当我们回望历史长河中传统文化闪耀出的璀璨光芒时，一种民族自豪感油然而生；直到今天，传统文化中那些代表了中华民族精神品质和科学、进步思想的精华成果，依然滋养着人们的心灵。但是，我们也应清醒地看到，随着全球化时代的到来，文化的多样性、开放性强烈地冲击了我们的文化传统和文化观念，又加之文化生产力、传播力、影响力的激烈竞争，使我们认识到任何文化上的妄自尊大都是有害的，应该客观审视自己当前的而不是历史的文化境遇和地位，从而建立一种理性的、真正意义上的文化自信。这种文化自信，鼓励我们在出版的内容创新上，对待传统文化要取其精华、去其糟粕，不仅如此，还要按照现代传播理念的要求，对传统文化的精华部分做出新的阐释；同时着眼于当前政治、文化的多元性，社会生活的纷繁化和复杂化，创造出更多更好的、富有中国特色的精神产品，以适应当今时代人们的文化需求。这也是中国文化走向世界的必然选择，是提高中华文化国际影响力的重要手段。

当今中国的经济发展取得了举世瞩目的巨大成就，在建设经济强国的同时，建设一个文化强国，形成与我国国际地位相对称的文化软实力，已经成为时代的要求、人民的呼唤。从国际上看，一个经济强国不一定是出版强国，但一个出版强国必然有这个国家经济上的雄厚实力作为支撑。建设出版强国,对于现阶段的中国来说恰逢其时。一个国家的出版产业在国际文化市场上是否具有竞争力和影响力,主要表现为这个国家是否拥有若干家资本雄厚、技术和人才实力强大的大型出版企业。当代中国的经济实力,为打造这样一批大型出版企业提供了雄厚的物质基础。但从另一方面来说,由于计划经济的长期影响,我们在创建大型出版企业的过程中,还会遇到一些体制机制方面的障碍,这正是制约出版产业规模化、国际化战略发展的瓶颈。建设出版强国一定要有文化自信,否则就不可能有全球化的视野,不可能有参与国际竞争的志向,同时也不可能直面现实,知己知彼,化不利因素为有利因素。在当前形势下,我们应该积极借鉴国外知名出版传媒企业的发展模式,在出版体制、经营机制、产品生产、传播手段等方面加大创新力度,进而实现出版产业的跨越式发展。只有这样,建设社会主义出版强国的目标才能得以实现。

品牌战略是建设出版强国的重心所在

建设出版强国,要大力实施品牌战略,并且要把品牌创新放在头等重要的位置上。从世界范围来看,一些出版强国都极为重视品牌建设,如日本政府就发表了《推进日本品牌战略》的研究报告,把动漫出版、游戏软件出版等当成国家文化建设工程,呼吁出版企业在这些领域增强品牌意识,通过塑造具有国际影响力的日本品牌,壮大日本的文化软实力。美国、英国等也都有这方面的国家战略。经过这些年来的改革发展实践,我国的一些出版企业也拥有了一批具有民族特色、拥有自主知识产权和原创性的出版品牌,但总体来看,其影响力、竞争力还远远不能和国际知名出版品牌相比,要达到党的十七届六中全会提出建设社会主义文化强国的目标,我们还有很长的路要走。

综观国内外各个领域知名品牌的形成过程,可以发现,这些品牌无不经过长期的市场考验和品牌文化的积累,都是通过一系列产品、服务等各种品牌元素汇聚而成。品牌应是企业综合竞争力的体现,是企业人格化的象征。因此,品牌是多元性、综合性的概念,任何一个单一的品牌元素都不能代表整个品牌。

品牌的塑造必须依靠创新,创新是品牌发展壮大的推动力。创新,对于现阶段出版企业而言,应该在两个方面发挥重要作用:一是品牌结构,二是品牌传播。

　　品牌结构是指一个出版企业需要多少种品牌产品，以及如何构建各产品之间的关系。品牌首先主要依靠产品塑造。就出版而言，品牌产品不应是单一的个体呈现，而应是系列化的产品集群，同时还应具有独占的、垄断的知识产权。这是出版的生产属性所决定的。同时，品牌也是消费者对产品生产企业美誉度的肯定和认可。对于出版企业来说，一个品牌要在市场上保持不败地位，必须依靠多种产品共同支撑，相互补充。因此，出版企业要在品牌产品研发与创新上多下功夫，以核心产品为中心辐射开来，使产品的专业性与多样性有机统一。用产品支撑品牌，以品牌带动产品，两者的有机结合就会使读者建立起对出版品牌的忠诚度，进而化为对这个出版品牌下所有产品的忠诚度。

　　品牌传播是品牌创新的另一重要手段，也是品牌影响力塑造的主要途径。这是我国现有出版发行企业较为薄弱的环节。虽然我们现在越来越重视营销推广，努力采取各种措施，利用各种渠道加强这方面工作，但是我们的品牌传播能力与真正的市场经济主体地位还不相称，表现为传播手段相对单一，传播范围比较狭窄等等。我们要充分利用各种方式大力加强品牌传播，现代营销中的所有传播手段、方式都是可以尝试的。

　　品牌创新的过程，凝聚了一个企业独特的文化精神和经营理念。企业产品要想成为知名品牌，必须赋予它以个性，使之人格化、人性化，从而使一定品牌所代表的产品与消费者产生"精神共鸣"，这样的品牌才有强大影响力和生命力。与此同时，品牌产品的大量涌现，又反过来促成企业精神和企业文化的升华，进而促成知名企业的生成。对于现阶段的我国出版企业来说，当前的首要任务，就是要持续不断地打造具有市场竞争力的品牌产品，只有这样，我们才能不断壮大出版企业的竞争力，才能有信心培育出我们自己的知名出版企业。

　　世界上一些知名的品牌出版传媒企业，如美国的新闻集团和迪斯尼、日本的讲谈社和小学馆、英国的培生、德国的贝塔斯曼等等，它们都是靠着源源不断的品牌产品为自己赢得了国际声誉，进而有效增强了所在国家的文化软实力。建设出版强国，不能没有这样的品牌企业和品牌产品。我们要从国家战略的高度加强和推进出版品牌建设，因为这不仅关系到我国出版产业的繁荣发展，也关系到中华文化的国际影响力，关系到综合国力的竞争。

人才是建设出版强国的第一资源

文化企业的第一资源是人才，建设出版强国必须要有一支优秀的出版人才队伍。那么，在目前形势下，出版业究竟需要什么样的人才呢？一种普遍的观点认为，现在急需的是数字出版人才、企业管理人才，以及既懂专业、技术，又懂管理的复合型人才。

解决人才需求的问题，不外乎一靠培养，二靠引进。培养应该怎么办，引进应该怎么办，很多出版企业都有一套具体而微的操作规定，但是，不管这些操作规定多么详细、多么科学，如果只是在技术层面上做文章，恐怕也很难为企业求来美凤良驹。用什么样的人和怎样用人，关键在于观念的创新。专业人才也好，数字出版人才也好，企业管理人才也好，还有那些相对意义上的复合型人才也好，都需要一个良好的环境、一种良好的机制为他们提供成长的土壤和空间，而这才是研究出版人才问题的根本出发点。

美国苹果公司的乔布斯引领全球资讯科技和电子产品的潮流，把电子产品变为现代人生活的一部分，深刻改变了现代通讯、游戏娱乐乃至社会生活的方式，带领苹果公司创造了举世瞩目的业绩。乔布斯作为当今世界上最优秀的科技创新领军人之一，他自己首先是一位人才。人们总结乔布斯成长的经验，最重要的一条就是他有改变世界的雄心壮志。他说"活着就是为了改变世界"，他永远"追随自己的心灵和直觉"，不被教条所限制，不活在别人的观念里；依靠非凡的创新力和想象力，不断追求追求完美……这些是他创造辉煌的内生动力，但还有很重要的一条就是他为一流人才营造了一个"苹果环境"：他大胆地创新用人机制，用理想信念感染人心、凝聚人心；用充分竞争、自由发展的机制，激励人才脱颖而出。有了这么一种机制和环境，苹果才成就了乔布斯，也成就了乔布斯团队。苹果是一个群英会的舞台，人们看到的是一出挑战传统、自我超越、勇于创新、改变世界的、让人荡气回肠的大戏。

乔布斯和他的苹果公司给予我们的启示，还远远不止于企业内部用人机制的创新，紧紧抓住新媒体技术的突飞猛进带来的重大机遇，更是乔布斯和苹果公司成功的关键性因素之一。历史证明，无论哪个行业，都有能够把握行业发展趋势、立足时代潮头的人物，他们引领一个时代的行业方向，最终成为这个时代的标志。20世纪初，鲁迅、张元济、叶圣陶、茅盾、邹韬奋等，在五四新文化运动大潮中，筚路蓝缕，为中国的现代出版做出了非凡的业绩。那是一个新旧交替的时代，是一个文化大发展的时代，也是一个出版大家辈出的时代。鲁迅、张元济等正是这样的出版大家，他们用自己的思想、行动和成就，引领了这个时代的出版方向乃至文化的前进方向，至今为人们所敬仰。今天，我国的出版改革又进入了历史新阶段，出版产业发展处在了一个重要的历史机遇期，无论在政治上还是在经济上、制度上、技术上，都为出版产业的跨越式发展提供了充分的条件和坚实的基础，现在的问题是我们能不能抓住时代的机遇，并乘势而上。时代呼唤出版大家，中国呼唤出版大家，在今天，我们有充分的理由相信，人们所期待的出版大家一定会脱颖而出，建设出版强国的目标也一定能够实现。

（原载《中国出版》2011年第23期）

选题策划要坚持正确的出版方向

在选题策划中坚持正确的出版方向不仅可以最大限度地求得社会效益和经济效益的最佳结合,而且是保证和促进出版业长期稳定的发展的基础。

着眼于时代需要

选题策划应以敏锐的政治头脑关注时代需要。就时代精神而言,各时代都有独特的道德追求和社会风尚。代表社会进步的时代精神总是人们关注的焦点,它标志着国家和民族的精神风貌。一个出版工作者只有站在时代的前列进行选题策划,才无愧于历史和时代赋予的光荣使命。山东文艺出版社组织出版长篇报告文学《高原雪魂——孔繁森》一书,就体现了为时代需要服务,高扬奉献精神,讴歌时代楷模的选题策划意识。1994年11月29日,山东省援藏干部孔繁森在去新疆洽谈工作途中,不幸遇车祸以身殉职。消息传到山东,省委立即作出向孔繁森同志学习的决定。孔繁森同志两赴西藏,无私奉献,并收养了两个藏族孤儿。他忘我工作、任劳任怨的先进事迹,催人泪下,感人肺腑。歌颂党的好干部,宣传时代楷模,是出版工作者义不容辞的责任。山东文艺出版社当即决定,尽快组织出版一部反映孔繁森同志先进事迹的长篇报告文学,积极配合向孔繁森同志学习活动的广泛展开。出版社出资请山东作家郭保林赴西藏采访。经过各方面的共同努力,《高原雪魂——孔繁森》一书于1995年6月正式出版发行。这部书以饱含深情的笔触热情讴歌了孔繁森同志光辉的一生,以生动的典型事例全方位地展现了孔繁森同志的奉献精神和高尚的道德品格,在读者中引起了强烈反响,获得了良好的社会效益和经济效益,并荣获1996年度中宣部"五个一工程"入选作品奖。这一选题的策划成功,正是能够把握时代精神的脉搏、坚持正确出版方向的具体体现。

随着改革开放的不断深入,社会变革中的一些深层次矛盾也日益突出,尤其是国有大中型企业在改革中一时举步维艰的现实,令许多人感到困惑和不安。

同时，工人阶级艰苦创业、大公无私的精神也在艰难改革中得到升华。正视现实，正视困难，在困难面前不低头，在改革中激流勇进，应该是我们大力倡导的时代精神。出版社应该密切关注当代作家的创作倾向，引导他们深入生活，表现改革题材，歌颂艰苦创业精神。在这方面，山东文艺出版社出版的《车间主任》就是一个很好的例子。山东青年作家张宏森深入东北某大型企业体验生活，写出了一部反映改革的现实主义作品《车间主任》。长篇小说《车间主任》文笔流畅，形象生动，思想容量大，塑造了一大批工人、干部形象，正视现实矛盾，尤其高扬了工人阶级无私奉献、为国家分忧的高尚情操，被誉为"当代文学创作现实主义回归大潮中涌现出的一部扛鼎之作"。这部小说荣获1997年度中宣部"五个一工程"入选作品奖。

科学定位，以特色取胜

努力创造出版社的特色，不仅是选题策划的重要内容，更是坚持正确的出版方向，促进出版社健康发展、不断壮大的有效手段。特色能最大限度地体现出版社的编辑思路和出书风格，能形成优势，使出版社在激烈竞争中立于不败之地。

近几年来，山东文艺出版社有意识地打造自己的特色，在定位上立足"文学选集"，在目标上追求"精选"，经过几年的努力，"中外文学名著选集"特色渐趋形成，并逐步得到了读者的认可。

"名家、名著、名译、名编选"，是山东文艺出版社策划《外国文学名家精选书系》所遵循的原则。这套书由中国社会科学院外国文学研究所研究员、我国著名文学理论家和翻译家、全国法国文学研究会会长柳鸣九先生担任主编，一批在国内坚守学术阵地、有一定地位和影响的外国文学研究家和翻译家参与编选，所选外国作家均为享有世界声誉的文学大家，所选作品都是传世佳作。全套书共50种，约2500万字，规模大，有阵势。山东文艺出版社还拟在这一原则下组织出版古今中外著名作家选集，从而形成"选集"特色。

出版社"特色"的创造，要结合出版社的实际进行战略规划。山东文艺出版社"选集"特色的定位，就是从自身具体情况出发的。山东文艺出版社是一家地方出版社，资金实力不足，要建设"大工程"显然不太切合实际。就外国文学来说，重新组织翻译，或出版作家全集，都需要大量的投入，而把某一个外国作家的创作精华，以精选集的形式集汇于一册，显然是一种经济便捷的出版行为。对于出版社来说，是以有限的投入，获取最大的效益；对于读者来说，通过一本书就可了解一位外国文学名家的创作风貌，且经济实惠。事实证明，这一量力而行的战略规划，很有现实意义，同时也为出版社的长远发展奠定了良好基础。

一套书形成了特色，并不等于一个出版社形成了特色。正确的做法应该是通过不懈的努力，进一步拓展选题空间，扩大和完善已被认定为科学的、切实可行的"特色"。山东文艺出版社在实施《外国文学名家精选书系》出版工程的同时，又策划组织了《中国二十世纪著名作家文库》。这套书就是形成出版社"选集"特色的战略性策划。

"特色"还应该有它的不可替代性因素在其中。全国有560多家出版社，即使在专业分工条件下，能出相同类型图书的出版社之间的竞争也相当激烈。一个出版社的思路不可能不为其他出版社所洞悉，更何况还有"英雄所见略同"的现象出现。因此，这就要求出版社在规划"特色"、形成"特色"的同时，还要切实保证这一"特色"的不可替代性。在这方面因缺乏这种意识而导致失败的例子也是有的。如前几年古代小说"小字本"竞争，一家出，好销，另外好几家都出。于是造成最先策划"小字本"的那家出版社图书积压。山东文艺出版社在规划"选集"特色时，就充分注意到了这一点，采取了作家选集与文学史著相配套的方法，也就是通过开发文学史著来组织作家选集，形成两者的不可分割性。例如，出版了《二十世纪中国文学史》一书，即请该书主编再策划一套作家选集，即《二十世纪著名作家文库》，后者在入选作家、选章定篇等方面完全体现前者的观点，史论、作家作品相互照应，这样一来，任何其他同类选题都不能取而代之。这就形成了"特色"中的"特色"，也就成了出版社独有的产品。

注重原创性，取得优先权

人类文明是在不断的创造中一步步发展起来的。出版社作为精神产品的生产企业，应不断追求产品的创新，优先一步，这无疑也是坚持正确出版方向的体现。

山东文艺出版社作为一家文艺出版社,把追求"原创性"定位在长篇小说的出版上。长篇小说不仅是整个文艺出版工作的"重中之重",也最能体现作家、出版社的"原创性"思维。可以说,长篇小说的质量在一定程度上代表了一家文艺出版社的水平。

长篇小说的组织出版,应该首先关注时代精神,积极为广大人民群众提供良好的精神食粮。在这方面,山东文艺出版社特别注重开发反映当前改革开放的现实主义题材的长篇小说选题。近几年,相继出版了《欲望别墅》《车间主任》等长篇小说,受到社会好评。

另外,策划、组织长篇小说选题还应与社会上各方面的力量,如作家、作协、文联、党委宣传部等形成合力。一些出版社充分认识到,自身与作家关系的好坏,直接影响到能否拿到高质量的长篇小说,因此,便采用各种形式,如组织笔会、给予创作补贴、高稿酬等,密切与作家的关系。近几年来,山东文艺出版社联络了省内外一批有影响的作家,与他们保持密切关系,同时,还与全国文学创作山东中心建立了长期的联系,参与中心的活动。山东中心每年都组织全省重点作家召开创作规划会议,与作家签约。出版社则与签约作家达成协议,把他们的作品拿来,高速度、高质量地运作出版。近几年,共安排这类签约作品五部,已出版三部,有的获中宣部"五个一工程"入选作品奖,有的获省精品工程奖,可以说,这些作品每部都是精品,为出版社赢得了良好声誉。

总之,出版社发展的关键是搞好选题策划,而搞好选题策划,第一重要的就是应坚持正确的出版方向。只有这样,才能把建设有中国特色的社会主义文化落到实处。

原载《社长总编辑(主编)论出版》(第三辑),人民邮电出版社1999年版

出版资源整合的风险及制胜之道

当前，适应文化体制改革不断向纵深发展的要求，我国出版行业资源整合活动方兴未艾，跨所有制、跨行业、跨地区，甚至跨国的资源整合频见大手笔、大动作。然而，资源整合虽然在一定程度上能够弥补企业自身的资源缺陷，但也潜藏着一定的风险。基于出版产业的特殊性质，出版资源整合活动如何才能在保证社会效益的基础上，使整合双方都能生成新的竞争优势，进而获取超额利益，已然成为一个重大的现实问题，为人们所普遍关注。

一、出版资源整合的几种类型

目前来看，我国出版产业的资源整合可以分为跨所有制、跨行业、跨地区、跨国别等不同的类型。

1. 跨所有制

跨所有制的资源整合起步最早，切入方式与其他类型的资源整合比较，也呈现出更为多元的态势，有的是项目合作，有的是人才合作，还有的是股份合作等。我国的民营书业经过几十年的发展，在出版意识、经营水平等方面都有了很大提高，跨所有制的资源整合也从单纯的选题资源整合向多层次的、更高级的资源整合迈进。辽宁出版传媒股份有限公司与路金波、李克分别合资成立辽宁万榕书业发展有限责任公司和智品书业（北京）有限公司，就是一个典型的例子。万榕公司注册资本2000万元，辽宁出版传媒所属万卷出版公司和路金波分别占其51%、49%的股权；智品公司注册资本2040万元，万卷公司和李克分别占其51%、49%的股权。而原先一些地方出版机构到北京、上海、广州等经济文化发达、产业集中度高的中心城市设立的工作室、出版中心等，随着形势的发展和经营理念的变化，有的也将原来的全资子公司改造为股份制公司，一变而成为资产资源整合的新型模式。

2. 跨地区

跨地区的资源整合是打破计划经济体制下按行政区划进行资源配置的模式，消除地区封锁的重要手段和有效途径。2008年3月，江西出版集团与中国和平出版社合作重组，推进了中国和平出版社的转企改制，中国和平出版社因而成为我国首家实行股份制改造的中央级出版单位。2009年4月，吉林出版集团与中华工商联合出版社联合重组的中华工商联合出版社有限责任公司又在北京挂牌成立。这两个案例，被业界称之为地方出版集团激活中央级出版单位改制的破冰之举，更是出版产业跨地区资源整合的大手笔，在打破地域和部门界限，实现业内资源的重组和整合，形成跨地区出版集团方面，无疑具有十分重要的意义。

3. 跨行业

跨行业的资源整合是针对计划经济体制下按业务类型进行资源配置的弊端而提出来的，它关系到出版产业经济增长方式转变的大问题。国外的一些大型出版机构无一不是跨媒体、跨行业的多元经营体。我国的出版机构在跨行业的资源整合方面与国际大型传媒企业相比虽然还有很大的差距，但有的出版集团也已显示出很好的发展势头。如湖南出版集团成立之后，创办了《潇湘晨报》，以打造"新权威媒体"为目标，实现超常规发展，创下了国内报业史上的奇迹。集团还与深圳凯莱公司合资成立了湖南远景光电数码公司，与苏州三立公司合资组建湖南远景光电有限公司，购买运营"红网"等，形成了图书、报纸、期刊、音像、电子、网络等多媒体发展的产业格局。

4. 跨国别

跨国资源整合是出版产业做强做大的必由之路，也是参与出版业国际竞争所必需的。跨国资源整合往往以资本输出作为前提，或在当地合资设立书业公司，或购买当地出版社，以此获取别国出版资源，直接参与对象国的出版市场竞争。中国出版集团公司近几年在推动出版实体"走出去"，实施对象国本土化战略方面成效显著：首先整合原有驻外业务代表处，将其改制为公司，进行体制机制创新，增强经营活力；继而在海外合资建立了中国出版巴黎公司、悉尼公司、温哥华公司等出版机构，已经出版了百余种图书，直接打造所在国主流图书市场；还在纽约、圣地亚哥等地合资开办书店。目前，中国出版集团公司通过资源整合，已在海外开辟出一片新天地，控股和合资的海外公司和销售网点已达27个。这种跨国资源整合能把我国出版业的文化资源优势、资本资源优势与别国的人才优势、管理优势等结合起来，不仅会使企业产生出新的、更大的生产力，也为我国努力创建国际一流传媒企业创造了必要条件。

二、出版资源整合的潜在风险

出版资源整合对于助推我国出版产业做强做大，无疑具有重大的战略意义，它顺应了我国出版产业的发展潮流，也反映着出版业体制改革的力度和深度。真正意义上的资源整合不仅能在短期内获取超额利益，于长远来看，还能增强自身的战略资源储备，进而促进企业在更高层次上实现跨越式发展。所以如上所述，无论是哪一种类型的资源整合，都是值得称赞的。

但是，出版资源整合也存在潜在风险，这种风险主要表现在两个方面：一是社会效益风险，二是经济效益风险。

1. 社会效益风险

其最大的问题来自于不能很好地把握出版文化的和商业的基本逻辑。既然资源整合看重的是额外经济利益的获取，那么往往就会忽视出版产业的特殊本质属性的基本要求。社会效益风险在跨所有制和跨国资源整合中更显突出。现有的国有与民营的合资公司大多为国有控股，也就是说，原来的民营书业虽然有了国有身份，但娱乐化、低俗化倾向过浓、纯粹商业化炒作过多的经营方式依然不变，甚至还把这一切当作资源整合的战略资本加以使用；跨国出版企业分散在不同国家，基于意识形态的差别，整合双方对出版文化性的认识也不尽相同，面临文化冲突的现象也不可避免。可见，通过资源整合使民营企业和跨国出版企业的产权发生了变化，却并不意味着可以用一种新型的商业模式来消解出版的文化属性，倒不如说反而更加大了社会效益的风险。

2. 经济效益风险

经济效益的风险说到底就是资本安全问题。从资本安全的角度来说，出版资源整合的以下三种模式特别需要加以注意。一是书号资源整合一般选题资源。按理说书号并不是一种资源，但现阶段我国实行书号申领制，正式出版物不能没有书号，这对于那些不拥有出版权的民营公司来说，就具有了一定的资源价值。但书号在一定条件下供应充足，不构成稀缺性，充其量也只能属于普通的一般资源；一般选题资源则比比皆是，替代方便，所以书号资源和一般选题资源两者之间的整合便只能造成规模上的简单叠加，不能形成出版企业持续的竞争优势。既然如此，实施这种资源整合就不可能赢得额外经济利益。如果考虑到整合成本的投入，那么这种模式的整合就显得得不偿失了。譬如一家出版企业收购了一家民营公司，殊不知这家民营公司并没有高质量的作者资源和选题资源，虽然在出版社源源不断的书号供应下一本接一本地出书，这些书却没能形成良好的市场效应。几年下来，出版企业在投入大量成本的情况下并没有得到应有的利益回报，更谈不上得到所需的战略资源，结果造成资金损失。再如一家出版企业跨行业整合了一家网站，其初衷是为了获取网络技术和网上营销渠道，但这家网站技术力量不足，在业界的知名度也不高，并不具备这家出版企业所需的战略资产。出版企业投入了大量资本对网站进行技术改造，但由于读者网民少有光顾，没过多长时间，这家网站就自行消亡了，出版企业的整合资本也就打了水漂。

第二种模式是书号资源整合品牌资源。这种模式的资源整合在理论上是可以实现资本增值的，但只拥有书号资源的出版企业却往往不能得到期待中的利益，因为目标方的品牌资源具有稀缺性，供不应求，它一方面会待价而沽，可能应第三方竞价，将品牌资源转移出去；另一方面，品牌资源产生增值在时间上的不确定性（作为品牌资源的作家、作品并非能够持续产生增值利益），又往往导致出版企业的期待落空。这样一来，品牌资源的增值部分有可能全部为卖方所占有。如路金波自称手下拥有韩寒、安妮宝贝、张悦然等十几位重量级作者，这些作家和他们的作品因为具有强大的市场号召力，能够产生高额增值利益，无疑是人们眼中的品牌资源。辽宁出版传媒股份有限公司与路金波合资成立公司，应该算是书号资源整合品牌资源的典型模式。这种模式的资源整合对于辽宁出版传媒股份有限公司来说，既是一次获取额外利益的机会，也必然承担着一定风险。因为新公司能否创造增值利益，还是个未知数；即使能够创造增值利益，但由于分配流向不能确定，也难以避免经营者得利，而大股东不挣钱的情况出现。

第三种模式是品牌资源整合一般选题资源。这是注定不能产生增值的一种模式。这种模式的资源整合其实就是"扶贫",相信谁都不会主动去干这样的事。在这里之所以也把这种模式罗列出来,主要是给在资源整合热潮中某些急于求成、头脑发热的出版企业一个提醒。当然,这种模式的资源整合如果还出于其他目的,则另当别论。

三、出版资源整合的制胜之道

正如上面所分析的那样,以上三种模式的出版资源整合都或多或少、或明或暗地存在着一定的风险,那么还有没有别的模式呢?或者说,出版资源整合的制胜之道何在呢?

资源寻求观点认为,企业的并购活动要想获得真正的成功,必须首先满足两个条件:一是能够成功地从并购目标中获取自己所需的战略资产,如世界品牌、技术诀窍、管理知识等;二是拥有高于其他竞标者的优势资源积累,以创造竞争差异和促进双边垄断形成。[1]出版资源整合也是一样。出版企业在进行资源整合时,一方面要慎重选择整合目标,认真调查、评估它的经营水平、经营实绩,还要保证能够从整合目标中获得如畅销书作家、重点出版项目、高级营销手段、分销网络渠道等战略资产;另一方面要在不断增强自身战略资产积累的基础之上,发掘自己的独特优势资源和竞争力,以便在整合竞价市场上处于不败之地。出版企业的战略资产在很大程度上是以优秀的出版物、良好的出版理念和经营实绩等不断累积并获社会认可的"品牌"来体现的,这种意义上的品牌具有垄断性和话语权,与被选定的拥有为我所需的战略资产的整合目标能够达成双边垄断,两者之间相互利用又相互制约,不仅可以形成战略资源的互补关系,形成增值利益创造的伙伴关系,而且在收益分配上也能按各自资源贡献的大小来进行,从而体现出公平与双赢。从这一意义上说,出版资源整合的制胜之道就是"品牌资源整合品牌资源"。相较于以上提到的三种模式,这无疑是出版资源整合的最优模式。

民营书业公司在为我国出版产业做出贡献的同时,其自身也得到了发展壮

---

[1] 陈涛、金炜东、邓平:《跨国并购的双赢之道》,《国际经济合作》2007年第9期。

大，虽然从整体上来看，仍然良莠不齐、高下不一，但确实有一些成了图书市场上的宠儿。出版企业整合优秀民营企业在现阶段是大势所趋，也是国有、民营共谋发展的一条重要途径，但最关键的还是要看双方是否各自拥有对方所需的品牌资源。在品牌资源整合品牌资源这一模式下进行的出版资源整合，人民文学出版社与上海九九读书人的股份制合作是一个成功的例子。人民文学出版社的品牌资源有目共睹，其品牌价值不仅在文学出版领域，在整个中国出版界也是名列前茅的，因而具有其他出版社所不能抗衡的竞争优势；人民文学出版社整合九九公司，看重的是它的选题策划能力和优质的选题资源，以及网上销售渠道，而这些可称得上是九九公司的品牌资源，而且都能为人民文学出版社所用。几年来，整合九九公司品牌资源，以"人民文学出版社"名义出版的图书，尤其是当代外国文学作品，其中不乏优质畅销书，这些图书进一步维护和壮大了人民文学出版社的品牌效应和价值；九九读书人的网上销售渠道，也大大带动了人民文学出版社本版图书的销售。同时，九九公司通过与人民文学出版社合作，自身也得到了不断发展，成为民营公司中的佼佼者。

从更高层次上来说，跨行业、跨地区和跨国资源整合的性质其实都是一样的。在跨行业、跨地区或跨国资源整合中，品牌资源整合品牌资源产生的增值空间更大，也是出版传媒企业做强做大、参与国际竞争、形成垄断地位的必由之路。在这方面，我国的出版企业中还不见有像汤姆森集团这样成功的例子。汤姆森集团和路透集团都是国际出版传媒巨头，都拥有对方所需的优势战略资源，而且各自具有远远高于其他竞争对手的强势资源积累。2007年5月15日，两家集团共同对外宣布合并成立"汤姆森—路透"（THOMSON-REUTERS）集团。汤姆森集团本拥有众多平面媒体和电子出版媒体，从人力和财力投入来说，提供在线金融信息服务的汤姆森财经只是其旗下一个小部门，但汤姆森财经却是该集团中利润率最高的部门，这足以说明在线新闻信息服务系统对传媒集团的巨大吸引力。汤姆森整合并购路透集团，看中的就是并购对象的财经资产。据推测，新的汤姆森—路透公司60%的利润将来自合并后的路透金融信息服务，从而成为世界上最大的在线金融信息服务提供商。在这次并购之后，汤姆森稳稳地坐上了金融资讯服务领域的头把交椅。

"品牌资源整合品牌资源"的出版资源整合模式，说到底就是一种"强强联合"，这种联合使得双方各自的品牌特色更加鲜明，而其产生的"1＋1＞2"的整体效应，通过分享增值利益而达到的双赢结果，又使得各自的竞争力更为强大。在这样一种良性发展过程中，出版企业依靠品牌的传统力量和强大的资产力量，在保持文化创造精神、追求文化理想方面，意识会更自觉，立场会更坚定，出版的商业性和文化性共同成为企业影响力、竞争力、传播力的重要支柱。这一模式的资源整合，在社会效益和经济效益两个方面都能实现超常规的跨越式增长，无疑具有美好的前景，为人们所期待和向往，但同时在实践上又极具挑战性，除了要求具备优质的战略资产外，还需要高水平的决策能力、运营能力和科学有效的监管机制等，可以说它既是智者的舞台，又是勇者的战场。我们热切期望我国出版企业能在资源整合等关键环节上实现重点突破，为文化体制改革的进一步发展创造条件、做出贡献。

（原载《出版发行研究》2009年第12期）

出版资源重组应处理好几个关系

以资源重组来实现出版规模的扩张和效益的增长，进而促进出版产业发展方式的转变，不仅是许多发达国家的成功经验，也是我国推动出版产业大发展、大繁荣的重要举措。虽然出版资源重组一个时期以来一直受到普遍重视，但无论是从实现出版资源的有效配置，还是从促进出版产业的战略发展来看，与新形势、新任务的要求还相差很远。如何以资源重组的手段重构出版新格局，使中国出版产业实现质的突破，可以说已经成为出版体制改革向纵深发展时为人们所普遍关注的一个焦点问题。尽快培育、壮大、发展一批大型的出版传媒骨干企业和战略投资者，做强做大出版产业，参与国际出版竞争，是我们大力倡导和推进出版资源重组的战略目标，但在具体实践和实际运作中，还不得不充分考虑管理体制、市场环境、利弊得失、文化理想等影响出版资源重组的诸种因素。如何利用辩证思维和综合手段对这些因素和活动主体进行控制和调节，以实现出版资源重组的决策科学化、效益最大化，是当前一个时期需要积极面对的、关乎出版体制改革进程和成效的重大问题之一。

一是要处理好行政推动和市场需求的关系

由几家大型出版传媒集团主导出版市场，这已经为世界发达国家的成功实践所证明。这种格局也将会于不远的将来在我国形成和上演，这应该是无需争论的必然结果。事实上，我们现在倡导和推进出版资源重组，其实就是在为实现这一目标而努力，但是我国特有的国情和现有的出版格局，决定了我们在进行出版资源重组时必须要考虑行政的因素，因为在我国，出版机构长期以来一直受所属地区、所属部门管理，尽管实行文化体制改革后，出版社进行集团化改革，区域壁垒、部门壁垒有所消除，但依旧存在；而市场的需求则要求我国出版格局立足于全国进行整合，要求我国出版产业的发展着眼于全球，否则就难以形成竞争优势。行政壁垒的存在不利于形成面向全国甚至全球的市场体系，这是人所共知的事实，但完全靠市场的手段是不可能一厢情愿地进行跨地域、跨部门重组、并购哪一家出版机构的。

毋庸置疑的是，当前中国出版业改革的一个重大目标，就是要使分散于全国各地的600家左右的出版机构和数十家出版集团，通过大重组、大整合，在未来不长的时间内，形成几家能够主导出版市场的、代表我国出版产业发展方向的大型出版传媒集团。这是大势所趋。面对这样的形势，行政因素的制约作用就会在某种程度上发挥积极的作用，也就是说行政的力量可能会助推全国范围内的大重组、大整合顺利进行。另外，一个显而易见的事实是，全国各出版集团经过近十年的企业化和集团化改造，已经积聚了资本和市场的扩张能量，虽然总体上呈现着大而不强、强中有弱的特征，但种种迹象表明，现在的出版业无疑对市场和资本的力量主导出版资源重组充满信心。行政因素只要淡化地区、部门的一己利益，而着眼于我国出版产业的大发展、大繁荣，正确处理好局部与全局、眼前与长远、历史与现实的关系，进一步增强文化建设的责任感和使命感，就不会成为出版资源重组的阻碍。

出版资源重组的活动主体既尊重现有的出版行政管理体系，遵从行政管理部门所拥有的审批权力，又以市场和资本的号召力、吸引力影响行政职能边界的重新确定，在符合我国法律法规的基础上，大力推动跨地区、跨部门的出版资源重组，不仅是完全可行的，也是大有作为的。中国出版集团公司与中国民主法制出版社、华文出版社的联合重组就是一个很好的例子。中国出版集团公司的品牌优势在国内、国际市场上具有极大的影响力，重组中国民主法制出版社等，使它们成为中国出版集团公司旗下一员，可以同时获得对于它们来说是至关重要的战略资源，使自己的产品和声誉更上一个台阶，扩大市场占有率，实现效益的较快增长；而中国出版集团公司通过对这些出版机构的联合重组，不仅能够实现资产规模的扩张，更重要的是打破了行政壁垒和市场分割局面，而产品的多元化、丰富性也助长了集团公司的竞争力。

二是要处理好外部扩张与内部整合的关系

目前来看，我国出版产业的资源重组可以分为跨所有制、跨地区、跨行业、跨国等不同的类型。跨所有制的资源重组起步最早，切入方式与其他类型的资源整合比较,也呈现出更为多元的态势,有的是项目合作,有的是人才合作,还有的是股份合作,等等。跨地区的资源整合是打破计划经济体制下按行政区划进行资源配置的模式,是消除地区封锁的重要手段和有效途径。跨行业的资源整合是针对计划经济体制下按业务类型进行资源配置的弊端而提出来的,它关系到出版产业经济增长方式转变的大问题。国外的一些大型出版机构无一不是跨媒体、跨行业的多元经营体。而跨国资源整合是出版产业做强做大的必由之路,也是参与出版业国际竞争所必需的。跨国资源整合往往以资本输出作为前提,或在当地合资设立书业公司,或购买当地出版社,以此获取别国出版资源,直接参与对象国的出版市场竞争。跨国资源整合能把我国出版业的文化资源优势、资本资源优势与别国的人才优势、管理优势等结合起来,不仅会使企业产生出新的、更大的生产力,也为我国努力创建国际一流传媒企业创造了必要条件。

跨所有制、跨行业、跨地区、跨国等出版资源重组,目前已经有了许许多多成功的例子。比如,在跨所有制重组方面,较为典型的例子是人民文学出版社与上海九九读书人的股份制合作。在跨地区重组方面,除了上面提到的中国出版集团公司与中国民主法制出版社、华文出版社的联合重组之外,江西出版集团与中国和平出版社联合重组,吉林出版集团与中华工商联合出版社联合重组,都是跨地区出版资源重组的大手笔。在跨行业重组方面,湖南出版集团成立之后,创办了《潇湘晨报》,集团还与深圳凯莱公司合资成立了湖南远景光电数码公司,与苏州三立公司合资组建湖南远景光电有限公司,购买运营"红网"等,形成了图书、报纸、期刊、音像、电子、网络等多媒体发展的产业格局。在跨国重组方面,中国出版集团公司在海外控股和合资成立出版、销售实体已达27个……各种类型的出版资源重组顺应了我国出版产业的发展潮流,也反映着出版业体制改革的力度和深度,对于助推我国出版机构做强做大,无疑具有重大的战略意义。

但从出版资源重组的本质来说,重组并不就是指单纯地进行对外扩张,科学合理地配置内部资源,优化自身的产业结构,提升企业核心竞争力,也是出版资源重组题中应有之义。2009年1月中国出版集团公司把中国图书进出口总公司和中国出版对外贸易总公司重组为新的中国图书进出口总公司,进一步巩固了集团公司在出版物进出口和海外经营中的优势地位;将荣宝斋从中国美术出版总社分立，并欲让其单独上市，强化了老字号的品牌影响力；而将人民文学出版社副牌外国文学出版社改造组建为天天出版社，则是集团公司弥补出版资源短板，进军少儿图书市场的重要标志。中国出版集团公司的内部资源重组符合企业发展的长远目标要求，对于优化结构、盘活资源、焕发经营活力，实现持续较快发展无疑具有重要的战略意义。

三是要处理好利益与风险的关系

出版资源重组的出发点是资产和经营规模的扩张，而其目的则应该是效益的增长。只有实现了效益的增长，出版资源重组的价值和意义才显现出来，这也是出版资源重组是否成功的重要标志。出版企业在进行资源重组时，一方面要慎重选择整合目标，认真调查、评估它的经营水平、经营实绩，还要保证能够从整合目标中获得如畅销书作家、重点出版项目、高级营销手段、分销网络渠道等战略资产；另一方面要在不断增强自身战略资产积累的基础之上，发掘自己的独特优势资源和竞争力，以便在整合竞价市场上处于不败之地。从这一意义上来说，"强强联合"无疑是出版资源重组的最优模式。这种模式的资源重组，在社会效益和经济效益两个方面都能实现超常规的跨越式增长，国外一些成功的实践在这方面提供了很好的证明。培生集团自上世纪90年代中期以来，先后收购了世界知名出版企业中的"教育出版"资产，如哈珀·柯林斯的教育出版部分、西蒙&舒斯特的教育出版部分等，再通过与原旗下朗文出版公司整合，使培生教育集团成为了全世界最大的教育出版集团。这些都是出版资源重组的成功案例，无一不是为了强化核心竞争力，赢得更多市场份额，而其方向正是拓展新市场、扩大市场占有率、实现国际化出版。

然而在我国，通过对出版资源重组的案例分析，我们看到虽然其中的大多数都获得了双赢的效果，但也有以下情况值得我们高度警惕：一是"乱点鸳鸯谱"。有的出版单位或迫于主管部门的"压力"，或急于实现资产和经营规模的扩张，在重组中存在一定的盲目性、片面性，没有完全了解被重组方的历史背景、产品特色、市场定位、品牌构造等具体情况，重组后出现了诸多不融合，并未带来预想的互惠互利，效益的最大化更是纸上谈兵。在行政力量的高压下，在急于求成的心态下，"娶来的媳妇"就变成了"烫手的山芋"，甚至是沉重的包袱，想"离婚"都不容易。二是"赔本赚吆喝"。一些出版机构在进行资源重组的活动中，因为选错了对象，往往面临只有投入不见产出的尴尬局面，即使经资源重组创造了额外价值，也大多为目标方所占有，有的甚至还损失了资金，而在内容质量上偏离正确出版方向的现象也时有发生。由此可见出版资源重组决不是单纯的资源整合和互补的形式问题，而是一个蕴藏着特殊的价值产生和分配机制的风险投资行为，需要决策者和实行者慎重为之。

四是要处理好资源重组与文化理想的关系

出版资源重组的价值指向是出版企业的规模化、产业化，但归根到底是为了提升我国文化产业的整体实力和水平，增强中华文化的国际影响力和竞争力。从这一意义上来说，通过出版资源重组而达至的出版企业的规模化、产业化，就只不过是一种手段，或者说是一个过程，而最终目的还是要通过竞争力的增强、效益的增长，不断培育和壮大中华民族文化的凝聚力和影响力。那么，出版资源重组仅仅靠行政的力量、靠资本和市场的力量是远远不够的，还需要立足于文化建设的责任感和使命感，着眼于我国的文化发展战略，着眼于推动社会主义文化大繁荣、大发展来更新理念，指导实践，用文化的力量推动出版资源重组的目标得以真正实现。

一是要把出版资源重组与企业文化建设结合起来，积极创造天时、地利、人和的有利条件和环境，力争使每一次资源重组都成为企业精神的高扬，成为推动企业持续快速发展的强大动力。企业文化是指企业全体员工在长期的发展过程中所培育形成的并被全体员工共同遵守的最高目标、价值体系、基本信念及行为规范的总和。企业文化是企业的灵魂，是企业精神和价值观的体现，对维系企业成员的统一性和凝聚力起到很大的作用。我们说要把出版资源重组与企业文化建设结合起来，一方面是指出版企业进行资源重组必然是一种为了企业更好更快发展，并以此使企业和员工获得更大利益的经营行为，这样才能做到企业内部思想统一，士气高昂，而企业文化也就能够真正外化为推动资源重组的精神力量；另一方面是指出版企业进行资源重组要善于将重组对象纳入到自身企业文化中来，使重组对象能够尽快接受和认同一种全新的企业文化，并内化为强大的凝聚力，促进经营活力的迸发，为企业做强做大发挥应有的作用。

二是要把出版资源重组与坚持正确的文化导向结合起来，努力实现出版产业的核心价值。在出版资源重组的过程中，要时刻牢记我们的社会责任，这一责任不能在规模化、产业化中有丝毫的弱化，要规避出版资源重组的社会效益风险。经验证明，出版资源重组的社会风险主要来自于不能很好地把握出版的文化的和商业的基本逻辑。既然资源重组看重规模化、产业化，那么往往就会忽视出版产业核心价值的基本要求。社会效益风险在跨所有制和跨国资源重组中最显突出。我们通过资源重组使民营企业和跨国出版企业的产权发生了变化，却并不意味着可以用一种新型的商业模式来消解出版的文化属性，假设这样的行为不仅不能更好地保证文化导向和产品内容创新，反而带来社会效益风险，那绝对是得不偿失的败笔，是与出版资源重组的基本要求背道而驰的。

三是要把出版资源重组与实施文化"走出去"战略结合起来，努力打造国际化的出版传媒集团。在国际文化市场上，一个国家的文化产业是否具有竞争力和影响力，主要表现为这个国家是否拥有若干家资本雄厚、技术和人才实力强大的大型文化企业集团，中国文化"走出去"首先需要重点打造一批这样的大型文化企业集团，包括大型出版传媒集团，这正是我们大力推进出版资源重组的基本出发点。所以，出版资源重组一定要有全球化的视野，要有促进国际文化交流的志向，只有依靠这样的文化理想，我们才能实现中国资本和出版产业的跨国扩张，从而达到全面提高中华文化国际竞争力和影响力的目标，为实现中华民族的伟大复兴作出贡献。

(原载《中国出版》2010年第19期)

基于品牌战略的出版经营机制创新

实践证明,在出版经营中,品牌的力量是巨大的。品牌是出版品质的表征,是出版核心竞争力的源泉。真正意义上的品牌,能够使出版企业占据优势的竞争地位,获得良好的社会信誉和巨大的经济效益,并使之保持健康、稳定的发展态势。品牌的创立,体现了出版者的经营理念和文化追求,因此,实施品牌战略,并以此推进出版经营机制的不断创新,无疑成为出版企业增强活力,提升核心竞争力的必由之路。

一、以品牌产品为目标,创新人才机制

品牌产品是企业品牌最基本的表现形式,或者说企业品牌是由一种或一系列品牌产品造就的。就出版企业来说,品牌产品就是品牌出版物。出版物具有物质和文化的双重属性,而品牌出版物一经产生,则首先标志着出版企业核心价值观的形成。因为品牌出版物是出版企业文化精神的反映,一种或一系列出版物被社会公众普遍接受,说明以它的内容和形式表现出来的文化价值,获得了社会公众的一致性认同,因而也就必然转化为物质上的丰厚回馈。

品牌出版物至少应该具有三个基本特征:一是个性化。个性化是品牌产品的核心,品牌出版物的个性化主要是指出版物的内容和形式的独特性,它是"这一个"出版者不同于其他出版者的文化精神的外化,是读者给予的一种排他性的文化价值认同。因此,富有个性的品牌出版物在读者心目中的地位是无可替代的,即使面对高度同质化的出版物时,读者也会很容易辨识出品牌出版物鲜明的个性,从而与其产生精神上的交流与共鸣。二是创新性。品牌出版物必然是时代的产物,但同时要有历久弥新的思想价值和文化魅力。品牌出版物代表了一个时代思想、文化的最新成果;为适应新时代的要求,它还必须不断吸纳新的思想观念、运用新的创作手法,使出版物不断焕发出新的生命力,以满足广大读者不断增强的文化需求。具有创新意义的品牌出版物,也必然会使

出版企业的核心竞争力得到不断增强。三是经典性。严格说来,品牌出版物应该是既富有时代精神,又具有经典意义的作品。每一个时代都会有品牌出版物,它们是这一时代的出版者对作家所表达的自己对生活和经验、对世界的认识的认同和共鸣,面对这一时代的读者,这些品牌出版物具有独特的文化价值,而在面向未来时,它们的文化意义和精神价值还可以不断地被延伸、不断地被创造、不断地被发现,这是"经典"的意义,同时也是品牌出版物的本质所在。

品牌出版物的塑造是与出版企业的品牌战略紧紧结合在一起的。出版企业只有大力实施品牌战略,才能源源不断地推出品牌出版物。而要达到这样的目的,关键在于基于品牌出版物生产的人才机制的创新。上世纪二三十年代是我国现代出版史上的黄金时代,那个时代诞生的出版物,历经岁月的淘洗,有些已是文化品牌、文化经典,成为中华文化的精粹。当我们捧读这些品牌出版物的时候,回想它们的生成故事,不由得就会对编辑名家产生无比的崇敬之情。当时的出版经营者,为了实现自己的文化理想,为了在市场竞争中占得先机,不拘一格招揽人才、培养人才、使用人才,他们以品牌产品为目标创新人才机制的一些做法,对于今天的出版经营者来说,仍然具有重大的借鉴意义。

一是创新人才聘用机制。现代书局的张静庐"为了复兴书局的地位和营业",决定创办一种新的杂志,"他理想中有三个原则:(一)不再出左翼刊物,(二)不再出国民党御用刊物,(三)争取时间,在上海一切文艺刊物都因战事而停刊的真空期间,出版第一个刊物"[①]。有了这样的目标定位,他决定雇请施蛰存担任主编。在当时,出版社用人一般是招聘为正式员工,或者是集合同人共事,张静庐选择雇佣的方式聘请施蛰存担任主编,一方面是对施蛰存文学地位和出版经验的期许,一方面也是为合作双方预留了选择空间,即合用则留,不合用则辞。在这种雇佣关系下,施蛰存服从现代书局的战略定位,采取中间立场,疏离文学的政治功利化,不仅实现了他"个人的理想",而且把《现代》办成了"中国现代作家的大集合",在培育壮大了中国现代派文学的同时,也使《现代》杂志成为现代书局的品牌。直到今天,当人们在谈论中国现代派文学的时候,有谁能绕得开《现代》杂志呢?《现代》的成功具有多方面的原因,但现代书局人才聘用机制的创新——与施蛰存达成的雇佣关系,以及在这种关系下双方的角色认定和积极互动,则不能不说是一个至关重要的因素。

[①] 施蛰存:《我和现代书局》,《沙上的脚迹》,辽宁教育出版社1995年版,第61页。

二是创新人才培养机制。良友图书印刷公司自成立以来，主营的一直是《良友》画报，赵家璧大学毕业入职良友公司以后，受到经理伍联德的信任和支持，在《良友》画报之外另辟文学出版领域。短短几年时间，由他编定的《一角丛书》《良友文学丛书》《良友文库》等陆续出版，为良友公司赢得了新文学出版重镇的声誉。这时，他还是一个二十来岁的青年。1934年，赵家璧向伍联德建议出版《中国新文学大系》，以此总结五四以来十年间的新文学成就，伍联德采纳了这一建议，并放手让赵家璧担当主编重任。年轻的赵家璧不负重托，分别约请胡适、鲁迅、茅盾、郑振铎、郁达夫、周作人、洪深、朱自清、郑伯奇、阿英等担任分卷主编，约请蔡元培作全书总序，历时三年，煌煌十巨册《中国新文学大系》出版问世，被誉为新文学出版的里程碑。赵家璧在不到而立之年就已跃上事业高峰，与伍联德的精心培养关系甚大。为青年才俊搭建事业平台，创新人才培养途径，用信任和支持激励其充分发挥自己的聪明才智，良友图书印刷公司之于赵家璧及其文学出版就是一个很好的例子。

三是创新人才选拔机制。商务印书馆的《小说月报》1910年7月创刊于上海，主要刊登鸳鸯蝴蝶派文人的作品。随着五四新文化运动的兴起，《小说月报》的办刊宗旨和文学趣味受到社会上进步人士的强烈批评。商务印书馆为了适应新文化运动发展的要求，编译所所长张元济责成高梦旦改组《小说月报》，先是撤掉主编恽铁樵，重新启用王蕴章，从1920年1月第11卷起，由文学研究会成员沈雁冰主持新增设的"小说新潮"栏目的编辑工作，开始登载白话小说、新诗等，杂志面貌发生了一些变化，但仍然不能满足社会公众的期待。同年11月，商务印书馆决定由沈雁冰接任主编，对杂志进行彻底的、全面的改革。沈雁冰约请文学研究会同人作为主要撰稿人，使《小说月报》成为倡导"为人生"的现实主义文学的重要阵地，为中国新文学的发展做出了巨大贡献。商务印书馆能够根据时代发展的要求，不断调整经营方针，而且注重选拔具有实施这一方针的才能的人来担当重任，《小说月报》的改组及其一系列撤换主编的行为就很好地说明了这一点。

二、以品牌效益为核心，创新激励机制

品牌效益有狭义和广义之分。狭义上的品牌效益是指一个企业的品牌产品

所获得的效益；广义上的品牌效益是指品牌在产品上的应用而为品牌的使用者所带来的效益。就出版产业来说，品牌效益也可以分为狭义的和广义的，狭义上的品牌效益是指品牌出版物所获得的效益；广义上的品牌效益是指出版企业因其品牌影响力而使自己的产品受到社会公众喜爱而获得的效益。出版产业的品牌效益虽然都是由出版物生成的，但是狭义上的品牌效益和广义上的品牌效益却有着本质上的不同，前者指向具体的品牌实物，后者则意味着一种品牌文化。在出版经营实践中，人们更看重文化意义上的品牌效益。

品牌效益的形成有一个自然的历史过程，它要经历品牌塑造、品牌定型、品牌扩张三个不同的阶段。大力策划生产品牌出版物，并使之最大程度地满足广大读者的文化需求，这是品牌效益产生的第一个阶段。基于品牌战略的激励机制的建立，其初始目的就是要催生品牌出版物，但是，品牌出版物在通常情况下会表现为偶然的、分散的状态，要塑造品牌，首先就要有一个明确的品牌战略定位，同时还需要不断生产符合这种战略定位的、文化同质化较高的品牌出版物。要达到这样的目标，就需要行之有效的激励机制予以保障。在经过了品牌塑造阶段，大量、集中出现的品牌出版物就会凝结为一种具有个性文化特征的专有标识，这就预示着品牌得以定型，其内涵较之于单一的品牌实物，也将发生质的变化。这时，品牌的文化意义开始生成，品牌的市场知名度、产品的市场占有率迅速扩大，出版企业的品牌效益初步显现。到第三阶段，通过品牌的扩张和延伸，出版企业因其恒定的品牌价值为社会公众高度认可，其美誉度就会上升为读者对企业文化理念的普遍认同，读者的忠诚度持续构建，品牌的超额价值得到充分体现，于是品牌效益就不仅仅体现在品牌出版物上，而且扩散到影响企业发展的诸多方面。在这个阶段，出版企业就要采取更为有效的激励措施，以激发企业群体的创造活力，以品牌文化巩固读者的忠诚度和社会美誉度，稳固品牌的核心竞争力，以保证实现品牌效益的最大化。

我国出版企业的国有性质，致使企业在激励机制上相对保守和滞后。对于较好的品牌效益，在物质利益的激励上，除了传统的提成和奖金之外，很难突破现有的分配制度框架；在精神层面的激励上，一般也要考虑企业内部的组织构架、成长生态等，难以造就人才脱颖而出的良好环境。以品牌效益为目标创新激励机制，就必须打破平均主义的藩篱，而且必须根据品牌效益实现的三个阶段的不同情况，更新观念，创新思维，突破惯常模式，不断加大激励力度，以求最大程度地满足不同阶段品牌效益主体的利益诉求。具体说来，对应三个不同阶段，其激励对象、激励方式、激励目的等都应有所不同。在品牌塑造阶段，品牌效益的呈现是品牌出版物，激励的依据是此一品牌出版物所获得的效益。目前，在我国，大多数出版企业都会对获得国家"三大奖"的出版物、年度畅销书等奖励数额不等奖金，其目的都是出于对品牌出版物的褒扬。在品牌定型阶段，品牌出版物不再是单一的、孤立的存在，而是以集束的形式大量涌现，此时，品牌出版物的策划者、编辑者也往往已经成为品牌，品牌效益的主体渐由品牌出版物转化为品牌人物。从一定意义上说，品牌人物便是品牌效益的象征。出版企业对于品牌人物的激励，除了物质上的奖励以外，还要重点考虑精神上的奖励，譬如有的给予品牌人物这样那样的荣誉称号，有的给予适合其德才能力的更高平台，其目的也不再单纯是出于对其既有成绩的褒扬，更多的则是出于对他们在今后能够创造更多品牌效益的期许。而到品牌扩张阶段，出版企业因为拥有了较高的社会美誉度，与社会公众之间保持了良好的信任关系，品牌的核心竞争力业已形成，品牌资源成为企业的无形资产，品牌效益成为企业效益的主要来源。此时，在出版企业内部，组织管理、生产运营都紧紧围绕品牌的整合、渗透、延伸等发挥作用，品牌效益的实现靠的是品牌扩张力，因此激励的对象就不再是单个的品牌人物，而是品牌运营的团队或组织。譬如一些品牌出版企业实行分公司制、分社制，假定这种组织创新形式能够极大地促进了品牌扩张，能够最大程度地获取品牌效益，那么对这种组织或团队的激励，就要在机制创新上迈出更大的步伐。党的十八届三中全会报告指出："要积极推行混合所有制经济，探索员工持股；要加大民间资本进入文化产业，在国有文化传媒企业探索特殊管理股制度。"用员工持股、特殊管理股的方式对员工、管理者予以股权奖励，无疑是对通过品牌扩张而获取良好品牌效益进行激励的最佳方式。

三、以品牌文化为引领，创新发展机制

所谓品牌文化，是指企业经营者通过实施品牌战略，以独特的品牌形象呈现出来的、能与消费者产生精神共鸣的一种价值观、世界观。它是企业在生产经营过程中由鲜明的品牌定位、个性化的产品相互渗透、融合而逐渐形成的一

种文化积淀,是赢得消费市场的核心竞争力,能为企业创造出良好的社会效益和经济效益。

出版企业品牌文化的孕育、形成,同样也是首先基于鲜明的战略定位。但是,与一般企业相比,出版产业的意识形态特征,决定了出版企业的战略定位除了要排除经营理念上的投机主义、机会主义,确保一切经营活动以及由经营活动产生的效益符合企业伦理、能够促进企业健康发展之外,还必须符合文化产业发展的要求,与国家和民族文化发展的方向相一致,在我国就是与推动社会主义文化大发展、大繁荣,建设社会主义文化强国的根本任务相一致。而出版企业的产品形态,从一般意义上说就是它的出版物。一个出版企业的出版物,尤其是其中富有个性化、创新性、经典性的品牌出版物既是一个个独立的物质存在,又是一个个独立的精神存在,但是,它们各自呈现出来的看似相对独立的个性品质,其实相互之间又存在着一定的联系和融合,它们必然是符合出版企业战略定位的、代表着出版者文化价值选择的精神产品。由此说来,在一个出版企业中,出版物既是作者人生观、价值观、世界观的物质外化,也是出版者人生观、价值观、世界观的物质外化,不同的出版物各有其文化的、经济的价值和意义,同时这些产品的集合又表现出大致相同的文化的、经济的价值和意义,这就是所谓的"各美其美",又"美美与共"。出版品牌文化,就是基于品牌出版物文化品格的丰富多彩,通过相互间的渗透、融合,逐渐凝聚提升出的一种别具一格的文化品质。

在出版产业中,品牌文化不仅作用于出版企业内部,可以用来指导企业的发展规划和路径选择,激发员工的荣誉感、使命感和进取心,成为企业发展的内生动力,而且因其价值观、审美观得到社会公众的高度认同,还能够极大地提高读者对品牌的忠诚度,能够广泛集聚出版资源,进一步增强出版企业的社会影响力和市场竞争力。由此说来,品牌文化对于出版企业的发展作用重大、意义非凡。当今,出版企业发展模式的多样化并存与相互间的激烈竞争,促使出版经营者高度关注广大读者的文化需求和时代发展的需要,精心推出深受读者喜爱的文化产品,提高自身的文化品质,强化文化个性,大力塑造和培育自己的品牌文化,不断创新企业的发展机制,从而为企业健康、快速发展奠定坚实的基础。

以品牌文化为引领创新发展机制,就必须基于品牌文化表现出的鲜明特征来研究如何确立出版企业的发展目标、发展方式等。出版品牌文化不同于一般的品牌文化，也不同于出版的企业文化，总体说来，它突出表现为具有鲜明的导向性、先进性、传承性和互动性。这些特征作用于出版企业发展机制的创新，大致有以下四个方面的功用：一是以品牌文化的导向性，创新发展目标。品牌文化一经形成，它就成为出版企业文化精神的表征，而且为人们普遍接受和认同，它的导向性功能自然规约着出版企业的发展方向，出版企业只要朝着这个方向坚定地前行就可以了，何谈发展目标的创新？其实不然。品牌文化不仅是出版者自我的一种文化理想，更是社会公众对于这种文化理想的美誉，它的形成是两者精神共鸣的结果。而且品牌文化是一个动态的精神活动过程，一个时期的品牌文化代表了时代的文化风尚，却不等于说它永远不会落后、保守，当出版者文化理想的自我期许不能满足读者的文化需求的时候，品牌文化的导向性意义就会更多地为社会、为时代所创造，那么出版者就必须调整发展思路，创新发展目标，以求跟上时代发展的步伐，求得企业健康、持续向前发展。二是以品牌文化的先进性，创新发展动力。品牌文化的形成是一个出版企业文化创造活力的体现，它的丰富内涵昭示着它代表了一个时代的先进文化，人们之所以认同、忠诚于一个特定的出版品牌，就是出于对其文化先进性的高度认可。品牌文化的先进性是出版企业文化自觉与文化自信的重要标志，它有助于增强出版者的荣誉感、责任感、使命感，出版者可以在品牌文化的传扬中，获得文化创造的现实成就，也可以激励自己在更高的舞台上，充分展示文化创造的能力和才干。品牌文化的先进性是出版企业创新发展的巨大动力。三是以品牌文化的传承性，创新发展方式。品牌文化会随着出版企业经营理念和文化理想的变化，随着社会公众的文化需求和时代发展的变化而发展变化，但总会有一些文化精华积淀下来而形成相对稳定的特色。有的出版企业历经几十年、上百年发展，为我们留下了无数的品牌出版物，那些与品牌文化塑造有关的品牌人物、品牌故事，之所以至今仍为人们所津津乐道，关键在于其拥有先进的文化理想追求，为社会创造出了品质优良、效益显著的文化成果。品牌文化的传承性昭示人们，在出版经营实践中，积极弘扬既有品牌文化的优秀成分，充分注重出版的效益和质量，走内涵式发展的道路，不断实现出版产业发展方式的创新，对于出版企业的发展至关重要。四是以品牌文化的互动性，创新发展手段。品牌文化的塑造主体既是出版者自身，也是广大的读者群体，还包括大量的品牌作者。读者群体、作者群体都是出版企业发展的重要资源。企业发展手段的创新，一个很重要的方面就是如何才能有效地集聚、利用读者资源和作者资源。通过各种品牌营销策略、推广活动、广告宣传等，使读者群体认同品牌文化所体现的精神，然后使之形成忠诚于品牌文化的消费理念，这是创新发展手段的一个方面。同时，另一方面，还要通过品牌文化的号召力，与品牌作者达成文化理想的互动，同时借助情感交流、无私礼遇以及文化创造的殷切期待，使他们在出版的大舞台上尽显才华。上世纪初叶的商务印书馆集聚了蔡元培、严复、康有为、陈独秀、梁启超、胡适、朱自清、郭沫若、徐悲鸿、钱穆、茅盾、冰心等一大批文化大家，他们的文化创造使商务印书馆在当时一枝独秀，声名显赫。胡适曾经感慨地说："得着一个商务，比得着一个什么学校更重要。"[1]这一评价，其实也是对商务印书馆品牌文化的高度赞誉。

（原载《出版发行研究》2014年9期）

---

[1]《胡适日记全集》第3册，联经文化出版公司2004年版，第4页。

全球发展趋势与我国出版"走出去"战略思维创新

当今世界已处于不断扩展、迅猛发展的全球化浪潮中,我国出版"走出去"战略必须全面适应当今全球化发展的要求,这就需要我们对当前和今后一个时期全球政治、经济、文化等的发展趋势作出科学分析和综合判断。只有这样,我们才能牢牢抓住我国出版"走出去"的战略机遇,才能直面国际出版竞争的严峻挑战。以全球视野、以发展眼光,在准确把握全球发展趋势的基础上,进一步创新我国出版"走出去"的战略思维,对于拓展全球出版市场,推进中国出版企业的国际化进程,提升中华文化的国际影响力,都具有重要意义。

一、全球发展趋势的宏观审视

发展战略要适应全球发展趋势。战略思维要根据形势的变化和事物的发展趋势不断创新。在当前,全球政治、经济、文化等的发展趋势,出现了一些新情况,表现出一些新特征,需要我们在实施出版"走出去"战略的过程中,认真加以研判,并予以积极应对。

从政治发展来看,冷战结束以后,世界上绝大多数国家认同并采用了多党普选制度,但因为历史的、地缘的、民族的因素,导致一国或一个地区政治对立、暴力冲突时有发生。另一方面,冷战时期存续下来的意识形态的差异并没有完全消弭,一些国家出于对自身利益的考虑,还在继续以原有的社会制度、信仰观念等与差异一方进行政治博弈。客观来看,这些现象,或者是因为政治制度、民主化诉求的不同,而使世界各国政治发展进程和模式存在一定的差异;或者是因为出于维护原有社会制度、意识形态、发展道路的考虑,而在抵御国际规则上的双重标准和别有用心。但是所有这些,并不可能形成可以改变世界历史进程的巨变,因而从总体上看,今后一个时期,全球的政治秩序和大国关系应该处于一个相对稳定的状态，主要表现在：冷战结束后确立的全球政治秩序和规则不会发生质的变化，目前大国或大国利益集团之间也没有爆发大规模冲突的危险迹象。

从经济发展来看，由于各国经济总量差距较大、增长速度不一、发展内生动力各异，为全球经济发展带来一些不确定性。这主要表现在，欧美国家外债增多，但又不断加大研发投入，试图寻找到新的经济增长点，但这种大投入是否能够达到预期效果，却存在不确定性；全球经济增长的重点正在向"金砖五国"等新兴经济体转移，但其增长靠的是市场规模、制造业、自然资源开发等，而进行高新技术研发、著名品牌经营、金融衍生产品创新等却不具备应有的条件，因而其经济增速能否长期持续下去，也存在不确定性。但是，从总体上看，全球经济格局至少在今后十年内将处于基本稳定状态。（1）经济低增长的态势将持续下去。由于传统西方经济大国出现金融危机、巨额财政赤字，新兴大国技术创新乏力、居民消费不足，导致全球经济增速放缓，这在短期内很难有所改变。（2）全球经济舞台上的角色不会有大的变化。美国是第一经济大国，中国已跃居世界第二，日本、欧盟、金砖国家等经济体在全球经济舞台上处于前沿。非洲、亚洲、南美洲的某些发展中国家，因为受到内部政治混乱、经济基础薄弱，外部势力制裁等因素制约，在全球经济舞台上依旧扮演无足轻重的角色。

从文化发展来看，文化与经济、科技的融合日益加强，文化产业化将继续成为拉动经济增长的重要力量。西方文化的强势地位依旧稳固，难以撼动，西方的文化价值观依旧拥有强大的影响力。但从总的趋势来看，文化的多样化认同将是全球文化发展的基本推动力。全球文化交流将更加频繁，文化产品贸易、版权贸易将更加活跃。文化交流能够促进国家间的相互理解，在推动国家关系发展和国际秩序稳定方面发挥重要作用；文化贸易能够体现一个国家的文化软实力，能够促进优秀文化成果的借鉴与吸收。还有一个不容忽视的事实是，全球范围内的人口大流动，促进了各种异质文化的碰撞，文化的独立性、个性化、差异化的品格坚守，使文化多样化观念深入人心。据不完全统计，每年流入欧盟和美国的人口均超过100万；有关国际机构预测，到2030年，全球生活在"非本人出生国"的人口总数将增加到3亿人。大量的外来人口涌入，极大地促进了当地的文化融合，但这种融合却是在文化多样化认同的基础上得以实现的。

一般说来，世界人口主要从人口增长快、经济相对落后的国家向经济强国或老龄化程度高的国家即西方发达国家流动，这些西方大国接纳具有不同文化背景的外来人口，其文化的多样化认同程度就高，加之本来就在国际上具有较大的影响力，其对文化多样化的认同也就容易成为全球共识。文化的多样化带来全球范围内的文化多元共存，不同文化间的相互影响和渗透不断增强，将对全球发展产生越来越重要的影响。

二、从全球发展趋势看我国出版"走出去"存在的问题

出版"走出去"是我国文化"走出去"战略的重要组成部分。2006年9月，中共中央办公厅、国务院办公厅印发了《国家"十一五"时期文化发展纲要》，提出实施文化"走出去"重大工程项目，要求进一步"加快'走出去'步伐，扩大我国文化的覆盖面和国际影响力"，文化"走出去"正式成为我国的一项国家文化战略。文化"走出去"伴随着我国文化体制改革的不断深入，文化产业的不断壮大和国际化进程的不断加快，取得了巨大成就。目前，我国已与世界上160多个国家签订了双边文化交流协定，与各国文化团体、文化机构的交流更是日益频繁，文化出口总额逐年增长。单从出版"走出去"来看，图书出口、版权贸易每年都有大幅递增，据国家新闻出版广电总局发布的《2012年新闻出版产业分析报告》显示：2012年我国版权输出和实物出口再上新台阶，版权贸易逆差进一步缩小。版权引进品种与输出品种比例由2011年的2.1∶1降至1.9∶1；全国共输出版权9365种（其中出版物版权7831种），较2011年增加1582种，增长20.3%。全国累计出口图书、报纸、期刊、音像制品、电子出版物和数字出版物数量2087.9万册（份、盒、张），较2011年增加530.4万册（份、盒、张），增长34.1%；金额9474.1万美元，增加2007.5万美元，增长28.1%。

我国出版"走出去"取得的巨大成就有目共睹，但从全球发展趋势来看，也还存在一些与之不相适应的矛盾和问题。整体上来看，我国出版的国际影响力和竞争力还不强，话语权缺失、传播渠道不畅、产业基础薄弱、体制机制落后等，导致中西文化交流失衡、出版贸易逆差较大，全球出版"西强我弱"的态势并没有改变。这些问题，归纳起来主要有以下四个方面。

问题一：世界需要中国文化与我国出版内容资源严重不足的矛盾

人类文明发展的历史一再证明，一国经济发展必然带动文化在世界范围的传播。伴随着中国经济地位的迅速提升，中国日益成为世界的主流经济体，中国文化的吸引力不断增强。另一方面，从全球发展趋势来看，文化的多样化已成为全球共识，全球化永远伴随着文化的多样化。目前，世界迫切需要了解中国，期望共享中华文化的优秀成果，就中国出版来说，这正是我们实施"走出去"的一个战略机遇。经济的发展、文化的多样化认同，要求我们以出版"走出去"的方式，推动中华文化走向世界，推动不同文明的平等对话。但是，现实的状况是，因为我国出版内容资源的严重不足，出版"走出去"的成果还远远不能满足世界的需求。尽管版权引进品种与输出品种比例在逐年缩小，但品种的增加并不能掩盖我们在出版内容创新方面存在的严重问题。多年以来，我国出版"走出去"的文化符号一直停留在历史古迹、中医针灸等方面，中华文化给予世界的印象是古老的、传统的，缺乏创新性、竞争力。一个具有经济创新能力的国家，为什么就没有出版内容的创新能力？如果一味固化出版"走出去"的传统文化因素，何谈扩大海外出版市场份额，何谈增强中华文化的国际竞争力？

问题二：国际出版资源重组与我国出版企业资本运作实力不足的矛盾

自20世纪90年代以来，全球各大出版集团资源重组的步伐一直没有停止。依靠资本的力量，以收购、参股、控股等形式实行资源重组，已成为大型出版集团壮大经营实力、优化内容生产、实行海外扩张、扩大市场份额的主要手段。德国的贝塔斯曼集团，1998年收购兰登书屋，进一步扩大了大众出版的优势；去年又将兰登书屋同英国培生出版集团旗下的企鹅出版社合并，意欲打造全球最大的大众图书出版商。新创立的兰登企鹅集团将掌控全球约1/4英语图书市场，其出版规模更大、专业化程度更高。反观我国，一方面由于绝大多数出版企业规模相对较小，另一方面由于出版企业的国际化程度也普遍较低，因而缺少资本运作的实力和水平。直到目前，我们还没有看到一桩像样的中国出版企业重组国际出版资源的大手笔出现。长此以往，中国出版的"走出去"进程将难以迈出大的步伐，而借助国际出版资源重组以获得丰厚版权和知名品牌资源的战略也就无从谈起。

问题三：本土化与我国品牌出版企业匮乏的矛盾

出版的本土化是有效实施出版"走出去"战略的重要手段。通过参股、控股、收购等方式，使对象国的出版资源为我所用；通过在境外设立分支机构，便于产品输出，便于开展版权贸易。全球著名出版集团早已在这些方面占得先机。如培生、贝塔斯曼（兰登）、阿歇特等，在世界主要国家都有自己的出版机构，从选题设计之初，就把出版多语种版本考虑进去，或者有针对性地输出版权，依靠海外出版机构，使自己的产品迅速占领国际市场。一个不容忽视的现象是，出版的本土化与出版品牌的关系至为密切。不管是上面提到的出版企业，还是其他在本土化运作方面卓有成就的出版企业，它们几乎无一例外地都是全球著名出版集团。最近由法国书业杂志《图书周刊》赞助、法国国际出版咨询公司吕迪格·魏申巴特编制发布的《全球出版业50强收入排行报告》显示，培生高居排行榜第一，贝塔斯曼（兰登）、阿歇特等也都处于前十的位置。出版机构的品牌在其进行海外扩展方面能够发挥巨大作用，在对象国的出版市场能够产生强大的认同效应，对于培生、贝塔斯曼（兰登）、阿歇特等来说确实如此。在此排行榜上，我国的出版企业有3家入选：中国出版集团位居第22位、凤凰出版传媒集团位居第23位、中国教育出版传媒集团位居第30位。这表明我国出版企业经过多年的改革发展和产业积累，已在国际出版业的舞台上崭露头角，但我们也应清醒地认识到，中国出版企业的市场化和国际化程度都远不如国外出版强企，品牌化程度也远远没有达到全球著名出版集团的水平。中国出版企业在海外设立了一些分支机构，但其主要功能仍定位在实物销售上，而对海外出版资源进行并购重组以实现出版的本土化，不能说完全没有，但并没有大规模展开，而且已有的重组也处于初级水平，不见轰动效应。造成这种局面或许有资金方面的制约，但中国出版企业并无强大的品牌力量，恐怕应该是最主要的原因。

问题四：数字技术应用与我国出版出口产品形式相对单一的矛盾

当前，数字技术的应用给全球传统出版产业带来了革命性的冲击。数字技术不断进步，传统出版的载体形式、传播方式、管理手段、营销服务等也发生了巨大变化，直接推动着出版内容、出版流程的创新。世界上一些出版集团，不失时机地加大了出版数字化发展力度，极大地拓展了出版市场空间，并已获得可观的经济效益。如爱思唯尔出版集团率先在专业出版领域打造数字出版平台，又通过快捷、方便的搜索功能抢占制高点，2011年其数字出版收益就已占到集团总收入的86%。在大众出版领域，如与企鹅合并前的兰登书屋，出版一本纸质图书，就同时制作电子图书，2008年电子图书销售额为600万欧元，2012年达到4亿欧元，占全球销售额的22%。与企鹅合并后，新成立的公司不仅在大众出版方面，而且在电子图书出版方面真正实现了强强联合，公司会将更多的资源投放至数字出版领域，并将开发一个电子图书网络销售平台。反观我国的数字出版情况，实在不容乐观。我国对数字出版的重视程度还不够，国内绝大多数出版企业并没有把数字出版当成核心业务，数字出版市场也没有完全建立起来，其运营模式、盈利模式还在探索阶段。中国出版企业"走出去"的产品形式基本上还是纸质图书，电子图书版权受到归属不清及语种等多方面的限制，出口数量极少。在现今数字出版呈逐渐上升的趋势之下，中国出版企业还没有能力，也没有条件建设和利用全球化的电子图书网络销售平台，这是我国出版"走出去"面临的一个重大困境。

三、把握全球发展趋势，创新我国出版"走出去"战略思维

从全球发展趋势中观察，我国出版在"走出去"过程中确实存在着诸多问题，要解决这些问题，创新出版"走出去"战略思维就成为一种必然选择。"问题"是时代的声音，是创新的动力。我国出版"走出去"的过程，其实就是与时俱进、不断创新战略思维的过程。全球发展趋势，既昭示出我们的问题所在，也为我们创新出版"走出去"战略思维创造了条件，提供了依据。

出版"走出去"观念创新

面对全球发展趋势，适时进行出版"走出去"战略思维创新势在必行，而其关键在于观念的创新。观念创新有两个内涵：一是"砍柴先磨刀"。我国有3家出版集团入选全球50强排行榜，这让我们对于我国出版产业发展的未来充满期待。我们要进一步加快文化体制改革，通过完善现代企业制度，以及资本运作、品牌建设、数字技术应用等一系列手段，打造更多的可与国际知名出版集团同台竞争的大型的、现代化出版集团。这是我国出版产业发展的必然要求，

更是我国"走出去"的坚实基础。二是"不可错失良机"。从全球发展趋势看，我们完全有理由相信，我国出版"走出去"正迎来一个重大的战略机遇期。一方面，全球政治、经济秩序和大国关系格局将长期基本稳定，为我国出版"走出去"创造了一个良好的国际环境；另一方面，全球文化的多样化认同，冲击了长期以来"西方中心论"的文化藩篱，为中华文化走向世界，展现风采，创造了必要的条件。只有抓住机遇，才能进一步加快我国出版"走出去"的步伐。

出版"走出去"政策创新

近几年，国家颁布了一系列政策法规，对于深化文化体制改革、加快出版传媒集团改革发展、推动出版"走出去"，提供了制度性保障。然而，为应对全球发展趋势的变化，出版"走出去"政策创新成为我们的一种必然选择。现在来看，政策创新的重点应该在于进一步强化出版"走出去"与金融的融合、与科技的融合。

当前，推动出版"走出去"特别需要加大对出版产业的财税和金融扶持力度，鼓励出版企业加强对外宣传、展示、推广工作，鼓励出版企业通过合作、参股、控股、收购等方式，在境外设立出版机构，培育和扩大国际市场。尤其需要指出的是，要宽容出版企业在出版"走出去"过程中大胆"试错"，要鼓励经验积累，在资本投入方面解除企业的后顾之忧。

《数字出版"十二五"期间发展规划》明确提出，要积极实施数字出版"走出去"战略，大力推进数字出版产品"走出去"、版权"走出去"、企业"走出去"和标准"走出去"，努力提高中国企业的国际竞争力和中国文化的国际影响力。要达到这样的目标，关键在于实现出版与科技的真正融合。要按照数字出版"走出去"的要求，深化体制改革，重新调整行业结构和资源重组机制，使电子图书出版与海外网络销售平台建设齐头并进，彻底改善数字出版"走出去"过程中遇到的技术瓶颈难题。

出版"走出去"路径创新

综观全球出版强国的国际化历程，每个国家的发展路径虽各具特色，但都无一例外地着眼全球发展趋势，通过发挥自身的文化优势、技术优势、品牌优势、渠道优势、人才优势等，造就了一大批具有国际竞争力的出版企业，为提高自身的文化软实力和国家竞争力奠定了基础。我国出版"走出去"的路径选择，也应该牢牢把握全球发展趋势，一方面要借鉴出版强国的经验，同时也要从实际出发，以创新驱动发展，走出一条具有中国特色的出版国际化之路。

一是要以出版内容创新为根本，加大版权输出力度。我们要充分认识到，版权输出是我国出版"走出去"最基本的实现路径。版权输出的成效取决于出版内容的创新。在全球文化多样化认同的基础上，达至各种文化间的平等交流和对话，不断增强中华文化的吸引力，正是出版内容创新的基本出发点。二是以资本运营为基础，实现出版的本土化。出版的本土化，关键在于出版品牌的国际化、知名化。我们要不失时机地尽快打造一批可与国际出版强企媲美的出版品牌，借助品牌的力量，加大国际出版资源重组的力度。三是以全球为目标，扩大国际市场空间。要改变以前出版"走出去"的对象主要以发达国家、以周边国家为主的状况，在巩固欧美市场、壮大周边市场的同时，积极开拓新兴经济大国市场和小语种文化圈市场，这些国家和地区经济增长强劲、文化需求旺盛，为中华文化传播创造了条件。四是以产品形态创新为手段，进军海外数字出版市场。我们要充分利用数字技术，积极推动出版"走出去"产品由传统形态向数字形态转型，以电子书及各种新兴用户终端的数字出版产品输出，提高国际市场覆盖面。五是以人才机制创新为关键，提高出版的国际化水平。出版"走出去"需要一大批外向型出版人才，要立足于培养，尽快造就一批熟悉海外出版业务、具有跨文化管理能力的国际化人才；同时要注重引进，尤其是出版的本土化，需要充分利用本土人才资源，除了业务人才、管理人才以外，文本翻译人才也是提高我国出版国际化和文化影响力的一支重要力量。

（原载《中国出版》2013年第21期）

畅销书为什么不赚钱

一般来说，一部图书只要在市场上销售到一定数量而被称作畅销书，就必然会给出版者以高额利润回报。但在出版经营实践中，经常会有这样的情况：发行几十万册的畅销书，到头来竟然没有赚到钱，甚至成了一桩赔钱的买卖。这就是令我们颇感困惑的"畅销书不赚钱"现象。这种现象不仅反映我国现阶段出版经营的素质和水平，也关系到我国出版环境、产业发展的问题，因此不可小视，需要做出认真的分析和思考。

一

"畅销书不赚钱"现象的发生，与出版经营者运作畅销书陷入某些"误区"不无关系。

误区一：高稿酬

在畅销书运作中，稿费的支付大多采取计付版税和一次性买断两种形式，按字数计酬的情况几乎不见了。计付版税不但要约定一个很高的版税率，还要约定最低印数和最高印数，如易中天的《品三国》，版权通过拍卖的方式确定归属和标准，出版社和著作权方约定，首印55万册，三年内再加印20万册，版税率为14%。这样的天价稿费并不是一个特例，像余华、郭妮等作家的稿酬也基本达到或超过了该标准。一次性买断也被称作预付稿酬，其实这是一个好听的名目，一般情况下，一次性支付的稿费数额很可能远远超过用版税的形式计付的稿费数额，所以预付以后再次支付的可能性几乎没有了。高稿酬改变了出版的成本和利润结构，最后的结果很可能是出版社独自承担所有的经营风险，我们能预见的最好结果是相对于作者而言，出版社仅能获得十分有限的利润，而很多情况下则是在为作者"打工"。当然，出版社或许有另外的考虑，利润不是单一的目的，其中可能还有打造品牌、拓展渠道等多种因素在起作用，但毋庸讳言的是，因为高稿酬致使"畅销书不赚钱"的例证比比皆是。

误区二：盲目炒作

从某种意义上讲，打造畅销书实际上就是出版者通过一系列宣传推广活动，比如座谈研讨、签名售书、巡回演讲、媒体信息披露等，有意识地引导读者的阅读趋向，培育和开发图书市场，不断为市场"加温"，直至达到理想销售数量的一种出版行为。但一些出版社在宣传推广资金的使用上，不进行科学预算，致使投入与产出比例严重失调，最后往往得不偿失。《学习的革命》原本是一本非常平庸的书，但出版方和营销方投入巨资进行宣传推广，虽然发行数百万册，但因为宣传推广费用过大，据说并没有盈利。有的出版社本身缺少营销人才，便与营销公司合作，对营销公司的"成功案例"信以为真，对他们仅仅从理论层面上夸大的"预期效果"心存期待，在诱人的"未来利润"面前，动辄投入数十万甚至上百万的宣传推广费用，最后却未能获得预期效果。中国少年儿童新闻出版总社与从事图书宣传策划业务的某图书传播研究所签订协议，营销宣传《彼得兔的世界》一书。在合同履行期间，双方发生分歧，最后竟闹上了法庭。不管诉由是什么，因出版社投入资金后未能获得营销公司所承诺的市场效果，应该是这场官司的主要起因。出版经营者或因为对图书市场需求的判断有误，或因为轻信营销公司的承诺，盲目投入，致使成本无端加大，最终导致"赔本赚吆喝"也就不足为怪了。

误区三：低折扣发货

畅销书要的就是销售数量，销售数量越大发货折扣就越低，这是发行领域里的通例。低折扣发货对于出版社来说有不得已而为之的苦衷，既然是畅销书，就要多发货，就要早回款，不能以一般图书的发行惯例对待，只要书店进货量大，承诺回款及时，即使折扣低得离谱，出版社也能接受。前些年，华艺出版社的畅销书影响很大，他们在发行折扣上有自己的一套做法。他们介绍说，一般折扣是60折，他们是50折，但必须现款发货。华艺出版社的畅销书折扣还不算是低的，有的出版社竟降到了40折，甚至40折以下，除了有如华艺出版社能安全回款的考虑以外，还不得不顾虑盗版书的出现。一般盗版书的折扣都低得惊人，对于出版社来说，以盗版书的折扣发货，连成本都收不回来。低折扣发货的结果是什么，出版者心知肚明，本来应该在某一销售量上收回成本，却不得不加倍发货以求盈利，一旦市场饱和形成退货，能赚到钱才怪呢！

误区四：对市场信息把握不准

出版社由于管理不到位，与书店信息沟通不畅，对市场需求不能准确预测，在确定畅销书印数的时候，缺乏科学性、合理性。一些出版社在运作畅销书时，最感苦恼的就是不能借助一个图书预测系统来为自己的决策服务。由于没有同类书的市场销售情况和竞争对手的数据分析，印数只能靠拍脑袋确定。畅销书进入市场，更需要有一个销售统计系统来为是否加大宣传推广力度、是否及时再版加印提供决策帮助，但出版社也好，书店也好，都没有这样的信息系统。单凭经验运作畅销书，要么会因为供货不及时，造成市场货源短缺，从而失掉销售良机；要么会因为供大于求，造成大量退货，从而增加库存、冲销利润。据不完全统计，目前我国一般图书的退货率已达到30%，从单品种来看，其中大多数是出版社自认的畅销书。

误区五：反盗版成效甚微

遭遇盗版是制约畅销书运作成功的最大障碍。一部书只要成为畅销书，就成为盗版者眼中的"唐僧肉"，可以毫不夸张地说，几乎每一本真正的畅销书都要遭遇盗版。山东文艺出版社出版的《大染坊》当年销售25万册，据说盗版书远远超出这个数字。在济南市的流动书摊上，定价28元的书3元钱就可买到。读者不是买不起正版书，但许多人还是愿意买盗版书，无非就是为了图个便宜。一般说来，盗版书是在正版书出版以后才出笼，但有的已赶在了正版书的前面。2003年，人民文学出版社的《哈利·波特（5）》本来9月面市，但从7月中旬起，售价从25元到59元不等的五个中文盗版本在京城许多书店都卖得不错。市场被盗版书占领，无形之中就挤掉了正版书应有的利润，面对这种局面，一些出版经营者痛心哀叹：做畅销书真是太难了！

畅销书运作中存在的"误区"远不止以上五个方面，这里只是举其大端而已，仅此就足以解释"畅销书不赚钱"现象发生的原因了。但是我们的目的并不单纯是为了找出原因，而是要透过这些原因思考一些更为深层的东西：比如出版经营者应该如何遵从畅销书市场的运行规律，来提升自身的经营决策水平；

出版社、作者、书店、图书市场管理部门等应该如何协力，共同创造一个有利于畅销书运作的良好环境，等等。

二

在畅销书运作中，出版经营者认识和掌握畅销书的内在属性和基本规律是至关重要的。畅销书之所以畅销，当然首先在于它独特的内容品质能为广大读者所普遍接受，同时它所特有的商业运行规律也在发挥着重要作用。在对图书的畅销潜质给予正确认定之后，只要遵从规律，理性运作，畅销书的特征就会显现出来，并且能够朝着我们期待的正确方向成长壮大，最终赢得良好的经济收益。

畅销书是一种成功的市场图书类型，但却不是唯一的成功类型，在能够赢得市场、创造效益方面同样获得成功的图书类型还有我们通常所说的时效书和常销书。在图书市场上，畅销书、时效书和常销书分别扮演不同的成功角色，它们各领风骚、独呈异彩，同时又相互联系、彼此渗透，从而形成多样而又活泼的出版文化景观。畅销书具有独特的商业运行规律，但又不能脱离时效书和常销书而孤立地呈现。我们可以通过对这三种成功图书类型的市场表现的分析，简要总结出三者各自所具有的基本市场运行规律，进而通过比较，为畅销书的正确运作提供原则性指导。

时效书的市场走向呈单峰型，上市后销售势头立即看好，在一定时期内（大约一个月左右）急速上扬至顶点，之后开始下降，并且不再有反弹的机会。由此可见，时效书是速效型图书，过程简短、赢利快捷，如果对市场需求预测准确，在市场饱和的同时，图书恰好脱销，便能大功告成，大赚一把。正因如此，时效书几乎没有再版的机会。常销书的市场走向一直是保持着有规则地上下浮动态势，大体随季节变化（如节假日、新学期伊始等）周而复始，并且持续时间较长。常销书是具有长久市场生命力的图书，赢利缓慢，却不会有特别的风险，再版可能性大，而且出版者可以较为理性地把握再版的时间和数量。畅销书的市场走向融合了时效书和常销书两类图书的特征，在市场上首先表现出时效书的特征，立刻产生轰动效应，迅速赢得市场，但在到达某一时点后，开始下滑。虽然下滑，却不像时效书那样降至最低点，而是下滑到一定时点时，又开始如常销书那样,能够持续获得市场青睐。

由以上分析可知,畅销书兼具了时效书和常销书两者的市场特征,它在市场上的表现是以时效书的特征开始,又以常销书的特征结束;它把两者市场表现的优良品质集于一身,可以说是出版经营中最高程度的成功类型。认识了畅销书的这种市场运行规律,我们在实际的出版经营活动中,就可以根据图书的内容特征和市场需求状况,理性而又自信地培育畅销书。首先,要在图书出版后能使其最大限度地表现出时效书的特征,这需要在准确判断市场需求的基础上,大力开展宣传推广活动,迅速占领市场,并达到理想的市场覆盖率;其次,要敏锐把握畅销书由时效书特征向常销书特征转化的时机,以避免其市场表现像时效书那样急剧下滑,要使其进入常销书的运行轨道;第三,要采取积极行动,展开多渠道、多方位、多层次的营销手段,稳固原有读者群,开发新的市场空间,使畅销书按照常销书市场运行规律运作下去,尽量延长其市场生命力。

在具体的出版实践中,我们要特别注意不能把畅销书等同于时效书或者常销书来运作。把畅销书等同于时效书,以运作时效书的手段来操作畅销书,那样就势必孤注一掷,稍有不慎就会因为投入成本太大,或者因为大量退货,而功亏一篑,全盘皆输;把畅销书等同于常销书,以运作常销书的手段来操作畅销书,则断不能使其产生轰动效应,致使极富畅销潜质的一部好书淹没于浩渺书海之中,徒留下无尽的遗憾。畅销书就是畅销书,它不是时效书,也不是常销书,而是既是时效书,又是常销书。只要能够遵从畅销书的市场运行规律,不断积累和总结市场营销经验,不断培养和锻炼敏锐的判断力和感知力,我们运作畅销书的能力和水平就必然会有很大程度的提高。

三

畅销书环境的建立是一个系统化的社会文化工程,不仅仅是出版者自身的事情,也需要作者、书店、图书市场管理部门以及广大读者的广泛参与,目的在于通过各方面的共同努力,使我们的图书文化市场得以规范和净化,使畅销书的生产和销售能按照它特有的规律正常运行,从而为畅销书的广泛接受与传播起到积极的推动作用。

相对于整体上的畅销书环境而言,出版社是一个内部环境。在这一内部环境中，如何形成有利于畅销书生成、运作的良好机制是至关重要的。我们相信任何一家出版社，从选题策划、市场营销、成本预算、利润管理到发展目标、组织结构、人才队伍等都有自己的一套管理模式，但却不一定拥有成熟而有效的畅销书运行机制。出版社内部的畅销书环境，至少要在以下三个方面体现出鲜明的特色：第一，要有一支畅销书运作的人才队伍。这支队伍不仅仅有能够策划出符合广大读者阅读需求的、富有创意性的选题的编辑人才，还包括具有敏锐市场感知力的营销人才，能够进行合理的成本、利润预算的财务人才等。第二，要建立完善的出版信息系统。利用信息系统，在运作某一畅销书之前，就可以对市场上同类书的表现做出分析，以便决定初版印数；图书上市以后，利用信息系统，就可以随时了解销售数量，以便决定何时再版；同时，通过与书店的双向信息交流，还能实现合理配送，扩大销售，减少退货，实现合理库存。第三，要将畅销书运作与出版社的品牌建设、战略目标结合起来。一家出版社偶尔推出一部畅销书并不难，难的是接连不断地推出畅销书，在出版社内部建立畅销书环境，就是要把畅销书开发与出版社的发展战略结合起来，这就需要在选题策划、宣传推广畅销书的同时，务必立足于以畅销书运作来树立出版社形象、塑造出版社的图书品牌。对这个目的规划得越清晰，在实施畅销书战略时成效就越明显。

  畅销书的外部环境需要作者、书店、图书市场管理部门以及广大读者来共同营造。从作者的角度讲，其既定的价值观所面对的是消费文化的多元价值观，作为其价值观物化形式的作品不可能受到读者大众的普遍认同。但畅销书的特征是以最大多数公众参与图书的消费而体现出来的，所以畅销书在面向市场时需要作者向公众阐释自己的价值观，并尽可能地让更多的读者予以认同。另外，作者往往对自己作品的社会价值和影响力有良好的期许，认定它能够成为一部受到广大读者喜爱的畅销书，如果这种期许和认定已经让出版社作出承诺，以一定的印数和版税体现出来了的话，那么对于这一作品的市场运作就不只是出版者一方的事情，作者有义务也有责任参与到对它的宣传推广中来。再从书店的角度讲，要摒弃低折扣等传统观念下的发行模式，要采用先进的经营方式，提高信息化程度，如在连锁经营的基础上，实现电子商务、信息管理等现代流通技术和手段，完善业务查询统计功能，对畅销书数据进行精确的统计分析，如进销存统计、销售排行、滞销和畅销查询等，与出版社实现快速、准确的双向信息交流，使双方形成一个利益整体，共同推动畅销书的不断涌现，真正实现双赢。从图书市场管理部门和读者的角度讲，建立畅销书环境，二者所肩负的责任是共同的，那就是打击和抵制盗版。解决盗版问题，图书市场管理部门做了大量卓有成效的工作，如完善了相关法律，依法制裁盗版现象；加大了保护知识产权的教育，呼吁民众自觉抵制盗版；对那些盗版现象严重的地区，集中力量进行了重点治理；研究建立了解决盗版问题的长效体制和机制等。现在来看，打击盗版和抵制盗版应该是相辅相成的：一方面要靠执法人员将盗版书清出市场；另一方面，广大读者更要提高自觉意识，人人抵制盗版，以购买盗版书为耻，让盗版书没有立足之地。

畅销书在推动文化产业的发展中扮演着举足轻重、不可或缺的重要角色，是丰富和活跃广大人民群众精神文化生活的重要力量，只要我们能够正确掌握畅销书的市场运行规律，建立一个有利于畅销书运作的内、外部环境，就能进一步提高畅销书运作的水平和质量，从而避免"畅销书不赚钱"现象的发生，保证畅销书社会效益和经济效益的真正实现。

（原载《中国出版》2007年第7期，《新华文摘》2008年第1期全文转载）

园主·花园·花匠
——邹韬奋与《生活》周刊

一、传播进步思想，倡导民主政治

1925年10月11日，《生活》周刊在上海创刊，创办人是中华职教社主任黄炎培。黄炎培创办这样一个刊物的最初设想，是让它宣传职业教育。因为中华职教社在全国有多处分支机构，黄炎培还想利用这份刊物沟通各地职业信息。这份刊物，实际上相当于机关报，发行量很小，只有两千多份，在读者中影响也不大。创办一年后，原来的主编去职，黄炎培便邀请邹韬奋接手主编。邹韬奋接编以后，首先在内容上进行革新，变机关刊物为大众刊物。他回忆说："我接办以后，变换内容，注重短小精悍的评论和'有趣味有价值'的材料。"①他在内容上也独出心裁，反对模仿，使刊物别开生面，独具一格。正如他自己所说："内容并非模仿任何人的，作风和编制也极力'独出心裁'，不愿模仿别人已有的成例。"②认为"要造成刊物的个性或特色，非有创造的精神不可"③。于是，邹韬奋确立了自己的办刊思想，那就是："我们不愿唱高调，也不愿随波逐流，我们只根据理性，根据正义，根据合于现代的正确思潮，常站在社会的前一步，引着社会向着进步的路上走。所以我们希望我们的思想是与社会进步时代进步而俱进。"④这其实也就是邹韬奋的办刊宣言，这一宣言确定了刊物的价值追求和思想面貌。具体表现为：一、关注社会现实。邹韬奋认为"要用敏锐的眼光和深切的注意，诚挚的同情，研究当前一般大众读者所需要的是怎样的'精神粮食'：这是主持大众刊物的编者所必须负起的责任"。⑤他既重编辑又重写作，《生活》周刊"小言论"是社会瞭望台。二、指导青年人生。当时的中国，在启蒙、

---

① 邹韬奋：《韬奋自述》，学林出版社2000年版，第73页。
② 邹韬奋：《几个原则》，《韬奋新闻出版文选》，学林出版社2000年版，第225页。
③ 同上，第225页。
④ 邹韬奋：《我们的立场》，《韬奋新闻出版文选》，学林出版社2000年版，第296-297页。
⑤ 同②，第226页。

民主、爱国的社会思潮和运动的大背景下，启蒙与改制、保守和改革、师夷与反帝等民族矛盾和社会矛盾空前激化，《生活》周刊刊载了大量指导青年人生选择、剖析社会问题的文章。这些文章呼应着当时的政治问题、社会问题，突出表现为"青年的立场"、"大众的立场"，因此吸引了大量读者。三、反抗日本侵略。1931年"九·一八事变"后，《生活》周刊又发生了第二次转变，即由综合性的青年大众读物，转变为围绕抗日救亡为中心的时事政治刊物，受到爱国青年的追捧，发行量也突飞猛进。《生活》周刊刊载了大量鼓舞民众抗日、呼吁团结御侮的文章，积极参与抗日救亡运动，成为掀起全民抗日浪潮的主要舆论力量。

总之，《生活》周刊在邹韬奋的主持下，积极传播进步思想，倡导民主政治，呼吁抗日救亡，成为一个主持正义的舆论机关和一处爱国主义的精神高地，在当时的进步刊物中，无论是创办宗旨、内容特色都独树一帜，深受读者欢迎，而不断增长的发行量也显示了杂志广泛的社会影响力。

二、努力为社会服务，竭诚谋读者利益

邹韬奋主编《生活》周刊，把"努力为社会服务，竭诚谋读者利益"作为办刊宗旨。"努力为社会服务"，主要是从内容上说的，强调的是杂志的功能和要达到的目标；而"竭诚谋读者利益"，既注重于内容为读者所容易接受，又注重于与读者建立紧密的关系。为了实践这种办刊宗旨，邹韬奋在《生活》周刊上开辟了《读者信箱》，目的就是为了解答读者来信中提出的各种问题。到1931年《生活》周刊鼎盛的时候，每年收到的读者来信达3万余封，即使是别人写了回信，邹韬奋也坚持每封回信都亲自审核，然后再盖上自己的印章发出去。这种对读者的热心和热情，换来的是读者对邹韬奋和《生活》周刊的高度信任。

另外，《生活》周刊还设立"书报代办部"。"这'书报代办部'是附属于'生活周刊社'的，它可算是'生活书店'的胚胎。最可注意的是它的产生完全是'服务'做它的产妇，'服务'成为'生活精神'的最重要的因素。"[①]可以说，《生活》周刊的成功是邹韬奋和他热心服务的读者共同创造的。他真正做到了"尽自己的心力，替读者解决或商讨种种问题，把读者的事看作自己的事，与读

---

① 邹韬奋：《生活史话》，《韬奋新闻出版文选》，学林出版社2000年版，第333页。

者的悲欢离合,甜酸苦辣,打成一片"①。

邹韬奋做出版一直强调事业性和商业性相统一。他在主编《生活》周刊时也在实践着这种经营理念。他说:"要把单张的《生活》周刊改成本子,要有钱;要开展事业,要有钱;要增加同事以分任过忙的工作,也要钱,所以我们天天想赚钱。"②那么《生活》周刊的钱是怎么赚来的呢?"拉广告"是一个重要的赚钱办法。但是,对于广告,邹韬奋并不是来者不拒,他给自己定下了什么样的广告能登、什么样的广告不能登的规矩:"略有迹近妨碍道德的广告不登,略有迹近招摇的广告不登,花柳病药的广告不登,迹近滑头医生的广告不登,有国货代用品的外国货广告不登……"③杂志发行量大了,广告来得也多了,赚钱了,那么赚钱的目的究竟是什么呢?邹韬奋说:"《生活》周刊是以读者的利益为中心,以社会的改进为鹄的,就是赚了钱,也还是要用诸社会,不是为任何个人牟利,也不是为任何机关牟利。"④办刊物、做出版,要做到事业性和商业性相统一,这正是"韬奋精神"的重要内涵之所在。

三、"花园"景致宜人,"园主"功莫大焉,"花匠"无怨无悔

邹韬奋把中华职业教育社比喻为"园主",把《生活》周刊比喻为"花园",而把自己比喻为"花匠",通过描述三者之间的关系,指出中华职业教育社,特别是职教社主任黄炎培的充分信任才是《生活》周刊得以发展壮大的第一关键因素。他是这么说的:"好像园主把花园交给一个花匠,付以全权。这个花匠生性耿介憨直,无所私于任何个人,无所私于任何团体,不知敷衍,不知迁就,但知根据明确规定的宗旨,为社会努力;但他深觉这样耿介憨直的花匠不是任何园主所能容的,所以这个花园之有今日,第一就不得不归功于园主对于花匠之信任专一,毫无牵掣。"⑤

邹韬奋1926年10月任主编,至1933年11月杂志被迫停刊,为《生活》周刊这个"花园"忙碌了整整7年时间。在这7年中,周刊内容不断革新,社会影

---

① 邹韬奋:《生活史话》,《韬奋新闻出版文选》,学林出版社2000年版,第332页。
② 同上,第340页。
③ 同上,第338页。
④ 邹韬奋:《〈生活〉周刊究竟是谁的》,《韬奋新闻出版文选》,学林出版社2000年版,第280页。
⑤ 邹韬奋:《辛酸的回忆》,《韬奋新闻出版文选》,学林出版社2000年版,第285-286页。

响不断扩大,"《生活》周刊改为本子之后,内容更充实,销数突增至八万份,随即增至十二万份,后来竟增至十五万份以上,为中国杂志界开一新纪元"①,创下了当时刊物发行的最高纪录。至此,在邹韬奋这个"花匠"的精心培育下,《生活》周刊变得花团锦簇,生机盎然,景色宜人,声名远播,而邹韬奋也逐渐成长为一名进步的、革命的出版家。

《生活》周刊社隶属于中华职教社,主任黄炎培自然是《生活》周刊这个"花园"的"园主"。黄炎培对邹韬奋给予了高度的信任,放手让他自主经营,从不干涉。在邹韬奋看来,"花园之有今日",黄炎培才是第一功臣。《生活》周刊创刊的时候,邹韬奋已经在中华职教社任职,他的主要工作是负责编辑《教育与职业》月刊和"职业教育丛书"。《生活》周刊创刊一年后,原来的主编王志莘去职,黄炎培便将邹韬奋从《教育与职业》调到《生活》周刊,让他接任主编一职。黄炎培对邹韬奋委以全权,周刊办刊宗旨的调整、经营思路的确立等,都完全按照邹韬奋的设想付诸实施,结果是周刊的社会影响日益扩大,发行量也不断增长,周刊社的经济状况也有了明显改善。1929年,为了周刊更大的发展,黄炎培决定让周刊社作为中华职教社的一个隶属机构独立运营,并任命邹韬奋为周刊社社长兼总编辑,这就给了邹韬奋更大的自主权,为周刊的进一步发展创造了条件。此后,邹韬奋和《生活》周刊在抗日救亡运动中扮演了急先锋的角色,无论是"九一八"事变发表声明,表示其"与国人共赴难",还是发动舆论声援抗日将士,号召社会各界捐款,《生活》周刊都冲锋在前,成为掀起全民抗日浪潮的主要舆论力量。因为《生活》周刊所刊载的抗日文章和反政府内容,引起了国民党上海党部的很大不满,有关方面要《生活》周刊公开表态拥护政府。邹韬奋不为所动。他们又找到《生活》周刊的主办单位中华职教社。蒋介石将黄炎培由上海请到南京,亲自与他谈话。黄炎培回来与邹韬奋商议后决定,《生活》周刊社脱离中华职教社,独自经营,仍由邹韬奋主持。从如何对待《生活》周刊独立发展这一点上来说,黄炎培不愧是一位保护"花园"、爱护"花匠"的受人尊重的"园主",他给予邹韬奋以充分的信任,而且在关键时候能够予以切实的保护,为邹韬奋办刊营造了一个良好环境。《生活》周刊这个"花园"之所以能够如此景致宜人,"园主"黄炎培当然功莫大焉。

---

① 邹韬奋:《生活史话》,《韬奋新闻出版文选》,学林出版社2000年版,第336页。

邹韬奋自喻为一个"花匠",表明他对辛苦的劳作是无怨无悔的。因为对"园主"持有一种责任,对社会和时代怀有一种使命,所以要担当责任,不辱使命,就必须"根据明确规定的宗旨,为社会努力"。邹韬奋的"园主"、"花园"、"花匠"的比喻,形象而贴切,而且给予我们的启示也是相当深刻的。

(原载《中国编辑》2015年第6期)

文化经营：期刊经营的最高境界

期刊经营是文化产业研究中的重大课题。作为文化产业构成的期刊业，如何通过文化经营得以健康、快速发展，已经越来越受到人们关注。期刊业不断发展，要求其文化的创造性也要不断强化，文化经营成为期刊扩大社会影响力、提高市场竞争力的核心问题。深入研究期刊的文化经营，对于壮大期刊行业的整体实力，使其在文化产业发展中发挥更大作用，显然具有十分重要的意义。

一

期刊经营有境界高下之分，从低到高依次为"生存经营"、"市场经营"、"文化经营"。

生存经营是期刊经营最低级的一个层次。所谓生存经营，就是期刊特色不鲜明，发行数量少，有的处于亏损状态，有的收入所得只能维持一般性生存。这个层次上的期刊经营，完全忽视了对期刊的社会影响力和持久生命力的培育，导致经营困难，举步维艰。

期刊经营的第二个层次是市场经营。在这一层次上，市场导向理念在期刊经营中全面普及，读者至上，市场至上，期刊已经建立了一套完整的以读者为中心的市场价值链，以保证期刊可以得到更为通畅便捷的传播，拥有更大范围的受众群体，并获得丰厚的经济回报。

文化经营是期刊经营的第三个层次，也可以说是期刊经营的最高境界。期刊的文化经营首先表现为品牌的经营。品牌经营是期刊的一项长期、艰巨、复杂的系统工程，不是一朝一夕能够完成的，需要不断地沉淀和积累，这本身就是一个文化创新和文化建设的过程。期刊品牌最初来源于期刊的定位，也就是期刊的品格策划。目前堪称我国第一期刊品牌的《读者》，它的基本定位是"看似超然，实则亲近的人文关怀"，二十年如一日，始终不懈地追求阐释人性的善良和美好的阳光主题，风格如春风化雨般轻柔温馨，不事张扬，却让人感到它那宽厚和博大的爱心无处不在。《读者》品牌是期刊文化经营的成功范例。其次，期刊的文化经营还表现为期刊社内部企业文化的建设。当前，企业文化的独特性已越来越表现为企业差别化战略和企业的核心竞争力，期刊社企业文化建设的目的就是要使文化成为整合更大范围资源、扩大更大市场份额的重要利器，它包括制作重大选题以引领文化潮流，以其不可替代的文化品格开展各种重大文化交流活动，借助强大的实力实施规模化投资和融资等。美国《时代》周刊举行影响世界的封面人物评选、实行媒体的跨国并购等，就是利用了企业文化的优势和价值，从而使企业显示出无可比拟的强大的文化力量。再次，期刊的文化经营还表现为以人为本的人才观。期刊经营的文化特性，注定了人是期刊的灵魂。实施文化经营的期刊，必然有一支富有创新精神和理想信念的人才队伍，这是期刊获得持久发展和不断壮大的根本保证。

二

期刊文化经营的内涵是：期刊经营者必须强烈意识到期刊对文化建设所负的历史责任，有高品位的文化追求；致力于品牌核心价值的创造与培育；围绕品牌促进企业的价值观念、制度模式、营销方式、战略决策的文化提升，以达到企业文化与品牌形象的和谐统一和相互促进，保证社会效益和经济效益的全面提高。

一种期刊要达到文化经营的境界，应做到以下几点：

第一，期刊定位要站在人类社会文化建设的高度，体现鲜明的文化创新精神，为文化发展做出贡献，不断满足人民群众日益增长的文化需要。从本质上讲，每一种期刊都是一个文化创新基地，它记录着人类文明成果的创造过程，反映着人类不断发展的物质和文化的生产方式，倡导科学、健康、文明的生活样态，肩负着传承民族文化、满足人民群众精神文化生活需求的重任，因此，期刊的个性策划和培育必须要贯穿强烈的文化创新意识。我们都知道陈独秀创办的《新青年》杂志掀开了五四新文化运动的帷幕，具有划时代的历史意义，它的巨大文化贡献首先来自于杂志的准确定位。辛亥革命失败后，许多先进知识分子苦于找不到救国的出路而苦闷、彷徨，陈独秀从残酷的现实出发，认为当务之急是要仿照欧洲的文艺复兴，在思想文化界发起一个反封建的启蒙运动。

他创办了《新青年》杂志，在创刊号上发表《敬告青年》一文，宣称要以建设新文化为办刊宗旨，大力倡导"科学"与"人权"。《新青年》坚守着自己的文化使命，引发了强烈的社会反响，开启了中国新文化的建设历程。当前在业界被称为"舆论领袖"的《中国新闻周刊》，以"挖掘新闻背景和内涵"为办刊宗旨，客观而富有深度地报道了大量新闻事件，越来越为国内外的读者所喜爱。伴随着中国的崛起，它在宣传中国形象方面发挥了不可替代的作用，日益展现出中国社会主流大刊的形象。《家庭》着力打造"家庭温馨的港湾"、"实用生活的指南"这一特色，使期刊成为新时期倡导健康、文明、科学的家庭生活方式的文化读本，受到读者好评。这些期刊，定位准确，特色鲜明，又加上富有坚定的文化使命感，期刊的文化功能得到了充分展现。

第二，要以品牌创建为中心要务，找准品牌与市场之间的最佳结合点，使二者相互推动，共同促进。期刊是一种连续出版物，它的品牌价值较之于图书等其他文化产品更具稳固性和影响力，因而也就更具有实际的市场意义。品牌是期刊竞争力的核心，同时品牌形象又可演化为市场号召力，市场的积极反馈又能进而丰富品牌内涵，品牌和市场之间的最佳结合，形成"品牌——核心竞争力——市场号召力——品牌"螺旋式上升的良性循环。现阶段我国的许多期刊就具备了这样的品质，如《读者》《家庭》《三联生活周刊》等，在品牌创建和市场结合方面都是非常成功的例子。同是时尚类杂志，因各自的定位不同，品牌效应也就在不同的读者群体中发挥市场号召作用，如《瑞丽》在学生特别是大学生读者群体里销量最多，《时尚》则最受社会精英人士和广告商的青睐……这些期刊以富有鲜明特色的品牌形象开发市场，稳固市场，市场又反过来促使期刊进一步保持和提高品牌质量，从而保持了强大的市场竞争优势。

第三，要培养一支阵容强大的、拥有与期刊相同的文化理想和创新精神的作者队伍。期刊不同于图书，它的传播特性要求作者思想敏锐、文稿观点新颖，还要讲求时效性；另外，期刊品牌的文化内涵更要用富有相同品格的文稿来保持和强化，所以，品牌期刊不能坐等来稿，而要下大力气建立一支相对稳固的作者队伍。国外一些大型期刊一般都有自己的"雇佣作者"，在我国，有些重要期刊也在作者的培养方面下了很多工夫，取得了很大实效，在品牌创建和提升方面发挥了至关重要的作用。如《故事会》通过各种渠道和方法，组织起一支全国范围内的精良的故事创作队伍，成为期刊市场竞争最有力的出版资源。它的做法是：建立"作者数据库"，把全国知名作者都登录在册，定时与他们联络感情，联络作品；在全国各地建立创作基地，每年两次召开作者笔会，把刊物的信息及时传达给作者，作者之间还可以相互交流创作经验。《故事会》还十分重视作者队伍的更新换代，为了培养新作者，多次免费举办"故事创作研讨班"，成效显著。

第四，要建立以品牌为核心竞争力的期刊社内部创新机制，形成文化经营的价值观，使形式上的单一品牌产生聚合裂变效应，实现资本、结构等的规模化扩张。首先，要在期刊社树立文化经营的理念，建立全面科学的文化经营的价值标准和体系。期刊社上下要紧紧围绕品牌塑造开展工作，将保持、提升品牌价值贡献的大小，作为评价员工绩效的基本依据。编辑确定一个选题，加工一篇文稿，都要考虑品牌价值的维护和积累；营销人员应树立良好的服务意识，把品牌蕴含的文化活力传达给每一位读者，不断扩大期刊的影响力，提高期刊市场份额；广告人员要把品牌的文化内涵体现在每一个广告品种上，将其看作是品牌文化的一部分，使之与期刊内容相辅相成，相得益彰。其次，要善于利用既有的品牌影响，以期刊为中心大力开展各种文化活动，掌握和引导舆论，提升期刊形象，撬动外部资源共同开发期刊文化现象的经济价值，从而实现效益的最大化。在这一方面，《时尚》的做法很有代表性。《时尚》始终坚持"国际视野、本土意识"的办刊方针，并以其高雅的品位、独特的风格、风趣的文字、新颖的版式引导潮流，倡导时尚。目前，《时尚》一方面不断扩军，旗下已拥有十五本刊物；一方面积极对外合作，不断通过各种文化活动为千万读者提供丰富的时尚资讯，并使时尚资讯转化成时尚产品和时尚服务，获得了高额经济回报。再如《故事会》，2006年中国移动百宝箱上线手机杂志《故事会》，使其成为我国首个正式被百宝箱收录的传统平面杂志，与新媒体的结合为期刊带来了新的增值空间。再次，要借助期刊文化经营理念制定规模化、产业化、集团化发展战略，在更广大领域和更高平台上高扬期刊的文化品格。如《知音》，2006年全面改版升级，每月推出上半月、下半月和月末版三期，并在成功推出《知音·海外版》等一系列子刊后，今年又推出《知音·漫客》，首次进军动漫界，实现了规模化、产业化经营。还有，2006年初，甘肃省依托《读者》的品牌优势组建了读者出版集团，这是我国第一个以一本期刊的刊名命名的出版集团。集团将《读者》始终弘扬优秀文化、倡导人文关怀的价值追求作为自己的文化使命，追求高品位、高质量的出版品格。《读者》这个被誉为"中国人的心灵读本"的期刊,又站在了一个新的起点上。

三

文化经营既然是期刊经营的最高境界,就必然具有一定的难度。每一种拥有响亮品牌,并在规模化、产业化道路上挺进的期刊,在进行文化经营的时候,都会建立一整套符合自身发展规律的、行之有效的管理模式,包括对员工的价值观、道德观、行为准则的人文管理,对生产经营过程中的人力资源、选题资源、成本控制、营销策略、利润生成等方面的制度约束,还有企业文化建设、发展战略决策等,都会各不相同,各有特点。但是,期刊的文化经营自有一些共性的问题,这是任何一种期刊在进行文化经营的过程中都必须认真面对的。

第一,要处理好"人办杂志"与"杂志办人"的矛盾

期刊经营者都有自己的编辑理念和文化追求,而且期望刊物能够按照自己的主观愿望成长,但刊物一旦走向市场,就要接受读者的检验,只有办刊宗旨与读者需求完美契合,刊物才能真正生存下去,并且发展壮大起来。因此,期刊良好的市场效果决不单单取决于期刊经营者的一厢情愿。梁实秋在回忆自己编辑《新月》杂志的时候说:"哪个喜欢摇摇笔杆的人不想办个杂志?起初是人办杂志,后来是杂志办人,其中甘苦谁都晓得。"① 对此,茅盾亦有同感:"开始'人办杂志'的时候,各种计划、建议都很美妙,等到真正办起来了,就变成了'杂志办人'。"② "人办杂志"体现了编辑主体的主观能动性,是对期刊品格的孕育和对期刊未来发展方向的期许;"杂志办人"显示了期刊运行的规律性,它自有一套传播原则和运行机制,并不完全受制于编辑者的主观愿望。期刊的文化经营要求期刊经营者应当正视"人办杂志"与"杂志办人"的矛盾,善于发现和掌握期刊经营的规律,自觉接受读者的检验,及时调整办刊理念和编辑方针,以便最大限度地满足人民群众的文化需求。

---

① 梁实秋:《梁实秋自传》,江苏文艺出版社1996年版,第141页。
② 茅盾:《我走过的道路》(中),人民文学出版社1984年版,第199-200页。

第二,要处理好坚守品牌特色与适应时代发展的矛盾

成功的期刊品牌具有相对稳定性,但并不意味着可以固步自封。这个品牌可能曾一度辉煌,也可能现今依然辉煌,但是随着时代的发展,过去的辉煌能否持续下去,却不能不引起期刊经营者的思考。既要坚守品牌的固有特色,又要适应时代发展的要求,这是期刊文化经营中的一个难题。解决这一难题,需要从两个方面入手:一是要相信市场是可以塑造的,读者是可以培育的。期刊宗旨既定,就要坚持信念,相信自己,也相信读者,优良的品质和真诚的信誉,终会赢得读者,赢得市场。二是要与时俱进。每一种期刊的创办都是生逢其时,应运而生;每一种期刊的发展也都是顺时而动,乘势而上。没有哪一种期刊能够游离于时代,而期刊品牌的创立,从另一个角度说也是时代造就的,因此顺应时代的发展才是品牌建设的要义。

第三,要处理好规模扩张与质量下降的矛盾

期刊的文化经营要求期刊不断向规模化、产业化发展,有的期刊创办了系列子刊,有的期刊与其他媒介或国外文化机构合作,有的期刊已经形成集团化运作模式,品牌优势进一步显现,规模经营显示出强劲的发展态势。但是,在实现规模经营的同时,期刊的内容质量、品牌质量有所下降的问题也日益凸显出来,这不能不引起期刊经营者的高度重视。质量下降,势必影响到期刊既有品牌在读者心目中的分量,势必影响到核心竞争力的保持和提升,最终势必影响到期刊的生存,而所谓的规模化经营也就成为一座空中楼阁。规模扩张与质量下降的矛盾,在当前可以说已经成为一个亟待解决的问题。实现规模经营,并不意味着要放松对期刊内容质量、品牌质量的要求,恰恰相反,规模经营与提高质量应该是相辅相成的。期刊的品牌效应促进期刊的规模经营,期刊的规模经营又能进一步提升期刊品牌的影响力,只有这样,我们所说的期刊的文化经营才真正体现了它的精髓含义。

(原载《出版发行研究》2007年第7期)

从文学到出版

数字时代"泛偶像化"出版现象的反思

在当今数字媒体时代,偶像制造摆脱传统手段,借助各种媒介包装、炒作而变得越来越容易。偶像一夜之间便能打造出来,"人人都能成为偶像",认为现在已是"泛偶像时代"也并不为过。由多种媒介组成的媒介场编织起一个泛媒介的信息网络,对出版活动产生多重、交互影响,迫使人们有意识或无意识地接受偶像制造的信息诱导,一种新的出版现象——"泛偶像化"日益成为当下图书市场的一个热点。当今人们崇拜的偶像已与传统意义上的偶像有所不同,某些媒介形象与真实的社会人之间存在差异,"泛偶像化"出版现象之下产生的一些出版物所承载的社会功能已经发生变异,这样就必然促使人们思考:出版应该如何面对这一独特的文化现象?出版的本质属性与新媒体的"泛偶像化"之间究竟存在一种什么样的关系?二者的互动能在多大程度上影响出版产业的发展?

一

当下一个显而易见的事实是,数字时代的"泛偶像化"反映到出版领域,就出现了一系列相关出版物,而且这些出版物大多能够受到读者的追捧,有的竟成为热销一时的超级畅销书,出版大有借新媒体制造的"泛偶像化"呈现一时繁荣的态势。出版的"泛偶像化"表现为:

一、出版者借助电视媒介偶像的批量化生产,连续不断地推出呈现高度类型化的系列图书。电视媒介完成某一类型的偶像制造以后,这一偶像便在特定的历史时期成为人们认识世界和进行价值判断的标准,深深地影响着人们的思想。人们接受这一偶像,是将其作为精神寄托和方向引领的角色,愿意将自己的情感或是理想赋予他们,从而在这一偶像身上体验自己梦想的存在。这种情感指向随着受众与电视媒介互动效应的产生,就会转化成"受众对某些媒介产品的无止境的需求,这种需求经过市场规则浸染和锤炼,转化成对媒介的忠诚度"。① 易中天在央视"百家讲坛"通过电视媒介讲解小说《三国演义》与史书编撰之异同得失,观点新颖,通俗易懂,很快获得很高的收视率;不久《品三国》图书出版,疯狂热销,创造出一个销售神话。这一现象对于央视"百家讲坛"栏目来讲,自己制造的媒介产品被传递出去,成为一种文化偶像,形成受众对媒介的忠诚度,从而为媒介提供更多的受众空间,于是就会选择更多地生产这类产品,于丹、阎崇年、王立群、马未都……走马灯似地登上"讲坛",出版者借助电视媒介唤起的受众的注意力以及忠诚度,推出《于丹〈论语〉感悟》《明亡清兴六十年》《马未都说收藏》等图书,它们都顺理成章地成了轰动一时的畅销书。这些图书有一个显著的特点,那就是图书的内容正好契合了读者的内在文化需求,而其叙述方式的口语化又呈现亲切生动的特征,适合读者阅读趣味。如今"百家讲坛"系列图书依旧是图书市场的宠儿,可以预见,"百家讲坛"栏目还会接连不断地为受众制造文化偶像,而出版者也还会竞相出版这类高度类型化的图书。

二、出版者首先按照娱乐工业的逻辑精心制造一个偶像,相关图书大获成功以后,再不断复制与之完全同质化的新偶像,并希图再获成功。从现象上来看,偶像是新媒体直接带来的,然而对于出版者来说,却是在利用新媒体创造一种营利模式,这种意义上的偶像与真正的偶像相去甚远,但是正是将营利作为唯一目的,所以目的一旦达到,为了获取更大利益,便需要复制新的偶像。且不说郭敬明是否配当偶像,但他确实是从《萌芽》的"新概念作文大赛"中脱颖而出,他的一系列作品在某一特定的读者群中受到追捧,其本人又在生活方式上大摆明星派头,这一切都靠新媒体的渲染,最终把他塑造成青春文学的领军人物。出版者举办种种适合娱乐市场的活动,然后给大众一个自主选择的口号,而无论如何民主,也只是在其与新媒体打造的娱乐形象范围内选择,郭敬明的出现其实就是一个带有浓烈商业符号的娱乐偶像。毫无疑问,郭敬明具有巨大的商业价值,"娱乐至上"、"利润至上"必然促使出版者更深度地开发偶像潜在的价值,再造新的同质偶像也就顺理成章了。据报道,首届"THE NEXT——文学之新"全国新人选拔赛2008年6月26日在北京现代文学馆启动,这一活动的目的是借鉴"美国偶像"等电视选秀类节目的海选方式选拔文学新人,时间跨度从2008年5月至2009年7月,赛事采取全国海选—36强—24强—

---

① 李岩:《媒介批评——立场 范畴 命题 方式》,浙江大学出版社2005年版,第174页。

12强—8强—6强—4强—评委公认奖—冠军赛的逐级淘汰赛制。主办方除了长江出版集团北京图书中心、企鹅出版社以及起点中文网之外,还有《最小说》杂志社。有意思的是,执行评委之一的郭敬明正是《最小说》主编,因此对这一颇具选秀色彩的大赛,是否会再次出现一个"郭敬明式"人物,也是郭敬明在发布会上被问得最多的问题,尽管他对这一问题含糊其辞,但主办方借这次活动意欲复制一个新的"郭敬明",则无疑是不言而喻的。①

三、出版者借助新媒体技术的便利,通过泛媒介互动,有选择地打造平民化偶像,屡屡创造草根作者一夜成名的神话。互联网不为一般民众发表作品设立过高门槛,而其媒介征服力又是巨大的,名不见经传的作者先在网络上出现,再被出版者包装而成名,显然是一条便捷的、更加新锐和更具前景的成功之路。在新媒体生产的诸多媒介产品中,出版者必然要选择那些适合纸媒传播而又能带来巨大利润的产品进行深度经营,于是在他们眼中,即使是普通百姓,但因为他的某种特质具有潜在的市场价值,亦可以被过度渲染而成为偶像。安妮宝贝本是一位公司职员,1998年开始在网络上发表作品,后为出版商注意,不惜花大成本对她进行包装,先后出版了她的多部作品,这些作品大都进入了畅销书排行榜。2006年她的长篇小说《莲花》出版,出版商号称支付给她200万天价版税,一时间吸引了读者的广泛注意,这本书最终销售60万册。最近发生的"香水女孩"事件也应该算作是出版商打造平民化偶像的例子。北外女生王亭亭平时喜欢写一些情感方面的文章,成为美女作家是她的梦想。某文化传媒公司许诺将与她签约10年,给她出书10本,共100万字,但在出书之前,要先在网上炒作,让她一夜成名,然后公司再举办一个公开的签约仪式,以2000万元的高价与她签约。这样才有了沸沸扬扬的"香水女孩"事件。且不论这一说法的真实性如何,但文化传媒公司以出版畅销书为目的打造平民化偶像的做法,却正是"泛偶像化"出版现象的一种表现形式。

上面谈了当前"泛偶像化"出版现象的三种表现形式,只此当然不能概括这种现象的全貌,只是因为这三种表现形式具有一定的代表性,所以列举出来,使我们能够大体了解"泛偶像化"出版现象确实存在,并且使我们看到,当今出版在新媒体环境下,在新的社会阅读需求下,正在发生新的变化。

---

① 《选拔文学新人借鉴"美国偶像"》,中新网2008年6月27日电。

二

"泛偶像化"出版现象的出现和蔓延，正在受到越来越多的质疑。有人认为，这一现象实质上是一种借助新媒体"泛偶像"的制造和消费，更多地渲染出版的商业性功能的出版行为，因此必然在一定程度上消解出版的文化性。如果商业性在出版过程中成为压倒性的、主导性的行为方式和价值呈现，那么出版的文化性就会为物质的功利性所驱逐。正是在这种意义上，人们对出版的"泛偶像化"表现出忧虑。首先，批评者对出版盲目认同和跟从新媒体"泛偶像"制造与消费的模式表示了不满。当今，人们对偶像的认定大多基于虚拟的媒介形象，虽然真实的人物本身也不能完全脱离人们的价值认定，但传统的"崇高品德""非凡成就"等基本的偶像成立因素，在人们的价值判断中，其意义已经大为消减，偶像实质上成为一种商品。为了易于被大众接受，并能赚得更多的利润，新媒体就有目的、有意识地生产、包装、传播所谓的偶像，使之成为人们精神领域的消费品。因此，当今时代的偶像与其说是人们自由选择的精神崇拜对象，毋宁说是娱乐工业与新媒体联手生产出的能够为利益相关者带来经济收益的娱乐商品。既然偶像成为商品，那么偶像的产生就脱离了偶像本身，也不再受到大众选择的限定，生产什么样的偶像、生产多少数量的偶像，就完全取决于生产者。新媒体视市场的需求进行生产，而市场永远是变化的，于是偶像商品也就被不断地、越来越多地生产出来。当偶像产品被大量生产并被大量消费时，就表现为"泛偶像化"。出版作为一种特殊的文化产业，它要求商业性与文化性要保持高度有机统一，而出版的"泛偶像化"恰恰模糊了出版与新媒体的界限，把产生于娱乐工业中的一种必然现象机械地、简单地移植于出版，这就难以避免将出版引入只重商业的功利性而忽视其文化性的歧途。

其次，他们认为出版的"泛偶像化"使长期存在的"跟风"出版现象愈演愈烈。一本书成为畅销书，书市上很快就有了一大批选题相近、书名相似、内容相仿的图书。曾几何时，一本《谁动了我的奶酪》引出了各式各样的"奶酪"；《天亮以后就分手》一书上市不久，就相继出现了《天不亮就分手》《天亮以后不分手》……这些图书模仿他人创意，节省了开发成本，减少了出版风险，虽然有可能获取一定的经济利益，却扼杀了出版的创新活力，是一种注重短期经济效益而牺牲长远社会效益的短视行为，出版创新精神的一面被忽视，实质上就是忘却了出版的社会责任和文化使命，因此受到普遍诟病。出版的"泛偶像化"，说到底也是一种"跟风"出版行为。譬如最近市场上流行的"健康类"图书，随着吴清忠的《人体使用手册》的热销，《无毒一身轻》《求医不如求己》《从头到脚说健康》等书相继问世，林光常、郑幅中（中里巴人）、曲丽敏等频频活跃于网络和电视节目，成为老百姓耳熟能详的偶像级的"公共医学专家"。大众媒介与出版社相互联手，今天你造一个偶像，出版一本图书；明天我也造一个偶像，又出版一本图书，出版的"泛偶像化"使长期存在的"跟风"出版现象愈演愈烈。据不完全统计，2004年共有290家出版社参与健康类图书的出版，2007年则升至362家，进入2008年，这个数据继续增长，不断有新的出版社涌进竞争激烈的健康类图书的市场。2007年上半年健康类图书的同比增长率超过32%，远远超过14.23%的图书零售市场水平。

第三，有人认为出版的"泛偶像化"还进一步加剧了图书内容的低俗化。最典型的例子是平民偶像出书。批评者认为，为平民偶像出书，出版社不应该自降标准，更不应该以低俗化迎合市场，只求商业利益而不顾社会效益。如天下霸唱在网络上成名，出版社忽视图书出版与网络阅读的本质不同，对《鬼吹灯》内容的低俗化视而不见，连续推出他的系列图书，一步步把作者打造成悬疑小说的偶像人物。读者的阅读体验，只是瞬息而简单的感官刺激，并不能得到积极的教益。优秀的悬疑小说能够提高人的修养，能够增加人们对社会的认知，而这样的图书却没有这样的功能，无论如何也不能说它与人们通常所说的世界观、人生观、价值观有什么关联。再如上面提到的健康类图书也是如此。对自身健康的关注和投资，本是社会文明的一个重要标志，可当我们翻看时下的一些健康类图书，从书名到内容实在有些让人莫名其妙。先看书名：什么《身体圣经》《营养圣经》，什么《营养革命》《肠内革命》《血液革命》，什么《医生不懂的长寿秘密》《别让不懂营养学的医生害了你》《不生病的活法》……仅仅从名字就不难看出，这类图书的"假、大、空"实在是到了令人啼笑皆非的地步；再看内容：一是观点相互矛盾。例如一册书中讲到豆浆是如今的健康食品之一，常喝豆浆有利于降低患心脑血管病的风险，有利于中老年人延年益寿；而另一册书中却说，常喝豆浆对于男性身体不好，最直接的原因就是会导致早衰，记忆力减退；二是观点惊世骇俗。例如什么"牛奶是给牛吃的，不是给人吃的"，什么"不能吃豆腐""海产品皆有毒"等等。出版社为了在健康类图书出版中占得一席之地，分得一杯羹，随便拉来一个作者，就给他打上专家的名号，杜撰一些医疗故事来蒙蔽读者，内容叙述根本不符合基本的医学常识，至于科学性更是无从谈起。

综上所述，针对当下出版的"泛偶像化"现象，质疑者认为它对出版界业已存在的问题如"跟风"出版、图书内容的低俗化等有推波助澜之势，进一步导致了商业主义、功利主义泛滥，呼吁人们应该对其表现出的负面影响给予足够的重视。在社会转型时期，当代人的文化需求、价值认同的变化以及新媒体的极速发展，为"泛偶像化"创造了坚实的社会基础，使其不可阻挡地成为一种文化消费行为，既然它已经对出版产生了巨大影响，那么我们对出版的"泛偶像化"现象作出一个正确的判断就显得刻不容缓了。

三

的确，出版活动具有很强的商业性，任何出版行为都不能忽视其经济效益，于是从选题的确定、内容的选择，到宣传推广等，一些急功近利的行为贯穿于出版的过程中，即使被斥之为功利主义至上，也是不难理解的。但出版和新媒体毕竟是两种层次不同的大众传播方式，当出版面对新媒体制造的"泛偶像化"现象时，就不能不作出自己的判断和选择。这关系到如何看待出版的本质属性的问题。所谓出版的本质属性，简单说来，就是文化性是第一位的，它的商业性必须与文化性保持统一；它的价值呈现不是肤浅的娱乐性，而是更倾向于深刻的思想性；不是即时的消费性，而是更注重于创造的积累性……这就规定了它与一般新媒体有着不同的传播功能。对"泛偶像化"出版现象进行思考，这是引导我们切入问题实质的第一个视角。

综观当前的"泛偶像化"出版现象，从是否能够体现出版的本质属性出发，可以将其划分为两个不同的层次。第一个层次是把产生于新媒体的一种娱乐现象机械地、简单地移植于出版，把出版等同于一般新媒体，把出版的全过程当成一种文化娱乐活动，商业性是第一位的。上面提到的人们对出版的"泛偶像化"的质疑，主要是针对这一层次而言。第二个层次是对新媒体的偶像生产与消费现象予以理性分析，寻求偶像独特的文化价值要素，以出版活动更好地体现偶像的文化传播功能。分析《于丹〈论语〉心得》的出版和热销，当然不能忽视强势媒体对于丹的偶像化塑造,但作者的个人魅力和图书内容都摆脱了一般"泛偶像化"的娱乐性特征,人们把作者当作一个文化偶像,甚至有人把她作为自身理想存在状态追求过程中的一种想象性假设,给予既是执著的,同时也是热诚的追捧;同时,《于丹〈论语〉心得》的思想内容紧密结合现实人生,让人们去了解、认同自己的文化传统,在文化传统中寻求民族文化认同,并在这种认同的过程中形成民族的文化凝聚力,恰到好处地契合了当代读者的内在文化需求,契合了这个时代文化建设的社会需求,从而使其成为当前"泛偶像化"出版现象中一个正面典型。由此来看,对任何事物都不能一概而论,"泛偶像化"出版之所以受到批评,是因为在对出版的本质属性的把握上出现了偏颇,没有从更高层次上理解出版的社会功能和价值呈现。如果能够正确处理出版的文化性和商业性的关系,"泛偶像化"出版现象不仅不会受到质疑,相反,借助新媒体的偶像制造与消费,更多地推出为人民群众所喜闻乐见的优秀读物,对于出版保持与时俱进的创新精神和旺盛的生命力,对于促进当代出版文化的繁荣,还会有一定的积极意义。

对"泛偶像化"出版现象进行思考,还要正视出版的战略环境及其对出版业发展的影响。我们知道,知识的每一次传播方式的重大改变,都极大地影响了知识、文化的传播途径和传播速度,更影响和改变了人们的思维方式、价值判断。上世纪中叶以来,以电讯业为主的传播方式,再一次革命性地深刻改变了世界。在这样的形势下,如何跟上时代的步伐,如何利用新媒体传播手段促进产业化发展,对于出版业来说,是极为重要的现实问题,也是一个战略问题。置身于新媒体时代,出版既面临着机遇也面临着挑战。新媒体不仅是技术的存在,更是社会的存在,当今人们须臾离不开新媒体,出版借助新媒体进行选题开发和营销活动,这在很大程度上能够获取一时的便利,也是一种机遇,二者之间的相互联系、相互渗透和相互贯通,才使得出版活动能够跟上时代的发展,能够保持旺盛的生命力。"泛偶像化"出版现象就是在出版与新媒体互动中产生的,而且它势必会对出版产业的发展起到巨大的影响作用。如果出版与新媒体在社会主流意识形态所倡导的价值观基础之上,能够共同把代表先进文化前进方向的偶像推向市场,那么新媒体所具有的开放性与交互性在偶像的制造和消费中所独有的影响力,就会对于促成大量优秀畅销书出现,激发出版的活力产生巨大的推动作用,也必定会形成为二者所乐见的共赢局面。从这一意义上来说，最近由人民文学出版社长篇小说创作基地和商小说出版策划工作室联合主办的、依托著名网络社区天涯社区和新浪博客正式启动的"2009首届'商小说'原创文学大赛"，就给我们提供了一个很好的范例。这次大赛是国内第一个由出版社牵头主办的网络原创文学大赛，也是国内第一个以职场小说和商场小说为主题的类型小说征稿大赛。不同于一般网络文学大赛的"娱乐化"性质，此次大赛突出了专业性和权威性。主办方希望"发现一批具有丰富'商'生活经验和独特艺术表达能力的文学创作新军"，并对他们进行线下培训，组织他们与著名作家"一对一"交流，最终成为人民文学出版社的签约作者。我们希望这次大赛会像主办方所期待的那样，能够产生一批"中国本土叫好又叫座的原创职场小说和商场小说"，更希望看到一个或更多的文学偶像通过这次大赛脱颖而出。果能如此，本文的思考也就有了积极的实践意义。

（原载《中国出版》2009年第7期，中国人民大学书报资料中心《复印报刊资料·出版业》2010年第1期全文转载）

数字时代出版流程管理创新的思考

尽管还有很多人认为"出版的数字时代已经来临"的说法未免有些危言耸听,但从目前出版的状况来看,随着信息技术的不断发展,数字化正在对出版业产生革命性的影响却是一个不争的事实。传统出版不会立即消亡,它与数字出版的较量,却很可能会在一个可以预见的时间内,显示出此消彼长的态势,而数字出版无疑将成为推动出版产业发展的主要力量。数字化对于出版业来说,它带来的不仅仅是出版模式的变化,还在于它要求我们的出版流程管理在观念和措施上也要与之相适应。换句话说,就是面对数字化的汹涌浪潮,相对于传统出版的运行机制,我们应该如何在出版流程管理方面加大创新力度,未雨绸缪,以期更进一步激发出版的活力,提高竞争力?众所周知,在出版管理的诸多范畴中,出版流程管理是一个重要方面。从某种意义上说,出版流程管理是出版管理的具体实践,出版流程管理创新直接体现出版管理创新的思想价值和效益成果。

一、数字时代出版生态的新变化

一段时期以来,人们不得不承认,传统的出版模式及其所构成的出版生态变得越来越复杂。数字时代的来临,更是把出版的内涵和外延一起抛入一个没有固定指向性的境地。时至今日,出版模式的变化已经不再是文化激进主义者的期许,而是成了活生生的现实。从传统出版内容的数字化到电子图书、电子报、电子杂志,从网络文学到博客、微博,从网络售书到网络阅读……出版的呈现形式、传播方式的变化正以前所未有的迅猛之势,冲击着人们的惯常思维。从广义的角度来说,出版不仅没有消散在新媒体的迷乱星空中,而且大大扩展了地盘,并且在当代异彩纷呈的文化舞台上尽情展现别样的风采。

首先,数字时代为作者的劳动成果创造了更加多元的价值认定主体,使作者的地位变得越来越重要。过去,作者与出版社是单纯的双向依赖关系。作者是出版社图书文本的生产者,出版社是图书文本的把关者、加工者,图书形式的制造者、销售者。因为出版社是作者出版图书的唯一选择,以至于作者不得不对出版社过分依赖。而数字时代,作者实现自身的文化价值的渠道不再是单一的,互联网强大的传播能力和穿透力,已在很大程度上打破了传统出版社对于作者创作的垄断,而对作者文化创造价值的认定也呈现多元态势。再加上作者图书文本的图像化、影像化,更是顺应了当下文化消费的特点。作者不仅参与了当代文化的形成与演变,而且成为出版产业文化经济的直接创造者。虽然相较于传统出版时代,一定意义上的精品力作相对减少,娱乐性文化产品泛滥,但多元的、异质的价值认定主体,在催生出形形色色的媒介文化的同时,作者的重要性也越来越得到彰显。

其次,数字时代消解了传统编辑的"把关人"地位,使出版的外延变得越来越宽泛。编辑的"把关人"的作用,从一定程度上来讲,是编辑在自律性的文化意识支配下行使的一种社会责任。由于数字时代文本形态的转变,出版已不再是传统意义上的图书生产,网络出版也成为出版的重要组成部分,它依靠所策划、选择、加工的各种各样的内容,构筑起一个全新的出版世界。传统意义上的"把关人"作用,在网络出版领域却很难看到,网络阅读文本更多的是无选择地认同作者的市场取向和自由表现。受网络出版影响,现今的一些传统出版社的编辑,也不再对书稿内容价值进行传统意义的"把关人"认定,一个很明显的现象是,图书出版的新闻性、时效性在不断增强,这与网络出版的原生性与即时性相结合,客观上等于认同了网络出版的地位,因而极大地扩展了出版的外延,而传统出版的文化生产方式也随之发生转变。

再次,数字时代电子商务蓬勃兴起,使图书营销方式和销售渠道变得越来越多元。据统计,2011年我国图书共有110万动销品种,其中新书占20万种,平均每周就有4000种新书出版,做好图书营销成为出版社生产经营的重要内容。随着网络的普及,图书营销方式和流通渠道正在发生变化,新兴的连锁书店、网络营销发展迅猛。当当、卓越、亚马逊中国网络书店等,以其品种丰富、检索方便、价格便宜、送货上门等优质服务,深受消费者青睐。随着网上书店的火爆,不少网上商城也步入售书行列,特别是电商网站加入图书销售行列,为赢得市场,不惜以极端让利进行促销。借助日益更新的现代电子技术的支撑,网络营销已经成为当前图书流通的一个强有力的媒介空间,而且对文化传播方式产生了重要影响。这种影响得益于网络传播的互动性和开放性，它把图书生产者和消费者紧密地联系在一起，彻底改变了传统的图书营销模式。图书的网络营销，虽然在一定程度上冲击了实体书店的经营，但这种灵活多样的发散式营销方式，无疑构成了数字时代文化传播的一大景观。

二、数字时代出版流程管理面临的问题

出版是由多个生产环节组成的系统工程。出版生态的变化，必然对出版流程产生巨大冲击。这种冲击不仅仅只表现在技术层面，它更表现为出版流程各环节中的"人"的意识是否受到这样那样的影响。数字时代，民族与国家的文化边界消弭殆尽，高尚文化与低俗文化的呈现鱼龙混杂，文化建设与商业利益的诉求也失去道德评判的唯一标准……因而，出版流程管理肩负着更为重要的责任。如果不是单纯从技术层面上要求出版流程管理要适应数字时代出版生态的变化，那么我们就应该把出版放在社会文化的大格局中，来看待当下出版流程管理的真实状况。事实上，数字时代出版生态的新变化，已经为出版流程管理带来了新课题、新挑战。概要说来，这些新课题、新挑战更为突出地在内容管理、版权管理、营销管理三个环节中展现出来。

先看内容管理。在出版流程管理中，内容管理包括内容的选择、加工、宣传等。我们知道，数字时代带给人们的绝不仅是信息传播和交流的便捷，更重要的是由此导致的文化变革，会对人们的思想意识产生重要影响。网络把西方文化无障碍地呈现在大众面前，当我们面对中西文化差异时，如何才能认识到国家文化安全的重要性，如何才能感觉到文化融合之中蕴含着的文化冲突，这都关系到我们的文化价值取向。当我们在内容管理上无端地放弃编辑"把关人"作用的时候，就很难想象我们可以抵御霸权文化、强势文化的入侵。数字时代带来的文化多元化、民主化、个性化，在网络文学中也有负面表现，由于编辑"把关人"作用的缺失，一些网络文学作品以自由表达、商业利益为宗旨，全然不顾文学的审美意义，只追求感官享受，无道德、无情感、欲望至上、娱乐至死，文学的功用和价值消失殆尽，在社会上产生了不良影响。因此，数字时代的内容管理在出版流程中的重要性无论如何也是不容忽视的。

再看版权管理。数字时代传播方式的多样化，对加强出版流程中的版权管理

提出了新的挑战，出版者以及作者的版权保护问题日益突出。一部作品可以用纸质图书形式出版，也可以用网络文本的形式出版。如果出版者忽略了出版流程中的版权管理，就很有可能受到版权侵犯。人民文学出版社出版的贾平凹《古炉》被网易读书频道上线未删节足本电子版，就是一个例子。另外，网络出版者版权意识淡漠，没有真正意义上的出版流程管理，也不可避免地受到侵权控诉。百度未经作家授权，就在百度文库中大量收录中国当代文学作品，供收费阅读，2011年3月15日，50位作家、出版人以《这是我们的权利》为题发表声明，集体声讨百度，迫使百度向作家道歉并承诺删除百度文库文档。这两起维权事件，都与数字时代版权管理的特殊性有关系，它绝不仅仅反映了出版者、作家版权保护意识的增强，针对数字时代出版方式的多元化、出版外延的进一步宽泛带来的网络出版的规范化，出版者必须切实加强包括版权管理在内的出版流程管理。

还有营销管理。营销管理位于出版流程的末端，但它却是实现出版效益的一个极为重要的环节。当今时代的出版营销管理，不能不借助信息传播的强大力量。传统营销手段的单一化和单向性，已经不能适应时代和读者的要求，而实体书店与网络书店相比，其经营品种受到限制，店面租金成本过高，导致经营举步维艰，面临关停的压力越来越大，以至于已有多家民营实体书店倒闭。反观网络营销，则呈现出一派方兴未艾的大好形势。但在数字时代的营销管理中，也难免出现不正当竞争的现象，这是出版流程管理中不容忽视的问题。如有媒体报道，京东商城销售少儿图书，全部4折封顶，迫使中国少年儿童新闻出版总社、接力出版社等24家少儿出版社联合发表声明，谴责京东商城严重侵犯相关出版者和经营者的合法权益，控诉这种行为构成不正当竞争。更有甚者，苏宁零元卖书，买多少送多少；当当网12周年庆典，图书类商品满100元返200元……所有这些，都暴露了出版营销管理的失范，从而给单纯追求商业利益者以可乘之机。

三、数字时代出版流程管理创新的路径

如上所述，数字时代的出版边界有了很大扩展，出版流程管理中也不可避免地存在诸多问题，但我们却不能简单地基于固有的出版管理模式，认为数字出版降低或拆除了出版的准入门槛，破坏了长期以来制度化了的某些程式规范，从而把数字出版与传统出版对立起来，要么自乱阵脚，要么敬而远之。数字出

版借助迅速发展的信息技术的支撑，释放出强大的传播能力，作为一种强势文化传播手段，当它在渗入到传统出版这样一个相对稳定的文化传播场域时，引发一时的震动，也是一种必然的现象。但是，事物发展的经验证明，许多时候，一种异质的、新的文化元素的植入，其结果往往会导致文化的新旧融合，而这种融合必然形成一种新的、复合的文化形态。所以，在探索数字时代出版流程管理的基本路径时，把数字出版和传统出版联系起来，当是理性的，也是符合当前出版经营实际的。

（一）要立足于多种介质出版产品共存的经营业态，转变出版流程管理的功能

2010年1月，新闻出版总署发布了《关于进一步推动新闻出版产业发展的指导意见》，要求新闻出版产业应"加快从主要依赖传统纸介质出版产品向多种介质出版产品共存的现代出版产业转变"，这为出版流程管理创新提出了新课题，但同时也为实现出版流程管理的创新创造了条件和机遇。也就是说，传统出版机构只有通过实现多介质出版产品的生产经营业态，才能既通过纸介质出版产品，又可以通过数字化出版产品，包括网络出版、手机出版等，在作者资源、版权资源、销售网点资源等方面，相互借力，形成合力，巩固和提升既有的核心优势，进一步拓展发展空间。实际上，传统出版流程管理条件下暴露出来的一些突出问题，在很大程度上是因为传统出版的资源优势得不到充分利用所致。以版权资源为例，如果传统出版机构能够实现多种介质产品的出版，就可以与作者一次性达成版权的多次利用。多种介质的出版产品的共存由此导致的生产方式和传播方式的转换，使出版流程管理必须实现从单一的内容生产管理向资源服务的转型，这就使得出版流程管理的功能要根据多种介质的出版产品的实际进行调整，以实现出版资源的集成化、整体化运营。

（二）要着眼于市场需求和效益的最大化，重新调整出版流程的运营模式

数字时代的出版流程管理创新，本质上就是要通过流程再造满足市场需求，以实现效益的最大化。传统的出版流程是单向的，从选题策划开始，经由编辑加工、制版印刷到市场营销，出版流程的各环节之间是承上启下的关系，上一

环节与下一环节能够实现良好衔接，就基本上达到了出版流程管理的目标。但是到了数字时代，因为作者创作、编辑加工的数字化转型，出版社内容资源数据库的建立，按需印刷、网络发行等，使得出版流程管理开始面临诸多新情况。首先，对于数据库的内容销售，就不用再经过制版印刷的环节就可以实现。再如按需印刷，也在一定程度上消解了传统营销的作用。而网络发行，则完全改变了以往向读者的单向信息发布，而变为基于互联网的读者与出版者的双向互动交流……这些新情况的出现，必然需要重新调整出版流程的运营模式，也使得出版流程管理创新成为当务之急。

（三）要有适应数字时代出版业发展的行业规范作为出版流程管理创新的保障

首先，要不断加强制度的创新和建设。我们不仅要对现有的法规制度，如《著作权法》《出版管理条例》等予以修订，还要加快制定一系列新的规章和管理办法，以适应数字时代出版流程管理的新要求。其次，要建立新的内容评价体系。基于出版外延的扩展和出版准入门槛的降低，重建数字时代的出版内容评价体系已是刻不容缓。网络草根文化的出现和蔓延，冲击了传统出版"选择"的精英文化意识。网络写手的作品，其中虽不乏精品之作，但更多的是一些商业意味浓厚的娱乐性文化产品。这些作品不仅在网络上受到追捧，在以纸介质形式传播时同样风行畅销。如何看待和评价这些作品，对出版流程管理中的选题策划、编辑加工等提出了新课题。再次，要完善出版信用体制建设。长期以来，我国出版诚信意识一直比较淡薄，进入出版的数字时代，随着出版主体的扩大、网络营销的兴起、市场竞争的加剧，由出版诚信缺失引起的纠纷连续不断，尤其在版权保护、销售折扣等方面问题突出，强化作者、出版者的信用意识，也是数字时代出版流程创新必须高度重视的问题。

数字时代出版流程管理创新是需要政府、出版者、作者、读者等多方参与、互动的一项系统工程，也是媒介融合背景下转变出版经济增长方式、促进文化大发展大繁荣的一项艰巨任务。只要我们转变观念，统一认识，顺势而为，形成合力，就一定能够实现目标，创造出数字时代出版产业的新的辉煌。

（原载《出版发行研究》2012年第5期。）

出版产业媒介融合发展之我见

媒介融合之于出版产业发展的意义,在于使出版产业获得了"媒介技术"的支持,推动出版流程重塑再造,产品形态和产业形态转型升级,不同媒介在出版领域通过内容、渠道、平台、终端、经营、管理等方面的深度融合,极大地提高了出版的传播力、影响力和竞争力,因而为出版产业创新发展带来巨大机遇,为促进文化大发展、大繁荣提供了强劲动力。

一、出版产业媒介融合发展的历史特点

媒介融合,从其与出版的关系来看,它首先是一个历时性的概念。印刷时代的报纸、杂志,从它们诞生伊始的相对独立,到出版机构将其与图书并重,同一内容资源可以在报纸上连载,也可以在杂志上刊登,还可以出版单行本。读者可以根据自己的喜好选择不同的媒介形式来阅读。譬如,如果希望先睹为快,那就选择报纸;但又不想断断续续地阅读,那就选择杂志;如有足够的耐心等待,还准备收藏起来,那就购买单行本。同一内容通过不同媒介的传播,满足了不同读者的阅读需求,同时又提高了出版资源利用的效率。照相技术出现以后,直到电子时代,除了报纸、杂志以外,电影、电视、广播等各种新的媒介介入出版领域,迎来出版产业媒介融合的新时代。这一时代,影视、广播的内容改编自图书,图书也可以是影视、广播内容的文字版,无论何种情况,图书一般都能借助与影视、广播的互动而畅销。媒介融合背景下图书与影视、广播的互动,使文字、影像、声音"三位一体",共同营造出丰富的视听空间,极大地满足了人们的文化需求,也使出版产业获得了新的技术推动力量。这一时代的媒介融合带给人们的丰富的审美愉悦,进一步拓展了人们对于出版价值与意义的认识。上世纪70年代日本出版界赫赫有名的"角川商法"就是一个很好的例子。所谓"角川商法",就是或把自己出版的书投资拍成电影,或先投资电影,再把电影剧本改编成书,借助电影的成功,利用所有媒体集中、连续地

展开广告宣传攻势，造成社会文化热点，最终促成书的畅销。1975年10月，角川春树接替父亲就任角川书店社长。上任之后，他立即把"以电影促出版"的经营思路付诸实践，投入巨资把角川书店出版的《犬神家族》《八个墓村》《人证》《野性的证明》《八甲田山》《恶魔来吹笛》等拍成电影，造成一个又一个"角川电影"旋风，电影卖座又无一例外地带动了原作的畅销。角川书店借助图书、电影的互动使经营规模不断扩大，实力大增，影响日著，但"角川商法"的价值更在于它作为一种出版理念，作为媒介融合的标志性事件，使"影视与图书互动"这一出版现象在世界各国出版产业的发展进程中留下了重要的一笔。①

今天，我们已经进入到互联网时代，几乎所有的传统行业都在被互联网改变。传统媒介在发生新变，新的媒介在不断产生，用户体验至上、免费、互动、碎片、快捷……包含了这些内涵的媒介融合到底会对出版产业产生多大的影响，实在令人难以估量。以互联网技术为标志的媒介新变引发了传统出版产业的转型，在这个转型过程中，"互联网+出版"而生成的出版新业态很好地诠释了互联网与传统出版产业融合之义。印刷时代图书、报纸、杂志媒介特性的相互融合，电子时代影视、广播通过影像、声音与文字的相互转换，都是为了扩大受众对媒介形式的选择空间，而其通过单向度的知识输送对受众群体的文化趣味、文化素养加以引导、培养的出版功能实质上并没有发生改变，但到了互联网时代，出版与受众的关系开始变得复杂起来，这一时代图书、报纸、杂志、电影、电视、广播、电脑、移动阅读器、智能手机等媒介形式共存，基于不同媒介的特性和受众接受习惯的变化，单向度的知识输送虽然依旧存在，但双向度互动则成为主要方面。这种双向度互动通过基于互联网技术的电脑、移动阅读器、智能手机等媒介得以实现，因而传统意义上的出版功能便发生了质的变化。我们以网络写作来说明这种情况。网络作家都有或多或少的粉丝，这些粉丝既是这部作品的消费者，又是创作的参与者，每一部热门的网络作品在它连载的过程中都有大量的粉丝一边跟随阅读一边与作者互动。网络写作颠覆了传统意义上的作家、出版者与读者的关系，作家、出版者（网络平台）都成了读者的互动对象，甚至是服务者。从文化研究的角度来说，这种互动未必就是出版产业发展的唯一趋势，但是由此可以使人感受到互联网时代社会公众的心理取向、

---

① 路英勇：《电影叫座与图书热销》，《中国图书商报》1998年12月18日。

审美情趣的变化。它昭示我们，在互联网时代保持和建设具有价值观、审美观引导性的出版理念，需要认真研究网络写作的互动机制和模式，需要重新阐释出版的功能、价值和意义。

二、媒介融合发展要防止陷入三个误区

互联网时代，出版产业面对媒介融合的时候，既不能无动于衷，又不能焦躁不安。也就是说，既要认识到这是一次重大机遇，需要转变观念，科学筹划，加大投入，尽快实现产业的战略转型，又要避免盲动，防止陷入认识和实践的误区。具体说来：

（一）防止陷入"媒介多元化即媒介融合"的误区

从传播学的角度看，媒介是指介于传播者与受众之间的用以负载和传递特定符号（主要是指文字、图像、声音）和信息的物质实体。人们最早记录文字时使用的是龟甲、兽骨、陶器、青铜器、竹简、木牍、缣帛等；随着纸和印刷术的发明，出现了图书、报纸、杂志等；随着电子技术的成熟和互联网的诞生，又出现了电影、电视、广播、电脑、手持阅读器、智能手机等，这些都是人类曾经使用过或正在使用的媒介形式。自19世纪初，真正意义上的现代出版开始萌芽、发展，到19世纪末20世纪初渐趋成熟，并成为一种产业形态。从这时开始，如前所述，每一种新媒介的诞生都丰富了受众的接受载体，每一次的媒介融合都给出版业态带来新的变化，也进一步扩大了出版产业的外延，为出版产业的发展带来革命性的影响。

但是，媒介的多元化却并不就是媒介融合。譬如，在印刷时代，图书、报纸、杂志之间形成的媒介融合，并不是这三种媒介形式的简单相加，之所以称之为媒介融合，则主要指的是它们的媒介特性的融合。譬如图书可以融合报纸、杂志传播的及时快捷、简洁明了等媒介特性，借以改变自身固有的沉重、冗长的媒介特性，以便更好地适应现代社会中人们的阅读习惯和审美情趣。电子时代、互联网时代的媒介融合其实也是一样。譬如在业界广为人知的"影视同期书"，是图书与影视的融合。从图书文本来看，它融合了影视的表现手法和艺术特性，尽管因此而受到质疑，但它在满足读者的多样化审美需求方面自有其价

值，因而受到大众的青睐。再如出版资源数据库，它是出版社内容资源（如纸质出版物内容）的数字化集合，用户可以对其中的数据进行检索、查阅，有的还可以新增、截取、更新、删除等，能为多个用户共享，能满足不同用户的个性化需求，这种数据库其实就是出版物的特性与基于互联网技术的电脑等媒介的特性相互融合的产物。如此说来，基于出版的立场来看媒介融合，不管在哪个时代，不管是何种形式的媒介融合，无不是为了出版内容表现形式的更趋丰富，表现手段的更为多样，表现效果的更富趣味，因而媒介融合的实质就是各种媒介传播特性的融合，而这种意义上的融合是以最大程度地满足受众群体的不同需求，提高出版的传播力为目的的。

（二）防止陷入"技术决定论"的误区

在新一轮的媒介融合中，互联网作为一种"技术"，在它主导下的媒介融合对于出版产业发展会表现出巨大科技驱动力量，这是人所共知的事实，可问题是大多数出版企业虽然都已认识到出版产业的发展离不开这种巨大的力量推动，但对如何才能把握住这一轮媒介融合带来的新挑战、新机遇却又没有一定的主见和定力，以为媒介融合就是单纯的技术融合，不惜投入大量的人力、物力建设数字平台或资源库等，尤其是随着电脑、手持阅读器、智能手机等越来越深入人们的阅读生活，要求出版产品的内容和形态、销售渠道、服务方式等都必须发生变化以适应人们正在改变的阅读习惯、接受方式，于是很多的出版企业都片面地认为，出版产业发展的根本任务就是实现管理、运营、服务的数字化技术转型和升级。

历史经验告诉我们，互联网时代的媒介融合必定是推动出版产业发展的一次新的、重要的机遇，但是面对机遇，我们要正确看待技术的作用，要用辩证的思维指导实践，避免陷入"技术决定论"的误区。技术可以改造自然、改变社会，但如果任由技术理性肆意张扬，就会致使人性变异、社会畸形发展。所以，在这一轮的媒介融合中，我们既要看到"技术"对于出版企业实现产品形态和商业模式创新具有巨大推动作用，同时也要看到它还会对出版这一传统产业的发展理念、发展模式产生前所未有的冲击。如果我们一味强调互联网技术对出版产业发展的决定性作用，如果任由技术理性消解出版产业的文化意义，就会削弱出版内容创新的自觉意识，就会动摇出版产业"内容为王"的根本属性。面对互联网技术下的媒介融合，人们需要看到它带给出版产业发展的真正动力到底在哪里，我们不能仅仅关注单纯的技术问题，如何把技术优势转化为发展优势，这才是需要认真思考的根本问题。我们只有在充分强调技术对于媒介融合具有巨大推动作用的同时，高度关注出版的内容创新，发掘、传承民族优秀文化精华，创造、弘扬时代先进文化，使技术与蕴含着优秀、先进文化的内容生产完美结合，相得益彰，才能真正赋予出版产业以新的内涵，才能真正为出版产业发展注入新的动力。

（三）要防止陷入"互联网思维"的误区

互联网思维脱胎于互联网行业，是互联网时代的产物。互联网思维的定义到底为何，并没有一个精准的说法。据"百度百科"解释：所谓互联网思维，指的是在移动互联网、大数据和云计算等新科技不断发展的背景下，对产品、用户、市场、营销等整个产业链乃至整个产业生态运用互联网技术进行重新审视的一种思维方式。从目前的情况看，互联网思维的影响力正在不断扩大，除了经济之外，还延伸到政治、文化、生活的各个方面。分析归纳有关互联网思维的有关说法，可以大致看出这一概念的基本内涵包括了诸如公开、互动、快捷、轻松以及用户至上、免费使用、主动参与等，人们从这些内涵中各取所需，都在自觉或不自觉地用这种思维方式调整自己对世界的看法，规约自身的生活方式和行为方式。

互联网与出版似乎有着天然的联系，从广义上讲它们都属于传播媒介，二者在媒介融合的背景下以"互联网+出版"的模式紧密结合在一起，出版产业因此受到互联网思维的强大影响也就不难理解了，但是这却并不等于说互联网思维所蕴含的所有意义符号对出版产业的发展来说都是一种"正能量"。譬如"用户至上"这一理念，在出版业中就表现为"读者至上"。针对出版产业的服务属性来说，读者至上是题中应有之意，但在内容选择、产品生产中一味强调读者至上，盲目认同读者的所有需求，即使是低级、庸俗的审美情趣也要曲意迎合，那么其结果将会如何呢？再如"轻松体验"。出版历来就是一项崇高的事业，历史上一些具有社会责任感的人士，他们从事出版活动，其目的就是为了开启民智，改造国民性，进而改造整个社会；即使是在现代消费社会，出版也没有推卸自己肩负的文化使命，依然用深刻的内容、高尚的品质引导大众、教育人民。互联网思维中的轻松体验，实质上就是在号召尊重人们的快感欲望，表现到出版中，就是把"好看"当成最高的审美标准，讲究即时快乐，过眼即忘，什么主题深刻、思想至上、文化丰厚、意境高远等都不再引起人们的任何兴趣，出版的本质属性在此被消解和颠覆。由此来看，互联网思维之于出版的意义，确实需要我们作出一分为二的分析。

三、推动媒介融合发展的主体、路径和目标

我们认为，当前出版产业在媒介融合发展的进程中，必须根据新兴媒体发展快、覆盖广的特点，全面适应媒体发展格局和舆论生态的新变化，着眼于新技术、新应用，创新出版理念，创新出版方式，创新出版管理。这就要求出版企业必须进一步提高认识，明确思路，锁定目标，采取切实可行的有效措施，真抓实干，跟上时代步伐，加快媒介融合发展进程，促进出版产业快速发展。为此，必须解决好以下三个问题。

一是谁在融合？这是为了明确媒介融合主体的一个问题。这个问题提出来似乎有些多余，既然我们讨论的是出版产业媒介融合发展的问题，融合的主体当然是出版企业，这应该是没有什么疑问的，但是现实的状况表明，并不是所有的出版企业都具有这样的自觉，有些企业对于作为融合主体的角色意识还不强，还存在一些滞后的、片面的认识，没有思路，或是思路不清晰、不正确，导致迟迟不见行动，即使有行动也不见成效；而从媒介融合的实践看，国外一些大型出版企业早已通过媒介融合转型为全媒体出版传媒集团，国内的一些网络公司、媒体机构也在这方面做得有声有色。反观多数出版企业，因为满足现状，又不愿投入资金、人才，对追赶上国内外媒介融合发展步伐没有信心，导致整个出版产业媒介融合发展的形势很不乐观，甚至越来越严峻。长此以往，必然使出版产业坐失发展的良机。在这里我们提出"谁在融合"的问题，就是期望出版企业抛弃落后观念，突破惯性思维，切实增强紧迫感、责任感、使命感，勇于担当，奋力而行，在出版产业媒介融合发展中创造奇迹，实现赶超。

二是融合什么？讨论媒介融合"融合什么"，不能脱离媒介融合这一概念在实践中的应用。2013年美国西北大学教授里齐·高登把媒介融合在新闻传播领域的应用主要界定为如下方面：媒体科技融合、媒体所有权融合、媒体间战斗

性融合、信息采集融合、新闻叙事融合等。①国内学者蔡雯在2009年提出媒介融合是"实现不同媒介形态的内容融合、传播渠道融合和媒介终端融合的过程"。②综上所述，国内外学者都把科技融合、内容（叙事）融合、网络（渠道）融合、终端融合等作为媒介融合的主要方面，但是这些论述最初是基于新闻传播学的理论和应用研究，并不完全适用于出版领域。结合出版产业的实际情况，参照以上学者的研究成果，我们认为出版产业媒介融合主要体现在三个方面，即理念融合、内容融合、技术融合。所谓理念融合，即"互联网思维"与"出版思维"的融合。互联网思维与新闻思维在内涵上有更多的共通之处，因而上面所列国内外学者的论述中不见"理念融合"也并不为怪，但出版与新闻毕竟在价值理念上存在差异，譬如出版的选择性、积累性、经典性等就是新闻所不具备的，或者说是可以忽略的，因而当出版产业基于互联网技术而进行媒介融合的时候，就不能不把互联网思维与出版思维融合起来而形成新的思维，简单说来，即既要尊重读者的阅读需求，注重轻松愉快的阅读体验，又要坚持品质第一的原则，使出版固有的文化追求、社会责任得以稳固。所谓内容融合，即是指"分属于不同媒介形态的内容生产，依托数字技术形成了跨平台和跨媒体的使用，利用数字化终端，形成多层次、多类型内容融合产品"。③在这里直接引用学者的论述，是因为这一观点也同样适用于当今时代出版产业的内容生产。当前，随着互联网技术和数字技术的不断发展，出版企业在内容生产方面，无论是服务上的个性化、特色化、分众化，还是传播上的快捷化、互动化、多媒体化，都已具备了相应的技术条件，关键的是出版企业要善于把自己的内容优势充分发掘、发挥出来，使这种内容优势通过媒介融合转化为发展优势。所谓技术融合，是指各种媒介在内容制作、传播渠道、接收终端等各个环节上的技术相互衔接、交融，进而融合为一个技术整体，以此呈现出新的产品形态、产业形态。出版企业的技术融合，一是指传统出版资源完成数字化转换，建立资源数据库或云端服务器，能够通过数字阅读门户和平台，为读者提供阅读、检索

---

① Gordon, R. (2003).The Meanings and Implications of Convergence, in: Kevin Kawamoto (Ed.), *Digital Journalism: emerging media and the changing horizons of journalism*, Lanham, MD: Rowman & Littlefield Publishers, pp.
② 蔡雯、王学文：《角度·视野·轨迹——试析有关"媒介融合"的研究》，《国际新闻界》2009年第11期。
③ 蔡雯、王学文：《角度·视野·轨迹——试析有关"媒介融合"的研究》，《国际新闻界》2009年第11期。

服务;二是指传统出版流程的数字化转型升级,在为传统出版提供技术支持的同时,进而以电子书的形式实现出版内容、销售渠道、平台终端的共享共通。

三是如何融合?简单说来,就是"多功能一体化"。最早提出媒介融合概念的美国马萨诸塞州理工大学的依梯尔·索勒·普尔教授在阐释这一概念的内涵时指出,媒介融合就是"各种媒介呈现出多功能一体化的趋势"。[①] 现在很多的媒体机构、出版企业在进行媒介融合时都积累了一些成功的经验,譬如"信息(内容)一次性采集,多格式制作生成,多介质传播发布"等。多功能一体化既是媒介融合的内在要求,也是出版产业发展的基本路径和方向。最近,刘奇葆在谈到传统媒体和新兴媒体融合发展时指出:"要树立传统媒体和新兴媒体一体化发展理念,实现各种媒介资源、生产要素的有效整合,实现信息内容、技术应用、平台终端、人才队伍的共享融通,形成一体化的组织结构、传播体系和管理体制,做到你中有我,我中有你。"[②] 这一要求对于出版产业来说同样具有指导意义。多功能一体化不仅具有很强的可操作性,而且因为打破和重塑了传统产业格局,使企业的产品生产、销售做到线上线下融合并重,充分发挥出了媒介融合的整体优势,因而对于加快出版产业发展还具有重要的战略意义。

(原载《中国出版》2014年第11期,中国人民大学书报资料中心
《复印报刊资料》2014年12期全文转载)

[①] 孟建、赵元珂:《媒介融合:作为一种媒介社会发展理论的阐释》,《新闻传播》2007年第2期。
[②] 刘奇葆:《加快推动传统媒体和新兴媒体融合发展》,《人民日报》2014年4月23日。

关于媒体融合发展的几个关键问题

党的十八大以来,传统媒体与新兴媒体融合发展受到以习近平为总书记的党中央的高度重视,尤其是在全面深化改革领导小组第四次会议上,习近平总书记发表了重要讲话,深刻阐述了媒体融合发展的工作理念、目标任务和总体要求。这次会议上通过的《关于推动传统媒体与新兴媒体融合发展的指导意见》,又进一步明确了媒体融合发展的原则要求和具体路径。在中宣部的大力推动下,媒体融合发展不仅获得了广泛的社会共识,而且随着各级政府政策扶持力度的持续加大,这项紧迫的战略任务正在积极地向前推进。但是,在具体实践中,媒体融合发展也遇到了一些问题,既有理念层面的,也有体制机制层面的。有些问题还特别关键,如果我们不对这些问题予以高度关注,就很难保证媒体融合发展能够沿着正确的方向前进。

一、关于内容与技术的关系问题

推动传统媒体与新兴媒体的融合发展,究竟是内容重要还是技术重要?一个时期以来,对这一问题的认识一直众说纷纭,并没有形成一个令人信服的结论。倡导"内容为王"者,基于新兴媒体传播的碎片化、浅显化、通俗化等特征,认为真正意义上的媒体必然需要原创的内容、权威的信息,以及议题设置的能力等等,因而指出,内容才是实现媒体融合的第一要素。而倡导"技术为王"者,他们认为,不管什么内容都必须以技术为支撑进行生产和传播,而且指出,每一种新技术的出现和应用,都不同程度地推进了媒体融合发展的步伐,这是已被实践所证明了的事实,因此,他们断言,只有技术才能真正引领和推动媒体融合发展。可以想见,未来一个时期,对这一问题仍然不会有一个明确的答案,因为媒体融合,内容和技术缺一不可,两者都是至关重要的因素,起决定作用的决不是非此即彼。也就是说,要实现媒体融合,首先就要处理好内容和技术的关系;推动媒体融合发展,要将技术建设和内容建设摆在同等重要的位置。内容和技术经过优势互补，就会形成一种新的合力，而只有这种合力才是推动媒体融合发展的关键，片面地强调某一点的重要性而忽视另一点，媒体融合必然会导致失败。对此，我们需要注意以下几点：

一是要尊重传统媒体和新兴媒体的差异。传统媒体在内容上具有优势，新兴媒体在技术上具有优势，这是两者差异性的体现。因为存在这种差异，所以才要融合。我们倡导媒体融合，首先要有这样的认识，那就是，传统媒体和新兴媒体由其差异性而表现出来的各自的优势都是媒体融合的必要条件，二者在媒体融合意义上的优势互补必然会增强新闻信息传播的效力，这是媒体融合发展理念生成的基本出发点。

二是要形成内容生产和技术利用的互动。媒体融合的实质，就是在充分发挥传统媒体内容生产优势的同时，利用技术来整合传统媒体的内容资源，使这些资源能够适用于新兴媒体传播的需要。这就要求媒体组织必须在内容生产的全过程中体现出技术的力量，也就是说，必须将内容生产流程进行数字化改造，建立起全媒体采编系统，实现一次采集、多种生成、多元传播的媒体传播格局。

三是要实现内容质量与技术水平的共同提高。社会日益进步，人们的生活水平不断提高，用户对信息内容质量的要求也越来越高，从某种意义上说，媒体融合也是一个提高信息内容质量的重要途径。媒体融合经过传统媒体自办电子版、传统媒体与新兴媒体在新闻信息采集发布上实现联合互动的阶段，现已发展到利用大数据、云计算深层挖掘、整合信息内容，实现信息传播的多功能一体化阶段。在这一阶段，信息内容一方面更符合用户需求，一方面可由用户自己进行制作、加工，所谓"公民新闻"、"自媒体"的意义在一定程度上体现出来，因而内容质量便有了显著的提高。随着技术的不断进步，现在也许难以描绘媒体融合会使未来的信息传播呈现出一个什么样的格局，但有一点是可以肯定的，那就是，媒体融合是一个动态过程，未来的信息传播格局必然会呈现出媒体融合发展的崭新景象。可以预见，今后媒体融合会向着更深、更广的领域发展，传播技术也会越来越进步，传播内容也会越来越丰富。换句话说，媒体融合可以促使技术水平和内容质量在互动中不断得到提高，而技术水平和内容质量的互动提高，又会在更高层次上促成新一轮的媒体融合。如此循环往复，媒体融合将会使信息传播形态更加丰富多彩，而人们的生活质量也将在媒体融合发展的过程中不断得到提高。

二、关于内生动力问题

中央把推动传统媒体与新兴媒体融合发展当成一项战略任务给予了高度重视,做出了工作部署,提出了工作要求,各级党委、政府于是予以积极响应,顺时而动,研究制定各种措施,加大了政策扶持力度。如最近财政部下发了《关于申报2015年度文化产业发展专项资金的通知》,通知中列举的重点支持内容就有"推动传统媒体和新兴媒体融合发展"一项:"支持传统媒体运用已有技术成果,开展全媒体、大数据应用、视听新媒体、音视频集成播控等平台建设;支持传统媒体发挥内容资源优势,创新文化产品和服务,培育核心竞争力;支持传统媒体与新兴媒体在内容、渠道、平台、经营、管理等方面的深度融合,拓展传播渠道与影响力。"而一些地方党委、政府则在涉及媒体融合发展的产业政策、财税政策、金融政策、版权保护政策等方面,都不同程度地加大了政策扶持力度。这表明,目前在我国,加快媒体融合发展的政策环境业已形成,接下来,可以预见的是,政府财政的文化发展基金、国有资本经营预算资金、各种形式的风险投资基金等就都会快速流入到媒体融合发展项目中来。

但是,有了政策,有了投入,却并不意味着传统媒体和新兴媒体的融合就一定能够顺利推动并取得预期的成效。研究发现,当前在媒体融合上确实存在着一些问题,而这些问题并不能够单靠政策扶持和资金投入就能很好地加以解决。首先是"新"与"旧"的问题。从实际情况来看,在传统媒体与新兴媒体融合方面,至少在当前和今后一个时期还摆脱不了"新"与"旧"的矛盾。"新"与"旧"的矛盾具体表现为两个极端:一个极端是重视新兴媒体,唱衰传统媒体,认为媒体融合就是新兴媒体吃掉传统媒体,因而整日忙于争取政策、资金支持,急不可耐地成立新媒体公司,不做机制创新,不去深度融合,把传统媒体和新兴媒体搞成"两张皮",使媒体融合发展走上一条邪路。另一个极端是固守传统媒体,看轻新兴媒体。实现"新""旧"媒体融合,与传播理念的变化,如具有互联网思维等当然有很大关系,但媒体传播组织的生产流程、生产机制的变化才是更重要的。这种变化对传统媒体来说是革命性的,所以一般不会轻易地付诸实践。传统媒体在没有面临生存危机的时候,要投入很大的经营成本与新兴媒体实现融合发展,单凭外来的政策和有数的一点资金扶持,并不能使之表现出更大的热情。其次是"人"与"钱"的问题。不管是什么程度上的媒体融合，也不管这个项目是大是小，只要是涉及内容和技术的融合，就一定需要特殊的复合型人才。传统媒体一旦进入新媒体行业，在媒体融合发展中都会面临人才短缺的问题。原有的采编人才对新媒体技术不熟悉，而要引进既懂新媒体技术又懂新闻传播的人才，又成本太高，确实令人进退两难。在具体实践中，有一种现象也许不具普遍性，但它确实存在：一家传统媒体招聘新媒体人才，有一人各方面条件都令招聘者满意，但他提出一个条件，即在新媒体公司占有股份。这让招聘者感到为难。因为媒体的意识形态属性，新成立的新媒体公司只能是国有资本入股。条件不能满足，特殊人才也就招聘不来。所以，有了扶持政策，还要看是什么政策，如果这些政策在推动媒体融合发展方面起的作用不大，甚至有阻碍作用，那么政策制定者就需要认真反思了。再次是"快"与"慢"的问题。目前来看，在我国，传统媒体与新兴媒体的融合率明显"虚高"，如果去掉高估成分，再检视其效益状况，情况就不乐观了。在我国，媒体融合的发展速度且不说与人们对传媒业态转型的期待程度，就是与世界上同等发展水平的国家来说，也显得太慢了。媒体融合发展的速度过慢，不仅制约了传媒产业结构升级和主流思想舆论阵地的壮大，而且因为严重滞后于信息技术的发展水平，则极易导致我们的主流媒体在信息全球化趋势下会进一步减弱影响力和话语权。新旧媒体融合率"虚高"的原因，不是观念的问题，也不是投入的问题，而是媒体融合主体内生动力不足的问题。媒体融合主体的内生动力不足，即便是有政府政策扶持的项目，它也不会去予以特别关注，更谈不上强力推进。一些传统媒体的媒体融合项目，有钱花不完，阶段性成果验收不合格，就足以说明这一点。

三、关于"一体化发展"问题

中宣部部长刘奇葆同志在《加快推动传统媒体和新兴媒体融合发展》一文中指出："推动媒体融合发展，既需要进行技术升级、平台拓展、内容创新，也需要对组织结构、传播体系和管理体制作出深刻的调整和完善。从目前情况看，我们的一些体制机制还不能适应融合发展的要求，束缚了新闻生产力的发展。要加快改革步伐，积极探索创新，推动形成一体化发展的体制机制，为融合发展提供坚实保障和有力支撑。"

要实现传统媒体与新兴媒体融合发展，就必须推动两者在内容、平台、渠道、经营、管理等方面进行深度融合。但是，目前的实际状况是，我们的传播制度在许多方面不仅不利于媒体融合发展，甚至成为一种体制障碍；而大多数的传统媒体也并没有下大气力真正进行机制创新，使得媒体融合"貌合神离"，难以向纵深展开。具体的表现是，在体制方面，一直以来，我们国家对传统媒体给予了过多的政策保护，使传统媒体感受不到，或者说相对缺乏与新媒体深度融合的现实紧迫性；再者，在管理上，政府对传统主流媒体实行与商业媒体不同的"双重管理标准"，使传统主流媒体不能像商业媒体那样，成为真正的市场主体，这也在很大程度上阻碍了媒体融合的实现。从机制方面来说，如上文所述，传统媒体和新兴媒体"两张皮"现象严重，新兴媒体或者是传统媒体的附属物，或者是另起炉灶的单干户，之所以如此，就是因为还没有建立起传统媒体和新兴媒体融合发展的组织结构。没有生产机制、传播机制的创新，这种"两张皮"的局面是不会得以改变的。再如人才机制创新，这也是推动传统媒体和新兴媒体融合发展的一个必要条件。人才是创新的根基，一切创新说到底都是人才的创新，这对媒体融合发展来说更是如此。推动媒体融合发展，需要一大批复合型人才作保障，但这些人才并不是轻易就能得到的。基于媒体融合发展的人才机制创新，就是要求传统媒体能够找到吸引人才、留住人才、用好人才的有效办法，能够聚集一批熟悉新闻传播规律、站在行业科技前沿、具有国际视野的领军人才，这的确并不是一件容易的事。

不论体制创新还是机制创新，都是为了形成"一体化发展"的组织结构、传播体系和管理体制。只有形成"一体化发展"的体制机制，才能为媒体融合发展提供坚实保障和有力支撑。首先，"一体化发展"有利于增强新闻信息的传播力。一体化的组织结构、传播体系，能够使得传统媒体和新兴媒体各自的优势得到充分发挥，并能实现优势互补：内容质量因为技术的助力而得以提高；因为技术的强力支撑，信息内容的生产和传播更能适应于不同媒介形态的要求，尤其是新媒体传播产品的表达创新，能够极大地满足用户多样化、个性化需求，从而会大大增强新闻信息的吸引力和感染力。第二，"一体化发展"有利于加强舆论导向管理。新兴媒体是不是新闻媒体，对此，人们一直有一种模糊的认识。将新兴媒体与新闻媒体区别对待，在导向管理上就会失之于宽，甚至会疏于监管，导致新兴媒体导向意识不强，有的还会发布负面信息。新兴媒体既然是

"媒体"，那就是一个舆论阵地，就要肩负政治责任、社会责任。"一体化发展"将内容的生产统一整合到一个融合型的采编中心，新兴媒体与传统媒体只是内容呈现方式和内容传播渠道有所不同，在内容导向的要求上则并无二致。这样一来，导向管理就会在媒体融合发展中得到有效执行。第三，"一体化发展"有利于人才队伍建设。一体化的组织结构、传播体系和管理体制，可以实现各种媒介资源、生产要素的有效整合，可以实现人才队伍的共享融通。媒体融合既是内容、技术、渠道的融合，也是人才的融合，没有融合型的人才，就不可能有媒体融合发展。在媒体融合条件下，传统媒体和新兴媒体共同拥有一支人才队伍，信息采集、图文转换、音视频制作等等，需要人才各尽其能，各呈所长，但更需要相互学习，相互切磋。在媒体融合达成的全媒体环境下，人才的共享融通，必然有助于人才的成长。第四，"一体化发展"还有利于提高国际传播能力。互联网时代也可以叫做全球化时代，互联网打通了全球的信息传输通道，通过互联网传送的信息就是全球性的信息。媒介融合的要义之一就是要建立全球化思维，使我们的传播体系与全球传播体系融为一体。这样，我们不仅可以通过融入全球传播体系了解世界，还可以让中国声音、中国故事更便捷、更快速地传播到全球每一个角落，这对于进一步加强我国与世界的交流，进一步增强我国的国际影响力无疑具有深远的战略意义。

（原载《中国出版》2015年第13期）

手机媒介重构传播生态

手机从诞生的第一天起,就具有了传播的功能,或者说手机就是带着信息传播的使命登上历史舞台的。随着科学技术的进步,手机媒介在互联网日益普及的背景下,基于其独有的传播特征,与既有的各种媒体交相融合,促使人类社会进入了一个全新的信息时代,这就是全媒体时代。毋庸置疑,在当今的全媒体时代,还没有哪一种媒体像手机这样风光无限、独领风骚。手机媒介改变了传统媒体的传播方式,融合了众多媒体的传播功能,对既有的传播格局形成巨大冲击。手机媒介的出现和发展,为我们认识和界定全媒体时代的特征提供了卓有价值的参照,而且从传播学的角度来看,手机媒介在实际应用中所显示出的多方面意义,无疑在宣告传统媒体所构建的传播格局被颠覆的同时,促使一种新的传播生态得以形成。

一、手机媒介与媒介融合

媒介融合是信息时代的要求,也是一种世界潮流,一些西方发达国家早已实施了媒介融合的国家战略。在我国,媒介融合也得到了国家政策的大力扶持,国家发展改革委员会在《关于2009年深化经济体制改革工作意见》中提出,为适应社会发展的要求,要继续深化电信体制改革,加快形成有效的市场竞争格局;要落实国家相关规定,实现广电和电信企业的双向进入,推动"三网融合"取得实质性进展。目前,三网之间的边界逐渐被打破,作为重要传播媒介的、具有彩信多媒体功能的手机在使用传统媒体所提供的信息时,已经跨越了政策壁垒,手机用户定制手机报、手机电视已成现实,除此之外,用户可以自行制作符合手机传输特点的音视频等信息并进行传播。这样一来,就在很大程度上满足了用户对手机媒介信息使用的期待。

手机作为一种传播媒介,无论是手机通话、手机短信、手机游戏,还是手机报纸、手机杂志、手机广播、手机电视、手机小说等都已经能够在这个信息接收与发布的平台呈现出来。人们也许没有想到，手机这个最初只是为了满足人们进行便捷语音通讯的工具，现在不仅成为可以承载各种信息的接收终端，而且已经在日益先进的科学技术的支撑下，成为一种可以进行公共信息传播的、名副其实的媒体。手机因其融合了其他各种媒体的特性和功能，又被称之为全媒体时代的代表媒体。手机媒介的融合性得以实现，是由于借助了手机的彩信MMS（Multimedia Messaging Service的缩写）功能。手机彩信功能，实际上就是多媒体信息服务功能。它的技术要求就是能够支持多媒体功能，也就是说，传统媒体上文字、图像、声音、数据等各种多媒体格式的信息和内容，一旦在手机媒介上呈现，也会具有一致的效果。彩信的多媒体功能完成了手机作为一种媒体在技术上的保证。具有彩信功能的手机，可实现即时的手机中继端到手机终端、手机终端到互联网或互联网到手机终端的多媒体信息传送。

应该说，手机媒介作为当今时代高科技的产物，它的融合性一开始是依靠电信网、广播电视网与互联网的融合而体现出来的，同时又在电信增值业务拓展的同时，借助与传统媒体的结合而达成了一个全新的传播格局。换言之，手机媒介的融合性，就是电信运营商通过无线技术平台，将报刊、电视等传统媒体的内容，发送到用户的手机上，使用户随时随地在第一时间通过手机而阅读到当天报纸的内容或观看电视正在播出的节目。如此说来，手机媒介的初始形态和发展基础，是与不同的传统媒体相结合的基础上达成的。随着三网融合的实现，手机媒介又进一步与彩信功能相结合，实现了一种"自媒体"的功能，除了文字信息的制作、互传以外，手机的摄像功能还能使用户自主拍摄和互传图片和影像，只要用户拥有配置了照相和摄像功能的彩信手机，就可以随时随地拍照和录像，并把这些信息文本保存到手机上，在必要的时候，即可通过GPRS发送出去，完成一个信息的传播过程。

综上所述，手机集短信、彩信、IVR、WAP、拍照、摄像等多媒体功能于一体，为手机的媒体化在技术上打下了良好的基础；三网融合条件下技术平台的支撑，使文字、图片、音频、视频、WEB页、电子邮件、实时语音、实时影像等手机的功能均可得以实现，而这些功能结合在一起，为不同需求、不同终端的用户提供了不同的内容，满足了用户的多样化需求。媒介融合显然并不是单靠手机一种媒介的力量而实现的，但它在其中扮演的重要角色却使媒介融合以后信息传播变得更为快捷、方便，可以说在全媒体时代，没有手机媒介的媒介融合就不是真正意义上的媒介融合；没有手机媒介在媒介融合基础上的优势发挥，全媒体时代也就不会呈现出如此重要的意义。

美国著名社会学家、哈佛大学教授霍华德·莱茵戈德（Howard Rheingold）在《聪明暴民：下一次社会革命》（*Smart Mobs: The Next Social Revolution*）一书中提到新媒体全新沟通模式时说，互联网的力量从电脑转移到手机上，诞生全新的社会现象，全新的沟通模式。因为手机的出现，改变了此前以互联网为中心的媒体格局；因为手机信息传播的便捷性，也改变了惯常的传播模式。假如说门户网站的流量更多的来自于用户既有的媒体习惯，那么使用手机，就可能会使用户形成随时随地获取信息与资讯的新媒体习惯。霍华德·莱茵戈德的论断是正确的。可以说，手机媒介现今已真正成为人们生活中必不可少的信息载体了。

二、手机媒介成为"自媒体"

手机这一新兴媒介为每一个体的人所拥有，其传播活动因而带有突出的个性特征。一方面每个人都可以自行制作并决定是否传播信息内容，一方面又在一种互动交流中实现自我表现力。伴随着公民主体意识的不断提升，以往没有机会参与专业媒体运作的普通人依靠手机媒介而成为"记者"，他们借此而自由地行使独立的传播权，为新闻传播带来了一场巨大的革命。公民借助手机媒介这一传播平台，即时、公开、平等地发布信息、发表评论，成为真正的新闻传播者，于是公民新闻应运而生。

公民新闻指从新闻的采访、写作，到最后的编辑、发布，都不假手于专业记者或编辑，完全由公民自己采写的新闻。这里的公民是特指那些不具备媒体从业资格的，或者说是不受专业媒体新闻传播规约的普通人。手机媒介的自主性表征，是随着公民主体意识的不断提升，参与公共事务决策的热情不断提高而体现出来的。当然还有一个原因，那就是一般媒体因为受到新闻传播制度的制约，它的传播效果不能为大众所满足，从而反过来又激发了公民自我表达的强烈愿望。手机媒介的诞生及其发挥出的新媒体的传播功能，是人类固有的信息传播意愿的内在产物，同时，手机媒介作为公民话语权张扬的一种媒介工具，它的广泛普及，又唤醒了公民大众的传播自觉。按照这样的逻辑，公民新闻的出现就是媒介技术的革新与现代通信技术的发展为公民话语权的实现打开的一个缺口。

公民新闻的产生标志着公民作为信息传播者的角色出现,如果把他们利用手机表达自己的所见、所思看作是一种新闻传播过程的话,那么手机媒介就具有了一种"自媒体"的特征。自媒体的出现,造就了一个全新的传播主体,这个传播主体实质上就是一个个公民个体,他们依靠电子媒介技术与人的话语权表达欲望,创造了一个带有私人化、平民化特点的信息生产、积累、共享、传播的独立空间,在这样的一个相对独立的空间里,每一个传播个体都可以进行面向多数人的、内容兼具私密性和公开性的交互传播活动,使得"人人皆媒体"成为可能,从而引发了信息传播的重大变革,开创了全新的信息传播格局。

手机媒介使信息接收者同信息传播者的身份界限变得更加模糊,信息接收者同时也可以成为新的信息传播者。例如,手机用户在现实生活中,如果感知到一件事物具有一定的新闻价值,他就可以随时将自己的所见用手机记录下来,再经过一定的主观处理,随时发布出去;经他发布出去的这一新闻信息,很有可能又经过了接收者的主观处理,再次回到他的手机中来。按照这样的推断,信息接收者和传播者的角色就形成了一种互换,双方在相对私密的传播空间中,获得了更大的传播自由和传播享受,谁也不再仅仅是信息的被动接收者。有研究者认为,手机媒介的诞生使用户获得了更为广阔的信息来源渠道,对某一事件的认识会更加深入,容易做出正确的判断。用户融传播者与接收者于一身的特点,使用户一方面可以获知大众传播媒介的报道,另一方面又可以通过手机获知民间看法,在对多方信源的比较中会更加接近事件的真相,形成相对合理的判断。手机既是一个信息接收终端,又是一个信息发送端——收到信息的手机用户又成为信息的发布者。信息的流动可能会连绵不断地延续下去,在这种情况下,向用户隐瞒已经变得越来越困难,而刻意地隐瞒事件的真相反而为谣言提供了流通的空间。

手机媒介可以使人发出自己的声音,而且是自主地、随意地发出自己的声音。从某种意义上说,正是因为有了这样的传播特征,手机媒介的文化意义才真正呈现出来,它不仅重构了传播学的理论和意义,而且极大地促进了社会民众传播意识的自觉,体现出一个社会的文明水平。

三、手机媒介重构传播生态

一般认为,由传统媒介的单向传播向新媒体的双向传播的转变,使受众的意见可以轻松地到达传播者,双方之间的互动形成一种全新的信息传播效果,这不仅改变了既有的传播方式,也使接收者的地位得到提高。传统媒体基本没有设置有效的反馈环节,或者说接受反馈的意识相对较弱,因而不能最大程度地满足接收者的愿望。譬如报刊的接收者反馈要受到刊期的制约,因为是以公开的形式反馈,接收者还会有这样那样的顾虑,这样就在无形中就遏制了接收者的反馈冲动,信息的传播效果便会大打折扣。要使受众在接收传者信息的同时,让自己的想法找到一个方便的渠道向传播者反映,而传播者也可以在一种合适的情况下得到对自己传播的信息的反馈,进而实现更好的传播效果,那就要期待一种全新的传播模式出现。手机与互联网的结合,为传播者和接收者的交流互动提供了方便,手机媒介充分发挥了自身优势,在全媒体时代达成传播者—接收者、接收者—传播者、接收者—传播者等的反馈路径,极大地提升了信息传播的有效性。这种形式的反馈,现在已经被众多媒体广泛采用,接收者通过手机短信表达的意见在互联网平台上都可以得到体现,而且这种意见是以个人的私密性、快捷性的特点进行的,这样就既可以充分发挥收者进行信息反馈的积极性,又可以使传播者得到相对真实的反馈意见,因而受到传播者和接收双方的欢迎。这种互动也确实在信息传播的过程中发挥了重要作用,现在不少媒体都根据传播的内容设计一些互动话题吸引受众参与,一方面丰富了传播内容,另一方面也可以对接收者资源有一个充分了解,进而为提高信息传播质量、扩大接收者群体创造良好条件。

手机媒介与电视媒介的互动具有代表性。如央视二套的《梦想中国》、湖南卫视的《超级女声》、上海东方卫视的《加油,好男儿》等,从一开始就把与观众的互动环节设计到节目中,一个重要的手段就是以观众的短信支持率作为选手晋级和被淘汰的重要依据。这样一来,坐在电视机前的观众,无形之中就成了场外的评委,他们的意见通过手机短信的方式传达到特定的平台上,而且在很短的时间里就能被整理出来,而获短信支持率高的选手,就成为一轮一轮的胜出者。这些互动是在观众的手机与电视台的节目中实现的,它绝不仅仅是一种技术手段,也不仅仅是一种商业运作手段,它所昭示的是一种媒介传播理念的变革，是一种传播模式的创新。这种变革和创新，表明大众媒体时代正逐渐让位于全媒体时代，而全媒体时代的表征就是个体的参与、反馈，就是个体与媒体间的互动，这足以改变媒体行业的既有范式，信息传播也因此形成全新的意义。有专家预测，在不远的将来，随着手机媒介功能的进一步拓展，接收者反客为主，成为左右信息效果生成的主要力量也不是没有可能的。再如手机报。手机报的媒介形式是新的，它借助传统媒介的内容，结合新的媒介形式，整合出一种新型的信息表达模式。手机报不仅给用户发送新闻，更可达到读者调查、读者评报等多方面的目的，而对受众而言，借助报社提供的反馈服务，使新闻信息实现了更广泛、更深入的传播。手机报之所以受到欢迎，恰恰是利用了手机媒介的互动性特征唤起了一般社会大众的信息传播自觉。传统大众媒介与手机媒介结成同盟军，就是想在手机媒介的传播之中寻找自己的代言人，通过传播者和接收者双方的互动来解构传统报纸的价值观，消解事实上的主次上下关系，并以此形成一种新型的传播模式。

手机媒介在信息传播上的优势相对于传统大众媒体来说是明显的，但大众媒体在它面前也并没有完全败下阵来，在现阶段两者倒是构成了一个媒介的共生状态：一方面传统大众媒体在以新媒体构建的传播逻辑中努力寻找可以使自己重新焕发生命力的有效途径，实现数字化转型；一方面手机媒介也在极力从传统大众媒体那里获得一时还不能得到的一些资源，譬如信息的制作手段、信息内容的资源等，两者相互借力又相互竞争。

共生状态其实也是一种平衡状态，传统大众媒介对社会传播秩序的建构作用是十分明显的，报纸、广播、电视等传统大众媒介作为媒介化社会的构成要素，在当前依然发挥着巨大的作用，其公共性、权威性的意义虽有一定程度的消解，但在与手机媒介的竞争中并没有完全丧失自己的地位，相反，作为一种相对力量，还对手机媒介的极端化、偏见性起到了制衡的作用，更为明显的是，传统大众媒体的从业者还成为了手机媒介传播的参与者，而其丰厚的内容资源也极大地支撑了手机媒介的有效传播。反过来说，手机媒介将传统大众媒介的专业记者吸引过来，在让他们发挥自己的优势的同时，培养了一般大众的媒介素养和专业技能。更有甚者，手机媒介利用自己的技术优势，直接传播传统大众媒介的内容，从而使手机媒介在对传统大众媒介的继承与扬弃中生成意义。

手机媒介的传播主体既是信息消费者，又是信息生产者，一个显而易见的事实是，这些人很多都曾与传统大众媒介发生过这样那样的关系，现在则在手机媒介的平台上施展才能，使手机媒介构成与传统大众媒介的竞合关系。美国学者丹·吉摩尔注意到了这一现象，所以在阐述传统阅听大众参与新媒体盛会的时候，特别提到了"两个大群体"："第一大群体是以自己的方式积极行动的人，甚至在草根新闻业发达之前就已如此。他们是过去时常写信给编辑的作家；不但参与而且积极，通常关心地方事务。现在，他们可以写博客，组织'相遇'会议，广泛地争辩他们在乎的议题——无论是政治或其他议题。一旦他们知道自己能超越标准新闻来源，而且实际影响新闻工作的过程，他们在整个大型对话中将会扮演比以往更重要的角色，从而增加冲击力。我最感兴奋的是来自传统阅听大众的第二大群体，我希望他们比前一群体更大；他们会把整个水准带往下一高峰。我们看见任重道远的博客人、网站创立者、电子邮件论坛拥有者，或者SMS的扰人短信（一种在意图和能力上都不是那么重要的媒介），成为众人不可或缺的新闻来源，包括专业记者在内。在某种情况下，这些人本身就会变成专业记者，找出他们副业的商机。"[1]吉摩尔说到的第一大群体的人是早就与传统大众媒介发生关系的人，这些人不仅事实上已成为传统大众媒介的参与者，而且传统大众媒介的角色意识深刻地影响了他们的新闻动机，甚至是生活方式与闲暇活动本身，传统大众媒介为他们制造新闻信息提供了经验和标准参照，使他们产生心理上的认同，并有可能扮演比以往更重要的角色。对于第二大群体，吉摩尔认为他们虽然没有受到传统大众媒介的熏染，制作的新闻水平也许很低，但他们却能发现众人不可或缺的新闻来源，甚至让专业记者也感兴趣，进而引发传统大众媒介的"溢散效应"，也不是没有可能的。

从较为客观的立场看，尽管传统大众媒体至今依然被视为"主流媒体"，但手机媒介却也依靠着自身的前所未有的信息传播优势，在当下的由意识形态代言到个人快感体验的传播理念的变迁过程中展示出自身的文化品性。手机媒介在与传统大众媒介的竞争与合作关系中，带来了现代社会倡导的传播自由理念，对结束信息传播的长期禁锢，实现政治祛魅而转向以民主自觉为核心理念的新闻公民化有着非同寻常的意义。

（原载《中国出版》2012年第19期）

---

[1] [美]丹·吉摩尔：《草根媒体》，陈建勋译，南京大学出版社2010年版，第103—104页。

日本出版业步入"出版过剩时代"

尽管没有人能够准确说出中国和日本出版的差距到底有多大，但谁都知道日本现代出版已经历了50余年的发展，而我国出版走向市场的时间还不长；日本出版发展到目前的状况与日本社会政治的、经济的、文化的特征相关连，中国出版不可能、也没有必要跟在它的后面亦步亦趋。而对日本出版，我们首要的课题是了解日本现代出版史，剖析日本出版现状，批判地借鉴，以促进我国出版业的发展。

日本现代出版与社会

日本现代出版是从"二战"以后拉开序幕的。1947年5月，强调"主权在民"、"放弃战争"的日本新宪法实施，"言论、出版自由"的社会保障体制建立，日本现代出版的基盘形成。

1949年9月，取代日本出版配给株式会社，全国有9家（东京4家，地方5家）图书代理公司成立。不久，由于经营不力，除大阪屋外，地方的4家相继倒闭，最后，东贩（东京贩卖株式会社）、日贩（日本贩卖株式会社）、日教贩（日本教育图书贩卖株式会社）、栗田出版贩卖、大阪屋5家公司构成日本战后出版流通新体制。随着纸张统配制的全面废止，再加上广泛的社会需求，出版界显示出空前的活力。图书方面，1951年爆发了"文库（64开廉价本）合战"，次年又爆发了"全集合战"；杂志方面，旧有的综合要志、妇女杂志生机盎然，新创刊的大众娱乐杂志如雨后春笋。到1954年前后，日本出版已远远超过战前水平，迎来了现代出版的新时代。

日本出版产业进入高度成长阶段，是以周刊杂志体系的形成为标志的。1956年2月，新潮社的大众周刊杂志《周刊新潮》创刊，一鸣惊人，大获成功，各大出版社纷纷效仿，在不到3年的时间里，《周刊女性》《周刊明星》《周刊现代》《周刊文春》等10余种周刊杂志相继问世。到1960年，已发展到70余种。

"周刊杂志热"的出现,是出版文化对社会现代化发展的必然反映。天皇制的改易——"人神天皇制"改易为"象征天皇制";加入联合国、复归国际政治舞台;"日美安保条约"下的顺从和追随……日本经济发展驶入快车道,商业化社会大量的广告宣传需求,正是周刊杂志纷纷创刊的主要原因。《新潮社七十年》谈到《周刊新潮》的创刊,"对于耗费巨额编辑费的周刊杂志来说,拥有每期必载广告的客户是绝对必要的",广告收入成为周刊杂志存在和发展的基础。同时,商业化社会生活节奏的加快,使快餐文化大行其道,周刊杂志的内容既是新闻,又比报纸报道更详细、深入,迎合了读者阅读心理,成为能够大量销售的必要条件。

这一时期,图书出版的发展也突飞猛进。由于印刷技术、出版流通的现代化,图书的运作周期大大缩短,尤其是"创作出版论"带来的选题策划领域、广告宣传领域的革命,开创了图书"大量生产、大量宣传、大量销售"的新局面。"创作出版论"的创立者神吉晴夫"拉着无名作者的手,与他们一起成长",接连创造出深受读者欢迎、席卷全国的畅销书,一批重要文化遗产得以面世,出版产业显示出旺盛的文化创造活力。

1960年,池田勇人内阁提出"国民收入翻番计划",各地革新派人物执政掌权,此后,全国经济一派景气,人口向大城市集中,大家族离析,小家庭生活定型,电视机、冰箱、洗衣机"三大件"作为现代生活的象征进入千家万户,经济上"赶超欧美"成为可能,1964年东海道新干线开通,1965年对美进出口贸易出现顺差,到70年代中期,日本跨入世界经济大国行列。

这一时期的出版竞争激烈,电视的普及使社会媒体环境发生重大变化,出版物的解说和文艺功能被电视剥夺,中东战争爆发又带来石油危机、用纸不足,1968年河出书房陷入困境,接着,三省堂、筑摩书房相继破产,"良书"出版社风声鹤唳。1975年角川春树任角川书店社长,他毅然抛弃"阳春白雪"的文化出版经营路线,倾心包装通俗作家,接连出版了推理小说家横沟正史的《八个墓村》《犬神家族》等小说,并投资把《犬神家族》拍成电影,造成喧嚣一时的"横沟正史热"。1976年,又将森村诚一的《人证》拍成电影,"读了再看呢还是看了再读"的广告宣传,在社会上刮起阵阵"角川旋风"。把自己出版的书投资拍成电影,借助电影的成功,利用所有媒体集中、连续地展开广告宣传攻势,造成社会文化热点,最终促成书的畅销——这种文字、映像、声音三位一体的

"角川商法",成为这一时期出版经营模式的典型代表。

进入80年代以后,日本出版在低增长中继续深化"角川商法"的内涵,适应消费时代的要求,生活杂志、情报杂志、漫画、文库等大行其道,历来的"有趣有益"的出版宗旨中,"有益"的成分大大减少,加之新的印刷革命的到来,"大量生产、大量宣传、大量销售、大量消费",构成当代日本出版的基本状况。

日本出版现状分析

一、文库泛滥

在日本的任何一家书店,文库专柜都占据显要位置,社别、作家别、内容别……分类明细,整齐划一,品种齐全,应有尽有。在地铁、电车车厢,手捧文库孜孜阅读的乘客比比皆是。单行本二到三年后文库化,漫画杂志连载结束后文库化,尽管没有先睹为快的愉悦,但价格低廉,便于阅读,颇受读者青睐,文库自有其市场优势。据统计,1985年文库图书销售额在所有图书中占15%,销售册数超过30%,此后的十几年,每年都基本保持了这一占有率。1995年,漫画文库加入到文库行列,成为文库新品种。到1996年,一般文库与漫画文库合计销售2.8亿册,销售额达1500多亿日元。

本为普及古典名著、以丛书形式面世并受到好评的文库,自"角川商法"以来发生异变,内容扩展到各个领域,文学、历史、科普、教育、哲学……因为成本低、成系列、有利润,更主要的是能确保书店架位、稳固作家,各大出版社纷纷介入文库出版,视其为战略性商品。目前,在文库出版世界中,讲谈社、新潮社、角川书店、集英社、文艺春秋、德间书店、中央公论社、光文社的文库被称为"八大文库","八大文库"的市场占有率达70%~75%。1997年,"幻冬舍文库"、"小学馆文库"又相继问世,成为出版界的一大话题。销售数量减少,只好增加品种;单纯追求规模,导致粗制滥造;市场本已疲软,仍有新刊加入——当前的日本文库出版面临严重挑战。

二、杂志时代

从日本全国来看,1997年图书(包括文库、新书、单行本等所有图书形式)

销售额为1万亿日元，杂志为1万5千亿日元，与1996年相比，图书销售额下降1.8%，杂志上升0.1%，"书低刊高"的状况愈来愈显著。

目前日本全国拥有杂志3300百余种，包括讲谈社、小学馆、文艺春秋在内的"日本杂志协会"，会员已发展到近百家出版社。这些出版社的杂志发行量约占全国总发行量的80%强。与文库相比，杂志才是真正的"出版洪水"。

漫画杂志的读者以前只是少年，如今不仅已扩展到青年人、成年人，连60多岁的老人也成了"漫画迷"。到21世纪初叶，漫画读者将包容所有读书人口。漫画杂志作为"出版洪水"的主流会越来越汹涌。

"杂志时代"是消费出版的标志之一。出版社在图书市场持续疲软的形势下，把既有广告收入又有销售收入的杂志当作战略商品经营。一般杂志紧跟社会热点，适应不同层次、不同年龄读者的需求；妇女杂志引导时代消费潮流，刊载的广告量占到所有杂志广告的50%以上；漫画杂志中积极的成分渐少，某些成人漫画杂志则满纸低级庸俗的内容。日本当代杂志出版的主要目的是最大限度地获取利润，其社会文化功能只体现为情报传达和提供娱乐。

三、出版流通变革

大量生产必然要求大量消费，处于生产和消费之间的出版流通——"图书代理商"和书店不得不直接面对这种形势。积极适应、主动应对，日本当代出版流通经历了一场情报技术革命。

日本出版流通渠道多种多样，其中最主要的就是被称为"正常渠道"的代理商——书店渠道。日本全国一年出版书刊近60亿册，其中80%通过这一渠道送到读者面前。代理商现已形成具备"商务流通机能"（对出版社和书店进行商品销售、代理进货及收款和付款功能）、"物品流通机能"（进货、分类、打包、发货、配送、库存管理、补书调配、退货处理的机能）和"情报流通机能"（根据各种数据资料的调查、收集、计算、分析，提供出版、销售情报的机能）的现代化综合经营体系。它的"情报流通机能"，以其广泛性、便捷性和实用性，增强了出版活动的科学化、效率化和有序化，如抑制过剩生产，减少退货量；促进适当销售，满足读者不同需求等，实为出版流通领域的一场革命。

在当今日本，高度情报化的代理商的垄断局面越来越显著，日贩、东贩两大代理商难分伯仲，共同称霸出版流通领域。目前日贩、东贩的业务量已占到全国总量的70%，而且继续凭借其强大资本和经营规模，与中小代理商大打折扣战；另一方面，其充分的库存条件、快捷的物品流通能力以及完备的情报信息系统，也吸引越来越多的出版社与之建立和强化业务关系，尤其是拥有大量生产、大量销售型产品的大型出版社，在出版利润支配下，与之达成长期的相互依赖关系，进一步维护和强化了两大代理商的垄断地位。

日本全国每年出版图书超过6.5万种，加上3300多种杂志，一般书店很难做到全品种备货。面对这样庞大的出版量，书店一方面强化情报信息的作用，加强读者订购业务的开展，一方面加大库存，增设货架。近几年新书店（其中有许多郊外店）大量开业，而且规模出现大型化趋势。1997年日本全国新开业书店847家，总营业面积28万平方米，每店平均320平方米，与1996年相比，店数虽然减少64家，总营业面积却增加1.3万平方米。这一状况表明，面对书刊品种的不断增加，为了以充足货源对应读者，增大营业面积也不失为一种经营策略。

综观整个出版流通领域，尽管由于情报化革命带来了效率的提高、由于积极的策略对应使读者需求得到不同程度的满足，但买书难的状况并未有根本好转。"出版洪水"使流通渠道不堪重负，如东贩日处理新书能力本为250个品种，现在则不得不处理400个；1997年书刊退货率高达39.3%，1998年更高达50%，庞大的退货量浪费巨大人力、物力和财力。书店内架位拥挤，环境恶化。另外，大型出版社与主要书店采用"优先配货制"，中小书店受到冷遇，虽然大量生产，商品流向却趋于集中，缺乏广泛性，读者抱怨买书难也就不足为怪了。

思考和借鉴

大致说来，战后恢复时期的"代理商整备"及其发展、出版产业高速发展时期的"创作出版论"、当代的"角川商法"以及这一理念下情报化管理技术的发达，构成了日本现代出版史上最突出的出版文化现象。

日本出版产业进入高速发展时期的标志之一就是神吉晴夫"创作出版论"的诞生。这一理论实质上就是一种方法论：面对读者的不同阅读愿望策划选题；然后发现适当作者，并与作者同甘共苦，直至完稿；再通过广泛宣传开发读者。"创作出版论"适应当时社会的需要而生成，反过来又给予社会文化以极大促进。以光文社社长神吉晴夫为代表的一批着眼于适应读者需求、能够促成优秀作品诞生并能够开发潜在读者的新型编辑登上出版舞台前沿，使文化的又是经营的出版观念有了新的内涵，编辑不再是一个"为他人作嫁衣裳"的行当，而成为洋溢着文化创造活力的基地，这个基地中的出版者是文化普及与提高的责任者、实践者。光文社在神吉晴夫时代，连接推出《人间的历史》《社会心理学》《少年期》《点和线》等造成广泛影响的好书。理论社把年龄在20岁左右的青年作为自己的读者层，名之为"思考的一代"，出版社与他们一同思考，一同成长。理论社当时出版的一大批理论普及读物，养育了整整一代人。这一时期，出版产业利润追求与文化创造双头并进，成为日本现代出版史上的黄金时代。

文字、映像、声音三位一体的出版理念——"角川商法"，是当代日本出版的显著特征。这种理念的出发点是利润第一，它利用多媒体广告宣传手段，适应高度发达社会的现实，把出版推向消费的出版、情报的出版阶段。"角川商法"倡导的宣传大有别于"创作出版论"倡导的宣传，如果说后者是劝告读者的话，那么前者就是挑战读者，一副盛气凌人的姿态。当代日本出版产业中，广告宣传的比重越来越大，畅销书不再是适应读者需求而诞生，而是靠广告宣传攻势造成，读者需求与出版经营之间的关系趋于松散，读者的文化意识选择受出版经营者控制，读者在出版经营者营造的情报化、消费化社会文化氛围中不能自拔，顺风而动。当代日本出版表面上渲染出一种"繁荣"，内里却危机重重：出版本质的遗落、出版文化创造活力的衰退、出版文化功能的渐次丧失……

但是，不可否认，当代日本出版业为适应、满足和开发市场，经营管理的科学化、合理化更趋进步。一些大型出版社从选题策划、成本预算到广告宣传、销售促进，全部使用计算机管理，与代理商、书店间的业务往来也实行情报化运作，以求得正确预测印数，减少退货量，实现理想库存。讲谈社社内专设情报体系室，大型计算机总体控制，电子回路终端遍及社内所有部门，全面实现办公自动化、数据化；另一情报系统为"DC-POS体系"，这一系统的功能在于通过对书店销售卡的回收和读取，即时把握本社图书销售量，与书店进行双向信息传达，以达至更合理的商品购入和供给。除此之外，分析、活用这些情报，还会有效地指导选题策划、广告宣传等业务，大大提高了讲谈社的市场竞争力。

经过近15年的发展,目前已有575家书店(其中59家一日一报,116家一周一报,400家一月一报),定期与讲谈社进行双向信息传达,成为日本最大的图书销售情报网。

日本著名出版理论家箕轮成男认为出版业的时代特征有三种,即出版价值稀少的时代、出版普及的时代和出版过剩的时代。出版价值稀少的时代所对应的是多数发展中国家,读者受到经济的、时间的制约,读书目的在于人格培养,娱乐的成分有,但很少,人们把出版物当成物神崇拜对象,出版社单纯作为版权持有者而存在,读书的社会机能是停滞的。出版普及的时代所对应的是少数发展中国家和多数发达国家;在这一时代,尽管还有可能受到经济的、时间的制约,但读书已成为大多数人的权利,读书的目的是为了掌握知识和技能,也为了娱乐,支配出版社运转的模式是"出版者+编辑部"型,适应读者需求开发选题,开发市场,读书的社会机能是生产的,或者说是为急速的社会发展服务的。出版过剩时代所对应的是美、日等极少数发达国家,读书不再受到任何制约,而成为一种全民义务,出版物是消耗品,价格便宜,读书的目的是为了接受情报和自娱自乐,出版物的主要形式是杂志和廉价便携本,支配出版社运转的模式变为"出版经营者+销售部"型,销售形式采用经销制,出版物的社会机能是消费的。回顾日本社会发展以及日本现代出版史,出版普及的时代应该对应于"创作出版论"时代,而当代"文库泛滥"、"杂志时代"、"流通革命"等正是消费出版的特征,是"出版过剩时代"的标志。

从世界范围来说,处于出版普及时代的国家,随着综合国力的不断增强、国民素质的不断提高,出版业也会相应发展,但日本的由"创作出版论"时代到"角川商法"时代却并非世界出版发展的唯一方向。且不说社会制度、国情文化的不同,单以"角川商法"为标志的日本当代出版存在的问题而言,后来者也会吸取教训,引以为鉴。出版利润的增长不能以出版文化的崩溃为代价,不能单纯追求品种数量的增多而忽视内容质量的提高,"能卖就是好书"不仅不能证明出版业的成熟,恰恰相反,正好透露出误入歧途的危机。

(原载1999年5月14日《中国图书商报》,收入《世界出版观潮》,辽宁人民出版社2002年10月第1版)

日本编辑的职业特征

出版界的朋友们知道我赴日本研修过,因此常常会问及:日本的编辑是如何从事编辑工作的?众所周知,日本是一个出版大国,日本编辑肯定有许多值得我们借鉴的东西。但是,日本出版与日本社会政治的、经济的、文化的特征相关联,因此不能将日本编辑与我们所从事的编辑工作进行简单类比。但随着社会主义市场经济的建立,我国出版业发生了巨大变革。尤其是近年来,全国有多家出版集团相继成立,现实迫切要求我们的编辑在出版理念、编辑功能等方面迅速超越传统,否则就不可能适应出版改革的需要,不可能适应市场经济的需要。从这个意义上讲,正确认识日本现代编辑的群体意识,了解他们的作风特征,以及由此带来的正负效应,必然会给我们的编辑工作以借鉴,也会促使我们选择和制定正确的措施,以趋利避害,加速我国出版产业的发展。

从《出版伦理纲领》谈起

1957年10月27日,社团法人日本杂志协会、日本书籍出版协会共同颁布了《出版伦理纲领》。全文如下:

有鉴于出版事业在促进文化发展和社会进步方面所起的重要作用和给予社会公众带来的重大影响,我们出版工作者应充分认识自身的责任和义务。在此,特公布我们的准则和目标,以提升出版道德,并努力付诸实践。

一、出版物应该有助于学术的进步、文艺的繁荣、教育的普及、人心的高扬。

我们要不懈追求人类理想,广泛致力于文化交流,为全面促进社会福利的完善奉献我们的真诚努力。

二、出版物应该基于知性和情操,正面培养和丰富民众的生活,同时能为发挥新颖的创意提供精神动力。我们应该努力保证出版物的品位,反对迎合低级趣味，确保文化水准的不断提升。

三、为了文化和社会的健康发展，应切实保证言论、出版自由。

我们要捍卫著作者和出版工作者的自由和权利，极力排除压制和干涉，同时，不滥用言论、出版自由，不损害他人，不为私利而牺牲公益。

四、时事报道出版应信守报道伦理精神，评论应遵守真理，忠实而有度。

我们要准确地传达事实真相，时刻尊重他人的名誉。

五、出版物的普及，应保证有序和公正。

我们要抑制可能导致出版事业陷入混乱的不正当竞争，同时不做不当宣传，保证出版工作者的诚实和品位不受损害。

初次见到这份《出版伦理纲领》的时候，确实受到了巨大震动。我没有想到在市场化程度很高的日本，他们的编辑工作者也要首先保证自己编辑的图书"有助于学术的进步、文艺的繁荣、教育的普及、人心的高扬"。"我们要不懈追求人类理想，广泛致力于文化交流，为全面促进社会福利的完善奉献我们的真诚努力"；"我们应该努力保证出版物的品位，反对迎合低级趣味，确保文化水准的不断提升"……这些纲领给予人们的启发，决不单纯消解了我们对于资本主义国家出版完全"唯利是图"、"低级趣味"的误解，更多的是让我们认识到出版决不同于一般产业，出版物在任何国家都是一种特殊商品，只要做出版，就得有责任意识，一种促进社会进步、文化发展的责任意识。

我们倡导编辑在策划选题时，应该坚持社会效益第一的原则，并努力达到社会效益与经济效益的最佳结合。从日本《出版伦理纲领》来看，我们的要求，并非由我国特殊国情而决定，这是对于编辑工作的最普遍、最起码的要求。我曾问日本讲谈社的编辑：你们编辑图书所遵循的原则是什么？他们回答：第一要进行文化创造；第二要获取最大利润。前者其实就是我们所说的社会效益，后者就是我们所说的经济效益，只不过细究起来，其内涵不同、轻重有别而已。

从日本《出版伦理纲领》还可以看出，编辑工作者应具有特殊的品格和素养。"不为私利而牺牲公益"、"不滥用言论、出版自由"、"时刻尊重他人的名誉"、"遵守真理"、"不做不当宣传"、"抑制不正当竞争"等，这些对于编辑的要求，是由出版事业的特殊性决定的。编辑是社会中的一个特殊的群体，这个特殊群体的理念和意识对于社会进步和文化发展有着至关重要的影响。大到对于社会稳定、文化氛围的养成，小到对待作者、对待读者的态度，以至于在处理书稿、营销宣传等图书运作的各个环节中的所作所为，编辑是否能够"真诚"地尽到自己的责任，是否能够全力以赴献身于工作，这无疑成为检验编辑品格和素养的基本条件。尽管社会制度有所不同，但如果着眼于社会进步和文化发展，每个国家对于编辑的特质的要求却不可能不同。更进一步说，我们相对于日本，更应该积极倡导高尚的编辑品格，更应该要求我们的编辑用最大的热情和真诚献身于出版事业，创造出最好的精神食粮以满足广大人民群众日益增长的文化需求。

"创作出版"与"角川商法"

要深入了解日本编辑的职业特征，就不能不提及日本现代出版史上两位声名显赫的人物——神吉晴夫和角川春树。提到神吉晴夫和角川春树，就不能不令人想起"创作出版"和"角川商法"，这是两个统一的联合体。神吉晴夫以自己对于出版的独特思考创立"创作出版"理念，从而开创一代新风，正因为"创作出版"理念的确立和弘扬，才奠定了神吉晴夫在日本现代出版史上的地位。而角川春树凭借非凡的知性，造就了"角川商法"，不仅挽角川书店经营危机的狂澜于既倒，而且使日本现代出版史掀开新的一页，正是"角川商法"这一成功经营模式的普遍推行，才使角川春树成为新型编辑的典型代表。

神吉晴夫，日本光文社社长，20世纪60年代日本出版界名人，他以策划出版畅销书而名噪一时，当时日本全国每年的畅销书中，十有四五为光文社出版，著名的"河童丛书"几乎本本畅销，先是文化普及读物，如《文学入门》《脑部体操》《民法入门》等，后来又推出推理小说，如松本清张的《零的焦点》《点和线》，森村诚一的《恶魔的饱食》等，在日本全国掀起一阵又一阵阅读风潮。

神吉晴夫策划畅销书自有其独特的招数，他总结自己的成功经验，名之曰"畅销书策划十法则"：一、将读者层的核心确定为20岁左右的年轻人；二、图书是否刺激到了读者心理情感的某一点；三、书名应合乎时尚；四、图书内容和书名应通俗易懂；五、图书应新颖，包括书名的奇异、文体的独特、装帧的别致，一句话，"足以惹人注目"；六、图书内容应是以"读者的语言"叙述的；

七、相较于艺术，应更讲究道德；八、切记读者是爱好正义的；九、谨记作者并不比读者高出一筹；十、出版畅销书，编辑应站在全程策划的立场上，只从作者手中拿来书稿的人不是好编辑。

神吉晴夫的成功引来了无数羡慕的目光，人们开始研究他的经验，并将其提升到出版理念的高度，这就是著名的"创作出版"。这一理念实质上就是一种方法论："面对读者的不同阅读愿望策划选题；然后发现适当作者，并与作者同甘共苦，直至完稿；再通过广泛宣传开发读者。"这一理念适应时代的需要而产生，反过来又给予社会文化以极大促进。它的出现成为日本出版产业进入高速发展的突出标志之一。

神吉晴夫的"创作出版"，融合了作者和编辑双方的创造。从编辑的角度讲，首先，创造的主体当然是作者，但能否使作者的创造进行下去，能否把作者的劳动看作创造，这是编辑的第一功力；能否预感作者的创造与时代、学术等的发展趋势相联结，这是编辑的第二功力；作者的创造能否进一步展开，何时可以把作者和他的创造推向市场，从而受到社会普遍欢迎，这是编辑的第三功力。这三种功力相互关联，层层递进。在这一递进过程中，你中有我，我中有你。其结果就是，编辑不再是"为他人做嫁衣裳"的缝补匠，而成为洋溢着文化创造活力的新型人物，他们是文化普及与提高的责任者和实践者。

对于神吉晴夫及其"创作出版"也有持不同意见者，他们认为在"创作出版"理念下诞生的畅销书，容易成为过眼云烟。就是神吉晴夫本人也反省说："只有常销书，才是真正的畅销书。"其实，"创作出版"的真正意义决不是它只能生成"过眼云烟"般的畅销书，最主要的是它以一部一部为广大读者所欢迎的图书开创了一个领域、甚至一个时代的文化风气，其中所凝结着的编辑的真知灼见，可以促使广大作者中的佼佼者成为时代文化潮流的领导者，那么这样的作者的创造必然成为传世之作，焉能说"创作出版"只能生成一般意义上的畅销书，而不能生成常销书呢？所以，我们现在重新认识神吉晴夫及其"创作出版"理念，就不能只局限于他的具体实践，而应该透过他的作为发掘其更深层的意义和价值，"创作出版"的真髓在于面向全体国民的文化启蒙、文化再生、文化性格的确立，是高层次的文化建设活动。

日本青山学院大学教授清水英夫认为："二战"以后的日本出版界畅销书的生成有三种类型，每种类型代表一个时期。第一时期的畅销书为自然发生型，在这一时期，图书内容与读者需求偶然一致，销量巨大，其中并无人为操作因素。第二时期的畅销书为策划操作型，出版者通过市场调查，预测读者愿望，进行选题策划，再通过广告宣传和书评，促成图书畅销。第三时期的畅销书为多媒体广告宣传型，出版者利用电影、电视、广播、报纸、刊物等各种媒体展开轰炸式广告宣传，造成广泛社会影响，形成文化热点，以致图书销量剧增。第一时期的畅销书生成与编辑的主动性关系不大，姑且不论。那么，如果说第二时期的畅销书的生成契合了神吉晴夫的"创造出版"理念的话，也可以反过来说，如果说神吉晴夫的"创作出版"理念成为第二时期畅销书生成的标志的话，那么以角川春树创立的"角川商法"创造的畅销书就是第三时期多媒体广告宣传型畅销书的典型代表。

角川春树，角川书店第二任社长。这是一位敢想敢干的"狂人"，年轻时就屡屡冒犯父亲的经营路线，作为角川书店的创始人，角川源义一直坚持"阳春白雪"的文化出版方针，力图形成并维护"良书"出版社的形象。随着出版竞争的日趋激烈，角川书店的经营每况愈下，劳资矛盾日益激化。在内外交困、濒临破产的形势下，作为编辑局长的角川春树心急如焚，提出一系列改革方案，却始终得不到父亲首肯，他便自作主张，我行我素，终于激怒父亲，被逐出角川。角川春树壮志未酬，一度自甘堕落，但性格倔强的他并未一蹶不振，一直等待着东山再起、一展宏图的机会。一天，他去看美国电影《毕业生》，他知道促使自己走进电影院的，正是风靡全球的这部电影的主题歌；他还知道，这部电影的原作已被译成日文出版，成为发行十几万册的畅销书。听了主题歌就想看电影，看了电影就想看书。他"顿悟"了，一下子把电影和出版连在了一起。

1975年10月，角川春树继任角川书店社长，"以电影促出版"的想法立即付诸实施。"看好一部书，先投资拍成电影，再以电影的轰动效应带动这部书的销售"。他打出的第一炮是《犬神家族》。他孤注一掷，投入巨资拍成电影，再展开密集的宣传攻势。电影公映，观众如潮，票房收入87亿日元，角川书店获利8亿日元。接着，原作销量剧增，突破50万册。初战告捷，角川春树再接再厉，如法炮制，接连推出《八个墓村》《人证》《野性的证明》《八甲田山》《恶魔吹笛来》等电影，造成一个又一个"角川电影"旋风，无一例外地带动了原作的畅销。角川书店挺直了腰杆，经营规模迅速扩大，影响日著，成为日本著名出版社。

或把自己出版的书投资拍成电影，或投资电影，再把电影剧本改编成书，借助电影的成功，利用所有媒体集中、连续地展开广告宣传活动，造成社会文化热点，最终促成书的畅销。这就是"角川商法"。

角川春树成功了。对于自己的成功，他颇为自负。他说："书也好，音乐也好，电影也好，都是没有实体的商品，它们不同于电器产品，不同于汽车，可以说是幻想的商品。幻想就是价值，否则，书就成了纸张和墨水的复合体。卖幻想，正是像我这样积极虚无主义者的拿手好戏。"他的论调自然遭到保守主义者的批评，谓其忽视出版的文化特征，他则辩解说："能卖就是适应了读者的文化需求。"

"角川商法"一出，编辑的职业特征为之一变。编辑与作者、编辑与读者的关系出现了前所未有的新情况、新问题。编辑把作者的创造视为幻想的商品，策划选题也不再通过市场调查运作，读者需求与编辑文化创造的关系趋于松散，读者的文化意识选择受编辑控制，在编辑和出版经营者营造的情报化、消费化的氛围中失去主体意识，不能自拔，顺风而动。其结果就是出版本质的遗落、出版文化创造活力的衰退、出版文化功能的渐次丧失……

但是，也有人大谈"角川商法"的正面效应。首先，它能创造高额利润；其次，它顺应了时代潮流。不过，对此也应一分为二地看待。这又回到了出版的"原点"上。编辑的功能仅仅在于赚钱吗？为了顺应时代潮流就可以忽视出版的文化功能吗？尽管也是在传播文化，但是否就可以用盛气凌人的姿态向读者强行灌输自己的价值观？

从"创作出版"到"角川商法"，是日本现代出版史上的一段发展轨迹。从这一发展轨迹中，我们可以发现许多东西。出版是与社会的发展密切相联系的，随着时代的进步、经济的发展，出版产业也会得到相应的发展，问题在于这种发展去向何处。出版利润的增长不能以出版文化的崩溃为代价，编辑融入商业大潮不能抛却对于社会进步和文化发展的责任。只有坚守出版文化特征的发展才是正途。

在两种价值观间徘徊

自"角川商法"诞生以来迄今已有20多年了。在这20多年中，日本出版界、文化界围绕"角川商法"给予出版理念、编辑功能的冲击议论纷纷，可谓毁誉参半。毁之者认为"角川商法"背弃了出版最根本的出发点，一味追求利润，使编辑对于文化建设丧失责任和义务，是对社会进步、文化发展的挑衅；誉之者认为"角川商法"为出版带来巨大经济效益，并以强大的宣传声势培育出一个又一个畅销书作家，维护了出版经营的活力，将编辑从文化卫道士的重负中解放出来，顺应了时代潮流。这两种观点，其实就是两种不同的价值观。就编辑自身而言，他们一方面沾沾自喜于巨额利润的获取，另一方面又深为自己被"大量生产、大量宣传、大量销售"的出版洪水裹挟，身不由己地背离"出版的原点"而痛苦。日本当代编辑陷于两难境地。

"杂志时代"、"文库泛滥"……日本出版进入"出版过剩时代"，这种状况早已出现，而且还会继续下去，编辑不可能也没有必要再固守着传统的出版理念裹足不前了。在"出版洪水"的浪潮中，他们可以做的就是尽量让这股"洪水"少一些浑浊。于是，日本出版界的有识之士开始重倡出版物"普及"的功能。小宫山量平在其所著《编辑是什么？——危机时代的创造》一书中为"普及"的涵义进行了拓展，他说："所谓普及，有两重涵义：其一是出版物与时代的要求、与读者的需求相契合；其二是以新颖、深广的文化创意开掘时代要求和读者需求。""普及"既可以从时代、从读者中来，也可以由编辑创造出来，但后者必须有一个前提，那就是"新颖、深广的文化"。基于这种思考，他还就广告宣传谈了自己的看法："即使是足以传之久远的著作，广告宣传的创意如果未能与其价值相契合的话，往往也会埋没它的光辉。"很明显，他并不反对"大量宣传"，他所担忧的是庸俗的、纯商业化的宣传。时代并不缺乏优秀之作，在"出版洪水"的泛滥中，如何才能将这些优秀作品推荐给读者，而不至于为平庸的东西所淹没，这才是他讲这番话的良苦用心之所在。

让我们再回味一下日本的《出版伦理纲领》……我们很难预测日本出版将来的发展方向，也不好估计日本当代编辑还能在多大程度上遵循《出版伦理纲领》，但有一点是可以肯定的，那就是无论出版如何发展，它的《出版伦理纲领》将一直规约着日本编辑的理性思考。

（原载2001年7月3日《中国图书商报》）

国际化进程中的日本出版业

近两年，我国出版业集团化建设、产业化进程突飞猛进，出版国际化日益突出。日本是一个出版大国，认识日本出版的基本特征和由此而生的正反两方面的经验和借鉴，可作为我国制定和选择出版产业中长期发展战略的参考。只有全面正确地认清当代日本出版的实质，才能采取正确的措施，趋利避害，加速我国出版产业的发展。

一

20世纪80年代以来，日本出版呈现如下特征：

第一，编辑功能与信息化密切相适应。日本经济的高度增长，导致流通领域的革命，同时引发了编辑功能的变异。传统意义上的引领时代文化发展方向，着眼于文化创造的编辑渐渐消失，代之而起的是一些所谓新潮的"编辑匠"。他们千方百计寻找作者，追随作者，在尽可能短的时间内取得稿件，然后迅速审阅、校样、印刷……畅销书、月刊、旬刊、周刊……只要有引发人们新奇的事件或人物，不出几日，书店里就有有关的出版物上架，其运作速度令人咋舌。

第二，图书运作以多媒体互动构成多元宣传效应。图书作为一种特殊商品走向市场，传统观念以为与读者的对话往往是不可期待的，读者的购买欲望完全取决于个人的喜好。信息化技术下的出版，则完全变容，日本角川书店的"角川商法"彻底改变了这种传统出版理念，或把自己出版的图书拍成电影，或投资电影，再把电影剧本改编成图书，借助电影的成功，利用所有媒体集中、连续地展开广告宣传，造成社会文化热点，最终促成图书的畅销。这种集文字、映像、声音于一体的出版理念，使出版经营者不再孜孜于读者的需求，读者的文化意识选择受出版经营者控制，在出版经营者营造的情报化、消费化社会文化氛围中不能自拔，只能顺风而动。

第三，图书销售的情报化管理构成新型的市场体系。日本最大的出版社讲谈社的"DC·POS体系"就是高度信息化的产物。它的功能在于通过对书店图书销售卡的回收和读取，即时把握图书销售量，与书店进行双向信息交流，以达至与书店之间更为合理的商品购入和供给，目的在于减少退货，扩大销售，实现合理库存，以提高效率。日本两大图书代理商——日贩、东贩，其发行网覆盖到日本的每一角落。日贩的王子流通中心，有一套自动化配书系统，可细致到一本书的标签和每一位订购者；从进货到发送至全国两万余家书店，只需要两到三天时间。可以说，日本的出版经济就是信息化经济。

二

出版产业的信息化、寡头化，促进了日本出版业的现代化，使其在世界出版业中占有重要的一席之地。讲谈社是日本最大的出版社，年销售额近4000亿日元，这样规模的出版社，足以与世界上任何一家出版社抗衡；作为日本出版界的龙头老大，它可以依靠自身的优势在国际出版交流与竞争中显示日本民族出版的地位。这就是优势产业与文化传播的关系。

编辑功能的变化，物流、营销的信息化，其最终目的就是要达到利润的最大化。在统一的大市场中，出版社都面临着激烈的竞争，都必须改善经营机制，降低生产成本，提高劳动效率，实现规模生产。当前的日本出版，"文库"泛滥、"刊高书低"、大量生产、大量消费，尽管已是"出版过剩"，但规模化经营仍居主流。以"文库"出版为例，讲谈社、集英社、文艺春秋社、德间书店、角川书店、新潮社、中央公论社、光文社的文库被称为"八大文库"，其市场占有率已达70%~80%；1997年，幻冬舍文库、小学馆文库又相继出版。因为文库出版既是出版品牌的标志，又是出版利润的重要来源，不抢占这一市场，就难以在出版业立足。又如杂志出版，目前日本全国拥有杂志4000余种，大型出版社大多都是以杂志维持局面，讲谈社有60余种，杂志利润占全部利润的60%。从基本情况看，文库出版的一拥而上，杂志出版被格外重视，其基本出发点，应该说是为了获取更多的利润。

日本出版业的发达是在产业结构的不断调整中实现的。产业结构的调整，形成了日本出版社各自的优势，讲谈社在杂志出版领域独领风骚，小学馆的词典、儿童读物无出其右者；集英社、光文社则在文学书出版方面独擅胜场。每一家出版社在发展过程中，都在不断地调整产品结构，以适应社会需求。如讲谈社，1909年建社，它就是以杂志起家，90余年来，杂志创办、停刊、再创办……调整达百余次，稳固地构建了日本的"杂志王国"。

图书出版的产业化、信息化、时代性，还造就出新型的编辑人才。"角川商法"的创立者角川春树就是当代编辑的典型代表。"角川商法"不仅壮大了角川书店的实力，通过电影，通过各种手段的宣传，角川书店还育成了一个又一个畅销书作家，维护了出版界生生不息的活力，直到现在，角川春树的影响还在。日本编辑一般都具有综合认知能力，富有创新意识和敢冒风险的精神，是复合型人才。

三

"出版结构失调，如洪水泛滥：杂志时代，书籍消减，文库流行，漫画铺天盖地……这是当前日本出版界的实际状况。出版文化衰退，出版方向右倾化，出版格调低下……构成当代日本出版的文化特征。"《公共传播的明天·出版》一书对当前的日本出版忧心忡忡。这种局面的形成，是日本出版产业的性质决定的，更是日本社会制度、文化传统使然。综观日本当代出版，其负面效应至少表现在如下方面：

第一，文库泛滥，"刊高书低"，导致出版的社会文化功能只表现为情报传达和提供娱乐。由于资本主义国家的性质决定，它的任何产业无不以获取最大的利润为目的，出版产业也不例外。社会高度发达，出版表面繁荣，出版物严重过剩，读书不再受任何制约，而成为一种全民义务，出版物成为消费品，价格便宜，出版的目的在于提供情报和娱乐，其主要形式就是文库本，出版的社会功能是消费。如果说出版提供情报和娱乐本无可厚非，那么在"大量生产、大量消费"的出版洪水中，充斥着色情暴力的出版物堂而皇之地进入市场，这无论如何也不是出版的"原点"之所在。脱离出版的"原点"，也就不能把为广大读者提供健康有益的精神产品作为第一要务，那还谈什么提高国民素质、促进社会进步？

第二，"大量生产、大量宣传、大量销售、大量消费"，导致出版的结构失调，带来经营上的被动。据统计，日本每年出版新书3万余种，10几亿册；出版杂志4000种，30亿册，这一数量的出版物，远远超出读者的购买力，必然导致大量退货。日本出版社的退货率一般在35%左右。面对这种状况，日本出版界有识之士呼吁，出版还是应该遵循"多品种小批量"的生产规律，以减少成本，科学经营。

第三，编辑功能的变异，导致编辑文化创造的成分减少，产品制作的成分增大。反思脱离"出版原点"的日本出版现状，不能不认为日本编辑的文化创造力大为减弱是其原因之一。在当今日本，创立"岩波文库"的岩波茂雄、创立"创作出版"的神吉晴夫……这样一些开创一代文化风气的编辑，已经很少见到了，现在的编辑成了一个职业团体，从业者难以拥有文化个性、出版个性，其价值更多地体现在勤勉劳作和利润追求上。

(原载《中国出版》2002年第7期，收入《中国编辑研究》，
人民教育出版社2004年4月第1版)

附 录

《尘世奇谈》出版始末

1943年冬天,一位名叫岳乐山的老人病逝于青岛。他留给儿子岳廉识一部自己创作的手稿——《尘世奇谈》。

岳廉识是岳乐山的独子。对于父亲一生的心血结晶,他万般珍爱。手稿未能问世,父亲是带着满腔遗憾离世的。岳廉识心里非常清楚,父亲的这一遗憾最终是要他来弥补的。他无后嗣,因而期望这部手稿流布于世的心情甚至比父亲还要强烈。但是,他似乎没有料到,正是由于自己的这种焦灼,手稿的出版竟经历了60年的风云坎坷。

岳廉识的三次"委托"

第一次"委托" 1994年6月,山东省政协主办的《春秋》杂志第2期上发表了一篇文章,题为《民国奇书〈尘世奇谈〉蒙难记》。作者石业华在文中说:"岳乐山临终前,曾嘱其子岳廉识将书稿送给老舍先生审阅,希望老舍帮助整理出版。"老舍时在青岛山东大学任教,如能得到先生的援助,出版自然有望。岳廉识不敢延宕,立刻拜访老舍先生。"1943年秋天,老舍先生在他任教的青岛山东大学院内一所洋式平房里,花了足足两周时间,阅读了这部长篇历史小说的大部分手稿。之后不久,老舍便当着王统照、孟超、吴伯箫等山大同仁的面,盛夸'此书乃必传之作','堪称民国第一奇书'。""不久,岳乐山病逝,书稿由独子岳廉识保存。此时,老舍应邀赴美讲学,之后,又赴济南任教。在那兵荒马乱的年代,老舍虽未忘此事,但因力量单薄,未能如愿。""建国后,老舍念念不忘此书的出版事宜,但终因卷帙浩繁,政治运动频起,先生(岳乐山)的遗愿未能实现。"

有关老舍曾阅读《尘世奇谈》手稿，并大加赞赏，进而愿意帮助联系出版的记载，目前为止，只见于石业华所述。石业华还说："（60年代初），岳廉识还多次写信给父亲的老朋友老舍先生，请求他鼎力相助。老舍表示，一定尽力帮忙，使这部奇书早日面世。很可惜，当时老舍忙于出国访问，接着中国社会风云突变，'十年浩劫'开始，老舍身不保己，直至含冤死去，出版《尘世奇谈》的愿望也就灰飞烟灭了。"老舍先生与《尘世奇谈》手稿的结缘，其确切性的材料虽有待于进一步挖掘，却不失为一则文坛佳话，也从一个侧面说明了《尘世奇谈》的价值。

第二次"委托" 为了实现父亲的遗愿，1963年秋，岳廉识郑重地把手稿移交中共青岛市委宣传部，请求专家鉴定，希望早日出版。1963年冬，中共青岛市委宣传部决定，将手稿转青岛市文联处理。青岛市文联对此专门召开党组会议，责成曹述之研读，以鉴定其价值。曹述之用了3个月的时间，阅读了全部书稿，写出3万字的审读报告。报告认为此书有一定的价值。当时担任青岛市文联副主席的张济于1984年11月回忆说：

1963年秋，我们接到了《尘世奇谈》手稿共十六卷。经研究由文联曹述之阅读，并确定其价值。曹述之专用数月时间细阅了全部手稿，并写出了将近三万字的书面报告。我们认为这是有一定价值的著作，至少可作为研究西北边界的有关问题，对外交上能有一些作用。

曹述之的书面报告已遗失。1980年8月6日，曹述之根据记忆写出《有幸读过〈尘世奇谈〉八百回》的回忆材料：

1962年（应为1963年——著者）秋，九中图书管理员岳廉识将其父岳乐山的遗著《尘世奇谈》八百回，约四百万字手稿送交中共青岛市委审阅处理。市委责成市文联指派专人阅读全稿，阅读之后，须写出故事梗概和处理意见。当时市文联副主席张济同志即派我阅读并给假三个月。

我于假期内读完了全稿。读时写有手记十余万字，读完再归纳手记写出报告。报告分五部分：一、作者简历；二、作者思想；三、作品主要表现内容；

四、对作品的评价；五、处理意见三条。共约三万字。现在只能回想这份报告的梗概，大意如下：

作者岳乐山于清光绪初以秀才考取文兵（清军官）。其时以秀才文兵出身者多是汉人，如后来变为军阀的袁世凯、吴佩孚、段祺瑞、冯国璋、徐世昌等皆是。作者曾参加过满清镇压回民抗清之战，同时担任过新疆中俄边界交涉员。因马尔太山划界有功（向帝俄争回八百华里），调任京官，后又放官松江知府。辛亥革命后，田中玉任山东省长时期，作者出任田的参谋长。

从作品中可以看出作者的思想倾向于保皇派。作者明知满清天下已不可保，但又竭尽全力效忠于慈禧、光绪。例如他曾率兵去新疆、外蒙一带平复张谓回、蒙骚乱；率兵去京北清剿康小八领导的十三县矿工、农民起义；率领满清水师去江浙镇压盐运船夫（即后来的上海青红帮）起义；戊戌政变搜捕谭嗣同、崔广仁等六君子时，负责北京西直门戒严。作品中塑造的主人公邱山即作者本人。他把个人经历几乎全部写入小说，故其思想倾向是无法掩盖的。再从作品中的重大事件、故事情节和人物关系以及主人公的性格上看，作者的思想不仅是倾向保皇，甚至是毫无民族气节极端反动的。然而，作者本人虽然效忠于慈禧、光绪，却与立志推翻满清政府、主张民主共和的孙中山、黄兴、宋教仁等革命先辈是莫逆之交。作者开始反对孙中山倡导的革命，继而赞助孙中山的革命活动，最后参加了辛亥革命。辛亥革命成功后，又到山东省任职，可惜作者没能把这段经历充分反映到小说中，有之，也只是轻描淡写，一笔带过。

作品的主要内容，如上所述，是以作者的个人经历为生活基础的。当然，作者所经历的清末几次历史事件，不能不加以夸大虚构，从而使情节曲折，人物生动，但荒诞淫秽占了很大篇页，例如主人公的姬妾多达五十余名，效仿帝王宫的三千粉黛，反以同情并怜惜贫弱妇女的多情种子自居，这就不仅是糟粕，且是毒素，读者不慎，必受其毒。除此，故事整个结构当称严谨，自庚子乱平息，慈禧西安逃难回京，至慈禧、光绪暴死，到辛亥革命、南北议和，前后30余年间，历次军事、政治、外交事件皆有记述和描绘。如果删除其淫秽部分，尽管作者的立场、观点是非常错误甚至是反动的，全书作为晚清外史来读还是可以的。因为书中所写的重大事件，有的是作者亲身参与过的，叙述其矛盾冲突过程较之历史记载详尽细致，而事件中的人物多是真实姓名，距历史事实又不太远。书中值得一读的是蒙、回、藏族的风俗民情、生活习惯、矿藏物产、名胜古迹等描述，在清代其他说部中是很少见的。

　　对作品的评价，以我个人的看法，由于作者思想倾向，这部小说受《野叟曝言》的影响较深。《野叟曝言》塑造的文素臣博学多才，能文能武，少有大志，壮欲治国，可惜时不我与。邱山就是文素臣式的人物。清代小说，自《红楼梦》始，即已暴露满清的腐败，至《儒林外史》《官场现形记》《孽海花》《老残游记》等著，反满情绪更加明显。而《尘世奇谈》字里行间虽也揭露满清宫廷王室和王公大臣的脏脏污浊，但无反满情绪，尤其对慈禧和光绪，竭诚维护，不忘厚赐之恩。因此，作品的思想性较《儒林外史》《老残游记》是逊色的，但作者的社会知识和个人经历以及文笔辞藻，则皆胜于《儒林外史》《老残游记》。

　　我的报告提出三条处理意见：一、作品原稿瑕多瑜少，不宜出版，退回；二、鉴于作品中不乏历史资料，可由文史馆或市级博物馆、文物保管委员会收购，作为历史参考资料保存；三、转交出版部门审阅，大加删改，剔除其荒诞淫秽部分，保留其有历史资料价值部分，重新考虑结构、主题、故事情节、人物形象，压缩章回、字数，改写为晚清外史长篇小说。

　　以上是我读《尘世奇谈》经过和写给文联转市委的报告概略。事隔十多年，即使概略也难忆起。（原手记、报告皆已散失）今拉杂写来，介绍经过而已。

　　曹述之的审读报告，其原件已不得见，从上面这个回忆材料中，我们只能知其大概，不过，基本观点已尽在于此。曹述之的观点当属一家之言，现在来看，其中还有深深的时代印痕。当时，青岛市文联准备将书稿"向北京有关部门推荐"（中共青岛市委宣传部《关于收回〈尘世奇谈〉书稿的一些情况》），客观地说青岛方面还不能对书稿的价值作出完全判断。

　　曹述之的三条建议，本身就是矛盾的。第一条建议"退回"，第二条则建议"收购"，第三条建议"改写"，那么，要不要"退回"呢？在评价作者时，曹述之一会儿说作者"思想倾向保皇派"，"观点是非常错误甚至是极其反动的"，一会儿又说"赞助孙中山的革命活动，最后参加了辛亥革命"；在评价手稿的价值时，一会儿说"瑕多瑜少"，一会儿又说"文笔辞藻，胜于《儒林外史》《老残游记》"，前后评价不啻霄壤之别。面对这部罕见的特大长篇小说，再予鉴定，实为困难重重，难怪青岛市文联的领导对手稿的去留难以定夺呢。犹豫之间，市文联开展了"四清运动"，"文化大革命"又接踵而至。十年浩劫，万象凋零，手稿即被搁置起来。

但是,手稿却被完整地保存了下来。为了保护手稿,青岛市文联的不少人为此遭到批斗,有的人甚至被遣送回原籍。市文联副主席张济后来在他的《证明材料》中回忆说:"'文革'期间,我为收阅这份稿件而惨遭过迫害,这就不必追叙了。"惨痛之情,溢于言表。

第三次"委托" 1979年,"文革"结束已3年,岳廉识想,现在应该过问一下父亲手稿的下落了。1963年秋,岳廉识亲自将手稿移交市文联,迄今已整整过去了17年。17年来,他无时无刻不在惦念着手稿的命运。"十年浩劫"中,岳廉识在青岛市九中做图书管理员,因出身不好,一直受到管制,历尽了世态炎凉,也看尽了人间悲欢。沧桑巨变,物是人非,他不敢奢望父亲的遗作尚在。但是,总得有一个结果吧。他决定问一问。

青岛市文联于1979年初恢复,嗣后立即将分藏三处的《尘世奇谈》手稿集中统一保存。岳廉识也许知道"文革"中有人为收阅《尘世奇谈》手稿曾经遭受过迫害,也许知道青岛市文联一度被解散,当他得知手稿尚在时,激动不已,感激地说:"感谢市文联的同志保护了手稿。如果放在我家里,早就被红卫兵抄去烧了。"

1979年5月,岳廉识手书一纸委托,请他的亲戚臧若仙(《青岛日报》干部)到市文联取回手稿。臧若仙前往,说明来意,市文联经研究,同意暂将手稿交臧若仙带回,嘱咐他"定要妥为慎重保护。不久,政府仍要收藏或收编出版"。臧若仙将手稿带回交给岳廉识。岳廉识因年老体衰,便委托臧若仙先代为整理。1980年5月,岳廉识又立委托于呆文庭、臧若仙:

委托书

我孤独一人,年迈多病,一切多承我的亲戚呆文庭、臧若仙两人的热情照顾,深为感激。为此,关于我先父遗著《尘世奇谈》之稿本,全权委托该两人商同处理。以后该稿出版后的稿费亦由其呆、臧二人全权负责领取支配,以示我对其二人一贯对我照顾之酬意。

(本委托书一式两份,呆、臧二人各执一份存证。)

岳廉识(章)

1980年5月5日

手稿的整理权不要了，出版后的稿费也不要了，这一切，全权委托或者说送给了他人。岳廉识之所以这样做，年迈多病当然是其原因，但是年迈多病不是更需要钱吗？为什么连稿费也不要了呢？这里只有一个解释，那就是只要有人愿意帮助他完成父亲的遗愿，他就心存感激，可以什么都不在乎，表现出一种近乎失去理智的急切。

自此以后，手稿就放在了臧若仙的家中。臧若仙开始阅读、整理。

有关第三次委托的经过，昊文庭、臧若仙于1981年6月22日写了《我们对〈尘世奇谈〉所了解的情况》，对此作了介绍：

> 1979年5月间，岳廉识对臧若仙说，他在"文化大革命"前夕，曾将其先父遗著《尘世奇谈》文稿，送到青岛市文联阅审。送去不久，适逢"文化大革命"，遂被查封，托臧查问一下，如能找到，想趁臧在家治病期间，予以整理，请政府出版。素日我们对岳生活方面经常照顾，对此之托，臧就慨然应允。岳即盖章给臧以书面委托，叫臧全权去办理。
>
> 臧经青岛文联领导介绍，同经手过此稿的曹述之同志接洽。曹经请示，说领导同意暂时取回，但定要妥为慎重保护。不久，政府仍要收藏或收编出版。市分管文化的领导均知道此稿。曹并说，他曾详阅一遍，认为既有文物性的重要史料价值，又有较高文艺水平，曾写了数万字的阅审意见。上报市里，还没批复，就来了"文化大革命"，因此，被迫暂时放手。此稿虽经"十年浩劫"而尚存，真是万幸。
>
> 臧将岳之委托书留给文联，曹将稿交臧。取回让岳目睹一番之后，岳即让臧带回家中，并嘱臧快点整理。臧点头应之。
>
> 岳因鉴于我们对他各方面多年经常相助，至感可靠，所以于1980年5月间，特就此稿亲自盖章给予我们两人书面委托，全权代他处理，并借以鼓励臧加紧整理，争取早日出版。

岳廉识的第四次"委托"与手稿的流散

父亲的手稿被完整地保存下来，又有人愿意帮助整理，如果天假以年，说不定能亲眼见到它的出版。但是，仅仅过了一个月，岳廉识就一病不起，联想到自己孤寡无继，去日无多，心中的焦虑与日俱增。该怎么办？他病体恹恹，生活拮据，要完成父亲的遗愿，自感已经无能为力，倒不如……他厌恶自己有这样的念头，但又以不得鱼即得熊掌来自我安慰。于是他找来吴文庭，让他转告臧若仙，愿以一百元将手稿转让。"臧若仙因深知此稿具有文物性质，不论钱多少，私相买卖不当。臧并将此情向岳当面解释，但岳当时由于病重，言不入耳，遂于1980年7月上旬，令吴到臧处将稿取走。"（吴文庭、臧若仙《我们对〈尘世奇谈〉所了解的情况》）

岳廉识也许并不知道，就在上个月，《尘世奇谈》已被人推荐给山东人民出版社。青岛市文化局的徐本夫于1981年7月5日回忆说：

1980年6月下旬，在我赴省参加第四次文代会前夕，青岛市文化局戏研室副主任杨德文同志向我介绍了《尘世奇谈》这部小说稿，嘱我到济南后向省出版负责人推荐一下。

我于6月25日在济南珍珠泉礼堂见到宋协周同志，向他详细谈了稿子情况。宋协周同志很重视这部书稿，当即表示待文代会结束后，马上派人去青岛找岳廉识联系。

果然，7月中旬，山东人民出版社专派文艺编辑室副主任孙克传和小说组组长李新民来到青岛。他们先与岳廉识的代理人吴文庭、臧若仙取得联系，又在他们的带领下见到了岳廉识。吴文庭、臧若仙、岳廉识对于省出版社编辑的到来并未表现出欣喜，相反倒似有难言之隐。原来，就在几天前，经吴文庭介绍，岳廉识认识了李程碑。

李程碑，上海电影制片厂编剧，因家住青岛，每年夏天都回青岛休假探亲。1980年6月，他跟往年一样回到青岛。一天，他听邻居吴文庭说他的亲戚家有一部长篇小说手稿，名叫《尘世奇谈》。于是，李程碑经吴文庭介绍与岳廉识相识。关于李程碑与岳廉识相识的起因和过程，李程碑说：

1980年6月，我由沪回青休假，吴文庭于7月2日来我家向我热心推荐，并说《青岛日报》社的臧若仙出六十元钱买这部书稿，岳先生不卖给他，限定他已于6

月底将这部书稿还给了岳先生，所以杲文庭一再要求我去看看这部书稿，我当即跟随杲文庭到了大沽路三十四号岳廉识先生家中。杲向岳先生介绍过把我请来的意图后，岳先生非常高兴，随即取出两大卷手稿，交我带去看阅。三四天后，杲文庭又将其余十二卷书稿全部送到我家中。

——（摘自李程碑向中共山东省纪委写的材料：《一部新发现的优秀文学巨著〈尘世奇谈〉——揭发山东人民出版社侵占这部书稿的恶劣行为》）

中共青岛市委宣传部在1983年12月24日的题为《关于收回〈尘世奇谈〉书稿的一些情况》中则说：

1980年7月上旬，岳廉识的朋友杲文庭向家居青岛的上海电影制片厂工作人员李程碑谈及此书稿，李要求取书稿看看，杲文庭不久将部分书稿送于李。

一说杲文庭请求李程碑去看手稿，一说李程碑"要求取手稿看看"，到底谁先主动，尽管说法截然不同，但有一点是肯定的，即李程碑确实是由杲文庭介绍与岳廉识相识。杲文庭在1981年7月写的一份材料中说："1980年7月上旬李程碑是经我介绍和岳廉识初次相识的。在此以前，李、岳两人素不相识。"并且，他还随杲文庭去了岳廉识的家，又经杲文庭之手得到手稿。

那么，接下来的问题是：李程碑接手这部手稿的初衷是什么？关于这一问题，首先应该认为李程碑要确认这部手稿有没有价值；如果有，那么它的价值到底有多大。果然，李程碑即刻于7月20日北上京城，通过作家张洁介绍结识了人民文学出版社的许显卿、周达宝。有张洁的推荐信为证：

许显卿、周达宝同志：

你们好，上海电影制片厂李程碑同志带来一部关于清末时代的小说手稿，据说写得还有意思，他不晓得人民文学出版社的情况，我愿意为你们效力，所以，请他去找你们鉴定一下。请费神。

我的中篇在努力写作。总之还是一句话，干扰太多了。但我说什么也得干出来。

致

敬礼

张 洁
80.7.22

李程碑找到许、周二人，结果如何，不得而知。他不止去了人民文学出版社，据他自己讲，他还去了文化艺术研究院。他在8月14日从上海写给杲文庭的信中说：

上月中旬我从青岛到达北京，特地将岳先生著作的手稿带去了第一、二部分。因我去京后就住在文化艺术研究院，即请有关人员看了看这一、二部分稿子。他们看后，认为书中有可取的东西，但需要经过一大番工夫加工整理，才能有个眉目。而且只看了一、二部分，下面写了什么、写得如何，还不知道，所以尚难做出什么论断。他们希望我能先将手稿加工整理一部分，给他们看后，再作研究，如果有可能，可予出版。

文化艺术研究院下设有一个出版社，就叫文化艺术出版社。我的一位电影学院的好同学是负责人之一。这些事都是他帮我联系的。将来是否可以出版，他也有权决定。

我认为这是很有利的条件。

李程碑在北京，为了确认《尘世奇谈》手稿的价值奔波忙碌，也正如他所说，他所找的人对此"尚难做出什么论断"。不知李程碑此时对这部手稿是什么态度。他也许要接受"有关人员"的建议，先将手稿加工整理一部分，再给他们看。但加工整理是需要时间的。李程碑未能当机立断，而就在这时，山东人民出版社又派人来到了青岛。

时任山东人民出版社文艺编辑室副主任的孙克传回忆说：

7月中旬，我和新民等同志又去青岛，向杨德文同志谈了意见。在他的热情支持下，我们见到了岳廉识的亲戚，即代理人臧若仙同志，表达了山东人民出版社的意见。他支持把这个稿子交山东人民出版社处理。

孙克传、李新民等通过臧若仙于8月4日取走手稿四卷，带回济南审读。当时，他们还写了借条。这一举动，使李程碑措手不及。他于8月14日写给呆文庭的信中又说：

听说你将一部分稿子取走给省里什么人看去了，不知为什么这样急？

因为我已经与中国文化艺术出版社挂上钩了，不管成不成，我已尽了努力，现在他们要我先整理出一部分给他们看，这也已成了事实。但如果你中途交给别人，就会将我搞得很被动。你想想，是这样吧。

这个情况，我原打算8月底或9月初回青岛时再告诉你，不想你有些发急。我看这事急不得，咱们还是稳扎稳打会更好一些，对岳先生也能交代得过去。我意你去问一下那人看完了没有。若看完了，就拿回来，就说我已与北京文化艺术出版社接上头了，也就算了。

你看这样好吧。也请将此情况告知岳先生。

臧若仙也好，呆文庭也好，都没有按李程碑的要求去办，也许他们认为自己既然有岳廉识先生的委托书，就有权代理手稿的出版事宜，更何况山东人民出版社主动约稿。借出四卷手稿，即使没有与李程碑通气，他们也未觉得有什么不对。但李程碑确实着急了，他于8月30日打电报给他在青岛的妻子赵美华"要稿子"，意思是买下这部手稿。赵美华即于9月初备款二百元由呆文庭转交给岳廉识。

9月中旬，李程碑从上海回到青岛。据他说，他回到青岛后，几次追问呆文庭那四卷书稿借给谁看去了，呆文庭开始说是北京古籍书店的什么人，过两天又说是北京荣宝斋的什么人，又过了两天才不得不说了实情，并把孙克传、李新民二人写的一张借条从衣袋内掏出来给他看了，这时他才知道，原来是山东人民出版社借去的。

李程碑一方面继续向呆文庭催要借出的四卷手稿，一方面找到岳廉识极力说明自己帮助整理书稿、联系出版的诚意，得到岳廉识的信任，二人于1980年9月20日达成《关于修改和出版〈尘世奇谈〉的几项协议》。协议如下：

长篇小说手稿《尘世奇谈》是清末岳乐山先生所著，全书稿共有十六卷。

"文革"期间，被青岛市文化局给丢失了两卷；1979年春天物归原主，退还给岳乐山先生的后代岳廉识先生十四卷。岳廉识先生为了让先父的遗著得以出版问世，"文革"前和近一二年曾多次托人帮助联系，却均未有结果。1980年7月，经呆文庭先生介绍，上海电影制片厂的李程碑先生看了这部小说手稿，给予了很高的评价和充分的肯定，并表示愿意协助岳廉识先生将这部小说加以整理修改，推荐给出版社出版。岳廉识先生对此十分高兴和满意。之后，两人经过多次接触和交谈，甚为融洽一致，成了知己的朋友。岳廉识先生完全相信和信赖李程碑先生有能力和才学胜任这一工作，能够整理改写好《尘世奇谈》这部长篇小说，因此，两人经过友好协商，自愿达成协议如下：

一、岳廉识先生出于和李程碑先生的真诚友谊和相互信赖以及完全一致的目标，明确表示愿将《尘世奇谈》全部手稿送给李程碑先生，由李程碑先生全权负责整理修改，争取早日出版。

二、李程碑先生对岳廉识先生的信赖和重托，深表谢意，明确表示愿尽最大努力，认真严肃地对待原作，一定要把《尘世奇谈》整理修改好，使作家岳乐山所花费的艰苦劳动和巨大心血及其美好的夙愿得以实现，昭彰于世。

三、李程碑同时表示，此书出版将署名为：岳乐山原稿，李程碑改写，并在出版序言中将作家岳乐山的简历及其后代岳廉识先生的有关情况加以介绍和说明，为人所知所敬。

四、岳、李二人一致认为，将《尘世奇谈》交由李程碑先生修改整理，然后由国家出版社出版，并非属于买卖，而是为了发掘宝贵的文化遗产，为祖国文化宝库增加光彩，这是符合人民需要和利益的。但另一方面，考虑到岳廉识先生目前生活上极其困难的状况，李程碑出于友谊帮助，愿付给岳廉识先生二百元生活补助费（已于本月5日由呆文庭代付），俟书出版后，将再付给岳廉识先生应有的稿费。

五、岳、李二人同时申明，在进行这一工作的过程中，任何人无权干预和挑剔，不管遇到什么干扰或什么情况变化，此协议各条一直有效。

口说无凭，特立此书为据，一式两份，岳、李各执一份。

立书人：岳廉识　李程碑

1980年9月20日于青岛

李程碑先是向岳廉识支付二百元"要稿子",继而又与岳廉识签署《关于修改和出版〈尘世奇谈〉的协议》,山东人民出版社得知这一情况后,10月初,又派孙克传、宋曰亭、徐学俭、孙立寿去青岛,他们在杨德文、呆文庭、臧若仙的带领下去看望了岳廉识先生,表达了山东人民出版社愿意接受《尘世奇谈》手稿的意向,并对岳廉识先生晓之以理,希望他能按照国家政策规定,将《尘世奇谈》手稿交由有关部门收购保存,并视情况予以整理出版。岳廉识先生明确表示,退还李程碑的二百元钱,同意将《尘世奇谈》手稿按国家政策处理。10月5日,岳廉识先生又立下字据,表明了自己的态度:

吾先父岳乐山遗著《尘世奇谈》过去曾经送老舍等人阅审后转青岛市委和文联,遭逢十年动乱而暂告搁置。去夏由我亲戚代我取回,我因内人病逝时负债较多,至今无力偿还,以至于心耿耿不安。为穷所迫,急欲出售先父遗稿,以清欠债。今夏由我亲戚呆文庭之介绍与李程碑初识,谈及先父遗稿,遂被李将大部手稿拿去,至同年9月初,李托呆转交我人民币二百元,以作价购。现在我已明确,凡系古今文物均应按照政府规定,向国家主管部门交售收藏,或由国家出版部门处置,严禁私下买卖。因此,李程碑以私人身份价购《尘世奇谈》之文物,有违政府规定。为此,我全部退还李程碑前交二百元之价款,并将李程碑拿去《尘世奇谈》之大部文稿索回。我年老多病,步履艰难,此事全权委托我亲戚呆文庭、臧若仙两人代我同山东人民出版社联系,按照国家政策处理。

孙克传等人经与呆文庭、臧若仙协商,决定由呆文庭带着山东人民出版社和有关组织的公函,以及岳廉识先生的字据,以《尘世奇谈》代理人的身份去上海说服李程碑交出手稿。李程碑不但没有同意交出手稿,竟还写了《关于〈尘世奇谈〉的几点声明》,表述了自己拥有《尘世奇谈》手稿的合理性,表现出拒不交出手稿的强硬态度。"声明"全文如下:

青岛朋友呆文庭找我,谈及他曾为岳廉识先生办过的、又交给我的一部书稿《尘世奇谈》的一些情况,并说山东省有几个单位和岳先生本人要把这部书稿要去,要我交给他们,还给我看了盖了那么几个木头图章的一些信件。这种滑天下之大稽的做法,未免令人好笑。现在我就这件事郑重声明如下:

一、《尘世奇谈》的手稿，完全是岳廉识先生个人的东西，是他父辈的遗物，根本谈不上属国家所有的文物或什么历史资料。书稿作者岳乐山是在他晚年穷困潦倒时写的此书，国家既没组约他写此书，也没供应他生活，亦未给他提供什么方便或写作资料，而是他写作的一部未出版的文艺作品的手稿，你怎么能把他归为国家所有呢？要是这样规定，我案头上写出的未出版的手稿多着呢，你或他大概也有不少，难道你要把这些手稿列为国家所有吗？

书稿中写到中俄边界划分时的一些情况，但它既不是从当时清政府或国民党政府索取的划分边界时签订的条约文件，也不是记载历史事件，为官方写什么史料，你怎么就能把它定为"历史资料"，而且必须由你占领呢？不要拿中央什么文件来吓唬人，倒是你应该好好学习一下中央文件所说的具体内容，别对错了号。

二、假若郑板桥先生的后代现在存有郑的字画手迹，难道你能不承认这是郑板桥后代的个人财产吗？经过十年浩劫，大概不再会有这样的傻子不承认财产的个人所有权吧。既然郑家后代有收藏或赠送、转交、出售其祖辈的遗物、遗产之权利，那又何需你强加干涉？岳廉识先生的父辈的遗物——《尘世奇谈》手稿不就是这个理吗？

三、我从岳先生那里接受了这部手稿，是有关文化部门对这部手稿十多年来毫不重视，打倒"四人帮"三年后的去年还无人问津，竟把这些手稿像垃圾一样扔在一个屋的角落里，任其虫蛀和遗失。（丢了其中两大部分，谁来负责？）过去曾经有一位经手过此书的老同志，也已叫他退休还乡。直到去年岳廉识先生索要此书稿，才找了回来。找回后，他几次因贫困交加想售出手稿，但并无人想要，后有两人看后给他六十元钱，他嫌价格太低，不愿售让。以后果文庭同志向我谈及这个情况，我为此书的先后遭遇十分不平，特地去岳先生那里看了一部分书稿，认为是有价值的，我表示愿为其整理、修改，争取出版。岳廉识先生第一次听到有人这样肯定和这样赞扬他父辈的作品，万分高兴和感动，将我视为知己，将书稿交我全权处理。我为了帮助他解决目前的困难处境，付了他二百元（他原来提出的数字是一百元到一百五十元），为此，他更加开心，还主动给了果文庭四十元，作为对小果同志帮忙联系的酬谢（这是他后来谈起时告诉我的）。

当时我还向他一再说明，将来出书一是署作者岳乐山的名字，我只是作为修改、整理者；二是稿费尚不知能得多少，若先争取出一部，你老先生至少可以分得五百元，小果同志为此辛苦，当然也还有他的份儿。若能陆续出几部，你老先生的晚年不会没有钱用了。这些有关问题，我都一再说明了，也正因此，岳先生才视我为最好的朋友，常常以"李大哥"来称呼我。

可见，我既不是骗《尘世奇谈》来的，也不是偷抢来的，而是光明正大，为此书能得以问世着想。谁敢非议？在此之前，谁做得到？有些人胡言乱语，说我给人二百元钱是熊人家，我看你说这些话居心不良，难道不脸红羞耻吗？

四、我是上海电影制片厂的创作人员，我有义务和权利来发现并整理一部有价值的书稿，而且准备改编电影剧本哩。我有能力这样做到。从7月下旬我将一部分书稿带到北京，找有关单位联系时，我就已经开始动笔整理了。我并非不重视它，或没有能力进行这一工作，更没有拿它转卖高价钱。

五、今年6月底，果文庭同志向我谈起此事，我当即随他去岳先生那里取一部分稿子看，紧接着，我于7月中旬到达北京，住在文化部文学艺术研究院内，将稿子请文学艺术研究院业务室副主任柏柳同志看过，并向他讲了有关情况。他的答复意见是：我们文研院新成立了一个文化艺术出版社，你整理出来后，争取在我们出版社出版。与此同时，我还以个人关系，请张洁同志写了一信，介绍我到人民文学出版社去接洽此事（张洁同志的信还保存在我那里）。我无愧地认为，我是尽了自己的责任，对得起作者的辛勤劳动和岳廉识先生的。

六、在这种情况下，有人觉察出这部《尘世奇谈》的手稿原来是个宝贝，眼红了，大概后悔当初自己为什么不留下二百元要到手，不甘心，便从中搞一些小手段，并以出高价（据说是五百元）为诱饵，来破坏我的工作，还趁我去北京之机，于8月4日将我留在青岛家中的后一部分稿子，取走四大部分，以看看为名义，却赖着不还。接着又以官方出面来压我。我倒要看看，你拿这个官方是否会压倒我？

七、女儿嫁出去了——姑且打个比方吧——和一个男子结为夫妻了，哪能会因为另一个男子会给他更多更好的嫁妆或钱财而反悔，将女儿拉回去另嫁给钱多的男人呢？这是个普通的道理嘛。这是一方面。另一方面，你看到他那个女儿好，明明人家已嫁人了，而且各方面搞得都很好，你为什么非要插一手？为什么要以高价钱收买其已经嫁人的女儿呢？你道德吗？

八、《尘世奇谈》将来出版后，是属于社会的、人民的，但目前是属我个人的东西,任何人不得以任何借口索取我的东西。借去看的四大部分,必须立即还给我(从谁手里借的,就还给谁;从哪里拿的,还到哪里去)。如果有关领导和官方真是出于关心这部手稿的前途和重视这部可能在出版后成为一部较为成功的文学作品的话,我请求有关方面和领导帮助我这样做,促成这部作品早日问世。

九、假如有人就是要无理地夺为己有(以公家的名义),不讲道理了,那么就到上海来找我和我们单位好了。你有个官方单位,我也不是无职无业之辈,讲理的地方还多着呢。

此九条声明,字里行间在感情和语气上,因被迫到无奈地步,难免带了点刺儿和不够客气,只好请有关同志谅解了。

请杲文庭同志转寄给有关单位和有关同志。

李程碑态度强硬,杲文庭也感无能为力,山东人民出版社只好自己派人去上海与李程碑交涉,但不欢而散。事情到了这一步,双方也就僵持住了。此时,《尘世奇谈》手稿,十卷在李程碑处,四卷在山东人民出版社,另有两卷下落不明。

《尘世奇谈》出版合同签订

《尘世奇谈》手稿的流散,岳廉识本人也应负有一定责任。1980年至1981年间,岳廉识已至山穷水尽,他自己说"负债较多","年老体衰,步履艰难"。山东人民出版社文艺编辑室副主任孙克传等于1980年10月曾经看望过岳廉识,他在《关于〈尘世奇谈〉组稿情况的回忆》中也描绘了岳廉识的窘况:"他住在一个曾是储藏室的屋子里,屋里昏暗,放一张床就无插足之地了。我们只能一个人进去,出来再进去一个。杨德文说出版社的同志来看你了。我们进屋后站着客气几句就出来。那时岳廉识已八十多岁,体弱多病,面黄肌瘦,说话有声无力,但头脑清醒。"岳廉识垂垂老矣,他希望在他有生之年能看到父亲的遗著出版问世,但又无力实现这一愿望。他现在最需要的就是钱,他没有后代,将手稿留下来,已无实际意义,倒不如把它转卖。他曾想让臧若仙购买,臧若仙以为不妥,婉言谢绝,于是,当他收到李程碑的二百元钱,又得到李程碑帮助整理出版的承诺时,便毫不犹豫地将手稿全部拱手相送,并与之达成《关于修改和出版〈尘世奇谈〉的几项协议》。李程碑实际上就是得到了岳廉识的委托,全权处理《尘世奇谈》手稿事宜。但李程碑明白，岳廉识可以不顾与昊文庭、臧若仙有约在先而与自己达成协议，面对山东人民出版社和各级组织的政策攻心，一旦愿出高价收购，岳廉识难免不再一次撕毁前约。于是，他于1981年2月15日敦请岳廉识发表了《关于长篇小说〈尘世奇谈〉全部手稿委托李程碑先生全权负责修改整理并联系予以出版的郑重声明》：

一、先父岳乐山大人遗留给我的长篇小说《尘世奇谈》十六卷手稿，是我个人的财产。因我年迈，力不从心，特委托好友李程碑先生协助整理修改，争取早日出版。

二、山东人民出版社文艺编辑室通过有关人士从李程碑家中临时借阅的其中四卷手稿，因我和李程碑修改此书急需应用，特委托李程碑先生前往索回，山东人民出版社文艺编辑室应将四卷手稿完整地交给李程碑先生。

三、鉴于我和李程碑先生就此书修改的有关事宜，已于1980年9月20日达成正式协议，所以我宣布我与别人曾经签订的委托书和有关文件都已失效，全部作废。

这份"声明"，李程碑意欲解决自己目前所面临的三大难题，即《尘世奇谈》作为文物，应由国家收购保存；山东人民出版社借走四卷，难以索回；岳廉识在1980年5月5日曾书面委托昊文庭、臧若仙全权处理《尘世奇谈》事宜。"声明"的三条一一对应以上难题。同时，李程碑又自立《关于〈尘世奇谈〉所得稿费付给岳廉识先生的办法》，从个人收入方面，向岳廉识作出许诺：

《尘世奇谈》手稿由李程碑先生修订出版后将陆续付给岳廉识先生稿费三千五百元。

1981年5月31日之前，将由李程碑先生与有关出版社联系，预付给岳廉识先生稿费一千元。

1982年5月30日之前，将由李程碑先生第二次付给岳廉识先生稿费一千元。

1983年5月31日之前，将由李程碑先生再次付给岳廉识先生一千五百元。

共计三千五百元。

特立此约，以作法律凭据。如李程碑先生违背此约，岳廉识先生或岳廉识先生委托的代理人，可持此约向法院起诉。

立约人：李程碑
1981年2月5日

　　李程碑不仅向岳廉识许诺了稿费的具体数目，而且还许诺了付给稿费的期限。这笔巨额稿费和三个月后即可得到的第一批一千元，尽管只是许诺，却不能不使病困交加中的岳廉识万分欣慰，接下来对李程碑的言听计从也就在情理之中了。李程碑知道，岳廉识的"声明"和自己的许诺毕竟属于在特殊情势下的两厢情愿，"声明"的作用如何，自己的许诺在多大程度上能消解外来势力的侵扰，他仍然惴惴不安。他相信契约的法律效力，却也有前车之鉴。一不做二不休，他决定将二人之间的契约予以公证。1981年4月13日，李程碑持一份《委托书》、一份《协议书》，来到青岛市公证处，请求公证。

委托书

　　委托人　岳廉识　男　1900年出生，现住青岛市大沽路三十四号二楼
　　受委托人　李程碑　男　1935年出生，现住上海市永福路五十二号
　　我岳廉识有长篇小说《尘世奇谈》手稿十四卷（是先父岳乐山在世时写的），因我年迈有病、力不从心等原因，未能整理出版，现委托李程碑为我的合法代理人，全权代表我对《尘世奇谈》的手稿进行整理、修改和办理出版，他与出版社具体商定的有关事项和协定，我均予承认。

委托人　岳廉识
1981年4月13日

协议书

　　立协议人　岳廉识　男　1900年出生，现住青岛市大沽路三十四号二楼
　　　　　　　李程碑　男　1935年出生，现住上海市永福路五十二号
　　岳廉识有一部长篇小说《尘世奇谈》手稿，共十四卷（系其父岳乐山生前写的），早想整理出版，因年迈有病，力不从心，未能实现。李程碑愿意帮助整理修改联系出版。现我们双方共同商定，达成如下协议：
　　《尘世奇谈》出版时，署名岳乐山著作，李程碑修订并加写序言，出版所得

之稿费，双方按百分五十分得。要求给予公证。

立协议人　岳廉识
李程碑
1981年4月13日

同日，青岛市公证处对以上两份契约予以公证。李程碑完成了这件事，接着便开始联系出版社。他要向岳廉识兑现诺言，要在5月31日前支付岳廉识一千元预付稿费。一时间他四处奔走，多方联系，广托关系，绞尽脑汁。机会终于来了。"1984年4月，我社（黑龙江人民出版社）编辑室副主任谢树到上海组稿，李程碑主动向谢树推荐《尘世奇谈》。谢树看了几章，觉得文笔很好，就写信回来。请专管小说的副主任陶国鉴去青岛审稿。陶国鉴去了半个月，审读了五十余万字，写回审读报告，又将审读过的头三卷手稿带回哈尔滨，由主管副局长进行三审，一致认为是一部难得的好作品，所以决定采用。……在决定采用之后，又派陶国鉴去了山东，审查了岳廉识对李的《委托书》，也审查了李程碑作为合法代理人的身份。因为都在青岛法律公证处做了公证，合法性是毫无问题的。还通过多方了解，当时并没有第二个出版社与岳、李二人签订出版合同，便平等协商，于1981年5月16日与岳、李三方签订了《〈尘世奇谈〉出版协议》，并预付了二千元的稿费。"（见黑龙江人民出版社王皎致苏毅然的信）黑龙江人民出版社与岳廉识、李程碑所签协议是这样的：

《尘世奇谈》出版协议

（一九八一、五、十六）

一、今有长篇小说《尘世奇谈》十四卷书稿，愿交给黑龙江人民出版社陆续出版；黑龙江人民出版社愿接受《尘世奇谈》十四卷书稿，予以陆续出版。

二、岳廉识、李程碑要求预领两千元稿费；黑龙江人民出版社同意预付，将于1981年6月5日前付出。

三、关于整理修改《尘世奇谈》的基本原则和具体事宜，由李程碑和出版社方面另行研究、决定。

此协议一式二份，同等有效。

书稿主人　岳廉识

受委托修订书稿人　李程碑
黑龙江人民出版社代表　陶国鉴
1981年5月16日

　　李程碑与黑龙江人民出版社签订出版协议以后，不久就得到了两千元的预付稿费。他把一半一千元给了岳廉识，算是履行了协议，兑现了承诺。不过还有两件事要等他去做，一是他要对手稿进行整理，二是他要从山东人民出版社要回那四卷手稿，交给黑龙江人民出版社。目前，对他来说，当务之急是第二件事。

手稿的追还

　　其实，早在山东人民出版社通过呆文庭借走那四卷手稿以后，李程碑就一直在追还。他先是追问呆文庭那四卷手稿到底去了哪里，待知道是被山东人民出版社取走之后，他一方面规劝呆文庭要"物归原主"，在不被理睬的情况下，又到青岛市市南区人民法院控告呆文庭；另一方面亲自到山东人民出版社索要手稿，遭到冷遇。他还写信给民革上海市委，想通过组织协调追回手稿。但这一切都没有奏效。当他与黑龙江人民出版社签订了出版协议，协议中又明确标明是将十四卷手稿交给黑龙江人民出版社陆续出版，他要履行协议，就不能不加大追还力度。于是，1981年6月1日，他写信给中共山东省委纪律检查委员会，"请求支持和公断"，并附有《一部新发现的优秀文学巨著〈尘世奇谈〉——揭发山东人民出版社侵占这部书稿的恶劣行为》的材料。材料中描述了《尘世奇谈》手稿在青岛市文联被冷落的际遇，着重指出是他发现"这是一部很有意义和艺术水平的好作品，表示一定帮助岳廉识修改整理、联系出版"，并详细讲述了带手稿去北京找人民文学出版社编辑和中国文化艺术研究院好友鉴定的过程。同时声明手稿是岳廉识个人的财产，他已支付二百元钱，得到岳廉识的委托，由他"全权处理此书的整理和联系出版问题"，山东人民出版社所借四卷手稿是从他家借走的，"在我家的东西，就是属于我个人的东西，任何人不得以任何借口索取不还"。最后，他郑重通告山东人民出版社："一、自即日起，至1981年6月15日，这期间，贵社必须将《尘世奇谈》的那四卷书稿还给岳廉识或我，若不还，那么，岳廉识先生将与我一同自青岛到济南向山东人民出版社当面索要，我们的往返路费和住宿费用，应由你们出版社负责支付，特别是岳廉识先生年高体弱，若去济南索书受到刺激而出现什么问题，一切后果应由你们山东人民出版社全部承担并负法律上的责任。二、山东人民出版社必须完整无损地归还那四卷书稿，不准撕页，不准抄录，不准复印，更不准非法偷偷出版，否则，将受到控告，其决策者将受到应有的惩罚！"

　　李程碑的信和材料由中共山东省委纪律检查委员会转到省委宣传部。省委宣传部又转省出版局研究处理。1981年7月30日，山东人民出版社向省委宣传部和省纪委书面汇报了《尘世奇谈》手稿的有关情况，并表明了出版社的态度。

省委宣传部、省纪委：

　　转来上海电影制片厂李程碑"揭发山东人民出版社侵占《尘世奇谈》书稿"的信件已收阅。李信有意歪曲事实，混淆是非，现将这件事的原委汇报如下：

　　《尘世奇谈》书稿，是青岛市第九中学图书管理员岳廉识（已退休）之父岳乐山晚年著述的一部自传性的文艺作品。岳乐山系清末宫廷大臣级军政官员，曾任淞江知府、中俄边界中方交涉员（即代表团长）等职。辛亥革命后，当过山东督军田中玉的参谋长。此人阅历丰富，参与过清末民初许多重大政治事件，既与慈禧、光绪、袁世凯等关系密切，又与黄兴、宋教仁、孙中山等有莫逆之交。《尘世奇谈》书稿，就是岳记述他经历过的中俄边界谈判，镇压开滦地区康小八领导的十三县矿工、农民起义，戊戌政变时搜捕谭嗣同、康广仁六君子等重大事件，以及本人和宫廷生活的一些情况。全书共分十六卷，三百余万字，全系作者手抄，具有重要的文史资料价值。

　　早在1963年，岳廉识就将全部书稿送交青岛市委，希望国家收藏或整理出版。青岛市委当即责成市文联和文化局受理。市文联负责文艺工作的曹述之同志审读三个月，作了详细摘记，认为书稿的史料价值很高，又有一定的艺术水平，建议市委收藏或整理出版。后因"四清"和"文化大革命"相继开展，事情被搁置下来。

　　1979年5月，岳廉识托其亲戚臧若仙同志（《青岛日报》干部）到市文联查询书稿情况，说岳准备拿回去整理。经研究，市文联同意暂将书稿交臧带回，嘱咐他"定要妥为保护，不久，政府仍要收藏或收编出版"。臧将书稿带回交岳，岳因年老体衰，便委托臧代为整理。从此，书稿一直收藏在臧若仙家中。

1980年5月5日，岳廉识又亲立字据，交付臧若仙和杲文庭（岳的亲戚，青岛电焊厂工人），委托臧、杲全权处理《尘世奇谈》书稿的一切事宜。

1980年6月下旬，省文代会期间，青岛市文化局徐本夫同志受市局戏研室副主任杨德文同志的委托（具体负责处理《尘世奇谈》书稿），向我社推荐《尘世奇谈》，我社答应会后派人去取。由于工作原因，直到7月下旬我社文艺编辑室副主任孙克传等才赴青同文化局、文联及岳的代理人商谈书稿处理问题。当时，臧若仙同志告诉我社人员，几天前，书稿被杲文庭取走，交给一位出差的朋友找人看看（事后了解即李程碑），其中一部分已被带往北京。因此，我社只取得余下的书稿四包。我社去人再三叮嘱岳的两位全权代表和市文化局的杨德文同志，尽速把其余部分书稿索回。他们也表示，一定抓紧时间办理。杲文庭并通知李程碑的爱人赵美华（在青岛工作）说《尘世奇谈》山东人民出版社要整理出版，让赵告诉李赶快把带走的书稿寄回来。照理讲，李见信后应速将书稿退还，然而，李闻讯后，竟认为"奇货可居"，乃于1980年8月30日从上海打电报，指示他爱人"要稿子"。随后，又于9月初写信叫他爱人送给岳廉识二百元钱，企图以此造成已占有书稿的"既成事实"。对此，我社和市文化局以及岳的两位全权代表多次同李交涉，结果均遭李蛮横拒绝，反诬我社"侵占""他的书稿"。

李程碑为了攫取《尘世奇谈》，施展了种种伎俩：

一、歪曲事实，编造谎言。说青岛市委在"文革"前对书稿"无人问津"，打倒"四人帮"后"仍被弃置在废纸堆里"，甚至诡称市委曾答复岳廉识说"书稿内容不好，又不是名人写的，不能出版"，以此把自己打扮成《尘世奇谈》的唯一保护者。

二、在时间上玩花招。李一再强调他取走书稿和与岳达成协议的时间均在我社之前。不错，李通过杲文庭取走书稿是在我社之前，但那是背着岳的另一个委托人干的，而且当时只是说"捎到北京找人看看"，既没委托他整理，他也没有决定要买。至于李与岳达成协议的时间，按照李所执岳的委托声明的说法是"1980年9月20日"。其实，早在同年6月25日和7月下旬，我社已先后两次表明受理此稿，比李所说的协议时间早几个月，何况李所执岳的声明的出具时间是1981年2月15日，比1980年9月20日晚近5个月；而在这以前，1980年10月14日李程碑发表的专门声明和同年同月我社派人去上海向李索取稿件时,李都没有谈及"1980年9月20日"他与岳达成什么"协议"这件事,这决不是李的疏忽。李在时间上玩花招还可以从另一方面得到证明。他在所谓揭发信中说,在取走书稿的1980年7月2日,就认定"这是一部很有历史意义和艺术水平的好作品,表示一定帮助岳廉识修改、整理、联系出版",可是到了同年8月14日他给杲文庭的信中还说,对书稿"尚难作出什么论断",还说"再作研究"。可见,李为了攫取《尘世奇谈》书稿,已经达到不择手段的地步。

三、强调《尘世奇谈》书稿是"个人财产",国家无权过问。李发表的专门声明中说,《尘世奇谈》是岳乐山"晚年穷困潦倒时写的,国家既没有组约他写此书,也没有供应他生活,亦未给他提供什么方便或写作资料","是个人财产",国家无权过问。目前,他已用二百元钱将其买下,"任何人不得以任何借口索取我的东西"。值得注意的是,1981年春节期间,李曾对杲文庭说:"一边摆着四万块钱,一边摆着四包稿子,我要稿子不要钱。"还扬言:"据此书稿可以获得五十万美金。"这就暴露了李程碑"重视"《尘世奇谈》这部书稿和强调书稿是"个人财产"的真实目的。

四、千方百计企图推翻岳对臧、杲的委托。李程碑知道臧、杲是岳的全权代理人,开始他一直想利用杲的身份攫取书稿。后来杲、岳识破了李的图谋,岳两次表示要臧、杲当他的全权代表,并要杲向李索回书稿。这时,李才一反常态,对杲多方要挟,同时,利用岳年迈糊涂的弱点,弄到一纸委托书,进而取得青岛市公证处的证明,妄想以此推翻岳以前对臧、杲的委托,以及臧、杲同我社达成的协议,为攫取《尘世奇谈》书稿披上合法的外衣。

从以上事实不难看出李程碑的为人。特此申明以下三点:

一、《尘世奇谈》书稿从"文革"以前,一直为青岛市委所重视,并责成市文化局、市文联收藏并整理。我社经市文化局推荐,决定受理,是无可非议的。

二、李取得岳的委托书在臧、杲之后,并且事先又未征得原委托人的同意,是非法的。我社同岳及岳原委托人达成的协议不容推翻。

三、《尘世奇谈》确系一部具有重要文史资料价值的书稿,按国务院"文物保护管理暂行条例"规定,应由国家收藏或整理出版,不容私人授受、买卖。

建议有关组织,责成李程碑从速将拿走的十卷书稿完整无损地交还我社,以便书稿整理工作顺利进行。

附录

山东人民出版社
1981年7月30日

　　山东人民出版社认为，李程碑插手《尘世奇谈》手稿，其真实目的就是为了钱财，因此，他指责青岛市文联、文化局将手稿弃之不顾，在接触手稿、接受委托的时间上"玩花招"，取得公证等，都是为了这一目的，而且，他的一切行为都是非法的。如此说来，李程碑就没有资格，更没有权利向出版社索要手稿，相反，在李程碑手中的十卷手稿倒是应该完整无损地交给出版社。至此，事情变得复杂化了，不是一方向另一方索要手稿，而是双方相互索要。那么，为什么会出现这一局面呢？原因很简单，那就是：李程碑自以为作为岳廉识的委托人，他已将呆文庭、臧若仙取而代之，而山东人民出版社仍视呆文庭、臧若仙为唯一合法委托人，事实上，呆文庭、臧若仙也一直认为手稿主人岳廉识对他们的委托依然有效，而他们与山东人民出版社的合作自然也在情理之中。1981年7月，呆文庭、臧若仙发表了一份书面声明，在简要叙述了岳廉识对他们的委托经过以后，指出李程碑所获得的委托是非法的，从而"郑重声明"，岳廉识对他们的委托继续有效，而且表示将与山东人民出版社进一步合作，"争取该稿早日出版"。声明全文如下：

　　岳廉识为其父遗著《尘世奇谈》手稿，曾于1980年5月和9、10月间先后三次以书面委托我们两人全权处理该稿。为此，我们于1970年（应为1980年——著者）7月下旬就把在我们手中的该稿四卷送请山东人民出版社阅审。该社自从接受我们的要求，同意收编该稿以来，已为该稿做了很多工作。关于李程碑在1981年2月间所取得岳廉识的委托书以及同年4月间所取得的公证书，均系蒙蔽事实而骗取的，显然是非法的。因为当事人事先既未同我们两人协商，事后又没正式通知我们。片面否定对我们两人的委托书，是背信弃义的行为。为此，我们特郑重声明，岳廉识对我们两人以前的委托继续有效，我们根据委托全权代表岳廉识向山东人民出版社抓紧进行联系，以便争取该稿早日出版。

呆文庭　臧若仙
1981年7月

从内容上看，杲文庭、臧若仙的这份"声明"，时间上应在7月30日山东人民出版社向省委宣传部、省纪委提出书面汇报之前。书面汇报中"特此申明"的第二点，所谓"李取得岳的委托书在臧、杲之后，并且事先又未征得原委托人的同意，是非法的。我社同岳及岳原委托人的达成的协议不容推翻"，即是以杲文庭、臧若仙的这份声明为依据的。究竟谁是真正的合法委托人，李程碑与杲文庭、臧若仙各执一词，互不相让。

李程碑与黑龙江人民出版社合作，杲文庭、臧若仙与山东人民出版社合作，手稿分散两处，哪一方的合作也不能顺利进行下去。在这种僵持局面中，李程碑显然更为焦急。目前，他认为自己要做的，就是真正确认自己作为唯一合法委托人的地位。这似乎是无奈之举，但又是不得不为之的事。于是，他再请手稿主人岳廉识出面，发表了一个新的声明：

岳廉识先生的声明

1980年由杲文庭、臧若仙写的那份关于《尘世奇谈》的委托书，是在7月以后补写的，我在他们再三要求下，为了照顾杲文庭的情面，只好盖了章，因为6月以前曾托过他们，6月底以后则无效。

一、杲、臧这份委托书是倒填5月5日。

二、杲文庭是我的朋友，臧若仙以前不认识，委托书中说他们是我的亲戚不符事实。

三、杲、臧二人宣布将来稿费由他们负责领取支配，这是不合理、不公正的。

为此，我郑重声明，此委托书作废无效。1981年4月13日经过青岛市公证处给予法律保护的那份委托书才是有效的。

岳廉识
1981年9月9日

很显然，岳廉识的这份声明完全是针对山东人民出版社"书面汇报"中指出的李程碑为了获取《尘世奇谈》手稿所施展的种种"伎俩"而发表的，尤其对取得委托的时间和委托书有效期的界定，使人不难看出，这份声明尽管是以岳廉识的名义发表，但其针对性的表述、对某些事实以及既有协议合理性的质疑，都烙有李程碑个人的意志。但是，不管怎么说，李程碑取得了这份声明，便自以为他已经一一破解了山东人民出版社之所以不归还手稿的一切理由，即山东人民出版社将《尘世奇谈》手稿视为"文物"，李程碑辩之曰"是岳廉识个人的财产"；山东人民出版社谓李程碑获取委托在呆、臧之后，因而公证也是非法的，李程碑则借岳廉识的声明予以重新认定对自己委托的合法性。这样一来，李程碑认为自己便有了充分的权利追还手稿，而山东人民出版社也就再无理由拖延不还了。于是，9月13日，他又上书中共山东省委办公厅，请求省委领导"秉公处理"，让山东人民出版社归还四卷手稿。

手稿的收缴和上海官司

李程碑的不断上书，惊动了山东省委领导。时任省委书记的白如冰同志获知《尘世奇谈》手稿一事，请宣传部长林萍同志处理。林萍同志安排副部长张子明同志具体负责。张子明同志认为，《尘世奇谈》手稿是重要的文史资料，不能流散。整个手稿还谈不上出版与否，首先得由政府收回保管。为了收回流散的手稿，中共青岛市委宣传部于1981年12月25日向省委宣传部写出报告，请示采取以下措施：一、将送往各地出版部门和仍保存在私人手里的书稿全部收归国家所有，由青岛市文管会查清、收存、保管、整理；二、建议青岛市司法局公证处撤销书稿委托给私人的公证；三、因此给出版部门和受委托人造成的经济损失由青岛市文管会如数承担；四、为奖励岳廉识先生送缴书稿的爱国行动，由青岛市文管会发给适当奖金；五、岳廉识先生如能参加力所能及的书稿整理工作，可给予适当的生活补助。省委宣传部很快于1982年1月5日作了批复，希望青岛市委宣传部"责成有关部门与黑龙江人民出版社、上海电影制片厂、山东人民出版社、青岛市司法局等单位联系，尽快将散存在出版社和私人手中的书稿全部收回，妥为保管。是否整理出版，待认真审阅研究后再定"。

按照省委宣传部的指示，青岛市文联、文化局收回了在山东人民出版社的四卷手稿，同时请求市司法局公证处撤销岳廉识对李程碑委托的公证，岳廉识也表示完全服从省委宣传部的决定，"请市委宣传部、市文联、市文化局等有关部门及早将在李程碑手里存放和送交山东、黑龙江两省出版社的此书书稿收回，上缴国家妥善保存"。

岳廉识先生深明大义，中共青岛市委宣传部决定对岳廉识先生予以奖励，并颁发一千元奖金。

1982年2月26日，岳廉识发表声明，青岛市公证处给予公证。声明全文如下：

声明书

声明人：岳廉识，男，1900年生，现住青岛市大沽路三十四号二楼

我先父岳乐山之遗著《尘世奇谈》的手稿，中共山东省委宣传部已认为是一部具有重要史料价值的书稿，决定由档案部门收藏保管。我对这个决定表示完全同意，并遵照执行。因此我声明，撤销1981年4月13日由青岛市公证处出具的委托受托人李程碑对《尘世奇谈》的手稿进行整理、修改、联系出版的委托书。我年逾八十，活动不便，请中共青岛市委宣传部、青岛市文联、青岛市文化局负责，代表我将放在李程碑和山东、黑龙江两省出版社的《尘世奇谈》手稿收回，上缴国家保存。

声明人：岳廉识
1982年2月26日

有了省委宣传部的批示，岳廉识又宣布撤销了对李程碑的委托并决定将手稿上缴国家，青岛市委宣传部即派人于1982年3月15日赴上海电影制片厂与李程碑交涉手稿收缴事宜。不料，李程碑态度强硬，称《尘世奇谈》手稿是他花二百元买的，拒绝交出。上海电影制片厂的领导、民革上海市委的负责人也帮助做工作，但仍未能使其回心转意。上海之行，无功而返，青岛市委宣传部即致函全国各出版社，说明收回《尘世奇谈》的原因，请予支持，不要安排此书的出版；另外单独致函黑龙江人民出版社党委，希望得到大力协助，做好《尘世奇谈》的收缴工作。接着，1982年5月12日，青岛市委宣传部文艺科副科长辛洪波、青岛市文联艺术部副主任任新田专程赶赴哈尔滨。他们先到黑龙江省委宣传部，说明来意，受到新闻出版处刘贺副处长的热情接待。

刘贺同志向辛洪波、任新田转达了黑龙江省出版局对这个问题的意见。他说："省出版局接到青岛方面的公函后，党委即开会作了决定：第一，《尘世奇谈》一书决定不出版了；第二，尊重山东省委宣传部的意见，将书稿收回，此

书稿不再交还李程碑本人；第三，书稿目前还不能让你们带回去，等把李程碑的问题处理完，再按手续将书稿退给你们。"刘贺副处长又与黑龙江省出版局局长李景和同志约定，让辛洪波、任新田于当日下午去出版局具体洽谈。

辛、任二人按照约定来到黑龙江省出版局拜访李景和局长。李局长除了申明刘贺副处长转达的三点意见外，还补充说："我们尊重山东省委宣传部的意见，同时为了不让李程碑再次获取这部书稿，我们已经对文艺编辑室作了交代，对李程碑不讲《尘》稿不出版了，只讲书稿不全，不能印，不然他就要退稿，我们不好办，也无法协助你们完成书稿收回工作。"李局长又说："现在十卷书稿都在我们编辑室，由一位文艺编辑负责保管，我们不能再让书稿落在李程碑手里，这一点请你们放心。你们回去以后，向山东省委宣传部、青岛市委宣传部汇报好了。等李程碑的问题一处理完，马上就可以把书稿交给你们。"

辛、任二同志返回后，即刻向山东省委宣传部、青岛市委宣传部作了汇报。

根据两省有关部门协商的意见，青岛市委宣传部从多方面做李程碑的工作，但李程碑不为所动，仍然坚持己见。无奈，1982年7月5日岳廉识先生只好再次发表五点声明：

一、我原存在青岛市文联的该手稿六、七卷，和山东人民出版社退给我的该手稿四、五、十四、十五四卷，我已自愿上缴给了青岛市人民政府。

二、解除我对李程碑先生口头委托和1980年9月20日我与李程碑先生达成的《关于修改和出版〈尘世奇谈〉的几项协议》。1982年2月26日我声明撤销的1981年4月13日出具给李程碑先生的委托书的声明书继续有效。我1981年2月15日委托李程碑先生修改、整理并联系出版的"郑重声明"也相应作废。

三、解除1981年5月16日我与李程碑先生和黑龙江人民出版社共同达成的《尘世奇谈》出版协议。由李程碑先生转交给黑龙江人民出版社的十卷《尘世奇谈》手稿，请黑龙江人民出版社退还给我本人。

四、1979年9月李程碑先生资助我的二百元生活费，由我偿还，并对李程碑先生表示谢意。

五、对由于我的毁约而给黑龙江人民出版社造成的直接经济损失，以及预借黑龙江人民出版社的两千元人民币（我与李程碑先生各分得一千元），完全由我本人负责偿还，并向黑龙江人民出版社对我的照顾表示谢意。

岳廉识先生的声明未起任何作用，李程碑依然我行我素，在此后半年多的时间里，他再不理睬各级组织收缴手稿的决定和岳廉识先生要求退还手稿的意愿。1983年4月，岳廉识先生决定向上海市徐汇区人民法院提起诉讼，要求法院判令被告李程碑将《尘世奇谈》手稿的所有权予以归还。

岳廉识先生的代理律师是青岛市法律顾问处的律师纪中民、张淑才。关于为什么要起诉李程碑，他们在事后所写《关于为什么起诉李程碑和在上海诉讼中有关情况的说明材料》中指出："我们认为，黑龙江省委宣传部和出版局已明确表示已不再出版《尘》稿，是对出版协议规定的出版权的放弃，也是对山东的尊重。因此，在几次与李程碑的交谈中，李程碑始终坚持书稿是他用二百元钱买的，已归他本人所有，以此否定原告岳廉识对书稿的所有权，以达到强占书稿之目的。在这种情况下，我们才代理原告起诉于上海市徐汇区人民法院。"

上海市徐汇区人民法院受理了这一民事诉讼。李程碑聘请了上海市第一法律顾问处的律师王一鸣作为自己的诉讼代理人，拟就一份《民事答辩状》决定应诉。

民事答辩状

答辩人（即被告）：李程碑，男，四十八岁，汉族，住上海市永福路十二号

诉讼代理人：王一鸣，上海市第一法律顾问处律师

原告：岳廉识，男，八十三岁，汉族，住青岛市大沽路三十四号

关于你院受理的八三年徐民字第二一五号岳廉识诉李程碑归还《尘世奇谈》手稿一案，现补充答辩如下：

由于青岛电焊厂工人果文庭主动介绍，答辩人李程碑得知原告岳廉识因年老多病，生活困难，故委托果文庭兜售其父岳乐山遗作《尘世奇谈》手稿14卷。青岛日报工作人员臧若仙曾出60元购买，岳廉识嫌少，未能成交。

几经果文庭热情推荐，答辩人李程碑于1980年7月2日随果文庭到原告岳廉识家，岳知道来意后，亲手将其中两卷手稿交给答辩人李程碑带回阅看。数日后，原告岳廉识又将其余十二卷手稿经由果文庭送到答辩人李程碑家中。

答辩人李程碑看过《尘世奇谈》手稿后认为，这是一部很有历史意义和艺术

水平的好作品，愿意进行修改、整理、联系出版，明确地向原告岳廉识表示："这部手稿虽然卖给了我，但经过我修改、整理若能出版的话，作者仍署岳乐山名字，我只是作为一个修改、整理者，稿费也应有岳老的，给多少，那时可由出版社决定，倘若人家出版社不能出版，那就仍然归我个人处理，我可以当创作素材使用。"岳廉识听了称赞说："照你李大哥这样的水平，不用说你花二百元钱买了，就是白送给你，我也愿意哪。"当时气氛十分融洽、真诚。

1980年9月30日，昊文庭从答辩人李程碑家中代替原告岳廉识取走议定的手稿价款二百元，昊文庭从岳廉识处取得为其兜售手稿酬金四十元。

为了保证《尘世奇谈》手稿修改、整理、出版工作能够顺利进行，1980年12月答辩人李程碑和原告岳廉识签订了《关于修改和出版〈尘世奇谈〉的几项协议》。"协议"对《尘》稿的经历作了如实的阐明，对李、岳双方就《尘》稿修改、整理、出版过程中地位、职责和稿费分配作了具体的决定，对《尘》稿修改、整理、出版过程中可能出现的各种干扰，李、岳双方作了慎重的申明。

从有利于《尘》稿能顺利出版的宗旨出发，应原告岳廉识的要求，答辩人李程碑同意将原来用于购买《尘》稿十四卷的二百元作为生活补助费性质给予原告岳廉识。

1981年2月15日，原告岳廉识又发表了《关于长篇小说〈尘世奇谈〉全部手稿委托李程碑先生全权负责修改、整理并联系予以出版的郑重说明》。"郑重说明"除了对1981年12月签订的"协议"再加肯定外，对山东人民出版社无理占有4卷《尘世奇谈》手稿明确加以反对。

为了使李、岳双方就《尘》稿的修改、整理、出版所达成的协议的真实性和合法性得到法律认可，答辩人李程碑和原告岳廉识再次签订协议书，并申请办理公证。青岛市公证处于1981年4月13日给予了公证。

答辩人李程碑自始至终都遵守协议的规定，认真修改、整理《尘》稿，四方奔走联系手稿出版事宜，最后终于与黑龙江人民出版社商洽成功。经过反复平等协商，岳、李、黑龙江人民出版社三方意思表示一致，于1981年5月16日正式签订《〈尘世奇谈〉出版协议》。根据协议第二条规定，黑龙江人民出版社预付稿费两千元，原告岳廉识和答辩人李程碑各得1000元。

上述事实一环扣一环的组成了一个完整的体系，有力地证实了无论是岳、李双方签订的"协议书"，还是岳、李、黑龙江人民出版社三方签订的"出版协议",都是属于有效法律行为。"协议书"和"出版协议"都是具有法律效力并得到国家法律的认可和保护。原告岳廉识是具有完全行为能力的公民,应该明了他的行为应受由他自己行为而确立的法律关系的制约,在享受了应享受的权利同时,也要尽应尽的义务。事实相反,原告岳廉识想从《尘》稿中牟取更大的利益,置法律于不顾,采取了出尔反尔、随心所欲的态度,从而出现了一系列无理干扰和错误决定,并发展到1983年4月由原告岳廉识向上海市徐汇区人民法院提起诉讼,要求法院"判令被告将《尘世奇谈》手稿十卷退还原告"的程度。

因此,答辩人李程碑不得不着重指出:

1981年4月13日签订的经过公证的协议书具有无可非议的法律效力,是岳、李双方就修改、整理、出版《尘世奇谈》的契约——合同。合同关系是一种法律关系,具有强制性质。合同的这种法律效力维护人们之间正常的权利义务关系,否则人们的这种正常交往就处于不稳定状态,产生混乱形成无政府状况。因此签订合同的双方都必须严格遵守,认真履行合同内容,任何一方都无权单方变更和解除这种由双方协议确定的法律关系。同样道理,1981年5月16日签订的"出版协议"是符合中共中央宣传部1980年4月22日转发的《出版工作暂行条例》第四条第十二项"出版社在接受书稿时,一般应同著译者经过协商,订立书面的出版合同,合同规定的双方权利义务应共同遵守"的规定,同时"出版协议"又是法人与公民之间为出版书刊明确相互权利和义务的协议,当事人必须全面履行合同规定的义务,任何一方不得擅自变更或解除合同。因此原告岳廉识无视法律,单方面任意撕毁"协议书"和"出版协议",完全是无效的法律行为,是明显的侵权行为。

尽管如此,答辩人李程碑至今还希望原告岳廉识能改正错误,消除不良影响,停止干扰行为,撤回无理诉讼,端正态度,依法行事,继续履行"协议书"和"出版协议"。

最后顺便提一下,原告岳廉识的两个似乎有理的所谓"理由"。其一,"要把《尘》稿收回上缴国家收藏保管"。《尘世奇谈》是一部长篇小说,是一部文学作品,同其他文艺作品一样是人类共同的精神财富,理应为全社会共享,发挥它的价值。经过修改、整理,剔其糟粕,存其精华,并经国家出版机关审查的文学作品,有什么道理只能上缴"国家"收藏保管而不能由国家出版机关出版呢?其二,"《尘》稿涉及若干历史事件和一些重大政治问题"。建国以来,出版机关不仅出版了成千上万册"涉及若干历史事件"和"一些重大政治问题"的文学艺术作品,黑龙江人民出版社是国家省级出版机关,地处边境省份,对于有关边境谈判史料的审查专家人才济济,对国家保密条例中有关出版刊物的规定自能掌握,原告的这种托词是站不住脚的。

综上所述,答辩人李程碑请求徐汇区人们法院深入调查,明察事实真相,依法保障有关《尘世奇谈》出版的"协议书"和"出版协议",维护答辩人李程碑的合法权益。

此致
徐汇区人们法院

具状人:李程碑
诉讼代理人:上海市第一法律顾问处 王一鸣律师
1983年8月30日

作为这起民事诉讼案件中的答辩人,李程碑答辩的内容主要有两点:一、岳廉识确实把《尘世奇谈》的所有权卖给了李程碑,只是著作权仍属岳乐山;二、李程碑与岳廉识签订的"协议书"和李程碑、岳廉识与黑龙江人民出版社签订的"出版协议"是合法的,不容任何一方单方面毁约。这其实是李程碑对待《尘世奇谈》手稿归属问题所坚持的一贯态度。也就是说,李程碑既不想放弃手稿的所有权,更不想放弃手稿的修改、整理和联系出版权,有借助这次官司为自己的这两个权利得以法律确认的意思。因此,他对赢得这场官司似乎胸有成竹。

要判定《尘世奇谈》手稿所有权的归属,至此已不能单纯纠缠李程碑和岳廉识之间的买卖关系了,李程碑和岳廉识与黑龙江人民出版社所签"出版协议",实际上使《尘世奇谈》所有权的归属又发生了变化。黑龙江人民出版社通过"出版协议"获得了出版权,而这一出版权在合同有效期内应包含所有权,况且这种权利是李程碑和岳廉识共同给予的。因此,法庭应该通知黑龙江人民出版社参与诉讼。如果黑龙江人民出版社能够放弃出版权,而且这种放弃又能得到李程碑和岳廉识两人的同意,那么才能对此前发生的李程碑、岳廉识之间的买卖关系的合法性作出判决,从而明确手稿的所有权归属。

黑龙江人民出版社作为诉讼第三人参加了诉讼。代表人为马放,代理人为王皎，诉讼代理人为哈尔滨市法律顾问处律师于绍志、黄雅明。诉讼第三人黑龙江人民出版社的答辩目的是：一、诉讼第三人不同意被答辩人岳廉识单方撕毁《〈尘世奇谈〉出版协议》。请求法院驳回被答辩人的无理诉讼要求，确保诉讼第三人的合法出版权；二、诉讼第三人请求根据《中华人民共和国民事诉讼法》第九十二条规定，对被答辩人献给青岛市人民政府的《尘世奇谈》第六、第七、第十四、第十五共四卷书稿采取诉讼保全；三、诉讼第三人请求依据《中华人民共和国经济合同法》第三十五条规定，判令被答辩人赔偿经济损失。赔偿经济损失后要求继续履行《〈尘世奇谈〉出版协议》。

诉讼第三人黑龙江人民出版社陈述的答辩理由是：

1981年四月被答辩人岳廉识的全权代表李程碑向诉讼第三人推荐长篇小说《尘世奇谈》书稿，提出签订出版协议要约。诉讼第三人于同年5月派员赴青岛审稿，审读五十余万字，写回"审读报告"，然后将审读的书稿带回哈尔滨进行三审，决定"同意采用"该稿。同时审阅了1981年2月15日被答辩人《关于长篇小说〈尘世奇谈〉全部手稿委托李程碑先生全权负责修改、整理并联系予以出版的郑重声明》，还审阅了被答辩人1981年4月13日的《委托书》及青岛市公证处的《证明书》。通过多方了解，当时没有第二个出版社与被答辩人及李程碑签订《尘世奇谈》出版协议，而表示承诺。经过反复平等协商，三方意思完全表示一致，于1981年5月16日正式签订《〈尘世奇谈〉出版协议》，符合《出版工作暂行条例》第四节第十二项："出版社在接受书稿时，一般应同著译者经过协商，订立书面的出版合同，合同规定的双方权利、义务应共同严格遵守"的规定。《〈尘世奇谈〉出版协议》乃法人与公民之间为实现一定的经济目的，明确相互权利和义务的协议，属于经济合同。经济合同依法成立，即具有法律约束力，当事人必须全面履行合同规定的义务，任何一方不得擅自变更或解除合同。被答辩人不通过协商于1982年8月19日单方声明解除三方签订的具有法律效力的《〈尘世奇谈〉出版协议》，对诉讼当事人不具有任何约束力。故此诉讼当事人坚决不同意被答辩人单方撕毁出版协议。

诉讼当事人与被答辩人及李程碑三方签订《〈尘世奇谈〉出版协议》，取得出版权。出版协议第一款明文规定："今有长篇小说《尘世奇谈》十四卷书稿，愿交给黑龙江人民出版社陆续出版，黑龙江人民出版社愿接受《尘世奇谈》十四卷书稿予以陆续出版。"在出版协议有效期内，书稿属于诉讼当事人所有，被答辩人无权将《尘世奇谈》部分书稿另行处理。被答辩人擅自将《尘世奇谈》第六、第七、第十四、第十五共四卷书稿献给青岛市人民政府，实乃侵犯诉讼当事人的合法权益。故此诉讼当事人请求法院对有争议的《尘世奇谈》书稿采取保全措施。

诉讼当事人与被答辩人及李程碑三方签订《〈尘世奇谈〉出版协议》，取得合法出版权。遵照《出版工作暂行条例》第三节第八项规定，将长篇小说《尘世奇谈》（一）列入黑龙江人民出版社1982年选题出版计划，作为文艺类重点书，定于1982年7月发稿，于1983年一季度出版，计划印数三十万册。该计划报主管机关核准，并报根据出版总局备查，纳入国家计划。诉讼第三人对《尘世奇谈》书稿极为重视，为了妥善保存手稿，雇工用电熨斗逐页熨平、粘好，截止到1982年5月已复制完五卷，耗资五百元。诉讼第三人为出版《尘世奇谈》派专人三赴青岛、两赴沪审稿，取得出版权后，立即指派陶国鉴、王皎为责任编辑，进行审核查证和注释。因书的内容写的是历史事件，按"稿酬制度"，耗资千元，对手中的十卷作了审阅。正当出版准备工作顺利进行时，突然来了两个身份不明的人，通过省委宣传部强压诉讼第三人交出手稿。出版协议是受国家法律保护的，据理力争，顶了回去。如果不是案外人粗暴干扰及被答辩人单方毁约，《尘世奇谈》（一）早已出版与读者见面。三十万册，每册一元，总售价就是三十万元，可为国家实现九万元的经济效益。被答辩人数千元的稿酬早已到手。由于被答辩人单方毁约，诉讼第三人有权请求依据《中华人民共和国经济合同法》第三十五条规定，赔偿实际经济损失和可得利益损失。岂止是退还一千元预付款问题。但念被答辩人年迈、缺乏法制观念、受案外人干扰是可以理解的。如幡然悔悟，排除干扰，撤回无理诉讼，愿意继续履行《〈尘世奇谈〉出版协议》，诉讼第三人可以考虑减免其损失赔偿，直至放弃赔偿请求，可谓仁至义尽。

综上所述，诉讼第三人请求人民法院，深入调查，公开审判，依法保护《〈尘世奇谈〉出版协议》。驳回被答辩人的无理请求，维护诉讼第三人的合法权益。

这是一份《经济答辩状》。答辩状所述理由紧扣三个答辩目的，简单地说，这三个目的依次递进，第一，不同意放弃出版权；第二，不但不同意放弃出版权，因为"出版协议"中明确写有李程碑、岳廉识"愿交给黑龙江人民出版社

《尘世奇谈》十四卷手稿",而其中四卷目前由被答辩人岳廉识献给了青岛市人民政府,所以还要求法庭对四卷手稿采取诉讼保全;第三,被答辩人岳廉识单方毁约,是违法行为。如执意撕毁这一经济合同,那就要赔偿"实际经济损失和可得利益损失",总计三十万元。而且,黑龙江人民出版社在这份《经济答辩状》中,还就《尘世奇谈》手稿所有权问题,阐述了自己的意见:《尘世奇谈》手稿"在出版协议有效期内,属于诉讼第三人所有"。

问题复杂化了。岳廉识起诉李程碑,要收回手稿的所有权,其前提条件是黑龙江人民出版社自愿放弃出版权。可是黑龙江人民出版社不但不放弃出版权,而且还着重声明在出版协议有效期内拥有手稿的所有权,这场官司如打下去,胜负实难预料。不仅如此,还会直接影响到山东和黑龙江两省的关系,因为,这一诉讼的初衷并不是针对黑龙江人民出版社的。

岳廉识决定撤诉。法院予以同意。1983年9月17日,上海市徐汇区人民法院下达了《民事裁定书》:

原告岳廉识诉被告李程碑归还书稿一案,经查原告人除与被告人订有协议外,原告人于1981年5月16日又与被告人李程碑以及第三人黑龙江人民出版社三方订有合法的《〈尘世奇谈〉出版协议》,故通知黑龙江人民出版社参加诉讼。现原告人认为情况有了变化,要求撤回起诉,应予准许。根据《中华人民共和国民事诉讼法(试行)》第一百一十四条的规定,裁定如下:

一、准予原告岳廉识撤回起诉。
二、本案诉讼费五元由原告负担。

《尘世奇谈》手稿的收缴以上海官司的终结告一段落。1983年10月4日中共青岛市委宣传部以青宣发(1983)五十四号文件的形式向省委宣传部报告了《尘世奇谈》手稿的收回情况,称"散存在李程碑手中和黑龙江人民出版社的十卷书稿,因受一些不正常的情况所阻,至今未能收回"。

但是,在这次收缴工作中,有一件事却不能不令人万分欣喜,那就是一直下落不明的另外两卷手稿被找到了。这是一件天大的喜事。《尘世奇谈》手稿全部十六卷完好无损。这次收缴,本是为了追回李程碑手中的十卷手稿,没料想却将原以为丢失的另两卷手稿收回了,也许这就是天意,好像就是从这一刻起,注定了《尘世奇谈》会在将来的某一天以完整的面貌呈现于世人面前。它似乎可以问心无愧了，它完全可以静静地等待，等待人们的友好，等待人们的合作，等待人们的智慧……

现在让我们对《尘世奇谈》手稿各卷所在作一次盘点：第一卷、第二卷、第三卷、第八卷、第九卷、第十卷、第十一卷、第十二卷、第十三卷、第十六卷共十卷存黑龙江人民出版社（其中第一卷、第二卷、第三卷，在李程碑手中，正在整理）；第四卷、第五卷、第六卷、第七卷、第十四卷、第十五卷共六卷存青岛市委宣传部。

《尘世奇谈》手稿产权转让

《尘世奇谈》手稿收缴和上海官司，使有关这部长篇小说的传言不胫而走。1983年9月20日，上海《文学报》在头版刊出消息：《一部具有一定史料价值和文学价值的特大长篇〈尘世奇谈〉书稿由作者后代献给国家》。这则消息经《羊城晚报》、香港《文汇报》、新华社等媒体转发，在全国引起强烈反响。

然而，上海官司是无果而终，黑龙江人民出版社认为这则消息与事实不符，致函《文学报》表示遗憾和抗议。与此同时，继续向山东人民出版社追要四卷手稿。1983年10月25日，黑龙江人民出版社王皎以个人名义致信中共山东省委书记苏毅然，反映事实真相，表示愿意就《尘世奇谈》一书的出版与山东方面继续协商。山东人民出版社则表示，"我们完全同意青岛市委宣传部的做法，认为《尘》稿不仅是青岛市的文化遗产，也是山东的文化遗产。这个权利理应受到尊重。据此《尘》稿的整理与出版也理应由山东人民出版社承担。……希望省委宣传部继续给予支持。"

1984年1月，岳廉识先生病故。他最终没能看到父亲的心血结晶——《尘世奇谈》出版问世。

自此以后，转眼近十年过去了。1993年10月，李程碑来到了黑龙江。此时的黑龙江人民出版社文艺编辑室已经发展成为北方文艺出版社。岁月流逝，人事更迭，李程碑、岳廉识当年与黑龙江人民出版社签订的《〈尘世奇谈〉出版协议》是否仍然有效？那份出版协议的签订时间是1981年5月16日，协议上没有规定合同有效期限，按照1990年9月7日第七届全国人民代表大会常务委员会第十五次会议通过的《中华人民共和国著作权法》第三章第二十六条"合同的有效期限不超过十年。合同期满可以续订"的规定，李程碑要来探虚实。北方文艺出版社表示愿意续约，并承诺将与山东有关方面联系，以求合作，共同出版。1993年10月28日，北方文艺出版社与李程碑草拟了一份新的《出版协议》，内容为：

一、在1981年协议基础上补充修订如下：

1. 在李程碑手中三卷《尘世奇谈》书稿，由李程碑同志继续标点、整理，出版时署名，每千字稿酬二十五元。

2. 在黑龙江那部分《尘世奇谈》书稿（共七卷）由北方文艺出版社负责搜寻、整理、标点；在山东那部分（共六卷）由北方文艺出版社负责联络山东有关方面搜集、整理、标点，然后与北方文艺出版社签订合作出版协议，共同出版。

二、北方文艺出版社最迟于1993年12月30日前把与山东方面协商结果和黑龙江方面稿件搜寻情况通知李程碑同志。若能够出版，李程碑同志接到通知后一个月内，把整理、标点好的清稿及原稿复印件交黑龙江版权局，由版权局交北方文艺出版社出版，三个月内付清稿酬。出版社于1994年底，要发排到工厂，并开始征订。

三、协议在山东方面同意联合出版并签订协议、北方文艺出版社搜寻到全部稿件或复印件后生效。

四、此协议各款由黑龙江版权局负责监督执行。

此时的山东人民出版社文艺编辑室早在1984年就发展成为山东文艺出版社，而且当时存放在山东人民出版社的四卷手稿在手稿收缴时也已交还给青岛市委宣传部，青岛市委宣传部连同另外两卷又一并呈交到省委宣传部。北方文艺出版社要与山东有关方面联系，谋求合作出版，也并不是没有可能。但由于多方面的原因，两省有关方面迟迟未能走到一起。

又过去了三年。北方文艺出版社对李程碑的承诺未能兑现，要在1994年底发排的愿望也只是愿望而已。李程碑开始怀疑北方文艺出版社的诚意，去哈尔滨索还手稿，却未能如愿。李程碑万般无奈，决定重新寻找合作伙伴。1996年7月，他来到了山东文艺出版社。

在这里，我们不能不提到一个人，他就是早年以一曲《风流歌》蜚声全国的著名诗人纪宇。

纪宇很早就接触过《尘世奇谈》手稿。那是在1975年，当时他在《青岛文艺》编辑部当诗歌编辑。编辑部就设在市文联二楼的一个大房间里，房间门内侧有两个高大的壁橱，壁橱里堆积着大大小小的纸包。一天，纪宇在壁橱里翻找东西的时候，偶然发现壁橱底部有一个大布包袱。他把那个布包袱拽出来，打开，呈现在他面前的是一大堆书稿。书稿是用毛笔竖写在毛边纸上的。那纸黄黄的，很薄，但有韧性，一尺来宽。字迹清秀流利，很少涂改。毛边纸是一张张粘贴在一起的，很长。他看书名，是《尘世奇谈》。

受好奇心驱使，纪宇拿了一卷，带回家去。

他读完一卷，感觉文笔流畅，故事也吸引人。于是，在接下来的大约二十天的时间里，他似乎忘掉了一切，一口气读完了全书。

他记得，这是一部章回小说，反映的是晚清时代新疆地区中俄边界交涉、谈判，以及清廷镇压农民起义、戊戌变法等的历史史实。在这部长篇巨著中，各阶级、各阶层、各民族的人物，还有一些外国官员、商人纠缠在一起，构成跌宕起伏的故事情节，尤其是那些大胆追求爱情和家庭幸福的女性形象，她们活泼可爱、活灵活现，音容笑貌，呼之欲出，给了他极大的阅读愉悦。

纪宇看完以后，把手稿重新包好，放回原处。因处特殊年代，他又一下子远离了这部手稿。

后来，他听说这部手稿落在了李程碑手中。李程碑是他的朋友，二十多年来，他们多次谈论到这部手稿，谈它的内容，谈它的前途。纪宇与这部手稿又接上了缘。

1996年，李程碑决定为《尘世奇谈》重新寻找出版单位，纪宇向他推荐了山东文艺出版社。纪宇与山东文艺出版社的历届领导有着良好的关系，他的《九七诗韵》《诗之梦》都是由山东文艺出版社出版。他想一肩挑双家，尽快促成《尘世奇谈》的出版，也不枉自己与《尘世奇谈》有过那样一段缘分。他通过他的责任编辑姚焕吉向社长国祯明转达了李程碑欲与山东文艺出版社合作的意向。国社长给予积极回应。

这一次，李程碑不是以他个人名义与山东文艺出版社签订出版协议，而是首先以《尘世奇谈》手稿收藏人的身份把手稿交给上海影视公司青岛分公司，然后让上海影视公司青岛分公司与山东文艺出版社办理产权转让。他与上海影视公司青岛分公司签订了《协议书》：

协议书

  为了支持上海影视公司青岛分公司筹集资金拍摄电视剧《城阳武工队》，该分公司李程碑同志自愿决定将他所收藏的长篇小说《尘世奇谈》原稿（第一至第十六卷），全部交给上海影视公司青岛分公司，由该分公司全权处理和联系出版。经该分公司总经理矫本栋与李程碑充分协商，双方达成如下协议：

  一、《尘世奇谈》书稿的著作人是岳乐山。上海影视公司青岛分公司完全承诺：不论哪一家出版社出版该书稿，必须署作者岳乐山的名字，并且在书中《序言》内介绍这位清末文人的生平事迹和有关情况。

  二、上海影视公司青岛分公司同时承诺：在与出版社签订出版协议时，也将明确规定该书稿由原收藏人李程碑修订校注，并以修订校注者的名义在书上署名。书稿出版后，李程碑优先享有根据该书由其个人或与他人合作改编电影或电视剧本的改编权。

  三、李程碑明确表示：《尘》稿由上海影视公司青岛分公司一旦与出版社达成出版转让协议，所得版权转让费由上海影视公司青岛分公司全权处理，而与李程碑无关。

  四、李程碑郑重表示：当初为联系出版《尘》稿而由其本人亲自交给北方文艺出版社看阅的七期（卷）《尘》稿，现在，北方文艺出版社应该无条件地退还给李程碑；必要时，李程碑将协同该出版社前往索取。

  五、本协议一式三份，其中上海影视公司青岛分公司与李程碑各执一份，另一份交有关出版社存案参考。

上海影视公司青岛分公司总经理 矫本栋
原《尘》稿收藏人 李程碑
1996 年 7 月 29 日

  接着，上海影视公司青岛分公司与山东文艺出版社签订了产权转让协议书：

关于《尘世奇谈》书稿产权转让的协议书

为了促进《尘世奇谈》(以下简称《尘》)早日出版,上海影视公司青岛分公司(以下简称青岛分公司)与山东文艺出版社经过友好协商,达成如下协议:

一、《尘》书作者为岳乐山,其子岳廉识为此书稿的合法继承人。李程碑先生受岳廉识先生生前委托,拥有该书的收藏、修订、转让权;不享有该书的版权。

二、鉴于李程碑先生已将书稿转让给青岛分公司,山东文艺出版社同意将《尘》稿产权转让费八万元付给青岛分公司。这笔费用由青岛分公司全权处理,与山东文艺出版社无关。

三、《尘》书总目录、书稿第一、二、三卷(期)及黑龙江人民出版社所存《尘》稿七卷(期)(现存北方文艺出版社)和山东的六卷(期)书稿,由青岛分公司全部转让给山东文艺出版社,产权归该社,与青岛分公司和李程碑无关。青岛分公司不得再向第三者转让任何权利。《尘》书总目录、书稿第一、二、三卷及有关材料(岳廉识委托书、岳廉识和李程碑与黑龙江人民出版社的出版协议、上海市徐汇区人民法院的裁定书、岳乐山照片等),在协议生效后,双方一一清点,办理交接手续。现在山东的《尘》书稿六卷,由山东文艺出版社自行找回;现存黑龙江人民出版社的七卷书稿,由青岛分公司和李程碑查找,并交山东文艺出版社。

四、黑龙江人民出版社的七卷书稿和山东的六卷书稿找回后,山东文艺出版社不再支付任何费用。若引起书稿产权诉讼,山东文艺出版社愿意承担车船费和住宿费。如聘请律师,经山东文艺出版社同意,该社愿承担所需费用。如胜诉,青岛分公司应将所得70%交给山东文艺出版社,青岛分公司得30%。

五、李程碑先生负责《尘》书全书的整理、校点工作,并在书上署名(协议另签)。

六、《尘》书总目录、书稿一、二、三卷和现存黑龙江人民出版社的七卷书稿,均系作者毛边纸毛笔手抄本,与李程碑先生抄录校点的一、二、三卷本一并交山东文艺出版社。青岛分公司声明,该公司和李程碑处无此书稿复制件,今后如发现复制品,山东文艺出版社有权追究其法律责任。

七、若《尘》书三年内因故不能出版,山东文艺出版社应将青岛分公司转让的《尘》书手稿一至三卷和由北方文艺出版社取回的七卷手稿以及李程碑校点过的该十卷稿退还青岛分公司，山东文艺出版社不得复制；青岛分公司亦应将山东文艺出版社支付的八万元书稿转让费（可扣除应交的税款）退还该社。

八、本协议一式三份，青岛分公司、山东文艺出版社和山东省版权局各存一份。在履行协议中，如发生纠纷，由合同仲裁机关解决。

山东文艺出版社　国祯明

上海影视公司青岛分公司　矫本栋

1996年8月20日

山东文艺出版社用八万元获得了《尘世奇谈》手稿的产权，按照协议，李程碑将其整理的三卷手稿交到出版社。山东文艺出版社又等待李程碑从北方文艺出版社索回那七卷手稿。可是，三年过去了，转让协议中规定的有效期已满，李程碑几次去北方文艺出版社，均无功而返。

协议又未能履行。《尘世奇谈》的出版再一次搁浅。

这究竟是谁之过？

人们还要等多久才能看到这部长篇巨著的面世呢？

弃却前嫌，合作出版

2001年8月，全国文艺出版社社长年会在新疆乌鲁木齐市召开。山东文艺出版社社长路英勇、北方文艺出版社社长王智忠见面了。

如果算上山东文艺出版社的前身山东人民出版社文艺编辑室、北方文艺出版社的前身黑龙江人民出版社文艺编辑室，两社围绕《尘世奇谈》手稿所发生的纠葛和恩怨，已持续了整整二十年。路英勇社长、王智忠社长谈起此事，感慨不已。解铃还需系铃人。两位社长达成共识：弃却前嫌，合作出版。

乌鲁木齐会议之后，两社分别成立工作小组，拟订出详细的工作步骤：首先，对手稿进行清理，以确定是否完整；其次，拟订统一整理方案，分头各自整理；第三，统一定稿，统一印刷，统一发行。

半个月后，一个令人欣喜的消息在两社传扬——《尘世奇谈》十六卷手稿完好无损。山东文艺出版社存手稿九卷，包括李程碑所交三卷、从省委宣传部新闻出版处取来的六卷；北方文艺出版社存七卷。山东文艺出版社所存第三卷缺少第一百四十二回至一百五十回，本以为已经遗失，没想到竟存在北方文艺出版社。

2002年1月，趁北京图书订货会间隙，山东文艺出版社、北方文艺出版社工作小组成员座谈《尘世奇谈》编辑、出版事宜。座谈会之后，两社工作小组交流了整理、编辑中遇到的问题，商定出解决方案。

2002年2月15日，农历正月初四，山东文艺出版社工作小组成员赴哈尔滨，与北方文艺出版社工作小组再次会谈，商讨并通过了《〈尘世奇谈〉出版工程实施方案》。

《〈尘世奇谈〉出版工程实施方案》共分六部分：一、出版方案：包括编辑加工、装帧设计、印刷装订等。二、管理方案：明确以山东文艺出版社为主，具体进行出版、宣传、广告、发行、核算等的操作。三、发行方案：包括招标发行、防止盗版等。四、营销方案：包括学术讨论、媒体宣传、广告等。五、出版时间进度。六、成本预算。

2004年1月，《尘世奇谈》终于正式出版了。此时，离岳乐山创作完成此书，已六十余年。面对着煌煌十大册精装书，参与校勘整整两载的山东文艺出版社陈光新总编辑欣然撰联一副，曰："奇构八百回，尘世当年逢巨笔；尘封六十载，奇谈今日展鸿篇。"

《尘世奇谈》出版前夕，《中华读书报》记者祝晓风采访了山东文艺出版社社长路英勇。此次采访，以《一个出版文化事件》为题，发表于2003年12月10日《中华读书报》上。原文如下：

一个出版文化事件

历史与小说

祝晓风（以下简称祝）：您已经做了多年的出版人，《尘世奇谈》这部书是不是您出版的篇幅最大的一部书？

路英勇（山东文艺出版社社长。以下简称路）：以前我本人参与出版的，也有丛书、套书，但从单部书的角度讲，《尘世奇谈》当然是我参与出版的篇幅最大的书了。

祝：这部三百六十万字的书您都从头到尾看完了吗？

路：都看完了。

祝：一部三百多万字的大书，又是以作者本人的生活经历为蓝本，反映的是那样一个长时段的历史，那么，我作为一名读者，是应该把它当做历史看呢，还是当做小说看？它的主要价值是在历史，还是在小说或曰文学？

路：《尘世奇谈》构思成书于清末民初那个特定的年代，作品中会必然地反映那个历史年代中的人物事件——其实任何文学作品都是一定的社会历史的反映，只不过好的作品表达得更好一些而已。至于《尘世奇谈》，因为它反映的不是我们当代生活，而是历史生活，所以它的历史内容就显得多一些，读者阅读时，会有与阅读当代作品不同的阅读感受。但是，《尘世奇谈》毕竟又是一部小说，它的主要价值，还是在文学方面。可以这样讲，它是一部具有深刻历史内涵、把历史升华为文学形式的小说。应该说，《尘世奇谈》的文学价值与它的历史文化价值是统一的，它是这两方面的一个集合体。

祝：您本人也是研究中国文学的，作为一名学者，您个人认为这部书的文学价值是什么？

路：《尘世奇谈》最大的特点，表现在作品是作者本人生命内涵的呈现。《尘世奇谈》的政治色彩虽然较浓，历史观念也与当时主流观念不一样，当然与我们当代的观念更不一样，但是因为作者就生活在当时的历史当中，反映的是历史深处的他个人的生命感受。在21世纪的今天，我们不但可以直接读到岳乐山本人的这种独特的个人生命的表达，还可以通过这种文学形式的表达，比较直观、形象地观察那个相当长的时段的中国历史。在生命内涵的表达上，我认为，《尘世奇谈》的成就不在《孽海花》《二十年目睹之怪现状》等著名作品之下。《尘世奇谈》的确已经不单纯是个人经历的写实，而是提高，因而具有了相当的艺术价值。

祝：晚清至现代的长篇小说中，章回体小说很多，但真正有文学价值的很少。《尘世奇谈》除了您刚才说的"将个人的经历感受以文学形式有所升华"之外，还有什么独特之处？——因为好的文学作品都是将个人的经历感受有所升华的。

路：从晚清至上个世纪30年代，文学思潮纷繁，各种文学潮流交织，在这样一个大背景下来看《尘世奇谈》，它的价值就很突出。一部作品价值的大小，与它的独特性往往是成正比的。《尘世奇谈》当然离不开它那个时代的限制，会受到历史的影响，但是，它又是独树一帜的。《尘世奇谈》不同于当时的主流文学思潮，比如晚清以降的旧小说，包括黑幕小说、鸳鸯蝴蝶派小说，也不同于具有现代性特质的新文学，《尘世奇谈》与它们都不一样。与这两大类作品比较，《尘世奇谈》显得比较边缘，看不出有什么明显的创作功利性，不论是金钱方面的功利性，还是社会政治方面的功利性。它的创作，有那么一点藏之名山的感觉。从这一点来说，它的独特性是鲜明的。不论是在当时，还是在文学史中，《尘世奇谈》都是边缘性的。

再具体一点说，《尘世奇谈》从个人生命出发，对女性、对社会，都表达了作者本人自己的价值观。作者虽然为清廷效力，但对清廷腐败极为不满，他在《尘世奇谈》中创造了一个山国，同样是晚清中国这块土地，但是外乱内治，这样，作品中就有两个世界。

祝：余英时在《红楼梦的两个世界》中，对《红楼梦》的"两个世界"的创造，就给予了很高评价。

路：《尘世奇谈》的这种描述，当然有乌托邦的色彩，但是我们也不能不看到这其中有对当时社会的反思与批判。作者在小说中甚至提出了"君主立宪"、"议会制度"这样一些有进步色彩的主张。小说中，作者也表达出对女性的尊重，对夫权有一定的批判。与《野叟曝言》相似，《尘世奇谈》也塑造了一个无所不能的人物，即主人公。另外，在民俗描写方面，《尘世奇谈》也有相当的历史认识价值。

整理与出版

祝：这部书的出版，可谓历尽曲折。您怎么看在手稿流传中一些人的作用？

路：手稿在流传过程中，与之有关系的不下几十人，有的阅读手稿，给予高度评价，有的参与整理出版。在这个很长的过程中，许多人为《尘世奇谈》的出版贡献了力量，是因为大家都有一个共识，那就是认为《尘世奇谈》是一部好书，书本身的价值是最根本的。

祝：您是被这部书的哪一点所吸引？您为什么能下这样一个决心，出版这部长篇巨作？这个决心是您一个人的，还是整个出版社的，还是包括了山东出版集团的决心？

路：具体的决心当然是山东文艺出版社的。这里面有上几届领导班子的工作，社里许多老编辑对《尘世奇谈》内容也很了解。而我们与北方文艺出版社协调成功，则取决于一些共识性的东西。最后，山东出版集团给予了我们很大支持。大家都认识到，这件事要做成，必须劲往一处使。这里我要特别提到北方文艺出版社王智忠社长。我对他那种对出版事业的真诚，表示钦佩，我们合作很愉快。

祝：对于这样一部长篇文学作品，你们是根据什么原则来整理出版的？

路：我们的原则主要有两条：一是尊重原著，二是适当整理。所谓尊重原著，就是保证它的原汁原味原风貌，如非必须，不做增、删、改等事；所谓适当整理，就是在第一个原则的前提下，对这部作品的字、词、句、标点等，以现代汉语规范做适当处理，使其成为符合当代读者阅读习惯、文从字顺的通俗读物。由于作者文学功底深厚，且具有相当高的白话小说写作技巧，其谋篇布局、遣词造句，都与当代通俗文学作品相差无几。因此，这两条相比较，前者相对较易；但是，因为这本书毕竟是出于晚清作者之手，后一项工作的难度相对较大。

祝：请您具体谈谈？

路：首先是字、词。一般性地将繁体字、错别字、自造字及已死亡的字，改为当代规范用字，虽然工作量很大，但还不是太难。难的是，这部作品不仅用字、用词量十分浩大，而且大量使用俗语、俚语、熟语、口语、方言，而这些不同地域、不同民族的语言，常以生动活泼的形声、形动、形意、形容词出现，这些词，往往可意会难规范，很难字字都找到相应的规范的现代汉语，所以，对那些实在查不到的字，只好原样保留。此外，还有几种情况，也基本遵从原文不改：一是有些字、词，是自造的，或虽有此字，但字义本身与文中所用不符，但因用于人名，或其他原因，无法找到规范的字更替，都予保留；二是有些词义相同、相通、相近，用字虽不同，为保持作品文字的特色，也不强求统一，如"伏侍"、"服侍"、"扶侍"、"贤慧"、"贤惠"，等等；三是作品涉及大量真实地名，大都能在现在地图上找到，但用字却不尽一致，如妙（庙）儿沟、额尔济（齐）斯河、真茹（如）等等，这些也都保留；四是文中还有许多翻译名词，除个别影响较大的人、地或专用词改用当今统一写法，其余基本遵从原文。

祝：要保持作品原貌，版式、体例方面的问题就很重要。《尘世奇谈》既然是章回小说，是不是在分段、分回方面比较容易？

路：这个问题是这样的，《尘世奇谈》虽然是章回小说，但原文并无段落之分，只有颇具现代白话小说意味的分回，但在上下回之间，也会出现意断、句断的情况。对此，我们做了适当的文字调整，使前回文字完整，后一回开首清晰。当然，调整仍然十分有限。至于分段，主要是照顾到当代读者的阅读习惯，既不过碎，也不太长，基本上以同一场景为一段落，长则适当分开，过短则予适当合并，合理布局。版式、体例方面的问题当然很重要，但是也很复杂。《尘世奇谈》名为八百回，实际是八百零三回，其中四百四十八回、五百九十七回、七百八十一回，都有并列的不同回目与文字，遵从原文，同时并列，不做顺延编目处理。回目文字，有时总目与分目不一致，一般以作者贴补修改后的文字为是，或以符合该回内容的文字为是。整部作品中，有大量诗、词、骚作品，我们在整理中，也都做了相应处理。原文中，作者还有用括号标出的文字，其功能有时是作者的评论及对下文的内容提要，有时是对字、词、句的注释，这些，我们也都以不同的字体、格式分别处理。

祝：两家出版社为《尘世奇谈》的出版投入了多少力量？

路：两家出版社的七位编辑和两地参与抄录、校阅的十几位专业人士，历时两年的编校整理，所遇到的困难与所付出的辛劳，都是一言难尽的。从上个世纪80年代初，出版界关注此事，中间我们社几任社领导为此做过很大努力。到2001年，真正开始编辑。北方文艺社有三位编辑，编辑七卷，我们社是四位编辑，负责九卷。

文化与市场

祝：出版这样大部头的书，出版社当然看重的是它的社会价值、文化价值，但是在市场化的今天，出版社也不能不考虑它的市场价值。您是怎样评价《尘世奇谈》的市场的？

路：我们当然首先是看重《尘世奇谈》的社会文化价值，同时也预期它有很好的市场价值。但市场价值的实现，对不同的出版物，预期也是不一样的。对《尘世奇谈》，我们是把它作为一个常畅书看待，作品本身的特点也决定了它的市场回报不会在短期内实现。

祝：有人称，《尘世奇谈》的出版是一个出版文化事件，您怎么看？在什么意义上，它是一个出版文化事件？

路：《尘世奇谈》这部作品本身的价值，它不同寻常的篇幅，的确值得关注。至于是不是出版文化事件，那需要读者、专家、出版界的检验，也需要市场和时间的检验。我认为，现在给这部作品，还有这部作品的出版下个结论，并不重要，重要的是，它能给我们民族文化出版带来什么。

祝：这部书的出版，是两家出版社合作，具体是怎样一种出版模式？

路：两家合作，但出版运作还是在我们一家。我们不想让市场价值与社会价值脱离，这就需要一个好的市场营销。这对我们来说是一个挑战，也是一个机遇。

祝：本报11月19日发表关于《尘世奇谈》的报道后，不少读者给本报打来电话，询问该书何时出版？

路：出书前的一切工作我们都已完成，2004年1月北京图书订货会上，大家即可见到样书，正式出版大约在明年1月底至2月初，现在我们已开始接受预订。

后 记

"文学"和"出版",在我们看来,其实就是同一个概念。

因为,我们认为,这两个词语蕴含着同样的精神,代表了同样的理想追求。

出版这一职业令我们有更多的机会和理由,去认识作为出版家的鲁迅、巴金、周作人、茅盾等,从而更深刻地领悟出版对于文学的意义。另外也不得不说,我们年轻时都曾有过的文学梦,在我们的出版生涯中成为一种精神力量的源泉。这种力量让我们有了更为强烈的责任感和使命感。

本书内容分为上、下两编。上编是我们对"文学出版"的一些思考,下编是我们对"出版产业发展"的一些看法。我们把本书命名为《从文学到出版》也有内容结构上的考虑。

上个世纪二三十年代的新文学出版,其蕴含的社会的、政治的、文化的、经济的、审美的……诸多方面极具诱惑力的,同时又极具挑战性的课题,引起了我们的巨大兴趣。我们发现,中国新文学出版呈现着从传统出版到现代出版转型的历史轨迹,这种转型是支配、制约新文学发展的关键性因素。五四时期,以陈独秀、汪孟邹、张元济、赵南公、沈雁冰、郭沫若、鲁迅等为代表的新文学出版家们,坚定地履行着文化启蒙的使命与责任,极力维护着五四新文学的尊严和品质,高扬自身的人文价值,使新文学出版品格与五四新文学的内涵呈现出高度的同一性。同时,五四新文学出版已经建构起文学的生产体制,引导和推动新文学一步步超越了个人和团体的独语状态而走向社会化生产,文学出版的文化功能和商业性追求效应共同在文学的意义生成中发挥作用。到了30年代,中国新文学进入到"第二个十年",新文学出版延续着五四新文学出版的启蒙性、革命性、工具性的价值呈现,超越了曲高和寡的先锋性追求,而走向社会化、大众化生产,其文化功能的张扬渐趋理性,其商业性追求效应在新文学的意义生成中越来越显著。于是,新文学在这一时期经历了一个由先锋性向大众化转化的过程,并完成了位移于文学中心的壮举。由此可见,五四以来的新文学只有作为现代出版体制下文学生产的积极因素,从而为出版业带来一定物质动力的时候,才算真正取得了胜利和成功。梳理中国新文学出版的本质性价值和阶段性特征,我们深切感受到,新文学出版的存在价值和巨大成就,能够为我们解决现实问题提供很好的历史借鉴。如果我们对于发生在上世纪二三十年代新文学出版的文化性品格和商业性追求有着更为理性的认识的话,就不会在文学生产体制重新建立的今天,对文学意义的保持和坚守失去信心。这是我们从对中国新文学出版的研究中获得的一个重要启示。

伴随着出版体制改革一路走来,中国出版取得的巨大成就令我们感到欣喜,同时,产业发展中出现的一些问题也引发了我们的思考。书中下编收录的论文,有的是对当下出版现象的观察和反思,有的是对出版产业发展的重大问题,如资源整合、媒体融合、"走出去"工作等的认识和思考,还有的是结合出版实务对出版机制创新的探讨……出版体制改革、出版市场化经过了这么多年,目前来看,在产业发展方面,体制、机制问题固然重要,但面对日益激烈的国际竞争和飞速发展的数字技术,真正制约出版产业发展的问题,应该是我们品牌创新能力的严重不足。我们知道,品牌是出版企业综合竞争力的体现,一个国家拥有的出版品牌越多,它的文化软实力就越强。如美国的新闻集团和迪斯尼,日本的讲谈社和小学馆,英国的培生,德国的贝塔斯曼等,这些著名品牌不仅为自己赢得了国际声誉,更有效地增强了自己国家的文化影响力和竞争力。所以说,品牌是出版产业发展的关键性因素。从品牌的角度思考产业发展问题,就会发现,品牌实际上凝聚了一个企业独特的文化精神和经营理念,这个企业的产品被赋予了鲜明的个性和理想,能够与消费者产生"精神共鸣",与此同时,品牌产品的大量涌现,又反过来推动企业精神和企业文化的升华,进而促成知名企业的生成。具体到一家出版企业,它能否成为著名品牌,固然与自身的历史传统、出版风格、人才状况等密切相关,但归根结底,要看能否打造出源源不断的品牌产品。对于现阶段的我国出版企业来说,当前的重要任务,就是要通过大力加强内容创新,持续不断地打造"思想精深、艺术精湛、制作精良"的精品力作,持续不断地推出社会效益和经济效益高度统一的品牌产品。只有这样,我们的出版企业才能不断发展壮大,不仅增强国内市场活力,而且能够提升国际竞争能力,推动中华文化在全球实现更广泛的传播,从而成为与培生、贝塔斯曼等比肩的国际著名出版企业。

  最后，需要特别说明的是，本书收录的文章虽然都曾公开发表过，但有的因为发表时间已远，现在来看，文中的观点也许已经过时了。收录这样的文章，是为了保存当时的思考，也是为了见证一段历史，希望读者能够理解。

著　者

2016年3月28日